【珞珈语言文学学术丛书】

中国小说的谱系与文体形态

陈文新◎著

珞珈学术

中国社会科学出版社

图书在版编目（CIP）数据

中国小说的谱系与文体形态／陈文新著．—北京：中国社会科学出版社，2012.10

ISBN 978-7-5161-1244-1

Ⅰ.①中… Ⅱ.①陈… Ⅲ.①古典小说—小说研究—中国 Ⅳ.①I207.41

中国版本图书馆 CIP 数据核字（2012）第 171384 号

出 版 人 赵剑英
责任编辑 李炳青
责任校对 王兰馨
责任印制 张汉林

出　　版 中国社会科学出版社
社　　址 北京鼓楼西大街甲 158 号（邮编 100720）
网　　址 http://www.csspw.cn
中文域名：中国社科网　　010-64070619
发 行 部 010-84083685
门 市 部 010-84029450
经　　销 新华书店及其他书店

印　　刷 北京市大兴区新魏印刷厂
装　　订 廊坊市广阳区广增装订厂
版　　次 2012 年 10 月第 1 版
印　　次 2012 年 10 月第 1 次印刷

开　　本 880×1230　1/32
印　　张 12.625
插　　页 2
字　　数 318 千字
定　　价 42.00 元

目　录

上编　综　论

论笔记体与传奇体的品格差异 …………………………… (3)
“才子之笔”与“著书者之笔”
——论中国文言小说的叙事规范 ……………………… (15)
论志怪三体 …………………………………………………… (26)
《世说新语》与“世说”体审美规范的确立 ……………… (39)
近百年来唐前志怪小说综合研究述评 ……………………… (48)
六朝轶事小说综合研究述评 ………………………………… (56)
论唐人传奇之“奇” ………………………………………… (64)
论穆宗初至懿宗末的唐人传奇 ……………………………… (90)
论宋代话本体传奇的世俗化追求 ………………………… (101)
从宋元话本到《聊斋志异》
——论讲唱文学对文言小说的渗透 ………………… (109)
明清章回小说的表达方式与文言叙事传统 ……………… (121)

从辨体角度看明清章回小说的几个特征 …………………（135）
论明清小说中的季节描写 …………………………………（146）
论清代传奇小说兴盛的历史机遇 …………………………（162）

下编 分 论

《水浒传》与英侠传奇的三种主要类型 ……………………（175）
《西游记》与神魔小说的四种主要风格类型 ………………（190）
蒲松龄的自我确认与人生感慨
——论《聊斋志异》的“狂生”形象 ……………………（206）
“痴”:《聊斋志异》的一个重要情感范畴 ……………………（218）
论《隋唐演义》的基本品格及其小说史意义 ………………（230）
吴敬梓的隐逸理想与《儒林外史》的笔墨情趣 ……………（261）
《儒林外史》与传统人文精神
——论吴敬梓笔下的贤人及其人格追求 ………………（274）
论《儒林外史》的写意特征 ………………………………（288）
站在《儒林外史》的立场看《红楼梦》
——从胡适先生扬《儒林外史》抑《红楼梦》
说开去 ……………………………………………（300）
误入歧途的寻梦之旅 ……………………………………（316）
扬黛抑钗倾向及其所反映的社会文化心理 ………………（321）
《红楼梦》对人情小说传统的扬弃与超越 …………………（331）
从后花园到大观园:两种恋爱空间、恋爱形态之比较 ……（341）

论贾宝玉的悲剧诗人品格 …………………………………… (361)
《阅微草堂笔记》:一个经典文本和一种小说类型 ………… (378)

后记 …………………………………………………………… (397)

上　编

综　　论

论笔记体与传奇体的品格差异

传奇体和笔记体是中国文言小说的两种基本类型，纪昀分别名之为“才子之笔”和“著书者之笔”。笔记体成熟于魏晋南北朝，以《搜神记》、《世说新语》等为标志，在宋、清两代又取得长足的进展，《阅微草堂笔记》是其中的佼佼者。传奇体成熟于唐代，宋以后偏重智慧与伦理的上层知识分子，一向冷落传奇；清代的蒲松龄以极大的“孤愤”和非凡的想象才能将传奇体发展到一个新阶段。

笔记体与传奇体在品格上存在重大差异。朱自清《文学的标准与尺度》曾将中国传统文学用“儒雅风流”来概括：“载道或言志的文学以‘儒雅’为标准，缘情与隐逸的文学以‘风流’为标准。有的人‘达则兼济天下，穷则独善其身’，表现这种情志的是载道或言志。这个得有‘正其谊不谋其利，明其道不计其功’的抱负，得有‘怨而不怒’、‘温柔敦厚’的涵养，得用‘熔经铸史’、‘含英咀华’的语言，这就是‘儒雅’的标准。有的人纵情于醇酒妇人，或寄情于田园山水，表现这种情志的是缘情或隐逸之风。这个得有‘妙赏’、‘深情’和‘玄心’，也得用‘含英咀华’的语言，这就是‘风流’的标准。”[1] 这个分

---

① 朱自清：《文学的标准与尺度》，上海文光书店 1948 年版，第 21—22 页。

法稍加变通也适用于文言小说：笔记体虽非正宗的载道言志品种，但既属“著书者之笔”，也就偏于“儒雅”；传奇体既属“才子之笔”，也就偏于“风流”。

一 传奇体作家的“风流”情怀

唐人传奇的“风流”，大体包括三个侧面：热衷于描写才子佳人的遇合，浪漫的超凡脱俗的爱情；赞美不附俗流、嘲弄常规的“狂生”、隐士和敝屣人间富贵的高风逸调；激赏为儒家指斥的豪侠义士的人格风范。

唐传奇建立的描写才子佳人遇合的传统，一直为后世传奇体所继承。宋代是传奇走向衰落的时期。但从现存的《绿珠传》、《杨太真外传》、《赵飞燕别传》、《梅妃传》、《谭意哥传》来看，文采风流依旧是被瞩目的重点，尽管浪漫和豪迈的程度都有所降低。元代只有清江宋梅洞的《娇红记》堪称唐人传奇的嫡派，也恰好是个爱情故事。明代传奇以《剪灯新话》最为著名，“多偎红倚翠之语”，其中《秋香亭记》甚至写的就是作者本人的爱情悲剧。[①] 传奇体小说的创作在清初再度出现高潮，其代表作即《聊斋志异》。据统计，《聊斋志异》中以爱情为题材和涉及爱情的作品占1/4左右，达120篇。这一数字是惊人的。

无论是《剪灯新话》还是《聊斋志异》，我们都看到因鼓励文采风流而扬文士、抑俗子的明确意向。比如《聊斋志异·连

① 凌云翰《剪灯新话·序》：“至于《秋香亭记》之作，则犹元稹之《莺莺传》也，余将质之宗吉，不知果然否？”

琐》中性情胆怯的连琐原本对杨于畏心存戒惧，后仅因杨于畏隔墙为她续诗，续得很好，她便主动来到杨的房间，道歉说："君子固风雅士，妾乃多所畏避。"反之，武生王某于连琐有救命之恩，想一见颜色，却被连琐拒绝了："将伯之助，义不敢忘。然彼赳赳，妾实畏之。"冯镇峦幽默地评道："武夫总失便宜。"让骚士占便宜，这是《聊斋志异》的特点，不妨说也正是传奇体小说的共性。

唐传奇对隐士理想的迷恋在宋传奇中很难见到，但在明代瞿佑和李昌祺笔下又焕发光彩。瞿佑为动乱年代的文人设计了一个仿佛永远不会有陈旧感的方案：隐居。《剪灯新话·天台访隐录》仿照陶渊明《桃花源记》的笔墨推出了南宋末年隐居天台山的读书人陶上舍，并借他的一阕《金缕词》劝导世人"向林间啸傲山间宿。耕绿野，饭黄犊"。李昌祺《剪灯余话·秋夕访琵琶亭记》全篇笼罩着悲凉情绪：不变的似旧江山与变化的人事之间的对照，令人不胜欷歔，对宇宙、对社会、对人生，油然而生幻灭之感，所以沈韶最终看破红尘，遁入深山。《青城舞剑录》宣称"英雄回首即神仙"，并认为五代末的隐士陈抟较之汉初三杰之首的张良"有过之无不及"。

《聊斋志异》以抒写"孤愤"为宗旨。有意味的是，蒲松龄《聊斋自志》将信将疑地说他自己是和尚转世，可见他对佛教并不拒绝。《仙人岛》、《蒋太史》、《成仙》、《白于玉》、《罗祖》等都以人世情缘为可笑，以现实生活为空幻，因而其主角一律选择或出家为僧、或入山修道、或飘然仙去的人生道路。

宋传奇写侠，缺乏唐传奇的宏伟气象；明代《剪灯新话·秋香亭记》虽热切期待昆仑奴似的豪侠出现，但缺少正面刻画；《剪灯余话》则不乏对侠的浓墨重彩的描绘。比如《青城舞剑录》的碧线，便是唐传奇中的女剑侠红线之流；《武平灵怪录》里“豪侠不羁，用财如粪土”的齐仲和，《芙蓉屏记》里侠义无私的高纳麟，也给读者留下了较深的印象。

《聊斋志异》的主角是“狂生”、狐女，而他们大都具有侠的风采。或昂扬乐观，倜傥卓异，乐于在狐鬼的天地里一发豪兴，比如《章阿端》中的“卫辉戚生”；或恩怨分明，言必信，行必果，比如《大力将军》中的查伊璜、吴六一，《田七郎》中的田七郎；或矢志复仇。女侠的复仇尤其惊心动魄，《细侯》中的细侯，为了回到爱人满生的身边，甚至手刃了她和那个骗娶她的“龌龊商”所生的孩子。这无疑是对唐人传奇的发扬光大。

上述传奇体“风流”情怀的三个主要侧面，在中国传统文化中不处于中心位置，传奇作家热衷于超拔飘逸的色调，因而闪烁出奇光异彩。就主导倾向而言，传奇体小说是作家浪漫情怀的披露，是玫瑰色的人生之梦。

二 笔记体作家的“儒雅”品格：关于爱情

笔记体偏于“儒雅”。传奇体作家乐于从强烈的不寻常的事件中获得诗意，笔记体作家则较安详平和地看待人生和艺术。

大部分笔记体作家对爱情的见解都绝不迂腐，绝无道学气。葛洪《西京杂记》叙及卓文君与司马相如的越礼放诞之事；《世说新语》韩寿偷香一事，后世传为佳话；《幽明录·卖胡粉男》亦是纯情之作。其他如《搜神记》中的《董永》、《弦超》、《韩凭妻》、《紫玉》，《幽明录》中的《庞阿》、《刘晨阮肇》、《黄原》等，均为小说史上的名篇。清代纪昀《阅微草堂笔记》更明确地说："饮食男女，人生之大欲存焉。干名义，渎伦常，败风俗，皆王法之所禁也。若痴儿騃女，情有所钟，实非大悖于礼者，似不必苛以深文。"①

笔记体对爱情的处理则大不同于传奇体。其一，笔记体一般只把爱情视为心理生理健全的人正当而平凡的欲求，爱情并非"才子风流"，并不神秘。既然它只是"寻常境"，也就不必过分张扬。笔记体小说写妓女与士人的交往，不只选择那些缠绵悱恻的片段，也注意揭露妓院中污秽、肮脏的一面，俞樾《右台仙馆笔记·绍兴某生》重心即是展示妓女的骗局。在刻画爱情主角时，虽也提到其才情、容貌，但并不突出到独一无二的理想化程度。

其二，笔记体作家通常只把爱情视为整个人生的一部分，它不能覆盖或取代人生的其他更为丰富的侧面。像干宝、刘义庆、陶渊明、沈括、周密、纪昀、俞樾等，大都具有稳重的现实感，注重情感的平衡、健全。他们既不将男女之大欲视为洪水猛兽，也不赞成将爱情摆在高于一切的位置，人生中值得关注的层面太多了。"佳话"在笔记体小说中的分量是不重的，《搜神记》共460余条，其中涉及男女关系的仅20余条，而且一部分如《范延寿》、《双蒙氏》、《盘瓠》、《女化蚕》等，还不能算是爱情描写。而唐代裴铏的《传奇》，31篇中就有十来篇以爱情为主或涉及男女爱情。《阅微草堂笔记》与《聊斋志异》亦呈相类似的对照情形。笔记体作家更关心百姓日用、风土人情，关心原始儒家如孔子等曾关心的人格的修养、志趣的涵濡和言谈的幽默等有助于使我们的日常生活更完善的智慧。所以唐李肇《国史补·序》、

① 纪昀：《阅微草堂笔记》，上海古籍出版社1980年版，第217页。

五代孙光宪《北梦琐言·序》、金刘祁《归潜志·序》、元杨瑀《山居新话·后序》、清王晫《今世说·自序》、王士祯《池北偶谈·自序》，无不强调笔记“大之可以蓄德，小亦可以博识”的作用。在笔记体作家所关注的广泛的社会人生层面中，爱情是个并不显眼的部分。即使是集中写妓女生活的专题性笔记，如孙棨《北里志》、梅鼎柞《青泥莲花记》、余怀《板桥杂记》、珠泉居士《续板桥杂记》等，主旨仍是记录民情风俗，并不以名士风流为核心。

其三，笔记体作家大多是在中年以后才开始创作的，这些承担过社会、家庭的各种责任，饱经沧桑、儿孙满堂并具有学者气质的人，注重情感的中庸、平衡，绝不欣赏那种可能对年轻人产生诱惑以致使他们走上邪路的超越伦理界限的笔墨。而这种缺陷在传奇体小说中是明显的，比如瞿佑《剪灯新话》的“风情丽逸”即常流于病态，在作者笔下，正常的夫妻生活已满足不了男主角。《金凤钗记》的中心情节是“私通小姨”。《联芳楼记》津津有味地夸耀郑生与薛氏两姊妹通奸。《申阳洞记》中的陇西李生对三个已被妖猴奸污的女子极感兴趣。李昌祺《剪灯余话》更有过之。《聊斋志异》中也不乏这类笔墨。孔生与娇娜之间“棋酒谈宴，若一家然”的腻友关系（《娇娜》）；尚生与三名女子先后“备尽欢好”、“狎情荡甚”，并因此而被度为鬼仙（《尚生》）。《林四娘》是个历史故事，王士祯《池北偶谈》、陈维崧《妇人集》、杜乡渔隐《野叟闲谈》以及林云铭等清代作家记林四娘事均未涉及风情，蒲松龄却大笔濡染，写陈宝钥与林四娘“狎亵既竟，流丹浃席”的场面。至于仿《聊斋志异》的《萤窗异草》等，污秽的笔墨就愈加层见迭出了。

笔记体小说的确干净些，庄重些。纪昀《阅微草堂笔记》多次调侃《聊斋志异》及其他传奇体小说所热衷的风流艳遇，比如第十三卷："东昌一书生，夜行郊外。忽见甲第甚宏壮，私念此某氏墓、安有是宅，殆狐魅所化欤？稔闻《聊斋志异》青凤、水仙诸事，冀有所遇，踯躅不行。"结果为狐所戏。作者的结论是："此均足为佻薄者戒也。"《聊斋志异》的狐鬼，所礼遇的是风流倜傥的狂生，《狐联》中以礼自处的焦生反而被嘲笑为拘迂；《阅微草堂笔记》的狐鬼，所尊敬的是守礼之士，德州老医叶守甫就因此得到恶鬼的仰慕和帮助（卷十二）。所谓风流倜傥则被批评为"性轻佻"，常为狐鬼捉弄。比较起来，纪昀的态度是庄重、适中的，对于那些承担着社会、家庭各种责任的即将步入中年或已是中年的人，对于那些将要扮演重要人生角色的年轻人，笔记体稳健、中庸的品格是能起积极作用的。

三　笔记体作家的"儒雅"品格：关于生命力

传奇体作家迷恋隐士的高风逸调，迷恋豪侠的粗犷奔放，在很多情况下可视为对生命力的肯定。尽管侠偏于"狂"，隐偏于"狷"，但无论是"狂"，还是"狷"，都蕴蓄着不同寻常的力度。所以，在传奇体小说中，我们经常看到一些如夏木荫荫般不可摧折、如非洲舞蹈般不可节制的性格。笔记体作家对生命力的舒展也是极为欣赏的，比如《世说新语》就在《德行》、《言语》等篇中激赏文人名士疏放豁达的风度及隐逸情调，李肇《国史补》肯定张建封对"狂率"的容忍和"刘颇偿瓮值"的侠义举动，《阅微草堂笔记》不止一次地推崇如光风霁月般的魏晋风度；但他们都更重视涵养。笔记体与传奇体的区别还在于下述两个方面：

其一，传奇体作家更热衷于生命力的弘扬，笔记体作家则较多关心智慧与伦理的健全。魏晋南北朝是一个重视内在智慧的时代，风度、言行作为内在智慧的外现才成为众所欣赏的对象。绘画艺术中的“以形写神”，语言艺术中的“言不尽意”，都强调“神”、“意”即思辨智慧的主导地位。魏晋风度的具体内容如药、酒、姿、容等，概由带玄学色彩的人格生发出来。所以，这一时期的逸事小说以《世说新语》为代表，“乐旷多奇情”、“类以标格相高”。就著述方式言，以类相从，体例严谨；笔墨简约，风格一致；这种对于笔记体小说创作规律和审美形式的讲究，正是内在智慧向艺术世界拓展的第一步。至于作者以空灵的胸襟、玄学的眼光所体会、所观察、所把握到的美，亦多富有“静”的哲学气质，这就与传奇体多“动”而少“静”大不一样了。甚至轶事小说中的笑话类作品如《笑林》也以“举非违，显纰缪”，从反面启迪智慧为主。

宋以后的笔记体小说，在智慧、伦理二者中，似对伦理更看重一些。比如清代纪昀就说他写《阅微草堂笔记》“大旨期不乖于风教”。若干畸形的笔记像金捧阊《客窗偶笔》、梁恭辰《池上草堂笔记》、许奉恩《里乘》，“盛陈祸福，专主劝惩，已不足以称小说。”① 其实，宋以后的笔记体小说还是以智慧为主。但已不是魏晋那种基于名理思辨的智慧，而是走向日常生活的掌故意味鲜明的智慧。或为“史官之所不记”的朝廷遗事，如欧阳修《归田录》；或多载“嘉言韵事”，如宋王谠《唐语林》；或详于各地风俗及民间杂事，如宋庄季裕《鸡肋编》、周去非《岭外代答》；或记岁时娱乐、市井琐细，如宋周密《武林旧事》；

① 鲁迅：《中国小说史略》，上海古籍出版社1998年版，第154页。

或“上自廊庙实录，下逮村里肤言，诗话小说，种种错见”，如元末陶宗仪《辍耕录》；或将“方言巷咏，嘻笑琐屑之事”点染成篇，如明末张岱《陶庵梦忆》。总之，日常生活的方方面面，都有涉及，并能对读者的情趣产生潜移默化的影响，使之臻于儒雅。

连志怪也有明显的偏重智慧的倾向。魏晋南北朝志怪，其美感魅力的一个主要来源是可以“广异闻”；宋以后的志怪，能向读者提供的新鲜“异闻”看来不多：奇奇怪怪的事经过反复讲述就成了陈词滥调。要出新，就要另辟蹊径。蒲松龄“用传奇法，而以志怪”，将生命力和“孤愤”注入其中，这是一条路；笔记体作家如纪昀等则是将智慧注入其中，以“测鬼神之情状，发人间之幽微，托狐鬼以抒己见”为核心，目的在于益人神智。

其二，笔记体小说写生命力的弘扬，重视雍容的气象，力戒虚浮骄矜，虚张声势。《世说新语》在《汰侈》、《任诞》、《惑溺》等门以皮里阳秋的手法批评了过度的任性放浪与挥霍豪奢；东阳无疑《齐谐记》叙薛道询“服散狂走，犹多剧，忽失踪迹，遂变作虎，食人不可复数”，意在嘲笑那些无节制地服五石散的名士。《阅微草堂笔记》更经常对虚浮骄矜、虚张声势的名士风度予以针砭，如卷十一指出：“伪仙伪佛，技止二端：其一故为静默，使人不测；其一故为癫狂，使人疑其有所托。然真静默者，必淳穆安恬，凡矜持者伪也。真托于癫狂者，必游行自在，凡张皇者伪也。”而唐传奇和《聊斋志异》中正有大量“狂生”，在蒲松龄笔下，使酒骂座的灌夫尤其受到推崇。比较起来，笔记体风格平易，易为读者接受，但也不免减弱了力度。

四 笔记体作家的“儒雅”品格：关于“怨”

传奇体作家谈隐论侠，常常别具用心，读者不难体会出他们意在言外的难以平息的牢骚、愤懑。谈隐并非旷达，论侠亦非快意，而是借以宣泄出胸中的郁闷、愤怼之气，他们的作品也以极大的情绪力量见长。

如何对待“怨”本是中国古代一个长期争论的话题。孔子、班固等人主张有节制的达观态度，怨而不怒，或经由怨的抒发而使执政者有则改之，无则加勉，怨者也因此获得心灵的平衡，不至偏激。屈原、司马迁等人则是怨而且怒的。他们充满激情，没办法委屈自己的主观感受：纵酒放歌，牢骚发尽，宁可偏激也绝不收敛锋芒。

传奇体作家的性格近乎屈原、贾谊，主张抒发“孤愤”的蒲松龄更是愤世嫉俗。读《聊斋志异》，不难发现这样几点：1. 他常常写人不如狐鬼、高贵者不如卑贱者。2. 经常抒写怀才不遇的悲歌慷慨之气：横冲直撞，唯我独尊，其情激，其辞烈，不在乎有伤忠厚，不在乎谩骂之嫌。他在《于去恶》中甚至将试官简单地分为两类：一类瞎眼，不识文章；一类贪财，唯知受贿。一个好的也没有。上述两种情绪在许多传奇体小说如《剪灯新话》、《虞初新志》中也同样是抒写的中心。

笔记体小说中亦有人不如怪之类的感慨，如《搜神后记》卷九《放伯裘》，《阅微草堂笔记》卷十发出过“程太守家有二异：一人面兽心，一兽面人心”的议论；亦不时流露出对怀才不遇者的同情，如《阅微草堂笔记》卷六有关董天士的片段。

但一般来说，笔记体作者通常是在人生较晚的阶段开始写小说的，或者是在退隐的沉思中记下人生的若干剪影；或者写作虽早，却庄重诚朴，严于律己，具有忠厚长者的风度。因此，他们对“怨”的处理具有与传奇体作家不同的特点。

其一，他们一方面同情“才士之沦落者”，另一方面又不完全归罪于环境的污浊；在他们看来，才士的不遇，可能与他自身为人的傲诞倔犟有关。《阅微草堂笔记》卷七曾指出：“聪明颖隽之士，或恃才兀傲，久而悖谬乖张，使人不敢向迩者，其势可以乞食。或有文无行，久而秽迹恶声，使人不屑齿录者，其势亦可以乞食。是岂可赋感士不遇哉！”纪昀衡量人、要求人的标准是有区别的，他很欣赏《春秋》责备贤者的做法。《阅微草堂笔记》中一再强调：“阴律如《春秋》责备贤者，而与人为善。君子偏执害事，亦录以为过。小人有一事利人，亦必予以小善报。”（卷二）汉代班固非议屈原与群小结怨，其中暗含一个前提：屈原是君子，没必要与群小站在同一等级上较量。无独有偶，《阅微草堂笔记》卷五也认为君子犯不着去惹小人：“君子之于小人，谨备之而已；无故而触其锋，鲜不败也。”

其二，在评价社会人生现象时，笔记体作家倾向于持“正论”，而对“有激之言”既理解，又有所不满。与“有激”相对的是不偏激，看问题采取多种角度，以避免片面性。如《阅微草堂笔记》卷五：“李又聃先生言：昔有寒士下第者，焚其遗卷，牒诉于文昌祠。夜梦神语曰：‘尔读书半生，尚不知穷达有命耶？’尝侍先姚安公，偶述是事。先姚安公怫然曰：‘又聃应举之士，传此语则可。汝辈手掌文衡，传此语则不可。聚奎堂柱有熊孝感相国题联曰：赫赫科条，袖里常存惟白简；明明案牍，帘前何处有朱衣。汝未之见乎？”能看到事物的不同侧面，才是通达持平的见解。

总体来看，笔记体作家追求的是常态的美，淳朴、博大、雍容、和顺的美，向外在世界表达自己的责任感、同情心，情感强度不大，使人觉得温暖、亲切，并受到谆谆的教诲。传奇体作家追求的是一种超越常规的美，一种不受世俗约束、任情恣性的美，这种美并不完全代表日常生活中的艺术家，而应视为某一特定时刻的创作状态。但不必否认，他们确实个性较强，大都有着被社会抛弃的失落感，抗争的意向极为鲜明。传奇体作家风流倜傥，雄健奔放，或佯狂，或酒狂，兴会所至，一吐为快，对于反庸俗、反束缚的读者，具有强劲的鼓舞力量。不过，其情感中有杂质，有过头话，也是必须注意到的。

（原载《学术研究》1995 年第 1 期，人大复印资料《中国古代近代文学研究》1995 年第 6 期全文收入）

“才子之笔”与“著书者之笔”
——论中国文言小说的叙事规范

笔记体和传奇体存在重大差异，包括叙事规范的差异。本文将从叙事角度、叙事时间、叙事风度三方面略作探讨。

一　叙事角度：全知叙事与限知叙事

盛时彦《姑妄听之·跋》引用过纪昀的一段批评《聊斋志异》的话：“《聊斋志异》盛行一时，然才子之笔，非著书者之笔也……小说既述见闻，即属叙事，不比戏场关目，随意装点。伶玄之传，得诸樊嫕，故猥琐具详；元稹之记，出于自述，故约略梗概。杨升庵伪撰《秘辛》，尚知此意，升庵多见古书故也。今燕昵之词，媟狎之态，细微曲折，摹绘如生，使出自言，似无此理；使出作者代言，则何从而闻见之？”① 这集中地说明了笔记体作家与传奇体作家在叙事角度的选择方面存在着差异。而这种差异，植根于他们对实与虚的不同评价。

① 纪昀：《阅微草堂笔记》，上海古籍出版社 1980 年版，第 472 页。

笔记体作家崇实而抑虚。《语林》是魏晋时期一部著名的逸事小说，作者裴启曾因它而颇负盛名，后来仅由于谢安指责《语林》记事不实，这本书便为人废弃。可见“实”是保证轶事小说价值的基本条件。志怪小说亦须求实。《世说新语·排调》记“干宝向刘真长叙其《搜神记》，刘曰：‘卿可谓鬼之董狐。’”干宝本人在《搜神记叙》中也说：“虽考先志于载籍，收遗逸于当时，盖非一耳一目之所亲闻睹也，又安敢谓无失实者哉！”预先堵人的口，正因为他担心失实。志怪小说中大量使用第三人称限知叙事，也就是要通过合理的叙事角度的选择，给人真实感。比如《搜神后记》卷六《吴详》记吴详与鬼的交往，自始至终以吴详的所见所闻为限，这样，吴详便起到了见证人的作用：他可以证明鬼确实存在。纪昀《阅微草堂笔记》一一交代故事来历，目的亦在表明有据可查。他批评传奇体不可信，认为男女二人的私情，当事人不会泄露，作者“何从而闻见之？”即是指谎话编得不圆。读者可欺以其方；欺之不以其方，就达不到预期效果。鲁迅《三闲集·怎么写》大不以纪昀之见为然：

> 纪晓岚的攻击蒲留仙的《聊斋志异》，就在这一点。两人密语，决不肯泄，又不为第三人所闻，作者何从知之？所以他的《阅微草堂笔记》，竭力只写事状，而避去心思和密语。但有时又落了自设的陷阱，于是只得以《春秋左氏传》的“浑良夫梦中之噪”来解嘲。他的支绌的原因，是在要使读者信一切所写为事实，靠事实来取得真实性，所以一与事实相左，那真实性也随之消亡。如果他先意识到这一切是创作，即是他个人的造作，便自然没有一切挂碍了。

鲁迅的话当然有他的道理。但如果一个作家有意"避去心思和密语",以获得更多的真实感,那也无可厚非。一个不容忽视的接受美学所关心的事实是:不少现代读者确信全知叙事只不过是文学创作的一个惯例,他们对作者无所不知的权威性持怀疑态度,而更希望从作品中人物的眼光去评价事件。比如,他们认为,较之第三人称全知叙事,第一人称限知叙事有助于缩短作品与读者之间的距离,加强事件的真实感、说服力。中国现代作家郁达夫《日记文学》一文也曾提倡用第一人称写日记体、书简体,因为用第三人称来写,易使读者产生幻灭感,譬如对于第三人称主人公的心理状态倘若叙述过详,读者就会怀疑作者何以晓得这么详细。纪昀所论不是日记体、书简体,也不是第一人称叙事,他关心的是:在使用第三人称的前提下,如何减少、消除读者的疑虑。他和郁达夫在注重描写的合乎情理方面是一致的。

传奇体作家则是崇尚虚构的。唐人传奇产生于一种独特的社交氛围中。那时的文化人除了爱切磋诗、文、赋之外,也爱谈说奇闻逸事,诸如才子风流、侠行义举和神仙鬼怪等,他们不拘泥于事情的真实,而希望从中获得超越日常生活的幻想情趣。虚构因此成为唐人创作传奇的一个重要特征。正如明胡应麟《少室山房笔丛·九流绪论》所说:"凡变异之谈,盛于六朝,然多是传录舛讹,未必尽幻设语,至唐人乃作意好奇,假小说以寄笔端。"①

唐人"作意好奇",在编织情节时乐于"润饰"、"附会",即使不合情理也在所不惜,有时甚至故意使之不合情理,以提醒

① 胡应麟:《少室山房笔丛》,上海书店出版社2001年版,第371页。

读者把它当成虚构的故事来对待。比如《谢小娥传》："其父夫之魂既告以为人劫杀矣，自应告以申春、申蘭。乃以'田中走，一日夫'隐申春，以'车中猴，东门草'隐申蘭，使寻索数年而后解，不又颠乎？此类由于记录者欲神其说，不必实有其事。"[①] 至于牛僧孺《玄怪录·元无有》以"元无有"为其主人公的姓名，更是直接示幻。

唐人"作意好奇"，在叙事角度方面表现为详细展示生活的隐秘情状。《补江总白猿传》叙梁大同末，将军欧阳纥携妻南征，途中其妻为猿妖所盗。欧阳纥历尽艰难，终于杀死白猿。白猿临死时对欧阳纥说："此天杀我，岂尔之能。然尔妇已孕，勿杀其子，将逢圣帝，必大其宗。"纥妻周岁生一子，果然貌似猿猴而颖悟绝人。白猿的话，只有欧阳纥及其妻子清楚，而他们绝不会泄露出去，作者是怎么知道的？后世传奇体小说如《剪灯新话》、《剪灯余话》、《聊斋志异》、《萤窗异草》等描写私生活场景更加频繁而细腻，也面临同样的询问。只是，这种询问对笔记体作家来说，必须郑重回答，而对传奇体作家而言，由于已经形成大家认可的允许虚构的惯例，也就不必认真对待。"文各有体，得体为佳"。纪昀遵照笔记体的叙事规范写作，那是他的权利，但他对于《聊斋志异》等的挑剔则是侵犯了另一种文体的疆域。

应该交代，唐人传奇中也有第三人称限知叙事甚至第一人称限知叙事，裴铏《传奇》更有半数以上的作品采用了第三人称限知叙事。但是，传奇作家与志怪作家采用限知叙事的动机明显不同：志怪作家的主要目的在使读者相信事情的真实性，传奇作家则是借助于这一手法增强作品的戏剧性、情节的连贯性和结构

① 纪昀：《阅微草堂笔记》卷二十一，上海古籍出版社1980年版，第517页。

的严密性。

二 叙事时间:"顷"与回忆

可以先看一个实例。传奇体小说《原化记·义侠》与笔记体小说《唐国史补》卷中《故囚报李勉》都记叙了"李汧公客邸遇侠客"的事,然而,传奇的叙事时间是"顷",即不久、方才,笔记却用"天下未有甲兵时"的交代把故事处理成遥远的回忆。这并不是由于《原化记》的写作较早,实际上它的问世晚于《唐国史补》。对于叙事时间的不同安排,反映了两种类型的作家对小说中生活的不同态度。

注重回忆是笔记体作家带总体特色的倾向。唐崔令钦《教坊记·序》所谓"今中原有事,漂寓江表,追思旧游,不可复得,粗有所识,即复疏之,作《教坊记》";孙棨《北里志·自序》所谓"静思陈事,追念无因……聊以编次,为太平遗事云";清余怀《板桥杂记》所谓"静思陈事,追念无因,聊记见闻,用编汗简,效《东京梦华》之录,标崖公蚬斗之名",都表达了相近的意思。所以,不只是《唐国史补》将李汧公的经历处理成回忆,若干重要的笔记体小说常以"遗事"、"旧闻"、"梦华录"、"梦忆"为名,如唐李德裕《次柳氏旧闻》、南唐尉迟偓《中朝故事》、五代王仁裕《开元天宝遗事》、宋张其贤《洛阳搢绅旧闻记》、宋孟元老《东京梦华录》、明末张岱《陶庵梦忆》等,也正是这一共性的呈现。

回忆拉开了作者与生活的距离。笔记作者描述的是已经消逝的空间和时间中的人物、风俗,社会历史的一鳞半爪。那些为他们迷恋过的"以往",那些他们永远不会忘却的"记忆"。回忆使实事化为旧梦，轻盈然而着实令人怅惘，缥缈然而着实启人遐想。它所唤起的读者的情绪反应，或感伤，或欣慰，或宁静，或幽默，但绝不同于蒲松龄那种“孤愤”。其中充盈着岁月流逝的苍凉感以及经过时间淘洗的明净、温馨。

由于是从回忆的角度来叙事，所以笔记体作家多用谈掌故的口吻，不屑于故为惊人之笔。连志怪也被处理为掌故。《阅微草堂笔记》更时常拿唐人传奇的故事当掌故来谈。比如卷八：“《杜阳杂编》记李辅国香玉辟邪事，殊怪异，多疑为小说荒唐。然世间实有香玉。先外祖母有一苍玉扇坠，云是曹化淳故物，自明内府窃出。制作朴略，随其形为双螭纠结状。有血斑数点，色如熔蜡。以手摩热，嗅之作沉香气，如不摩热，则不香。疑李辅国玉，亦不过如是，记事者点缀其词耳。”笔记作者不大喜欢“点缀其词”，遇事淡然处之是他们的人生态度，也是他们的文章品格。

传奇体作家则愿意贴近笔下的生活，有时是逼视，有时是置身其中。就较为普遍的情形而言，他们乐于强调其激情充溢的创作状态。蒲松龄《聊斋自志》所描述的他抒写“孤愤”时那种“遄飞逸兴，狂固难辞，永托旷怀，痴且不讳”的精神状态，极富代表性地显示了传奇体作家介入生活的意向。他们不看重回忆——旧梦历历，如游客思家，怅惘与向往几乎涵盖了情感之域；他们重视的是眼前，如何抒发当下的人生感受，难怪他们乐于将叙事时间处理为“顷”或“今”了。所以，传奇体小说尽管多写幻想中的世界，但从心理空间与心理时间的角度看，它与作者倒是距离很近的。清王韬《淞隐漫录·自序》就说过：“……今之时为势利龌龊谄谀便辟之世界也，固已久矣。毋怪乎余以直遂径行穷，以坦率处世穷，以肝胆交友穷，以激越论事穷。困极则思通，郁极则思奋，终于不遇，则唯有入山必深、入林必密而已，诚壹哀痛憔悴婉笃芬芳悱恻之怀，一寓之书而已。”可见，在看似渺远的幻想世界中，寄寓的却正是现时的悲慨。明瞿佑《剪灯新话》自序所谓“哀穷悼屈”，李昌祺《剪灯余话》自序所谓“犹疾痛之不免于呻吟”，也说明了传奇与作者的当下“哀”、“痛”，联系非常密切。由于采取介入生活的态度，传奇体作家常常口若悬河、神情夸张地讲故事，力求用强烈的传奇色彩打动读者的情绪。事不奇则不传，事不奇则不足以引起读者的激动。这是传奇体作家的共同见解。由此导致了传奇体与笔记体在叙事风度上的重大差异。

三　叙事风度:“务殚心巧”与“妙出天然”

纪昀《阅微草堂笔记》卷十八描述过“才子之笔，务殚心巧；飞仙之笔，妙出天然”的境界。在他看来，所谓“天然”，即“如春云出岫，疏疏密密，意态自然，无杈丫怒张之状”，“如空江秋净，烟水渺然，老鹤长唳，清飙远引，亦消尽纵横之气”。卷二十四又特别倡导“无笔墨之痕”而反对“努力出棱，有心作态”。《聊斋志异》正是纪昀所谓“才子之笔”，因此“纵横之气”、“务殚心巧”、“努力出棱，有心作态”，可以视为他对传奇体的批评，而“妙出天然”、“意态自然”、“无笔墨之痕”则可看作纪昀理想中的笔记体风范。如果不把纪昀的意见当成价值判断，我们不妨以此为基点，来把握传奇体与笔记体叙事风度的差异。

唐传奇作家偏爱铺张的美、华艳的美，这与他们那种无拘无束的才子派头有关。如清初贺贻孙《诗筏》所说：“唐人作唐人诗序，亦多夸词，不尽与作者痛痒相关。”他们绝不愿意为了准确而损失辞令，“夸词”对于作序者来说，是拓展格局、渲染气象的必要手段。唐传奇作家同样重视藻采之美而忽视意旨之精，兴高采烈地把精力倾注在各种意象、情节的反复经营上。他们迷恋奇异的传闻与想象，用笔浓艳铺张，气势健旺，力求发挥得淋漓尽致。我们在第二节比较过《唐国史补》卷中《故囚报李勉》与《原化记·义侠》在叙事时间上的区别，其实它们还有三点差异：1. 传奇的情节更曲折，无论记言、叙事，均刻意皴染。比如释囚一段，笔记不足二十字，传奇篇幅增至六倍。2. 传奇着力强调侠客功夫的神奇：“持剑出门，如飞。”“二更，已至，呼曰：‘贼首至’。”而笔记仅从容地交代：“乃去。未明，携故囚夫妻二首以示勉。”3. 传奇突出了人物命运的戏剧性变化：当日的畿尉李勉沦为漂泊者，昔日的故囚反倒成了县令。这都意在渲染情节的非寻常性。清代的蒲松龄“用传奇法，而以志怪”，也意在“出精神”，所以冯镇峦《读聊斋杂说》指出：“《聊斋》以传记体叙小说之事，仿《史》、《汉》遗法，一书兼二体，弊实有之，然非此精神不出，所以通人爱之，俗人亦爱之，竟传矣。虽有乖体例可也。纪公《阅微草堂四种》颇无二者之病，然文字力量精神，别是一种，其生趣不逮也。”

唐传奇作家偏爱铺张的美，华艳的美，还与整个文坛的洒脱豪迈有关。必须注意到这个事实：在中国，用本朝掌故入诗是一向受到讥评的，倘若以小说材料入诗，更会声名扫地；倘若一个唐代作家以唐人传奇的材料入诗文，则可“二罪并罚”：“用本朝人事”，“用小说家妆点之辞”。然而，唐代作家对此却满不在乎，比如他们一再将《枕中记》、《南柯太守传》的故事用为典实。这表明，整个社会呈现一派洒脱气象，没有那么多的清规戒律，只要获得了心灵的认可，就不必管它是否有来历。从一些传奇作品的交代可以看出，当唐代文人聚会时，常常开展虚构故事的竞赛，看谁所创造的幻想世界更为动人，如《太平广记》卷四五二《任氏》：“建中二年，既济自左拾遗与金吾将军裴冀、京兆少尹孙成、户部郎中崔需、左拾遗陆淳，皆谪居东南，自秦徂吴，水陆同道。时前拾遗朱放，因旅游而随焉。浮颍涉淮，方舟沿流，昼宴夜话，各征其异说。众君子闻任氏之事，共深叹骇，因请既济传之，以志异云。”一个故事，先为大家所激赏，再用传记的文体记下来，其首尾完整、情节曲折、意绪秀逸、意象恢诡是不言而喻的。所以元代辛文房《唐才子传》卷十，一方面称唐传奇为“杂传记”，一方面又说它“多录鬼神灵怪之词，哀调深情”；体制虽近史家传记，而内容却并非实录，倒是以幻设为本，热衷于展开一个富有异国情调的境界。这正是唐代传奇作家的洒脱之处。至于蒲松龄，他的想象才能和冲决文体规范的气魄，是更令人神往的。

笔记体作者推崇冲淡简约，在魏晋南北朝即已形成传统。这可以经由对几部代表作的分析得到大致印象。体现轶事小说最高成就的是《世说新语》。作者以其个人的审美体验为前提，以性灵的舒展为中心，将貌似散乱的多种生活事实熔铸为一个具有鲜明个性的整体。看上去，只是一段隽妙的言谈，一个精彩的细节，而且基本上是客观的记录，但这个选择和记录过程却始终受着“性简素”的刘义庆这一主体的引导，于是，一切再现都化为表现，一切叙事都变为抒情，一切客观人生世相都化为主体的人生体验。

“简素”是富有含蕴的人格，一经辐射到叙事过程中，便转化为简约冲淡的艺术情趣。所谓简约，即“著墨不多，而一代人物，百年风尚，历历如睹”[1]；所谓冲淡，亦即在平平常常中含有深意；或者说，以客观的叙写为主，并不刻意为文，随手写来，韵味悠长，题材广泛，细大不捐，自然地袒露内心世界。而刘义庆对于简约冲淡的追求，进一层看，又是为了表现“玄韵”，越简淡则越玄远，越追求玄远则越讲求简淡。所以明胡应麟《少室山房笔丛·九流绪论（下）》说：“刘义庆《世说》十卷，读其语言，晋人面目气韵，恍惚生动；而简约玄澹，真致不穷，古今绝唱也。”“《世说》以玄韵为宗，非纪事比。”

魏晋南北朝志怪的主导风格也是简淡妙远。罗列一下《四库全书总目提要》的评价是必要的。《搜神记》提要：“其中叙事多古雅。”《搜神后记》提要：“其书文词古雅。”《异苑》提要：“其词旨简淡，无小说家猥琐之习，断非六朝以后所能作。”纪昀《姑妄听之·自序》也谈道：“缅昔作者，如王仲任、应仲远，引经据古，博辩宏通，陶渊明、刘敬叔、刘义庆，简淡数言，自然妙远。”所谓“古雅”，和“简淡”、“自然”相通；与之相对的则是“叙述宛转”，文采烂然。

笔记体作者推崇简约冲淡的传统，在宋、清两代得到进一步发扬。宋欧阳修《归田录·自序》说：“《归田录》者，朝廷之遗事，史官之所不记，与夫士大夫笑谈之余而可录者，录之以备闲居之览也。”确实，欧阳修没有那种著书立说的庄严感，他不管记什么都如朋友谈天，平易亲切，活泼愉快，绝不雕琢矜持，刻意渲染。实际上，宋人笔记大都呈现出这种娓娓叙来、明晰简洁的气象。

清代纪昀一再强调，他写作《阅微草堂笔记》乃是为了

---

① 吕叔湘：《笔记文选读》，上海古籍出版社1979年版，第1页。

“消闲”。如《滦阳消夏录》自序：“乾隆乙酉夏，以编排秘籍，于役滦阳……昼夜无事，追录见闻，忆及即书，都无体例。”《槐西杂志》自序：“公余退食……自僚属白事外，宾客殊稀。昼长多暇，晏坐而已。……因置一册于是地，遇轮直则忆而杂书之……”《姑妄听之》自序：“今老矣，无复当年之意兴，唯时拈纸墨，追录旧闻，姑以消遣岁月而已。”《滦阳续录》自序：“景薄桑榆，精神日减，无复著书之志，唯时作杂记，聊以消闲。《滦阳消夏录》等四种，皆弄笔遣日者也。”所谓“消闲”，并非无所用心，它指的是一种创作状态或创作目的：作品是写给自己看的，是写给亲朋好友看的，茶余酒边，聊资谈助。“因此只是随笔写去，如‘秀才撰写家书’，不太注意技巧。笔下清新活泼，自饶风致，不缺乏幽默感，也有说得很俏皮的话，则是作者性情的自然流露，不是做出来的。”[①] 在益人神智的同时，也呈露了作者个人的性情、涵养，但这种呈露不像传奇那样热烈豪迈。这是隐藏了激情的笔墨，有如水墨画，虽说墨分五色，却需要细细地品味玩赏。或者借用传统诗论的语言，这是由绚烂至极归于平淡：“发纤秾于简古，寄至味于淡泊。”

总体来看，传奇体与笔记体的叙事风度的差异可归纳为：传奇热烈，笔记恬逸；传奇重才气，笔记重书卷气；传奇讲究描写的婉转华艳，笔记注重叙事的简淡妙远。

（原载《青海社会科学》1992年第6期）

① 汪曾祺：《读一本新笔记体小说》，《光明日报》1990年2月13日。

论志怪三体

从汉至唐，志怪长期隶于史部，直到宋欧阳修等纂《新唐书·艺文志》，才将其归属于子部小说家类。从渊源上看，志怪小说的确是从史书中分化出来的。刘知几《史通·书志》云："古之国史，闻异则书。"《史通·书事》又云："三曰旌怪异……幽明感应祸福萌兆则书之……若吞燕卵而商生，启龙漦而周灭，厉坏门以祸晋，鬼谋社而亡曹，江使返璧于秦皇，圯桥授书于汉相，此则事关军国，理涉兴亡，有而书之，以彰灵验，可也。"清冯镇峦《读聊斋杂说》："千古文字之妙，无过《左传》，最喜叙怪异事，予尝以之作小说看。"近代陆绍明《月月小说发刊词》："《周易》、《春秋》，好言灾异，则《周易》、《春秋》亦有小说野史之旨。"史书中含有志怪的成分，看来没有疑问。

不过，《周易》、《春秋》、《左传》、《史记》等毕竟不是"小说"，因为：一、作者记叙怪异的目的不是为了愉悦读者，而是"事关军国"、"理涉兴亡"，是为了预示或验证重大的历史事变。二、其体例以人事为经纬，怪异只是人事的附属成分。因此，志怪故事从史乘中分离出来成为志怪小说，必须在创作目的和体例两方面均具备独立的品格。以这个标准来衡量，战国时期的《汲冢琐语》、《山海经》等，标志着志怪小说的初步阶段，可视为准志怪小说；两汉的《括地图》、《神异经》、《洞冥记》、《十洲记》等属于基本成熟的志怪小说；魏晋南北朝是志怪小说的黄金时代，诞生了《博物志》、《搜神记》、《拾遗记》等彪炳史册的名著。它们是三个不同类型志怪的代表作。对这三大类型，本文即分别名之为“搜神”体、“博物”体、“拾遗”体。

一 “搜神”体

“搜神”体是志怪小说的主要形式。干宝的《搜神记》、署名陶潜的《搜神后记》、刘义庆的《幽明录》、刘敬叔的《异苑》等是这一类型的代表作。

“搜神”体发轫于汉末陈寔的《异闻记》，经过魏文帝曹丕《列异传》的发展，至东晋初干宝《搜神记》问世，“搜神”体在志怪小说中确立了其主导地位。

“搜神”体在写法上与正史的区别至为明显。北宋以前，正史的体裁主要分为三种：一为编年体，如《左传》；一为纪传体，如《史记》；一为国别体，如《国语》。其中，司马迁所开创的人物传记体尤为学者文人所青睐，两汉时即已蔚为壮观。明焦循《国史经籍志》卷三传记类序云：

> 传记，列传之属也，纪一人之事。
>
> 流风遗迹，故老所传，史不及书，则传记兴焉。如先贤、耆旧、才子、高士、列女，代有其书，即高僧、列仙、鬼神、怪妄之说，往往不废也。

诸如刘向的《列女传》、《列士传》、《孝子传》，嵇康的

《高士传》，均为广泛流传之作。它们的行文格局是，在记叙一人之事迹时，务求详备，首尾贯通。因此，尽管这类著述多因“虚不可信”而被后人视为“小说”，但其写法却严格遵循史家套路。“搜神”体则不事完整和长度，一个片段，一幅素描，就足够了。这是标准的笔记小说的写法，所以它们多以“记”为名。《列异传》虽以“传”名书，却并不谨守“传”的规范，如《望夫石》：

> 武昌阳新县北山上有望夫石，状若人立者。传云昔有贞妇，其夫从役，远赴国难，妇携弱子，饯送此山，立望而形化为石。

《望夫石》摆脱了系统化的叙事，其笔致分外轻盈。

“搜神”体为古代叙事形态的开拓所作的一个贡献是：它大量采用了第三人称限知叙事。一个故事必须有一个讲述人。现代西方的小说批评家认为这一要素的地位甚至超过了人物、情节与主题。中国的正史中，叙事者扮演了无所不在的第三人称目击者的角色，历史人物的一切言行（除了心中所想与“密语”）他都了如指掌。但“搜神”体作家放弃了这一特权。他们记述的是奇闻怪事，为了使读者相信，有必要提供一个见证人。于是，第三人称限知叙事应运而生。我们来看一个实例，《搜神记》卷十九《张福》：

> 鄱阳人张福船行，还野水边。夜有一女子，容色甚美，自乘小船来投福，云：“日暮畏虎，不敢夜行。”福曰：“汝何姓？作此轻行，无笠雨驶，可入船就避雨。”因共相调，遂入就福船寝。以所乘小舟，来福船边。三更许，雨晴月

照，福视妇人，乃是一大鼍，枕臂而卧。福惊起，欲执之，遽走入水。向小舟，是一枯槎段，长丈余。

所谓第三人称限知叙事，意味着作者只能从“这个人物”那里得到信息，作者不能告诉读者“这个人物”所不知道的东西。在上例中，“这个人物”是张福。我们随着他来到野水边，我们通过他的眼睛见到鼍怪的前后表演；作者仍然是叙事者，但不再能对事件进行“全知”的描述——张福以为鼍怪是一“容色甚美”的“女子”，于是作者也只能照他的看法叙述；他最终明白了“女子”是鼍怪，作者也跟着他恍然大悟。作者没有告诉读者任何一点张福所不清楚的情况。《搜神后记》卷一《桃花源》、卷六《张姑子》、《异苑·大客》等，均遵循这一规范。清纪昀写《阅微草堂笔记》，还刻意借此制造真实感，如卷五：

佃户曹自立，粗识字，不能多也。偶患寒疾，昏瞆中为一役引去。途遇一役，审为误拘，互诟良久，俾送还。经过一处，以石为垣，周里许，其内浓烟坌涌，紫焰赫然；门额六字，巨如斗。不能尽识，但记其点画而归。据所记偏旁推之，似是“负心背德之狱”也。

以曹自立的所见所“识”为限，作家有意限制自己的叙事权利，这就增强了可信性。

“搜神”体所向往的风格是“简淡”、雅伤。回顾一下《四库全书总目提要》对其中几部代表作的评价是必要的：

（《搜神记》）叙事多古雅。

（《搜神后记》）文辞古雅。

（《异苑》）词旨简淡，无小说家猥琐之习。

古雅简淡，跟正史的凝重厚实便迥然不同。钱钟书《中国诗与中国画》一文曾经指出："据中国文艺批评史看来，用杜甫的诗风来作画，只能达到品位低于王维的吴道子，而用吴道子的画风来作诗，就能达到品位高于王维的杜甫。中国旧诗和旧画有标准上的分歧。"[①] 何以"神韵派"在画中被视为第一流，而在诗中却只能被视为第二流呢？这植根于诗、画的不同审美指向。"诗言志"，以入世精神为骨，因而格外推崇杜甫的诗风；画则是为了安顿观赏者的心灵，以超尘脱俗为上，因而格外推崇王维的画风。诗、画的这种差异也可延伸到正史与"小说"的对比中来：正史"资治"，"小说""消闲"，故正史讲求凝重，而"小说"则务必淡雅。"搜神"体臻于这一境界，因而成为志怪小说的正宗。

从选材看，"搜神"体的特征在于广泛采集"古今神祇灵异人物变化"。以《搜神记》为例，仙人法术、神灵感应、妖祥卜梦、物怪变化、鬼的生活、神话传说，等等，无不涉及，其中又以仙、鬼、怪形象为核心。这与"拾遗"体、"博物"体颇有区别。

二 "博物"体

"博物"体源于先秦的地理学和博物学。夏禹治水，"定高

---

① 北京师范大学中文系选编：《比较文学研究资料》，北京师范大学出版社1986年版，第517页。

山大川”，这是古代中国人在生产生活中运用地理博物知识的较早尝试，因而一向被视为地理博物学的起点。《论衡·别通》：“禹、益并治洪水，禹主治水，益主记异物，海外山表，无远不至。”《列子·汤问》：“大禹行而见之，伯益知而名之，夷坚闻而志之。”至周代，还专门设立了与山川道里、土地物产、外邦异域有关的机构，如天官冢宰、地官司徒、春官宗伯、夏官司马、秋官司寇、冬官司空。根据这些机构所收集的资料，后人编写成《禹贡》、《周礼·职方氏》及《周书·职方解》等地理博物著作。

战国时期《山海经》的问世，标志着准“博物”体志怪的产生。其特征是：外表还是记地理、物产，但“好怪而妄言”，充满了荒诞的内容。正如《四库全书总目》史部地理类序所云：“古之地志，载方域、山川、风俗、物产而已。其书今不可见，然《禹贡》、《周礼·职方氏》其大较矣……若夫《山海经》、《十洲记》之属，体杂小说。”

汉代的《神异经》、《十洲记》已是成熟的“博物”体志怪。魏晋南北朝的《博物志》、《玄中记》、《述异记》则是“博物”体志怪高峰期的作品，而以《博物志》成就较高。其作者张华（232—300），在当时以“博物洽闻”著称。

从创作目的看，“博物”体小说旨在满足读者对无垠的空间世界的神往之情。古罗马的柏拉图派哲学家和修辞学家郎吉努斯认为，文学形式的力量不是来自技术规则和分析，而是来自更为深刻的东西激情，来自作者对超越现实世界之外的事物的神往，对无垠世界、大洋、星星和埃特纳火山所喷射火焰的神往。真正的东西一定是精神性的，它使听者心醉神迷，使其变得像马一样，奔腾跳跃，甚至使其幻想自己是所听到之物的创造者。的确，对美的热爱是超感觉的思念故园。一本正经的面容不会像表情丰富的面容那样使我们陶醉。“博物”体作家在静默中观照幻象，也热爱幻象，并依靠其内在的、能看到幻象的官能去创造幻象。人类的视野和认识本来被禁锢在狭小的令人窒息的空间中，一旦窗户敞开，使之得以眺望远方异域，怎么不令读者兴奋和沉醉呢？“博物”体志怪的魅力首先即在于此。其中那些最著名的故事，也最充分地满足了读者自由地不受限制地驰骋于空间中的需要，如《博物志》卷八《八月槎》：

> 旧说云天河与海通。近世有人居海渚者，年年八月有浮槎去来，不失期。人有奇志，立飞阁于查（通“槎”）上，多赍粮，乘槎而去。十余日犹观星月日辰，自后茫茫忽忽亦不觉昼夜。去十余日，奄至一处，有城郭状，屋舍甚严。遥望宫中多织妇，见一大夫牵牛渚次饮之。牵牛人乃惊问曰：“何由至此？”此人具说来意，并问此是何处，答曰：“君还至蜀郡访严君平则知之。”竟不上岸，因还如期。后至蜀，问君平，曰：“某年月日有客星犯牵牛宿。”计年月，正是此人到天河时也。

读者借助作品的描述进入银河系，那是多么令人振奋的人生情态。

与创作目的相联系，在题材上，“博物”体志怪以“异物”即远方珍异为主。《山海经》记叙了形形色色的山川道里物产及远国异民；《神异经》“略于山川道里而详于异物”[①]；《十洲记》热衷于向读者介绍道家的大丘灵阜、真仙神官、仙草灵药、甘液

① 鲁迅：《中国小说史略》第四篇，上海古籍出版社 1998 年版，第 16 页。

玉英、奇禽异兽；《博物志》以“物”名书，堪称画龙点睛。“博物”体所展开的“异物”世界是不乏奇妙之处的，如《神异经》：

> 南方大荒有树焉，名曰如何。三百岁作花，九百岁作实。花色朱，其实正黄。高五十丈，敷张如盖。叶长一丈，广二尺余，似菅苎，色青，厚五分，可以絮，如厚朴材。理如支，九子，味如饴，实有核，形如棘子。长五尺，围如长。金刀剖之，则酸，芦刀剖之，则辛。食之者地仙：不畏水火，不畏白刃。

其设想，其风韵，颇有异国情调。

从体例看，“博物”体以方位的移换为依托。不妨浏览一下《山海经》的总目，共十八卷：南山经第一；西山经第二；北山经第三；东北经第四；中山经第五；海外南经第六；海外西经第七；海外北经第八；海外东经第九；海内南经第十；海内西经第十一；海内北经第十二；海内东经第十三；大荒东经第十四；大荒南经第十五；大荒西经第十六；大荒北经第十七；海内经第十八。《隋史》、《唐史》诸志，皆以《山海经》为地理书之冠，并非毫无理由，至少其体例与地理著作非常一致。《神异经》、《十洲记》亦多次被收入地理类。《神异经》共九篇，依次分述东、东南、南、西南、西、西北、北、东北等八荒及中荒的山川道里、神灵异人、草木飞走。《十洲记》历述祖洲、瀛洲、玄洲、炎洲、长洲、元洲、流洲、生洲、凤麟洲、聚窟洲、沧海岛、方丈洲、扶桑、蓬丘、昆仑的奇珍异宝。《博物志》的体例复杂一些，但正如崔世节《博物志·跋》所说：“天地之高厚，日月之晦明，四方人物之不同，昆虫草木之淑妙者，无不备载。”方位的移换仍是其体系所本。

从写法看，“博物”体是从地理书发展来的，重在说明远方珍异的形状、性质、特征、成因、关系、功用，等等，意在使读者清楚明白地把握对象，所以，生动的描写较之曲折的叙事是更重要的。与此相关，“博物”体可以利用图画来加强直观性，如《山海经》，王应麟《王会补传》引朱熹语云：“《山海经》记诸异物飞走之类，多云东向，或云东首，疑依图画而述之。”[①] 明胡应麟《少室山房笔丛·四部正讹（下）》亦云：“经载叔均方耕，欢兜方捕鱼，长臂人两手各操一鱼，竖亥右手把算，羿执弓矢，凿齿执盾，此类皆与纪事之词大异。近世坊间，戏取《山海经》怪物为图，意古先有斯图，撰者因而纪之，故其文义应尔。”[②] 晋陶渊明《读山海经》诗所谓“流观《山海》图”，不是随便写的。

《神异经》是否配有图画不得而知。但其中“状似虎”、“状如人身”、“其状如鸡”一类的陈述方式，突出的仍是对象能够画出的特征。《十洲记》中，“有鸟如乌状”、“形似覆盆”的句型以及对色彩、距离的强调，用意亦同。莱辛《拉奥孔》在谈到绘画或造型艺术与诗歌或文字艺术在功能上的区别时指出，绘画宜于表现物体或形态，而诗歌宜于表现动作和情事。这一对比似也适用于“博物”体与“搜神”体：“博物”体注重表达空间里的景象平列，“搜神”体注重展示时间上的情节延续。所以，就故事性而言，“博物”体是不能与“搜神”体一较长短的。唐琳《博物志·序》称《博物志》“虽多奇闻异事，而简略不成大观”，如果这是批评《博物志》的故事性不强，那是不太

---

① 胡应麟：《少室山房笔丛》，上海书店出版社 2001 年版，第 315 页。

② 同上。

合适的。因为“博物”体本不以叙事见长，它的优势在于刻画事物。

“博物”体偏于刻画空间中的“异物”，这限制了它在题材上向“搜神”体的延伸（“八月槎”已是“搜神”体的写法，但其题材特征依旧是“博物”体的）；同时，地理书的说明力求简洁，这一传统延续下来，遏制了“博物”体在描写方面过于繁缛的辞赋化倾向（《十洲记》已热衷于穷妍极态、镂金错彩，再发展一步即成“拾遗”体了）。因此，“博物”体在题材选择及表现手法方面受到较大制约，其发展潜力较“搜神”体为小。后世的“博物”体名作，仅唐成式《酉阳杂俎》一部；北宋初陶穀《清异录》、宋李石《续博物志》、明游潜《博物志补》，只是强弩之末，聊备一格而已。

三 “拾遗”体

“拾遗”体以晋王嘉《拾遗记》为代表，它是杂传、“博物”体、“搜神”体三者在辞赋的藻饰之风濡染下结合而成的。

藻饰之风对“博物”体志怪的濡染在东汉郭宪的《洞冥记》中便已非常明显。《洞冥记》，又称《汉武洞冥记》、《汉武帝别国洞冥记》、《别国洞冥记》、《汉武帝列国洞冥记》。其主体内容是“绝域遐方”的“珍奇异物及道术之人”。《洞冥记》辞藻丰缛，迥异于《山海经》、《神异经》的简古朴质，如卷四《丽娟》：

> 帝所幸宫人名丽娟，年十四，玉肤柔软，吹气胜兰。身轻弱，不欲衣缨拂之，恐体痕也。每歌，李延年和之，于芝生殿唱《回风》之曲，庭中花皆翻落。置丽娟于明离之帐，

恐尘垢污其体也。帝常以衣带系丽娟之袂，闭于重幕之中，恐随风而去也。丽娟以琥珀为佩，置衣裾里，不使人知，乃言骨节自鸣，相与为神怪也。

《洞冥记》在受到藻饰之风濡染的同时，还显示出“博物”体与杂传融合的迹象：书名《汉武洞冥记》，其体例亦以汉武帝求仙为线索，将种种“异物”加以集中、排比，故《中兴书目》概述此书为“载武帝神怪事”。

著述年代不详的《汉武故事》（有班固或王俭作等说法）也是将杂传、“博物”体、“搜神”体融合的产物。该书又名《汉武帝故事》。杂记汉武帝一生的遗闻轶事，尤以求仙事迹为多。其中穿插了不少描写“异物”的片段，如：

王母遣谓帝曰：“七月七日，我当暂来。”帝至日，扫宫内，然九华灯。七月七日，上于承华殿斋。日正中，忽见有青鸟从西方来，集殿前。上问东方朔，朔对曰：“西王母暮必降尊像，上宜洒扫以待之。”上乃施帷帐，烧兜末香——香，兜渠国所献也。香如大豆，涂宫门，闻数百里，关中尝大疫，死者相系，烧此香，死者止。

《汉武帝内传》与《汉武故事》的形态相近。

王嘉的《拾遗记》将杂传、“博物”体、“搜神”体、藻饰等因素更为成熟地融会为一，“拾遗”体遂与“搜神”体、“博物”体鼎立而三。《拾遗记》的外在框架是杂史和传记型的，前九卷以历史年代为经，卷一记庖栖、神农、黄帝、少昊、高阳、高辛、尧、舜八代事；卷二至卷四记夏至秦事；卷五、卷六记汉事；卷七、卷八记三国事；卷九记晋及石赵事。最后一卷即第十卷则采用“博物”体的著述方式，依次记叙昆仑、蓬莱、方丈、瀛洲、员峤、岱舆、昆吾、洞庭八座名山的奇异景物。

王嘉擅长将“搜神”体的叙事与“博物”体的描写结合，并运之以丰富多彩的辞藻，绚烂夺目。如卷六《后汉》记余光祠：

> 灵帝初平三年，游于西园，起裸游馆千间，采绿苔而被阶，引渠水以绕砌，周流澄澈，乘船以游漾。使宫人乘之，选玉色轻体者，以执篙楫，摇漾于渠中。其水清澄，以盛暑之时，使舟覆没，视宫人玉色，又奏《招商之歌》，以来凉气也。歌曰：“凉风起兮日照渠，青荷昼掩叶夜舒，惟日不足乐有余，清丝流管歌玉凫，千岁万岁喜难逾。”渠中植莲，大如盖，长一丈，南国所献，其叶夜舒昼卷，一茎有四莲丛生，名曰“夜舒荷”。亦云月出则舒也，故曰“望舒荷”。

其叙事、描写的技巧，已相当高。胡应麟《少室山房笔丛·四部正讹（下）》云：“《拾遗记》……中所记无一事实者。皇娥等歌，浮艳浅薄，然词人往往用之，以境界相近故。”① 《拾遗记》的情调确与古典诗（即胡应麟所谓“词”）相通，优美，精致，并不乏神秘、感伤气氛。通过运用各种奇异的幻想，并通过他那种生动的笔墨，以引起读者的快感，充实我们的心灵，王嘉做得是出色的。

在志怪小说中，“拾遗”体算不得正宗。它其实更近于后来的唐人传奇。但这并不影响它在小说史上的地位。因为，文学的

---

① 胡应麟：《少室山房笔丛》，上海书店出版社 2001 年版，第 318 页。

发展动力往往来自于那些非正宗的东西。志怪小说不是一个彻底封闭的系统，志怪的各种体式以及志怪与杂传、辞赋，也不是互不相干的绝缘体。从辨体的角度看，必要的文体规范是作品存在的基本条件，文体规范的限制对任何作家、在任何时代都是不可避免的，不然，各种文体的区别就无从谈起；但同时，文体特征的稳定性和规范性又并非固定的框架，文体之间的区别只是相对而言，它们之间的互相吸取补充，正是促进各种体裁文学发展的途径之一。"拾遗"体借鉴杂传、"博物"体、"搜神"体以及辞赋的手法，摹景状物，细腻丰满，渲染气氛，情味浓郁，对唐人传奇的产生无疑有着直接影响。程毅中《唐代小说史话》第二章认为："唐代传奇，从题材上说源出于志怪，而从体裁上说则源出于传记"，"而最早的作品，当追溯到魏晋南北朝"，"如《赵飞燕外传》、《神女传》、《杜兰香别传》等，就可以看作传奇文的早期作品，与六朝志怪已经有所不同"①。而从整体上看，"拾遗"体为唐人传奇"导夫先路"之功也许更突出些；由此追溯传奇小说的形成轨迹，线索可能会更清晰些。

（原载《学术论坛》1995 年第 6 期）

① 程毅中：《唐代小说史话》，文化艺术出版社 1990 年版，第 20、27 页。

《世说新语》与“世说”体审美规范的确立

轶事小说发轫于先秦，而成熟于魏晋南北朝。先秦诸子如《庄子》、《韩非子》中均有大量的记叙“人间言动”的片段，经书如《论语》中亦不乏富有情味的叙事小品，但其作用是为了“论道说理”，自身的独立价值尚未鲜明地呈现出来。

魏晋是个人的自觉时代。鲁迅《中国小说史略》第七篇尝云：“汉末士流，已重品目，声名成毁，决于片言，魏晋以来，乃弥以标格相尚，惟吐属则流于玄虚，举止则故为疏放，与汉之惟俊伟坚卓为重者，甚不侔矣。”所谓“玄虚”、“疏放”，正是脱略礼法束缚的个性的展示，是对个体人格之美的着意追求。

与这种人格觉醒的进程相统一，绘画艺术中重神轻形的理论风靡一时，文学中抒情诗和抒情小赋取代了“体物浏亮”、一味铺陈的大赋，所有这些都表明，个体的情或富有个性的情在魏晋时代受到社会审美意识的普遍钟爱。

轶事小说正是在这样一个历史条件下获得了独立品格的：远实用而近娱乐。不再附属于“道”、“理”，不再拘谨地受命于严肃的社会责任，它是作家个人性情的间接而真实的展示，是作家享受生活、参与生活的途径之一。

轶事小说在其发生、发展过程中，逐渐形成了三大类别，即以《西京杂记》为代表的“逸事”体和以《世说新语》为代表的“琐言”体，以及以《笑林》为代表的“排调”体。

“世说”体是轶事小说的主要类型。魏晋时期，先后产生了几部以名士的言行片段为辑录对象的笔记，如晋袁彦伯（宏）的《名士传》、裴启的《语林》、郭颁的《魏晋世语》、郭澄之的《郭子》等。但这几部书都已散佚。

南朝宋临川王刘义庆的《世说新语》是以上述几部笔记为基础编撰而成的。它是“世说”体的当之无愧的代表作。刘义庆（403—444），彭城（今江苏徐州）人。南北朝刘宋王朝宗室，袭封临川王，曾任南兖州刺史，加开府仪同三司。性简素，喜招聚文学之士，当时有名文士如袁淑、鲍照、何长瑜等都曾受其礼遇。另撰有《宣验记》、《幽明录》、《徐州先贤传》等，已散佚。鲁迅《古小说钩沉》辑有《幽明录》佚文二百余条。

“世说”体的兴盛与魏晋名士息息相关。中国的名士是一个独特的社会阶层。古代典籍中，这一称谓层见迭出，含义也纷纭不定，或特指德高望重而隐居不仕的人，或特指有才名而尚未出仕的人，或特指所有得名早于得官、得名并非由于得官的人，或特指那些具有名士风度的人。所谓名士风度，正式形成是在魏晋时期，其含义也大致相当于魏晋风流。这种风流的核心是深情、真率，是强烈的叛逆倾向；而外在表现则可用狂、逸、怪、侠四字加以概括：对四平八稳的儒家规范的冲击构成豪荡不羁的“狂”的风度；对缺少生气的芸芸俗众的抗争构成浪漫潇洒的“逸”的风度；对平凡琐碎的日常法则的超越构成脱略形骸的“怪”的风度；对圆滑世故的谦谦君子的背离构成高立崖岸的“侠”的风度。狂、逸、怪、侠，可以说是名士的基本行为方式。我们所说的“名士”就是指具有这种行为方式的人，前述三种含义不在讨论之列。

从取材和宗旨来看，《世说新语》以名士为对象，“以玄韵为宗”[①]。书中提到“韵”的地方很多，如“风韵”（《赏誉》）、“高韵”（《品藻》）、“风气韵度”（《任诞》）、“大韵”（同上）等，所有这些都与人伦鉴识有关，指的是一个人的气质、风貌有清逸、爽朗、放旷之美；而魏晋时的人伦鉴识，又以玄学为其基石。因此，“玄韵”的含义其实就是：玄学的生活情调。

刘义庆以展示玄学的生活情调为核心，这种创作观是对中国史学传统的双重超越。其一，超越了实用的目的而旨在陶情。历史著作与实用的缘分是解不开的，它的目的无外乎“使乱臣贼子惧”，揭示重大事变的因果联系以为后世提供殷鉴之类，因此，不关天下所以存亡之事不录成为史家神圣的宗旨。而刘义庆却把目光投向了富有玄远意味的名士们的生活天地。钱穆在《读〈文选〉》中说：“文人之文之特征，在其无意于施用。其至者，则仅以个人自我为中心，以日常生活为题材，抒写性灵，歌唱情感，不复以世用撄怀。”[②] 移此评《世说新语》，非常恰当。其二，超越了史家笔法而建立起新的文体风格。记事的完整性，褒贬的明确性，风格的庄重性，这是伴随着史传的实用目的而必然出现的情形。而随着刘义庆“以玄韵为宗”，其笔墨也渗出一股新的风味：初非用意，而逸笔余兴，百态横生。所以刘熙载《艺概·文概》推崇道：“文章蹊径好尚，自《庄》、《列》出而一变，佛书入中国又一变，《世说新语》成书又一变。”[③]

“玄韵”的核心是“性灵”，是“情”。名士阶层，向来以真率为其人生的出发点。例如在魏晋风度中，酒曾经占有重要位

---

① 胡应麟：《少室山房笔丛》，上海书店出版社 2001 年版，第 285 页。

② 钱穆：《读〈文选〉》，载《新亚学报》第三卷第二期，1958 年，第 135 页。

③ 刘熙载：《艺概》卷一《文概》，上海古籍出版社 1978 年版，第 9 页。

置。《世说新语》不止一次地写到名士们纵酒酣畅的情景。他们的饮酒，动机当然是多种多样的，或出于享乐，在酒中追求“快意”；或出于韬晦，借饮酒逃避现实；但从更为普遍的情况来看，却是为了“返乎自然”，以求得“物我两冥”的境界。《任诞》载：“王佛大叹言：‘三日不饮酒，觉形神不复相亲。’”“王光禄云：‘酒正自引人著胜地。’”这“胜地”是什么？正是“由老庄哲学出发的自然的艺术的和谐境界”。“对于他们的任真自然，饮酒实在是一种很好的寄托和表现的方法。”①

“返乎自然”的最鲜明的特征便是：用率真坦白的态度处世，想说什么便说什么，想干什么就干什么，无视所谓传统，无视所谓礼法，也无视后世的是非毁誉。他们因此而有着强烈的叛逆倾向。对正统，对世俗，对平凡，他们无不以豪迈的姿态与之抗争。《世说新语·品藻》载庾道季语云：“廉颇、蔺相如虽千载上死人，懔懔恒如有生气；曹蜍、李志虽见在，厌厌如九泉下人。人皆如此，便可结绳而治，但恐狐狸猯貉啖尽。”他们没有那种外似谦逊而实则傲慢的矫情，没有那种浅薄庸俗的乡愿，他们志气宏放，高自期许，不屑于与心目中的碌碌之辈为伍，个体的尊严容不得半点玷污。

这种个体的尊严和自豪，在外观上有时呈现为“狂”，如：“南阳宗世林，魏武同时，而甚薄其为人，不与之交。及魏武作司空，总朝政，从容问宗曰：‘可以交未？’答曰：‘松柏之志犹存。’”（《方正》）有时呈现为“逸”，如：“阮光禄在东山，萧然无事，常内足于怀。有人以问王右军，右军曰：‘此君近不惊宠辱，虽古之沈冥，何以过此！’”（《栖逸》）有时呈现为“怪”，如：“阮宣子尝步行，以百钱挂杖头，至酒店，便独酣

① 王瑶：《中古文学史论·文人与酒》，北京大学出版社1986年版，第164页。

畅，虽当世贵盛，不肯诣也。”（《任诞》）有时呈现为“侠”，如：“张季鹰纵任不拘，时人号为江东步兵。或谓之曰：‘卿乃可纵适一时，独不为身后名邪?’答曰：‘使我有身后名，不如即时一杯酒。’”（《任诞》）正因为有了这样一些个性，中华民族的文明史才不给人以沉寂之感。

《世说新语》中也不时响起凄寂的秋声。魏晋名士的气质，大都是情感型的，与儒家所倡导的理智型大别。这使得他们对生命，对山水，对一般美的事物，都尤其执著和深情，也就免不了有较多的悲凉。他们时常为生命的消逝而悲不自胜，《伤逝》篇记：“王长史病笃，寝卧灯下，转麈尾视之，叹曰：‘如此人，曾不得四十！’及亡，刘尹临殡，以犀柄麈尾著柩中，因恸绝。”尤为可贵的是，魏晋名士面对死亡的凄怆，绝不同于普通人常说的“蝼蚁尚惜性命”。他们珍惜生命，是因为生命之美；这种生命意识弥漫开来，便是对所有美好事物的珍惜。

由“玄韵”而生发出的意境，以空明澄澈为标志。刘义庆无疑极为钟情于晶莹闪亮的意象。笔者曾就《世说新语》作过粗略统计，该书用到“清”的地方约有50余处，其含义大致有三种：一、“清”意味着“远”，意味着纯净，意味着空灵的胸襟，所以有“清远”、“清贞有远操”的用法，所以“清虚寡欲”与“滓秽”（浊）相对，所以“清谈”又称“玄谈”。二、“清”意味着“简”，与烦琐相对，意味着“通”，与滞碍相对，意味着“明”，与“暗”相对，因此有“清通简要”、“清简贵要”、“清辞简旨”、“清淳”、“清澈”等的细致区分。三、“清”意味着“美”，意味着高爽，如“清旨”、“弦甚清”等。所有这三种含义，都集中标志着魏晋名士对“神明开朗”的向往。沿着这个方向发展，完全以秋空般明净的胸襟去追求升华的人生，其结果必然是内外澄澈，于是，一个冰清玉洁、日朗月明的境界出现了。这是魏晋人所醉心的境界，是“清”或“神明开朗”的外化：“时人目夏侯太初‘朗朗如日月之入怀’。海西时，诸公每朝，朝堂犹暗，唯会稽王来，轩轩如朝霞举。”“有人叹王恭形茂者，云：‘濯濯如春月柳。’”（《容止》）这是何等的明净！魏晋人的“开朗”的“神明”（或说“清”的心灵）由此生意盎然地展现出来，构成永恒的艺术世界。

《世说新语》经常提到“简”、“约”，比如《文学》：“王长史谓林公：‘真长可谓金玉满堂。’林公曰：‘金玉满堂，复何为简选？’王曰：‘非为简选，真致处言自寡耳。’”刘孝标注云：“谓吉人之辞寡，非择言而出也。”它如《品藻》称陈玄伯“明练简至”，称王蓝田“真独简贵”，称刘真长“简秀”等，具见魏晋时代对简约的推崇。

简约是“玄韵”的风格化。王长史以为刘真长“可谓金玉满堂”，而林公反问，“金玉满堂”，还谈得上什么“简选”？王长史指出，由选而来（即择言而出）的简，是有心于简，这不是简的极致；“真致处言自寡”，因把握到人生的“真致”，不期然而然的简，才的确可贵。王长史所谓的“真致”，其实就是玄韵。寄意于玄学的生活情调，淘汰掉一切烦冗浮泛之物，于是有了“真独简贵”之美。这也便是所谓“洗尽尘滓，独存孤迥”。

《世说新语》的简约风格及其与玄韵之间的内在联系，古代学者多有评述，如宋刘应登《世说新语·序》：“晋人乐旷多奇情，故其言语文章别是一色，《世说》可睹已。《说》为晋作，及于汉魏者，其余耳。虽典雅不如左氏《国语》，驰骛不如诸《国策》，而清微简远，居然玄胜。”“临川善述，更自高简有法。”明袁褧《刻世说新语·序》：“尝考载记所述，晋人话言，简约玄淡，尔雅有韵。世言江左善清谈，今阅《新语》，信乎其言之也！临川撰为此书，采掇综叙，明畅不繁；……”① 但语焉不详，还须稍作阐述。

《世说新语》之简约，首先表现为情节、背景等的充分淡化或虚化。中国的正史，尤其是以人物传记为主的《史记》、《汉书》等，对人物的家世、生平，通常要做完整的记述，并注意交代时间和空间背景。一般的单篇人物传记亦然。但《世说新语》却截然不同，其中的绝大多数片段，根本不涉及家世、生平，各种背景，无论是时间还是空间背景，均未提及。这是有意的省略，而并非偶一为之，出于无心。其效果有二：一、形式向内容显示出自身的独立性和主动性。《世说新语》是纪实的（少数得之传闻，与事实不符，但不是作者有意的虚构），故其记载多为唐人修《晋书》时取用，如《德行》之“管宁华歆共园中锄菜”、《言语》之“过江诸人”等，但《世说新语》的审美指向却大异于《晋书》，前者被誉为“简约玄淡”，后者则给人凝重之感。这是由于，讲究淡化的《世说新语》，其文体风格有其独特的风味：由情节化、故事化、履历交代走向意绪化；经验世界的人为的完整性消失了，取而代之的是活跃的“玄韵”。而在《晋书》中，“玄韵”却被人为的完整和庄重风格所窒息。二、淡化或虚化有利于传神。传神是魏晋时代的一个重要艺术目标，而达到传神的途径有两条：一是采用顾长康式的非写实的变形手法，如《世说新语·巧艺》所载：“顾长康画裴叔则，颊上益三毛。人问其故，顾曰：‘裴楷儁朗有识具，正此是其识具。看画者寻之，定觉益三毛如有神明，殊胜未安时。’”“顾长康画谢幼舆在岩石里，人问其所以，顾曰：‘谢云：“一丘一壑，自

① 刘义庆：《世说新语》卷首，上海古籍出版社（据光绪十七年思贤讲舍刻本影印）1982 年版。

谓过之。”此子宜置丘壑中。’”把传神与写实对立起来，这是无可奈何的做法，与中国传统的艺术精神不相吻合，故不为刘义庆所取。二是“略其玄黄，取其隽逸”，在写实的前提下传达出对象之“神”。《世说新语》所用的正是这一手法：省略掉无关“神明”的部分，选取对象最富有玄韵之处，以灵隽的笔墨刻画出来；主观向客观舒展，主观由客观而得到纾解。

情节、背景等的淡化或虚化，与宋祁等修《唐书》的简不能同日而语。宋祁的简，即所谓“事增文省”，致力于材料的完备；刘义庆的简，却是尽量删汰无关“神明”的材料，精雕细绘地突出有关“神明”之处。所以，《世说新语》的细节描写，相形之下，往往比正史更多一些曲折，如《尤悔》载：“桓公卧语曰：‘作此寂寂，将为文景所笑。’既而屈起坐曰：‘既不能流芳百世，亦不足复遗臭万载邪！’”宋刘辰翁批注说：“此等较有俯仰，大胜史笔。”确实，《世说新语》的简，是“真致处言自寡”的简，非择言而出的简。刘义庆所创造的一系列言简意赅的新的语汇，如“扪虱而谈”（《雅量》）、“玉山将倾”（《容止》）、“土木形骸”（《容止》）、“木犹如此，人何以堪”（《言语》）、“飘如游云，矫若惊龙”（《容止》）等，既令读者回想起作品所描写的生动细节，又传达出了某种“神明”。细腻与简约的统一，这才是富有魅力的简约。

《世说新语》简约风格的形成，除了靠刘义庆的修炼功夫外，在一定程度上也得益于魏晋清谈本身——因为清谈的特征之一便是“简”。《世说新语·文学》载：“客问乐令旨不至者，乐亦不复剖析文句，直以麈尾柄确几曰：‘至不？’客曰：‘至。’乐因又举麈尾曰：‘若至者那得去？’于是客乃悟服。乐辞约而旨达，皆此类。”又《赏誉》载：“王夷甫自叹：‘我与乐令谈，未尝不觉我言为烦。’”刘孝标注引《晋阳秋》曰：“乐广善以约言厌人心，其所不知，默如也。太尉王夷甫、光禄大夫裴叔则能清言，常曰：‘与乐君言，觉其简至，吾等皆烦。’”足见清谈以简为贵。这种“简”的语言一旦进入笔底，理应有其独特的美感。但我们不能将清谈的影响强调过分，因为“口谈”与“著篇”毕竟有别，《文学》载：“乐令善于清言，而不长于手笔；将让河南尹，请潘岳为表。潘云：‘可作耳。要当得君意。’乐为述已所以为让二百许语；潘直取错综，便成名笔。时人咸云：‘若乐不假潘之文，潘不取乐之旨，则无以成斯矣。’”又载：“太叔广甚辩给，而挚仲治长于翰墨。俱为列卿。每至公坐，广谈，仲治不能对；退著笔难广，广又不能答。”可见，《世说新语》的名言隽句，虽出于其他名士之口，但刘义庆的“错综”之功，仍不宜低估。

（原载《学术论坛》1994 年第 4 期，人大复印资料《中国古代近代文学研究》1994 年第 10 期全文收入；标题原作《“世说”体审美规范的确立——论〈世说新语〉》）

近百年来唐前志怪小说综合研究述评

鲁迅是第一个使用“志怪小说”和“志人小说”的概念对古小说加以分类的学者，他的《中国小说的历史的变迁》第二讲的标题即是“六朝时之志怪与志人”。中国古代的目录学，本有“辨章学术，考镜源流”的传统，清末民初，新小说家又从西方引进了小说类型概念，鲁迅从两方面汲取营养，创造性地使用了“志怪小说”和“志人小说”的小说类型概念，具有丰富的理论内涵，古小说的研究从此进入了一个新的阶段。

“志怪小说”作为一个大的类型概念，它应该包含有若干子类。只有在进一步划分的基础上，研究才可能更加深入。鲁迅的《中国小说史略》将“志怪小说”划分为三类：其一，“文士之传志怪”，包括曹丕《列异传》、张华《博物志》、干宝《搜神记》、陶潜《搜神后记》、刘敬叔《异苑》、刘义庆《幽明录》、吴均《续齐谐记》等；其二，“释家之明因果”，如王琰《冥祥记》等；其三，“方士之行劝诱”，如王浮《神异记》、王嘉《拾遗记》等。鲁迅的划分依据是作者的身份，所以在讨论作品时，首先关注的是作者的动机，如评“释氏辅教之书”说：“大抵记经像之显效，明应验之实有，以震耸世俗，使生敬信之心，顾后世则或视为小说”；至于方士，则“多作异记，以长生久视之道，网罗天下之逃苦空者”；而“文人之作，虽非如释道二家，意在自神其教，然亦非有意为小说，盖当时以为幽明虽殊途，而人鬼乃皆实有，故其叙述异事，与记载人间常事，自视固无诚妄之别矣”。郭箴一《中国小说史》依仿鲁迅的做法，但将六朝志怪小说分为“文士之传志怪”和“佛教徒怎样利用鬼神志怪书”二类，删去了“方士之行劝诱”一类。

刘叶秋比较注重作品题材及表达方式的差异，并据此将魏晋志怪分为三种类型：“一、兼叙神仙鬼怪，不专谈某种宗教或方术，夹杂着零星琐碎没有故事性的记载，以晋干宝的《搜神记》为代表。此类较多，题为魏文帝撰的《列异传》和题为晋陶潜撰的《搜神后记》，最与近似。二、兼叙山川、地理、异物、奇境、神话、杂事等，而着重宣扬神仙方术，以晋张华的《博物志》为代表，乃《山海经》系统的延续。三、专载神仙的传说，以人系事，体同纪传，以晋葛洪的《神仙传》为代表，乃汉刘向《列仙传》的模仿和扩大。苻秦王嘉的《拾遗记》，为古代野史杂传之发展，尤具特色，自成类型。所以我认为研究魏晋南北朝小说，应该以《搜神记》、《博物志》和《拾遗记》为重点，尽先阅读，然后推及其他。”①

刘叶秋的分法在古小说研究界得到较为广泛的赞同。李剑国《唐前志怪小说史》（南开大学出版社 1984 年版）分志怪小说为三个子类：（1）地理博物体志怪小说：由汉人的《括地图》、《神异经》到晋张华的《博物志》等，属于这一类；（2）杂史杂传体志怪小说：由汉人的《汉武故事》、《列仙传》

① 刘叶秋：《魏晋南北朝志怪小说简论》，《古典小说笔记论丛》，南开大学出版社 1985 年版，第 6—7 页。

到晋葛洪的《神仙传》、苻秦王嘉的《拾遗记》等，属于这一类；（3）杂记体志怪小说：由汉人的《异闻记》到晋干宝的《搜神记》、陶潜的《搜神后记》等，属于这一类。其分类与刘叶秋一致。侯忠义《中国文言小说史稿》（北京大学出版社1990年版）分魏晋南北朝志怪小说为记怪类、博物类、神仙类："记怪类"与李剑国所说的杂记体对应；"博物类"与李剑国所说的地理博物体对应；"神仙类"与李剑国所说的杂史杂传体对应。陈文新《中国文言小说流派研究》（武汉大学出版社1993年版）则以三个子类的代表作品标目，分别名之为"搜神"体、"博物"体、"拾遗"体，名目有异，实质则相同。吴志达《中国文言小说史》（齐鲁书社1994年版）分志怪小说为"地理博物类"、"杂记体"、"野史杂传体"，与李剑国所立名目大体一致。

以《搜神记》、《博物志》、《拾遗记》为志怪小说三个子类的代表，在古小说研究界已取得基本一致的意见，尽管对各子类的称谓互不相同。在这个前提下，深入探讨各子类的特点，揭示其魅力所在，便成为新的焦点。我们试考察一下对三个子类在题材选择和表现手法方面的研究状况。

关于题材选择，刘叶秋《魏晋南北朝志怪小说简论》的概括较为简略，但比较中肯，其他学者的描述，有的详细一些，有的全面一些，但并无实质性的差异。比如陈文新《中国文言小说流派研究》认为："从选材看，'搜神'体广泛采集'古今神祇灵异人物变化'。以《搜神记》为例，仙人法术、神灵感应、妖祥卜梦、物怪变化、鬼的生活、神话传说，等等，无不涉及，其中又以仙、鬼、怪形象为核心。这与'拾遗'体、'博物'体颇有区别。""'博物'体志怪以'异物'即远方珍异为主。《山海经》记叙了形形色色的山川道里物产及远国异民；《神异经》‘略于山川道里而详于异物’；《十洲记》热衷于向读者介绍道家的大丘灵阜、真仙神官、仙草灵药、甘液玉英、奇禽异兽；《博物志》以‘物’名书，堪称画龙点睛。”侯忠义《中国文言小说史稿（上）》说：“博物类志怪小说，与《列异传》、《搜神记》、《搜神后记》等不同，它不是单纯的‘记怪’，而是兼有‘博物’（即对事物的博识多知）的特点。这种体例，在志怪小说中，独树一帜，自成一派，后继者不乏其书，构成志怪书的一种固定的类型。因其内容上又多有山川地理等神怪故事，明显受《山海经》的影响，故这类作品又称山川地理博物类。”“记仙人、异人故事的神仙类小说，是志怪小说中较为特殊的题材。它们专记仙境、仙品和仙人……就小说的作者来说，他们都是方士，精通方术，迷恋仙道，作品就是他们‘自神其术’的反映。”

关于志怪小说三个子类的表现手法，古小说研究界的看法则不尽一致。例如“搜神”体，李剑国《唐前志怪小说史》具体分析《搜神记》时，“从小说艺术发展的角度”指出了三个特点：“首先，增强了故事情节的完整性和丰富性，扩大了志怪小说的容量。《搜神记》虽仍是‘丛残小语’格局，但有些段目明显加长……篇幅的增长主要是由于情节的完整化和丰富化。”“其次，与前者相联系的是运用和加强种种表现手段来提高叙事的艺术性。这在较长的故事中尤为突出。具体说，一是叙事讲究条理章法，而且避免平铺直叙，有意起波澜，出周折……二是加强对话描写，通过人物自身对话来显示情节和推进情节发展，而不是主要由作者用自己的话代为叙述……三是对场面、人物动作等进行细节性的描写渲染……四是在叙事中穿插诗歌。”“最后，一些段目开始注意加强人物形象的描写。”这样的分析，基本上是比照“文学概论”作出的。其他研究者，如侯忠义在《中国文言小说史稿》中说：《搜神记》“虽大都是‘丛残小语’式的片段记载，且非‘有意为小说’，但其中一部分优秀作品”，“情节丰富曲折；结构完整；注意使用对话和细节描写来刻画人物性格；采用了韵散相间的形式”，“显示了《搜神记》在志怪小说中的成熟和进步”。相互之间，措辞颇有异同，但其旨均在用西方小说观念来剪裁和衡量中国的志怪小说。这样做当然有其合理性，因为人类的精神结构存在相当程度的一致性。不过，也要承认，中国文学的某些精妙之处，用西方小说理论不足以作出中肯的阐释，在西方文化遮蔽了我们的视野时，尤其需要顾及中国传统中与之相异的思维方式和趣味。正是从这样一种立场出发，陈文新《中国文言小说流派研究》试图对“搜神”体的艺术风格和艺术追求做出“另一种”论述。他认为：“‘搜神’体在写法上与正史的区别至为明显。北宋以前，正史的体裁主要分为三种：一为编年体，如《左传》；一为纪传体，如《史记》；一为国别体，如《国语》。其中，司马迁所开创的人物传记体尤为学者文人所青睐，两汉时即已蔚为壮观……诸如刘向的《列女传》、《列士传》、《孝子传》，嵇康的《高士传》，均为广泛流传之作。它们的行文格局是，在记叙一人之事迹时，务求详备，首尾贯通，因此，尽管这类著述多因‘虚不可信’而被后人视为‘小说’，但其写法却严格遵循史家套路。‘搜神’体则不事完整和长度，一个片段，一幅素描，就足够了。这是标准的笔记小说的写法，所以它们多以‘记’为名。”“‘搜神’体为古代叙事模式的开拓所作的一个贡献是：它大量采用了第三人称限知叙事。一个故事必须有一个讲述人……中国的正史中，叙事者扮演了无所不在的第三人称目击者的角色，历史人物的一切言行（除了心中所想与‘密语’）他都了如指掌。但‘搜神’

体作家放弃了这一特权。他们记述的是奇闻怪事，为了使读者相信，有必要提供一个见证人。于是，第三人称限知叙事应运而生。”“‘搜神’体所向往的风格是‘简淡’、雅饬”。“正史‘资治’，‘小说’‘消闲’，故正史讲求凝重，而‘小说’则务必淡雅。‘搜神’体臻于这一境界，因而成为志怪小说的正宗。”

对于“博物”体，李剑国《唐前志怪小说史》具体分析《博物志》时指出：“作为地理博物体志怪，《博物志》是受了《山海经》影响的。”“书中，地理博物知识及传说，占很大比重，昔人云：‘天地之高厚，日月之晦明，四方人物之不同，昆虫草木之淑妙者，无不备载。’（崔世节《博物志》跋，见《博物志校证》附录）这一点很像《山海经》。”“《博物志》自然也有自己的特点，它虽多记地理博物，但并不限于山川动植、远国异民。一是记载了许多全无故事性的杂考杂说杂物，二是又记载了许多故事性很强的非地理博物性的传说。本来地理博物体志怪的小说特征就不及杂记体来得鲜明，再加上这第一点，结果是博则博矣，但却大大削弱了它的小说性，丛脞芜杂，鸡零狗碎，几乎成了一盘大杂烩。”李剑国所谈的“小说特征”，实即五四以来流行的小说三要素：故事情节，人物形象，艺术上的想象和虚构；这里主要是指故事情节和人物形象。用这样的标准来衡量，《博物志》这类作品当然不如《搜神记》一类作品。陈文新《中国文言小说流派研究》持论有所不同。他从创作目的、体例、写法等方面探讨了“博物”体的特征。从创作目的看，“博物”体小说旨在满足读者对无垠的空间世界的神往之情。从体例看，“博物”体以方位的移换为依托。从写法看，“博物”体是从地理书发展来的，重在说明远方珍异的形状、性质、特征、成因、关系、功用等，意在使读者清楚明白地把握对象，所以，生动的描写较之曲折的叙事是更重要的。如与“搜神”体对比的话，可以这样说：“博物”体注重表达空间里的景象平列，“搜神”体注重展示时间上的情节延续，所以，就故事性而言，“博物”体是不能与“搜神”体一较长短的。它在志怪小说中并不占有主导地位。

对于“拾遗”体，李剑国《唐前志怪小说史》在具体分析《汉武故事》时，归纳了三个特点：第一，历史成分和幻想成分紧密结合。第二，围绕中心人物（武帝）、中心事件（求仙）组织材料，形成长篇结构，不同于一般志怪琐语丛言的格局，这样可以比较充分地展开描写，对后世传奇小说是有影响的。第三，它的文字功底很好，笔触简洁而又雅致；它还运用了描写手段，摹景状物，渲染气氛，描写对话，都比较生动。在评介《拾遗记》时，又强调这部小说文字缛丽，铺彩错金，类似《汉武内传》、《十洲记》而辞藻更为丰茂。侯忠义《中国文言小说史稿》认为：“《拾遗记》的文字绮丽，辞藻丰茂，幻想奇特，有道家风采。正所谓‘事丰奇伟，辞富膏腴’。《拾遗记》就点滴事实敷衍成篇的特点，颇有有意为小说的意思。王嘉似是自觉地进行小说创作。这种靡丽的文辞与夸诞的内容相结合的创作手法，使《拾遗记》在魏晋小说史上占有重要地位，并直接影响了唐传奇的创作。”吴志达《中国文言小说史》举证较为全面：“这类志怪小说在艺术上比较成熟，结构相对完整，有的篇幅长至千余字。如《神仙传》中《壶公》、《张道陵》、《魏伯阳》诸篇，故事跌宕有致，引人入胜，想象丰富，富于变化，人物形象亦较鲜明；《拾遗记》中《申毒国道人》、《铸剑国工人》、《薛灵芸》、《翔风》等故事，都各有特色，写人事而志怪异，似野史杂传而又多民间传说或神话色彩。”陈文新《中国文言小说流派研究》，其主张与上述几位相近，但切入角度稍有不同，他强调“拾遗”体是杂传、“博物”体、“搜神”体三者在辞赋的藻饰之风濡染下结合而成的，经历了一个发展过程。《拾遗记》处于这一发展过程的顶点，其情调与古典诗相通，优美，精致，并不乏神秘、感伤气氛。他依然立足于从“中国特色”的角度理解“拾遗”体。

（原载《学术论坛》2001 年第 2 期，人大复印资料《中国古代近代文学研究》2001 年第 7 期全文收入）

六朝轶事小说综合研究述评

轶事小说又称志人小说，是与志怪小说相对而言的。志怪侧重于记神仙鬼怪，志人则侧重于记人物言行片段。

首创"志人小说"这一术语的是鲁迅。他在《中国小说史略》第七篇中说：魏晋以来，释道互扇而流为清谈，"世之所尚，因有撰集，或者掇拾旧闻，或者记述近事，虽不过丛残小语，而俱为人间言动，遂脱志怪之牢笼也"。1924 年，他在西安作《中国小说的历史的变迁》的演讲，明确使用了"六朝的志人小说"一语，与"六朝的志怪小说"相对。这一命名，从题材上将"俱为人间言动"的一类小说与"鬼神志怪之书"区划井然地分为两种类型，后为学术界所广泛采用。如宁稼雨据之撰专书《中国志人小说史》（辽宁人民出版社 1992 年版），吴志达《中国文言小说史》（齐鲁书社 1994 年版）亦使用"志人"一词。也有一部分学者不用"志人"而用"轶事"，如侯忠义《中国文言小说史稿（上）》（北京大学出版社 1990 年版）、陈文新《中国笔记小说史》（台湾志一出版社 1995 年版）等。用"轶事"而不用"志人"，主要是基于下述考虑：从字面意义上看，凡写人的小说都可称为志人小说。这不仅包括除志怪和部分传奇以外的全部文言小说，连写普通凡人的所有白话小说似亦包括在内。这样的理解，显然与鲁迅原意不符。鲁迅说的志人小说，实指《世说新语》一类作品。照陈文新《中国文言小说流派研究》（武汉大学出版社 1993 年版）的意见，这类作品不讲格高调遒，不在乎文理的有无，闲暇时写，闲暇时读，从整体上弥漫着闲适的氛围。为了突出这种题材特征和表达特征，选用“轶事小说”自有其合理性。还有人使用“清言小说”这一概念，如郭箴一《中国小说史》(上海书店 1984 年版)，理由是《世说新语》等是“清谈”的产物，所记为士大夫的“清言”。

轶事小说的子类划分在古小说研究界存在较大分歧。

鲁迅所说的志人小说，不存在子类划分的问题，因为在其《中国小说史略》中，这一术语所涵盖的小说限于《世说新语》这一类型，《笑林》等作品被视为“《世说》之一体”，所以，《中国小说史略》第七篇专论志人小说，标目即为“《世说新语》与其前后”。以鲁迅的志人小说概念与刘知几、胡应麟、纪昀等的相关概念对比，我们可得出下表。

代表人物	刘知几	胡应麟	纪昀	鲁迅
分类	三曰“逸事”，如《西京杂记》等；四曰“琐言”，如《世说新语》等	第三为“杂录”，如《世说新语》等	一为“杂事”，如《世说新语》、《西京杂记》	“志人”如《世说新语》
出处	《史通·杂述》	《少室山房笔丛·九流绪论下》	《四库全书总目提要》	《中国小说史略》、《中国小说的历史的变迁》

不难看出，鲁迅说的“志人小说”，大体与胡应麟所说的“杂录”、刘知几所说的“琐言”相对应，故宁稼雨《中国志人小说史》认为：“如果仍按鲁迅的划分来理解志人小说的内涵，则不如像刘知几那样直呼其为‘琐言’。鲁迅这个术语的使用对于划清与志怪的界限是有益的，但无形中又给逸事和琐言小说之间制造了新的隔阂，一大批逸事小说等于被拒之小说门外。”

宁稼雨所谓“逸事”，指的是《西京杂记》这一类作品；刘知几在《史通·杂述》中归入逸事类，宁稼雨借用了这一称谓。鲁迅《中国小说史略》曾评介过《西京杂记》，但不是放在六朝部分，而是放在第四篇《今所见汉人小说》中。毫无疑问，鲁迅是将《西京杂记》视为古小说的，只是未将之归类。如果一定要代鲁迅做这件事，似乎只有归入志人小说才算恰当。这样，宁稼雨与鲁迅就没有分歧了。

宁稼雨为志人小说设计了两个子类：逸事和琐言。他在《中国志人小说史》中引用刘知几关于“逸事”和“琐言”的论述，诠释说：“刘氏所说的逸事小说，即指《西京杂记》一类偏于记录野史故事的小说，而他所说的琐言，则指《世说新语》一类以片言只语或简略勾勒来刻画人物为主的小说。”“笔者认为志人小说这个名称应当包括逸事和琐言这两部分文言笔记小说。也就是用志人小说之名，含《四库》所收杂事小说之实。”“我们所谈的志人小说，是以琐言小说为主，同时也兼及逸事小说中的小说成分。”将《西京杂记》一类作品纳入轶事小说范畴，这在笔记小说研究界是占主导地位的意见。侯忠义《中国文言小说史稿》（上）、陈文新《中国文言小说流派研究》和《中国笔记小说史》等都是这样处理的。但也有不同意见。如李剑国《唐前志怪小说史》（南开大学出版社 1984 年版）将唐前古小说分为三类："志怪小说记载神鬼怪异故事，志人小说记载人物琐闻逸事，历史小说则记载传闻性的历史人物事件。"并认为《搜神记》是志怪小说的代表，《世说新语》是志人小说的代表，《西京杂记》是历史小说的代表。吴志达《中国文言小说史》也视《西京杂记》为"著名的杂记体小说"，未纳入志人小说的框架内。

侯忠义、陈文新为轶事小说设计了三个子类。侯忠义《中国文言小说史稿》（上）名之为笑话类（含《笑林》等）、琐言类（含《世说新语》等）、轶事类（含《西京杂记》等）；陈文新《中国文言小说流派研究》为简明起见，称之为"笑林"体、"世说"体、"杂记"体。称谓略异，基本的分类依据是一致的。将轶事小说分为三个子类，或分为两个子类，区别仅仅在于：宁稼雨等人将《世说新语》与《笑林》等归为一类，理由是排调乃"《世说》之一体"；陈文新等人将它们一分为二，则是考虑到，《笑林》等作为独立的笑话集，已非"世说"体所能囊括。

在六朝轶事小说中，《世说新语》居于核心地位，研究成果也格外丰富。

探讨"世说"类小说兴盛的原因，是轶事小说研究中的热点之一。五四时期的学者，一方面受到中国"知人论世"的文论传统的熏陶，另一方面又在西学东渐的背景下受到泰纳等的文艺社会学的影响，眼界开阔，颇具识力。鲁迅《中国小说史略》从时代的思想文化氛围入手，用知识分子心态的变化来解释"文变"，指出"清谈"是"世说"类小说发生、发展的基本动力，把握住了问题的实质。王能宪《世说新语研究》（江苏古籍出版社 1991 年版）是一部有关《世说新语》的专著。该书第三章探讨《世说新语》与魏晋风流的关系，对鲁迅的观点有所丰富和发展。王能宪根据《三国志》、《晋书》等史书和《世说新语》中的大量材料，论证用“风流”或“名士风流”来形容魏晋士人风气或时代特征，并不是后人所赋予的，而是当时人一种明确的追求和崇尚。而《世说新语》一书则集中、充分而又生动地表现了魏晋风流，成了“中国的风流宝鉴”。这表明，《世说新语》既是时代的产物，也是编撰者准确把握时代本质特征的结果。宁稼雨《中国志人小说史》、侯忠义《中国文言小说史稿》（上）、吴志达《中国文言小说史》、陈文新《中国笔记小说史》等也都一致强调清谈促进了“世说”类小说的兴盛。

从取材和宗旨来看，《世说新语》以名士为对象，“以玄韵为宗”，这在学术界几乎没有什么争议，但研究者各自切入的角度和描述的分寸仍有差别。鲁迅注重这一时代特有的文化现象，将《世说新语》定格为“名士教科书”。王瑶是深受鲁迅影响的学者之一，1948 年，他在《中古文学史论》的“初版自序”中说：《史论》第二部分是“文人生活”，“这主要是承继鲁迅先生《魏晋风度及文章与药及酒之关系》一文加以研究阐发的，着重在文人生活和文学作品的关系”[①]。其中《文人与药》、《文人与酒》和《论希企隐逸之风》三篇大量征引《世说新语》，不妨视为对这部小说的一种研究。王能宪《世说新语研究》将魏晋风度概括为谈玄、品题和任诞，着眼点也是文化现象。宁稼雨《中国志人小说史》称《世说新语》为“中古文化的百科全书”，并从“清谈玄学与人物品评”、“文人放诞行为”、“妇女题材”、“暴露丑恶”、“道德追求”五个侧面分别作了描述。（宁稼雨后来撰《〈世说新语〉与中古文化》一书，题旨有所扩大）陈文新《中国笔记小说史》以“玄韵——高远的人生境界”为小标题，对玄学的生活情调作了探索描述。

---

① 王瑶：《中古文学史论》，北京大学出版社 1986 年版，第 4 页。

《世说新语》在艺术表达上的长处，自鲁迅《中国小说史略》发表“记言则玄远冷隽，记行则高简瑰奇”的意见以来，学术界的探讨逐渐深入。在某些方面，看法是比较一致的，比如都肯定《世说新语》善于通过富有特征性的细节勾勒人物的性格和精神面貌，使之栩栩如生；善于把记言记事结合；语言精练含蓄，隽永传神。较早提出一家之言的是宁稼雨。其《中国志人小说史》从体例、形象、语言三个方面探讨了《世说新语》的表现形式。体例方面，他认为“点”、“网”和“空白”特别值得注意。形象方面，他指出了三种方法：合成、对比、以静写动。语言方面的分析以发挥鲁迅的意思为主，认为“玄远冷隽”是就人物语言而言的，“高简瑰奇”是就叙述语言而言的。宁稼雨的探讨，关于体例的部分新意较多，但似乎求之过深。陈文新《中国文言小说流派研究》则从创作观、意境、风格等方面入手，努力揭示《世说新语》独特的魅力。就创作观而言，刘义庆以展示玄学的生活情调为核心，这是对中国史学传统的超越。由玄学的生活情调而生发出的意境，以空明澄澈为标志。简约则是玄学的生活情调的风格化。

如果说，对“世说”体审美特征的探讨，主要集中于解剖《世说新语》，那么，对“杂记”体的评价则较为分散。宁稼雨《中国志人小说史》充分肯定了《西京杂记》的重要性，说它的出现，“开创了志人小说中杂记一体的先河。它与‘世说体’相偶，成为志人小说在体例上的两大潮流，影响直至清代”。但并不打算将对《西京杂记》的分析推广到其他“杂记”中去，在涉及殷芸《小说》等作品时，所归纳出的是另外一些特征。侯忠义《中国文言小说史稿》（上）、王枝忠《汉魏六朝小说史》（浙江古籍出版社 1997 年版）等亦然。陈文新《中国文言小说流派研究》从三个方面肯定了《西京杂记》对“杂记”体小说的示范作用：断代取材，开了后世专题性轶事小说的先河；多记琐事逸闻，意绪秀逸，使之与正史的区划较容易了然；叙事多截取片断，与首尾完整的纪传体有别。只是其他“杂记”与《西京杂记》这个榜样之间，虽有相似之处，而差异却更为明显。这表明，“杂记”体的审美追求是不够一致的。也因这一缘故，“杂记”体尽管作品众多，但就体现轶事小说的基本品格而言，它远不及“世说”体典型。

对“笑林”体的研究立足于对中国笑话的独立地位的重视。鲁迅、宁稼雨等将“笑林”类作品视为《世说新语》之一体，侯忠义、陈文新则将“笑林”类作品视为独立的体式类别。后者的理由较为充分：其一，《世说新语》虽有《排调》一门，但《排调》在《世说新语》中并不占有核心地位；其二，《世说新语·排调》大体上是纪实的，“笑林”类作品却较多虚构的成分，这从其多用“某甲”、“某乙”、“楚人”、“魏人”、“齐人”等来指代人物就看得出来。

三国魏邯郸淳《笑林》是我国第一部笑话集。鲁迅《中国小说史略》认为《笑林》的特点是“举非违，显纰缪”，把握住了其美感特征。宁稼雨从三个方面阐述了《笑林》的价值和局限：第一，邯郸淳的《笑林》是为娱乐皇帝而作的；第二，《笑林》第一次以消闲的态度写人间的故事，实为志人小说之滥觞，但它与汉末清议和魏晋清谈是绝缘的；第三，它是中国俳谐、笑话文学的发端。笑话在记述人事和笔记体两方面，与志人小说同属一脉，但作为喜剧的表现形式之一，又可以自张一军。而在这种文学样式中，《笑林》无疑是起到了开导先路的作用。后代笑话，多有以《笑林》为楷模者。这一点可以成为将《笑林》等作品另立一类的理由，但宁稼雨没有这样做。而侯忠义《中国文言小说史稿》（上）则明确地称《笑林》等为“笑话”：“笑话作为一种文学样式，是举说违反常理之事，揭露矛盾、荒诞之言行，从而使人们从中受到教育和启发。”陈文新《中国文言小说流派研究》将两宋以前的笑话文学的发展历史分为两个阶段。先秦为第一阶段，其特色是“意存微讽，有足观者”，“辞虽倾回，义归于正”，以诙谐的方式达到讽谏的目的。秦汉至唐为第二阶段，笑话的讽谏作用不再受到重视，作者满足于一种滑稽有趣的效果，即刘勰《文心雕龙·谐讔》所谓“虽抃笑衽席，而无益时用矣”。《笑林》就属于这一时期。从“远实用而近娱乐”的角度看，它与《世说新语》等的趋向完全一致。邯郸淳创作笑话旨在“缓和紧张”，旨在从理智上“举非违，显纰缪”，博得一笑，所以，不是道德判断而是智能判断在其中起着决定作用。上述研究成果，比较完整地揭示了《笑林》的特色。

（原载《齐鲁学刊》2003 年第 1 期）

论唐人传奇之“奇”

唐人传奇与唐诗并为“一代之奇”。继魏晋南北朝志怪小说、轶事小说之后，唐人传奇又为中国小说史写下了光彩夺目的一页。

唐人传奇何以在唐代成熟并取得卓越成就？它在精神气质和艺术风貌上有什么足以将自身凸显出来的特征？这些正是我们首先要回答的问题。

一 “传奇”释名

“传奇”一词，可以作为文体名称使用，也可以不作为文体名称使用，这给划定其外延造成了一些困难。我们争取表述得简明一些。

“传奇”名称的外延，有个演变的过程。它最初是唐代裴铏所著小说集的专名，或者如周绍良《〈传奇〉笺证稿》所证明的，它更早是元稹《莺莺传》的原名。到宋代，人们通常在两种意义上使用“传奇”这一名称：一是指唐代裴铏的小说集，如陈师道《后山诗话》：“范文正公为《岳阳楼记》，用对语说时景，世以为奇，尹师鲁读之，曰：‘《传奇》体尔！’《传奇》，唐裴铏所著小说也。”[①] 二是指宋代说话四家中“小说”家门的一个题材类别，灌圃耐得翁《都城纪胜》、罗烨《醉翁谈录》、吴自牧《梦粱录》都罗列有“传奇”一目，其故事均为人世间的爱情。《梦粱录》将诸宫调中写人世恋爱题材的作品也称为传奇。

元代人曾泛称南戏、杂剧、诸宫调为传奇，这可能是就其题材具有奇异性而言的。南戏《小孙屠》第一出“副末开场”有“后行子弟，不知敷衍甚传奇”之语；元钟嗣成《录鬼簿》著录元杂剧作家与作品分类标目，题为“前辈已死名公才人，有所编传奇行于世者”[②]。但元末的陶宗仪已用“传奇”来特指唐代的传奇小说，他在《南村辍耕录》中说：“唐有传奇，宋有戏曲、唱诨、词说……”（卷二十五）“稗官废而传奇作，传奇作而戏曲继。”（卷二十七）[③] 将“传奇”区别于六朝小说（“稗官”）和宋代的戏曲、诸宫调，其文体意义已相当明晰。

明胡应麟在《少室山房笔丛·九流绪论下》里更确切地将“传奇”视为文言小说中与“志怪”、“杂录”等并列的一个类

① 清何文焕辑：《历代诗话》，中华书局1981年版，第310页。明代胡应麟也确认“传奇”首先是指唐代裴铏的小说，其《少室山房笔丛》卷四一《庄岳委谈下》云：“传奇之名不知起自何代，陶宗仪谓唐为传奇，宋为戏诨，元为杂剧，非也。唐所谓‘传奇’，自是小说书名，裴铏所撰，中如蓝桥等记，诗词家至今用之，然十九妖妄寓言也。裴晚唐人，高骈幕客，以骈好神仙，故撰此以惑之。其书颇事藻绘而体气俳弱，盖晚唐文类尔，然中绝无歌曲、乐府若今所谓戏剧者，何得以传奇为唐名？或以中事迹相类，后人取为戏剧张本，因展转为此称不可知。范文正记岳阳楼，宋人讥曰传奇体，则固以为文也。”见胡应麟《少室山房笔丛》，上海书店出版社2001年版，第424页。

② 钟嗣成等：《录鬼簿（外四种）》，上海古籍出版社1978年版，第66页。

③ 上海古籍出版社编：《宋元笔记小说大观》，上海古籍出版社2001年版，第6454、6479页。

别。胡应麟的同时代人臧懋循在其《负苞堂文集》卷三《弹词小记》中还提出了“唐人传奇”这一名称。鲁迅称唐代小说中那些有意虚构，“叙述宛转，文辞华艳”的作品为传奇，正是承胡应麟、臧懋循而来的。

明代嘉靖以后，“传奇”也被用来指称不限出数、各类角色都可以唱、篇幅较长的南曲戏曲剧本。明吕天成《曲品》卷上说：“金元创名杂剧，国初沿作传奇。”[①] 清初李渔在《闲情偶寄》卷一中具体解释说：“古人呼剧本为‘传奇’者，因其事甚奇特，未经人见而传之，是以得名。可见非奇不传。”[②] 他着眼于剧本情节的新奇。近人沿袭明人的习惯称呼，“传奇”遂亦成为戏曲中的一个专名。

可以看出，“传奇”一名的外延比较复杂。本文所讨论的“传奇”，仅指文言小说中的一个体类；超越这一范围的外延，不在我们的视野之中。

二 唐人传奇的文体特征

作为传奇小说，它在精神气质和艺术风貌上的特征是什么？或者换一种表述，就文体而言，唐人传奇有什么特征？

1. 传奇之“奇”与正史之“正”

传奇之“奇”与正史之“正”，这种字面上的对照关系恰好是其逻辑关系的表现。所谓正史，之所以是“正”，乃是因为它“非天下所以存亡”之事“不著”，是朝代兴衰的严肃记录，后

---

① 吕天成：《曲品》，中华书局1990年版，第1页。

② 李渔：《闲情偶寄》，学苑出版社1998年版，第24页。

世君臣可引以为鉴。在正史中，细腻的情感描写和日常生活铺叙是应力求避免的。《史记》避免不够，便被讥为过于好奇。而传奇小说却不大关心那套“天下所以存亡”之事，也不留意人世间的功业和勋名。它与“无关大体”（无关“天下所以存亡”的大体）的浪漫人生更为接近。其精神气质与正史完全不同，正史是“正”，传奇小说当然就是“奇”了。因此，结论是：唐人传奇之“奇”，乃是指它的“无关大体”。

就具体的题材指向而言，传奇之“奇”与爱情、豪侠和隐逸三者的联系非常密切。

唐人传奇是在德宗至宪宗朝发展到鼎盛阶段的，而其主要标志便是爱情题材的作品骤然勃兴。清章学诚《文史通义》卷五《诗话》谈到唐人传奇时说：“大抵情钟男女，不外离合悲欢，红拂辞杨，绣襦报郑，韩李缘通落叶，崔张情导琴心，以及明珠生还，小玉死报。凡如此类，或附会疑似，或竟托子虚，虽情态万殊，而大致略似。”① 沈既济《任氏传》、许尧佐《柳氏传》、元稹《莺莺传》、白行简《李娃传》、陈鸿《长恨歌传》、蒋防《霍小玉传》、沈亚之《湘中怨解》、李朝威《柳毅传》、佚名《韦安道》以及《玄怪录·崔书生》等，均为有声有色的爱情名篇。

“以武犯禁”的豪侠在先秦一度备受重视，司马迁的《史记》曾专设《游侠列传》。但秦汉以后，为侠者只有三条路可走：一是占山为王，成为《水浒传》世界的好汉；二是为清官效命；三是横行一方，实即土豪。自唐代确立官修正史的制度后，历代正史不再为侠士立传，这不仅因为行侠难以见容于大一

---

① 章学诚著，叶瑛校注：《文史通义校注》，中华书局 1994 年版，第 560—561 页。

统的天下，而且由于侠这一社会阶层确已不复存在。然而，有意味的是，唐人传奇与正史的趋向截然相反：在被正史所忽略的爱情题材勃兴的同时，被大部分正史所摒弃的豪侠义士也成为光彩夺目的主角。冯燕风神高迈，“杀不谊，白不辜，真古豪矣”；吴保安与郭仲翔，高行侠举，其人际关系已从世俗的机变算计中超越出来；昆仑奴以打抱不平为核心内容；柳毅亦儒亦侠，梗概多气。女侠的出现在小说史上尤具划时代意义。红线、红拂、聂隐娘，这是女侠中的佼佼者；而那些以复仇为人生主题的女侠则似乎对后世影响更大。

正史总是为建功立业者立传，唐人传奇却鼓励读者去做隐士。沈既济《枕中记》、李公佐《南柯太守传》是表达这种见解的重要篇目。《枕中记》的卢生、《南柯太守传》的淳于棼都饱享了人生的荣华富贵，也备尝了失宠受辱的凄凉悲辛，大梦骤醒，他们的感受是什么呢？归结到一点，无非是人生的短促与人世的逼仄。有人以为人生很长，可以慢慢消受，殊不知卢生那个几十年荣辱的大梦做完，“主人蒸黍未熟，触类如故”。淳于棼在大槐安国叱咤风云，自以为那片天地非常宽广，谁知仅同区区蚁穴。既然人生是如此短暂，人世是如此逼仄，一切升沉、荣辱，又有什么值得营求、值得挂在心上的呢？卢生、淳于棼豁然悟道，便是由这一逻辑演绎出来的。

唐代后期的传奇将《枕中记》、《南柯太守传》的悟道具体化为求仙。诸多作品所设计的仙境，其实是山水诗的境界，本质上是对隐士生活的一个侧面的观照。这种“好游山水”、“永绝宦情”的心理，自然是由乱世所造成的，但作家们热衷于用传奇小说来加以抒写，正说明它本来有着注重隐逸题材的传统。

爱情、豪侠、隐逸，这三种题材向来为正史所拒绝，或处于正史的边缘，而在唐人传奇中，它们却居于中心位置。这种反差是值得关注的，因为二者同属于叙事体裁。叙事的正史和叙事的传奇在题材选择上容或有重合的部分，但其区别却是显而易见的。正、奇之别，题材选择的差异是一个重要的方面。

2. “嗜奇”、“好异”的想象

唐人传奇成熟于一种独特的社交氛围中。唐代士大夫的社交文化，其特点似不如魏晋显著，但至少有一点是可以指出的：那时的文化人除了爱切磋诗、文、赋之外，也爱谈说奇闻逸事，诸如神仙、鬼怪、轶事等。他们不求事情的真实，而希望从中获得超越日常生活的幻想情趣。许多传奇作者对此都津津乐道，如《太平广记》卷二八《郗鉴》（出《纪闻》）、卷七四《俞叟》（出《宣室志》）、卷八三《张佐》（出《玄怪录》）、卷一二八《尼妙寂》（出《幽怪录》）、卷三四三《庐江冯媪》（出《异闻集》）、卷四八八《莺莺传》（元稹撰）、陈鸿《长恨歌传》、李公佐《古岳渎经》、皇甫枚《三水小牍·王知古》等都描述了当时士大夫热衷于“宵话奇言”、“征异话奇”、“各征其异说”、“宵话征异”的社交生活。在这种不乏浪漫色彩的社交氛围中，唐人以六朝志怪为借鉴，以社会人生为参照，以佛道的想象为羽翼，从而创造了丰富多彩的幻想世界。

幻想伴随着虚构。因此，虚构成为唐人创作传奇的一个重要手法。明胡应麟《少室山房笔丛·二酉缀遗中》说：“凡变异之谈，盛于六朝，然多是传录舛讹，未必尽幻设语。至唐人乃作意好奇，假小说以寄笔端，如《毛颖》、《南柯》之类尚可，若《东阳夜怪录》称‘成自虚’，《玄怪录》‘元无有’，皆但可付之一笑，其文气亦卑下亡足论。”[①] 虽意存贬抑，但却准确地指出了唐人“作意好奇”这一事实。一些传奇作家往

---

① 胡应麟：《少室山房笔丛》，上海书店出版社2001年版，第371页。

往有意在小说中留下虚构的痕迹，比如李公佐《谢小娥传》。谢小娥的父亲和丈夫被申春、申兰劫杀，他们向谢小娥托梦，理当直接点出申春、申兰的名字，可是他们偏不，而用“田中走，一日夫”隐申春，以“车中猴，东门草”隐申兰，以至于小娥好多年都弄不清仇人是谁。这显然不合情理。“此类由于记录者欲神其说，不必实有其事。”（纪昀《阅微草堂笔记》卷二十一）“嗜奇”乃唐代传奇作者的基本特征之一。对于唐人传奇的某些虚构，用“不中情理”加以责备是不大合适的，因为它的作者正是要在对日常“情理”的违背中获得一种超乎寻常的风味。

3. 传、记的辞章化

唐人传奇基本包括传、记两种体制。“传”较多地继承史家纪传体的传统，对人物的生平、出处、归宿等有相当完整的交代，文末通常还有一段论赞式的议论；“记”偏于继承志怪小说的传统，不大注意交代人物生平，而是截取人生的某一片段加以记叙。但无论是“传”，还是“记”，它们都属于“文、笔”中的“笔”，属于史书一脉。从这样的角度看，说唐人传奇受到史家影响是毋庸置疑的。

但是，尚未辞章化的传、记是不具备传奇小说品格的，或者说，只有与“文”（辞章）融合的“笔”（传、记）才算具备了传奇小说品格。于是，在传、记与辞章之间寻找区别和联系，就是为传奇小说定位的一个较为可行的办法。

首先从六朝的文、笔之别说起。

南朝·梁昭明太子主编的《文选》，是一本影响极大的“文（诗、赋、骈文）选”。他在序文中介绍了他的编选原则：一是不选经书，如《论语》、《孟子》等；不选子书，如《庄子》、《荀子》等；因为经书其体尊严，不宜加以删汰，而子书“以立意为宗，不以能言为本”，即子书注重的是思想，而不是文章的形式、辞藻、声调。二是不选史书，因为“记事之史，系年之书，所以褒贬是非，纪别异同，方之篇翰，亦已不同”。历史著作经由对事实的记叙揭示历史演变的规律，表达作者的价值判断，仍以思想和见识为骨，与经、子属于同一类型。萧统钟情的是“事出于沉思，义归乎翰藻”的美文（诗、赋、骈文），这种美文所要达到的效果，是使读者“情灵摇荡”。这表明，“文”是一种抒情的文体类别。为了取得较好的抒情效果，它特别讲求形式、辞藻、声调。

毫无疑问，属于“笔”类的史书与属于“文”类的辞章，两者之间存在重要的区别。比如，史书通常排斥景物描写，排斥虚构，排斥第一人称限知叙事和第三人称限知叙事，排斥私人化的感情，排斥色彩清丽或绚烂的措辞，而诗、赋、骈文则排斥重大的历史事件，排斥对哲理的原原本本的阐释，而钟情于史书所排斥的那些方面。二者的区别使传、记与辞章分道扬镳，自成面目。而唐人传奇作为新型文体的特征之一，即将传、记辞章化，将文、笔融成一体，从而创造了一种新的文学样式。比如，《南柯太守传》、《补江总白猿传》以“传”命名，叙人记事，这都受赐于史书，但前者的结尾“假实证幻，余韵悠然”（鲁迅《中国小说史略》），后者着力于风景的描绘，则显然是仿效辞章。沈亚之的《秦梦记》，以“记”命名，叙奇搜异，这都受赐于志怪，然而，《秦梦记》虽安排了沈亚之在梦中娶秦穆公女儿弄玉的情节，但对这段“驸马”生活并未花费多少笔墨，而是以弄玉“声调远逸，能悲人”的箫声作为焦点，渲染由悼亡、伤别引发的感伤情调。后一方面主要受到诗的濡染。至于裴铏《传奇》，以骈文叙事写人，更明确显示出传、记辞章化的特点。可以有把握地说一句，传、记辞章化，这是唐人传奇文体成立的基本前提之一。就这一特征而言，我们不妨称唐人传奇为辞章化传奇。

以上我们从三个方面阐释了唐人传奇的文体特征，即面向“无关大体”的浪漫人生；注重想象和虚构；传、记辞章化。这三个方面，又以第三点最为重要。或者这样表述：“传、记辞章化”是唐人传奇最基本的文体特征。唐人传奇融传、记与辞章为一体，建立了若干新的写作惯例：从选材上看，唐人传奇对想象世界和私人感情生活倾注了浓厚的兴趣；就艺术表达而言，唐人传奇在传、记的框架内穿插大量景物描写，注重形式、辞藻、声调的经营，不仅采用第三人称客观叙事和第三人称限知叙事，还不止一次地采用第一人称限知叙事。可以说，只有在融合了辞章的旨趣和表现手法后，传、记才成为了传奇。

三　唐人传奇的发展进程

唐人传奇的发展，如仿照明代高棅《唐诗品汇》对唐诗的分期，大致可分四个时期：初期（618—779），从唐高祖起，到唐代宗止，这是传奇产生及渐趋成熟的时期。盛期（780—820），从唐德宗起，到唐宪宗止，这是传奇发展的鼎盛时期。中期（821—873），从唐穆宗起，到唐懿宗止，这是传奇集创作大获丰收的时期。晚期（874—910），从唐僖宗起，延续到五代初，是传奇发展的衰退、变异时期。唐人传奇在其不同的发展阶段，不仅作品数量存在差异，在精神气质和艺术风貌方面也存在显著不同。

1. 初期唐人传奇

产生于唐初至代宗朝的单篇唐人传奇，现存的名作有王度

《古镜记》、无名氏《补江总白猿传》、张鷟《游仙窟》、陈玄祐《离魂记》。唐晅《唐晅手记》、张说《梁四公记》、郭湜《高力士外传》等亦有可取之处。“单篇文字形式本来用于辞赋、散文、传记等，而用于述异语怪的小说，反映出把小说文章化，亦即自觉创作的产生。”① 这一时期的传奇集或者收录有传奇的小说集，主要有三部：牛肃《纪闻》（约乾元年间）、张荐《灵怪集》（约大历年间）、戴孚《广异记》（约大历末至建中初年）。

从唐初到代宗朝，这是一个艰难的发轫期。唐人传奇带着六朝志怪烙印在它身上的痕迹，步履蹒跚地走上了文坛。

在单篇传奇中，《古镜记》、《补江总白猿传》虽与人事相关，但并未跨越志怪的藩篱。张说的《梁四公记》以闯公、䵍公、䍦公、杰公为线索，记述远国殊方的奇禽异兽、珍宝珠玉等，其取材与汉魏六朝的《神异经》、《十洲记》、《博物记》相类。李舟的《李牟吹笛记》写李牟吹笛而遇异人，亦有志怪意味。郭湜的《高力士外传》属纪实小说，凡玄宗怠政、安史作乱、玄宗幸蜀、马嵬兵变诸事，均事关军国。只有《游仙窟》写张鷟的艳遇，以一种天真的放肆笔调，涉及“进士与妓女”这一在唐人传奇中格外显赫的话题。至于陈玄祐《离魂记》，当然是优美而动人的，但文辞简约，还不足以酿造一种感情生活的氛围。

仙、鬼、妖怪构成此期小说集中最为庞大的形象系列，有关社会人生的情感尚未得到应有的表达。《纪闻》所写到的真人真事，以奇为归，倒与唐传奇的总体特色吻合，尤其是《吴保安》，状写义气，已开颂扬豪侠的先例。《灵怪集》中的《许至雍》、《郭翰》等篇，或叙夫妻之爱，或讲人神之恋，亦粗具

① 李剑国：《唐五代志怪传奇叙录》，南开大学出版社 1993 年版，第 34 页。

“负才则自放于丽情”的品格（汪辟疆《唐人小说·序》）。但这些为数甚少的作品，尚不能蔚成壮阔的景观。

2. 盛期唐人传奇

从唐德宗建中初（780），到唐宪宗元和末（820），这是唐人传奇的鼎盛时期。单篇传奇所达到的成就，构成了文言小说史上一个与唐诗并立的高峰。鲁迅《唐宋传奇集·序例》说：“惟自大历以至大中中，作者云蒸，郁术文苑，沈既济、许尧佐擢秀于前，蒋防、元稹振采于后，而李公佐、白行简、陈鸿、沈亚之辈，则其卓异也。”[①] 其中绝大部分名作都写于贞元、元和年间，只有蒋防的《霍小玉传》、沈亚之的《秦梦记》可能稍晚一些。

除了单篇外，这一时期还产生了两部小说集：牛僧孺《玄怪录》、陈劭《通幽记》。其中，《玄怪录》尤为著名。

考察这一时期传奇小说的审美追求，我们拟着眼于两个方面：整体的精神气质及其在艺术上对前辈的超越。就精神气质而言，其特征是对“无关大体”的浪漫人生的热烈关注；就艺术风貌而言，其特征是“有意为小说”，创造了一系列新的叙事惯例。

这一时期传奇在精神气质方面的基本特征，首先表现在产生了一批直抒出世情怀的作品，如沈既济的《枕中记》、李公佐的《南柯太守传》，都以隐逸号召世人。沈既济（约749—800），苏州吴（今江苏苏州）人。《新唐书》有传，称他“经学该明”，有良史才。德宗朝宰相杨炎推荐他任左拾遗、史馆修撰。后杨炎获罪，他也于建中二年十月（781）被贬为处州司户参军，后入朝任礼部员外郎，撰有《建中实录》。其传奇小说今存《枕中记》和《任氏传》。《枕中记》（《太平广记》卷八三题作

① 鲁迅校录：《唐宋传奇集》序例，齐鲁书社1997年版，第1页。

《吕翁》）写卢生得到道士吕翁的一个枕头，枕之入梦，在梦中登第入官，历任显要，50余年，饱享了人世的富贵荣华，也备尝失宠受辱的辛酸滋味，一觉醒来，主人的黄粱米饭还未蒸熟。他由此感悟到功名的空虚。

《南柯太守传》（《太平广记》卷四七五题作《淳于棼》）是李公佐的名作。李公佐生平不详。他现存的四篇传奇《南柯太守传》、《谢小娥传》、《庐江冯媪传》、《古岳渎经》全都写于贞元、元和年间。《南柯太守传》写淳于棼酒醉沉睡，梦入大槐安国，被招为驸马，享尽荣华富贵，后因威望日高，引起国主疑忌，终被遣归，梦醒方知“大槐安国”乃槐树下一大蚂蚁窝。它和沈既济《枕中记》的构思相近，均“以短梦中历尽一生”。但《枕中记》突出的是“长与短”的对比，梦中数十年，实际上还不够做一顿饭的时间；《南柯太守传》除了“长与短”的对比外，还强调了“大与小”的对比：淳于棼在大槐安国叱咤风云，自以为他活动的天地十分宽广，谁知不过是区区蚁穴！

《枕中记》、《南柯太守传》所抒写的人生如梦、人世局促的出世情怀，在唐以前，一向由其他体裁来承担，比如阮籍的《大人先生传》、《咏怀》诗，陶渊明的《五柳先生传》、《归去来兮辞并序》等。沈既济、李公佐率先“假小说以寄笔端”，确乎别开生面。

对私人感情生活的描写更展开了令人耳目一新的格局。

其一，男女恋情具有了更多自由、浪漫的色彩。初期传奇中的《离魂记》，王宙与倩娘有过非正式的父母之命，这样，他们的感情仍是一种婚姻架构内的感情，而婚姻中的夫妻关系主要是一种伦理关系，责任比感情更加重要。他们维持到生命终点的正式夫妻关系更强化了这种伦理意味。相形之下，许尧佐《柳氏传》之柳氏，李景亮《李章武传》之王氏子妇等，其行为则自始至终不以婚姻为归宿。柳氏以李生之幸姬，而属意于韩翃；一度被沙吒利“宠之专房”后，又重与韩翃聚首。她与韩翃之间，始终不存在正式的夫妻关系，维系二者的纽带是“翃仰柳氏之色，柳氏慕翃之才”的浪漫情怀。就连身为玄宗妃子的杨玉环，陈鸿《长恨歌传》写她的痴情也主要是在她死后——那时她与玄宗之间已不存在现实的婚姻关系。迷恋于夫妻生活之外的爱，而且把这种爱写到铭心刻骨的程度，这是传奇兴盛时期的特点之一。

其二，作家们开始以深刻的悲剧意识来感受这种伦理架构之外的恋情。唐人传奇写夫妻关系之外的恋情，确立了一个基本原则，即这种恋情不对婚姻造成危害或妨碍。所以，我们不难理解一个事实：在蒋防的《霍小玉传》中，霍小玉从未要求成为李益的妻子，在元稹的《莺莺传》中，崔莺莺也对张生的“始乱终弃”表示一定程度的谅解。这样一种恋情，其归属不一定是婚姻，也不与婚姻相冲突。可以说，它既不是合道德的，也不是反道德的，而仅仅是一种被许多人视为人生插曲的感情生活，因而并不被重视。耐人寻味的是，唐人传奇却给了它一席不容忽视的位置：爱情的缺憾与人生的其他挫折如仕途之贬谪、家庭之变故一样，足以使人“情动于中而形于言”。初期传奇中的《离魂记》，已约略涉及男女情人被迫分开的“抑郁”、“悲痛”。而许尧佐《柳氏传》在处理一对情人暌隔的情节时，虽寥寥数语，却深沉悲怅。李景亮《李章武传》叙李章武与王氏子妇亡魂离别，《霍小玉传》写霍小玉对李益的期待，无不感人至深。《莺莺传》和《长恨歌传》也充溢着悲剧意味。

《莺莺传》的结局多次引起争议。宋代的何东白说崔、张“始相遇也，如是之笃；终相失也，如是之遽”，感到传奇的收煞太突然；但逍遥子（可能即赵令畤）认为，元稹已比较充分地写出了张生与莺莺不得已而分离的悲剧性情感：“崔之始相得，而终至相失，岂得已哉！如崔已他适，而张诡计以求见，崔知张之意，而潜赋诗已谢之，其情盖有未能忘者矣。乐天曰：‘天长地久有时尽，此恨绵绵无尽期。’岂独在彼者耶！”[①] 在他看来，崔、张始终是一对有情人，唯其如此，他们“终至相失”的结局才是悲剧性的。这个看法，导致了后世崔、张故事的两种结尾设计：一以金董解元《西厢记诸宫调》、元王实甫《西厢记》杂剧为代表，让有情人终成眷属；一以《不了缘》杂剧为代表，让崔、张永远处于不能相见的痛苦思念之中。这些情况表明，崔莺莺在后世读者中所引起的关注是别的小说人物所不能比拟的。元稹也因此在小说史上获得了重要地位。

霍小玉的悲剧命运构成《霍小玉传》的主体内容。而悲剧的产生，则与其妓女身份密切相关。妓女可能有丰裕的物质生活条件，也可能有良好的文化教养，但社会地位极低，能和奴婢一样地被人买卖或互赠，已丧失基本的人身权利。“她们一生只有三条出路：就是老后为假母，续操旧业，嫁与人为妾媵，入空门为道士或女尼。”[②] 她们不能与士人建立正常的婚姻关系。据孙棨《北里志》“王团儿”条记载：妓女王宜之渴望从良嫁给孙棨，孙棨无奈之下，只好用两句诗拒绝她：“泥中莲子虽无染，移入家园未得无。”正由于妓女（哪怕像泥中莲子一样出污泥而不染）不得“移入家园”，所以，当霍小玉与李益定情之后，尽管李益对她一片深情，并且发誓“粉骨碎身，誓不相舍”，霍小玉仍然清醒地意识到她与李益之间的社会地位的悬殊，对李益的盟约不抱任何幻想。她只希望李益在

① 赵令畤：《侯鲭录》卷五。见上海古籍出版社编《宋元笔记小说大观》，上海古籍出版社 2001 年版，第 2075—2076 页。

② 刘开荣：《唐代小说研究》，商务印书馆 1956 年版，第 146 页。

30岁以前，和她共同度过八年的有限时光，此后李益“妙选高门，以谐秦晋”，她自己则“舍弃人事，剪发披缁”，在青灯古佛旁消磨一生。这确乎是一个“短愿”，即使真的实现，也依旧充满凄楚。然而，一个悲剧性的“短愿”，竟被更大的悲剧所毁灭。

霍小玉的性格与崔莺莺有所不同。崔莺莺自尊心极强，几近高傲，虽“待张之意甚厚”，而从不形于言谈。霍小玉爱李益，心里爱，外面也表露出来。李益逾期未还，霍小玉先是“数访音信”，得不到可靠消息；继之以求神问卜，一样没有结果；最后“赂遗亲知，使通消息”，耗尽家资，不得不典卖“箧中服玩之物”。就这样，她终于知道李生彻底负心了，她也彻底地绝望了，“冤愤益深，委顿床枕”。霍小玉也比崔莺莺刚烈。崔莺莺是温柔的，她以“蒲苇纫如丝”的摧而不折的坚韧来维护自己的尊严；霍小玉则宁可使用激烈的方式来声讨“坏人”。当黄衫豪士将李益挟持到小玉家时，她不是像莺莺那样柔中带刚地拒绝见面，而是抓住机会，痛斥负心郎。

李益是个负心郎，但他鲜明地区别于张生。张生知其不可为而不为，主动抛弃了莺莺。李益知其不可为而欲为，他对小玉表示的盟誓，都发自内心，并非虚与委蛇；但他欲为而不敢为，性格软弱，当受到来自家庭的压力时，就不再坚持自己的信念。他抛弃了小玉，却又始终对她怀有深情，小玉死后，他“为之缟素，旦夕哭泣甚哀”，埋葬的次日，又“至墓所，尽哀而返”。这个在夹缝中挣扎的人物，在一定程度上，也能引起读者的几分同情。

盛期传奇中的豪侠义士是情怀壮烈的大丈夫形象，在他们身上，较多寄寓了作者追求崇高人格的情愫。其中，许俊和黄衫豪士以打抱不平为特色；冯燕则展开“好汉做事好汉当”，宁可自己去死，也不使他人受冤的光明磊落的胸襟；谢小娥矢志报仇，以女性而洋溢出豪侠气息（《谢小娥传》）；郭元振勇于拯人于水火，不计利钝成败（牛僧孺《玄怪录·郭元振》）；柳毅虽为儒生，却也充分地弘扬出豪放之气（李朝威《柳毅传》）。这些形象的出现，标志着豪侠在唐人传奇中已成为主角之一。

此期传奇在精神气质方面的特征，其形成不是偶然的，而与作家们生活的时代密切相关。可以说，这是一个不能令人振奋但也不会使人顿足捶胸的时代。导致唐王朝由盛转衰的安史之乱早已平定，士大夫阶层在经历了一场剧烈的震荡后，已不再如李白等人那样，把建功立业作为首要的追求；他们不再有那种天真烂漫的憧憬。与其关注广阔而虚缈的外在功业，不如退回到个人生活、自我心灵的一隅，品味日常的失意与玫瑰色的爱情。他们较少愤怒，更多的是叹惋，甚至在面对自身的人生挫折时，他们也偏于叹惋。他们摆脱了对功业的沉醉与迷恋，但并没有厌倦人生，相反，倒是多了几分对日常享受的兴趣与智慧。他们的情感由盛唐的豪迈激越一变而为中唐的光怪陆离、温婉细腻。这种与日常人生享受相伴随的浪漫情怀，正是史家视为“无关大体”的那一部分。他们看重“无关大体”的恋情题材、豪侠题材和隐逸题材，其原因即存在于这一事实中。

在艺术追求方面，这一时期的传奇创作加强了“有意为小说”的倾向，并在传、记辞章化方面臻于胜境。所谓“有意为小说”，其内涵之一即有意虚构，着力创造一个丰富多彩的幻想世界。这又具体呈现为两个方面：

其一，不拘束于“古书”的虚构，而向唐代的生活寻找灵感。著名的例子即关于李隆基与杨玉环的恋爱。“若依唐代文人作品之时代，一考此种故事之长成，在白歌陈传之前，故事大抵尚局限于人世，而不及于灵界，其畅述人天生死形魂离合之关系，似以《长恨歌》及传为创始。此故事既不限于现实之人世，遂更延长而优美。然则增加太真死后天上一段故事之作者，即是白陈诸人，洵为富于天才之文士矣。”[①] 白居易《长恨歌》、陈鸿《长恨歌传》以本朝帝王后妃为幻想对象，附会修饰，蔓延滋繁，其摆脱羁绊的倜傥风度，令后世企慕。

据程毅中《唐代小说史话》，沈亚之《秦梦记》也是据真人真事而想象发挥的。当时有一位西河公主，初嫁吴兴沈翚，生一子，沈死后，再嫁郭子仪的孙子郭铦。弄玉再嫁，与西河公主正相仿佛。沈亚之将自己虚拟为弄玉的后夫，也够天真放肆的了。

沈亚之，字下贤，生卒年不详。吴兴人。宋晁公武《郡斋读书志》“沈亚之集”条对其生平有比较详细的记载：“元和十年（815）进士。泾原李汇辟掌书记。为秘书省正字。长庆初，补栎阳尉。四年（824），为福建团练副使，事徐晦。后累进殿中丞御史、内供奉。太和三年（829），柏耆宣慰德州，取为判官。耆罢，亚之贬南康尉，后终郢州掾。亚之以文词得名，狂躁贪冒，辅耆为恶，故及于贬。常游韩愈门，李贺、杜牧、李商隐俱有拟沈下贤诗，亦当时名辈所称云。”李贺在《送沈亚之歌》中称他为“吴兴才人”。他的传奇今存《冯燕传》、《异梦录》、《湘中怨解》及《秦梦记》。写于元和至太和年间。据说《感异记》（一题《沈警感异记》）也是他的作品。

《秦梦记》（《太平广记》卷二八二题作《沈亚之》）是沈亚之的代表作。弄玉在传说中是永远年轻美丽的女仙，沈亚之却设想：萧史已先于弄玉而死；秦穆公于是招沈亚之为驸马，一年后，弄玉“忽无疾卒”，沈亚之为她写了墓志铭和挽歌，出宫还

---

① 陈寅恪：《元白诗笺证稿》第一章，上海古籍出版社1978年版，第13页。

家。沈亚之的梦到此就醒了。这种随意拿神仙开玩笑的想象，与张荐《灵怪集·郭翰》相似；而梦中娶公主，又接近于李公佐《南柯太守传》；至于写挽歌的情节，则是模仿《异梦录》所记王炎梦中为西施写挽歌的故事。转益多师，意在翻新。故汪辟疆《唐人小说》本篇叙录说：“此事本极幽渺，而事特顽艳。吴兴嗜奇，一至于此。”南宋刘克庄《后村诗话》前集卷一曾从命意上批评《秦梦记》，其言曰：“唐人叙述奇遇，如后土夫人事，托之韦郎；无双事，托之仙客；莺莺事虽元稹自叙，犹借张生为名。惟沈下贤《秦梦记》、牛僧孺《周秦行纪》、李群玉《黄陵庙诗》，皆揽归其身，名检扫地矣。”今人李剑国不满于这一说法，他在《唐五代志怪传奇叙录》中反驳道：“亚之自叙艳遇，非同张文成之《游仙窟》，心存猥念，自赋风流。亚之遭际穷蹇，数举而始中一第，从事边府，正字秘书，作尉栎阳，至长庆四年始擢团练副使，时已四十余矣。太和元年罢归游郊，感朱紫无缘，遂托梦以纾其闷。然得妻复失，见用被弃，明富贵难久，用泄其愤，亦犹《南柯》、《枕中》之意也。所谓‘人间春月正怀乐，日暮东归何处去’，其情可见。后村讥以名检扫地，未测其旨耳。”这两种意见，过分着眼于小说的立意，似乎拘谨了些。沈亚之本人在文末曾煞有介事地设问：“呜呼！弄玉既仙矣，恶又死乎？”他暗示读者留意其不拘一格的虚构，因为这才是他的匠心所在。

其二，虚构故事，目的不是或主要不是用来寓劝惩。李公佐如此，沈亚之亦然；牛僧孺则将这一倾向推到极致，以致胡应麟在《少室山房笔丛·二酉缀遗中》批评他的《玄怪录》“但可付之一笑”，纪昀也在《四库全书总目提要》中说他的传奇集“无关风教，其完否亦不必深考也”。其实，关注想象自身的魅力，这正是牛僧孺的通脱之处。

可以举一个例子。《枕中记》、《南柯太守传》强调“大与小”、“长与短”的对比，一方面表现了作者对想象的兴趣，另一方面也表达了作者的人生见解。牛僧孺也多次写到“大与小”、“长与短”的相对性，目的仅是“假笔墨以寄才思”。《岑顺》（《太平广记》卷三六九）叙金象军与天那军对阵：“其下有鼠穴，化为城门。垒敌崔嵬，三奏金革，四门出兵，连旗万计，风驰云走，两阶列阵。”《张佐》（《太平广记》卷八三）叙薛君胄的两耳中跳出二童子，二童子的耳朵中有兜玄国，按照薛君胄的推论：二童子仅“长二三寸，岂复有国土？倘若有之，国人当尽焦螟耳”。事实却与推论截然相反：兜玄国与中国大小相当；其人身高也跟薛君胄不相上下。《侯遹》（《太平广记》卷四百）叙一老翁“尽取遹妓妾十余人，投之书笈，亦不觉笈中之窄”。《巴邛人》（《太平广记》卷四十）叙“轻重亦如常橘”的“二大橘”中，“每橘有二老叟”。大与小的区别在这些小说中已不再存在。而牛僧孺构拟这些情节，只是为了炫奇耀异，并不打算寄寓什么见解或感慨。

小说中穿插诗歌，这在六朝志怪中也偶尔能够见到。如《拾遗记》卷一叙帝子与皇娥并坐，皇娥倚瑟而歌；初期唐人传奇中穿插诗的现象又多了一些。盛期唐人传奇所取得的进展尤为可观：第一，诗的创作与传奇的创作相辅而行、诗人与小说家联手的盛况出现了：白居易作《长恨歌》，陈鸿作《长恨歌传》；元稹作《莺莺传》，李公佐作《莺莺歌》；此外，白行简作《李娃传》，元稹作《李娃行》。叙事诗与叙事的传奇相呼应，其结果之一是小说的抒情色彩分外浓郁。如果说《长恨歌》是一首小说化的诗，那么，《长恨歌传》就是一篇诗化的小说。第二，产生了像沈亚之这样以“诗才”为主要凭借而进入传奇领地的作者，这是前所未有的。沈亚之的诗人气质，使他的传奇成为一种诗化的小说：小说中的主要人物，多擅诗，《湘中怨解》中的汜人，“能诵楚人《九歌》、《招魂》、《九辩》之书，亦常拟其调，赋为怨句，其词丽绝，世莫有属者”。《异梦录》中的“美人”，“好诗，而常缀此”。《秦梦记》中的沈亚之，索性就是作家本人。传奇以他们的名义，写了若干首诗，均堪讽诵。进一步，我们甚至可以说，沈亚之的传奇，其美感魅力的主要来源是诗一样的情调和氛围。如《异梦录》记陇西公所述邢凤之“异”，既不以情节为结构中心（没有一般传奇的悲欢离合），也不以性格刻画为重点（邢凤与丽人的个性均甚模糊），而着力渲染的是一片凄迷渺茫的氛围：沈亚之笔下的古装丽人、情调哀婉的《春阳曲》、舞罢“美人泫然良久”的表情，以及她杳如黄鹤去无踪的行迹，都足以诱发怅惘的意绪，字里行间流荡出一股若吊古、若感时的气氛。同样，他的《秦梦记》虽安排了沈亚之在梦中娶秦穆公女儿弄玉的情节，但对这段“驸马”生活并未花费多少笔墨；在少量的记“驸马”生活的笔墨中，写“乐”更少，倒是着意点出弄玉“喜凤箫，每吹箫，必下翠微宫高楼上，声调远逸，能悲人”的特点。以“悲人”为情绪基调，重点记沈亚之的一首挽歌、一篇墓志铭、两首与秦穆公及宫人的别诗以及这些作品所引发的感伤情调。悼亡、伤别，这些本属于古典诗的题材，就这样进入了传奇小说的领域。第三，诗在性格刻画和情节发展中的作用更重要了。比如在《莺莺传》的末尾，莺莺已嫁他人，张生旧情不断，想再见她一面；莺莺知道张生的意思后，写了一首诗以“谢绝”他：“弃置今何道，当时且自亲。还将旧时意，怜取眼前人。”既抱怨张生，又对张生未能忘情，因相爱而体谅，并没有激烈地予以斥责。自行挣扎，自承痛苦，莺莺的人格有些像古诗中的焦仲卿妻。

把史家的传、记与注重描写的辞赋结合起来，在六朝志怪中偶然也能找到先例，如《搜神记》卷一《弦超》、《拾遗记》卷七《薛灵芸》等；初期唐人传奇中的《补江总白猿传》等已着意于风景的摹绘。但盛期唐人传奇的收获在广度和深度上都是空前的。骈散兼施的描写，极大地拓展了语言的表现力。《柳毅传》、《长恨歌传》、《玄怪录》等的文笔均是第一流的。而沈亚之的“怪艳”，《玄怪录》的诙诡，尤别具风味。传、记辞章化，揭开了传奇小说史的新篇章。

3. 中期唐人传奇

从穆宗初到懿宗末（821—873），这是唐人传奇发展的中期。其成就以传奇集为主，较为著名的有：薛用弱《集异记》、李复言《续玄怪录》、薛渔思《河东记》、郑还古《博异志》、卢肇《逸史》、无名氏《会昌解颐录》、陆勋《集异记》、李玫《纂异记》、张读《宣室志》、裴铏《传奇》、袁郊《甘泽谣》。单篇的著名传奇有：柳珵《上清传》、房千里《杨娼传》、韦瓘《周秦行纪》、薛调《无双传》。无名氏《东阳夜怪录》也可能是这一时期的作品。

考察中期唐人传奇的精神气质，必须注意到一个事实，即这一时期的知识精英，普遍有一种置身世纪末的痛苦；而就艺术风貌而言，“传奇”之“奇”的内涵又有了新的扩充或变迁，与此前相比，由人生内容之“奇”到情节之“奇”，风味已大有不同。这里就其情节之“奇”多说几句。

比如，裴铏、李复言的传奇，其结局往往在开头部分就暗示出来了，但这并未减弱情节的戏剧性，相反还有助于增强其戏剧性。据我看，其成功在于，在经营情节时，从开始到结局，抓住了下述几个关键环节：

第一，中心人物的命运成为读者关注的焦点。如《裴航》（见裴铏《传奇》）中的裴航、《崔炜》（见裴铏《传奇》）中的崔炜、《定婚店》（见李复言《续玄怪录》）中的韦固。《传奇》的情节，以曲折著称。人生本来就是曲折的，诸多格言如“塞翁失马，焉知非福”，“祸兮福所倚，福兮祸所伏”，都蕴涵了穿透生活的辩证法。而裴铏则将生活的辩证法充分地戏剧化了。不妨以《崔炜》为例略作解剖。本篇叙崔炜入南越王赵佗墓及娶齐王女田夫人的事。故事拉开帷幕时，崔炜已因“不事家产，多尚豪侠”而“财业殚尽”，只能栖身于佛庙。尽管如此，他依旧侠骨铮铮，慨然助乞食老妪偿还瓮值。老妪用少许越井冈艾来酬谢他，说是什么赘疣都能治，“不独愈苦，兼获美艳”。老妪的话太令人难以置信了，故崔炜“笑而受之”——这是一个有身份的人虽不拿对方的话当真却也不忍使对方下不来台的宽厚大度的笑；读者呢，同样不相信老妪的艾有如此神通。然而，数日后，崔炜果真为一老僧治好了耳上赘疣。老僧无以奉酬，荐崔炜给“藏镪巨万”的任翁疗“斯疾”，任翁病愈，盛情款留崔炜，欲以十万钱为酬金。至此，读者确信崔炜已时来运转，并期待他“兼获美艳”。正当我们作此预料时，裴铏却让崔炜突然面临杀身之祸——而且凶手就是任翁。“时任翁家事鬼曰独脚神，每三岁，必杀一人飨之。时已逼矣，求人不获。”任翁负心，拟杀崔炜。而崔炜还在等着酬金呢！读者既愤愤不平，又紧张至极。山穷水尽处，忽又柳暗花明。任翁之女私下叫崔炜逃走。慌乱中崔炜落入一大枯井，乃一巨穴，有一数丈长的白蛇盘曲其中。它会吃掉崔炜吗？读者不能不朝这方面想。结果呢？它不但未加害于崔炜，反因崔炜为它治好了嘴上的疣，把他送到了南越王赵佗宫中。后又几经周折，崔炜终与田夫人成亲。故事的结局在开头就已点明：“不独愈苦，兼获美艳。”但具体的情节展开却险象环生，波澜迭起，读者的阅读期待一再落空。这便是“奇”！得失、祸福，本是司空见惯的人生现象，然而到了裴铏笔下，却成了不寻常的戏剧场景。

第二，目的被阻。人物不能得到他所追求的东西，如崔炜、裴航；或人物竭尽全力逃避其归宿，如韦固。人物的命运由此出现曲折，读者的好奇心被进一步激发起来。《裴航》叙长庆年间裴航与仙女云英遇合的事。其旨趣可用“蓝桥便是神仙窟，何必崎岖上玉清”来概括——谁毫不迟疑地投身于爱情，谁就具备了仙的品格。在裴铏看来，爱情的世界即神仙的世界，所以，为他所偏爱的“狂生”追求爱情时总是无拘无束的。裴航见到同船的樊夫人，“乃国色也”，他也不管樊夫人是否已婚，就“赂侍妾袅烟”递去情诗一首，得不到酬答，又“求名酝珍果而献之”，樊夫人无奈，只好直言相告：“妾有夫在汉南……岂更有情留盼他人?”裴航虽然不再“干冒”，却也并未死心，樊夫人不辞而别，他还曾四处寻觅。之后，他见到云英，为云英的美所折服，想起樊夫人说过一句“玄霜捣尽见云英”的话，这才把痴情集中到云英身上来。他急切地提出要娶云英，并一心一意去寻访老妪所指定的聘物玉杵臼。“至京国，殊不以举事为意，但于坊曲、闹市、喧衢，而高声访其玉杵臼”，“或遇朋友，若不相识，众言为狂人”。终于在虢州药铺找到了，又不惜重价，“货仆货马”买下了它。其痴情感动老妪，答应了他的求婚；可云英又要他捣药百日，“航即捣之”。最后，他如愿以偿娶了云英，同时升入仙界。

第三，初步障碍被克服。如崔炜从任翁处脱难，裴航见到云英，韦固派人刺杀陈婆女而未遂。故事朝着既定方向推进，读者期待着预定结局的到来。

第四，目的再次被阻。这次被阻较第一次更难克服。突然出现的情况几乎使中心人物像是走进了与预定结局根本不同的终点。如韦固的娶刺史王泰女、裴航的寻不到玉杵臼、崔炜的落入蛇穴。

第五，突转。艺术中的突转可以将作品以惊心动魄的方式推向结尾，如崔炜被玉京子（蛇）送入南越王赵佗宫中，裴航与云英成亲而成仙，韦固娶的王泰女就是“陈婆女”。结局虽然早已预定，可结局最终到来时却仍令我们愕然：它既是合情合理的，又是出人意料的。

应该说明，我们归纳的几个关键环节只是就大略而言，事实上，在裴铏《传奇》中，目的被阻的次数经常超过两次；薛调《无双传》至少设计了四轮障碍。这些作品对于曲折情节的追求，给后世的通俗文学以巨大启示。

4. 晚期唐人传奇

从僖宗初到五代初（874—910），这是唐人传奇发展的晚期，作品较少，而以传奇集为主，较著名的有：皇甫氏《原化记》、康骈《剧谈录》、高彦休《阙史》、柳祥（或李隐）《潇湘录》、皇甫枚《三水小牍》。较重要的单篇传奇有：无名氏《灵应传》、杜光庭（?）《虬髯客传》。

唐末是传奇的蜕变期。或者说，传奇小说从此进入了长期的低谷状态。这集中呈现为三个方面：

第一，从选材来看，“无关大体”的浪漫人生不再处于这一时期传奇的中心。高彦休、柳祥、皇甫枚、康骈等，似乎没有多少以文为戏的兴趣，不想在传奇中像沈亚之、牛僧孺、裴铏那样以写一个美丽的故事为宗旨。

第二，有些题材陈陈相因，新意不多。以皇甫氏《原化记》为例，其《周邯》（《太平广记》卷二三二）一篇系将裴铏《传奇·周邯》（《太平广记》卷四二二）缩写而成，内容无多大出入，只是将相州改为汴州，王泽改成邵泽，篇末祭龙的改成周邯而已，文字却更为简率。又如《原化记·萧颖士》据薛用弱

《集异记·萧颖士》而加以改动，反而弄得不合情理。胡应麟《少室山房笔丛·二酉缀遗中》说："《集异记》，河东薛用弱撰……萧颖士遇二少年，谓似鄱阳忠烈王。颖士实八世孙，闻言大骇。后会盱眙长勘发冢盗，乃知二少年实发鄱阳冢，忠烈貌如生，因知颖士状类，此理或然。而《原化记》称颖士遇老翁逆旅中，谓尝为萧八代祖书佐，见颖士貌酷肖，不觉咨叹。则《集异》所载诚有之，而《原化》因附会以为神仙。"其他如《原化记·葫芦生》（《太平广记》卷七七）之于卢肇《逸史·李藩》（《太平广记》卷一五三）、《原化记·画琶琵》（《太平广记》卷三一五）之于刘敬叔《异苑·鉅父庙》等，其因袭迹象均甚明显。

第三，以议论为小说，削弱了传奇的美感魅力。散文发展到唐末，出现了罗隐《谗书》这一类几乎全是抗争和愤激之谈的文章，在写法上，简单的故事与由此引申出的尖锐议论相结合，是常用的方式之一。罗隐的这种写法，也为一些传奇作家所采用。柳祥（?）《潇湘录》便极为典型。作者的目的是要表达积郁内心的愤懑不平：或对执政者提出批评，或对某些传统观念提出质疑，或阐述治国的方略。应该说，其立论不乏新警之处，但用传奇来承担这一使命，并不恰当。

皇甫枚《三水小牍》不愧为这一时期最好的传奇集，但其多训诫的倾向却不足为训。《阙史》、《剧谈录》等也爱发劝惩之论。而特别值得一提的，当属单篇传奇《虬髯客传》。

《虬髯客传》写隋末权臣杨素的侍妾红拂与胸有胆略的李靖私奔，二人在赴太原途中结识豪侠虬髯客；虬髯客有帝王之志，后见李世民有"真天子"之风，遂毅然赴海外开创基业，而以家财尽付李靖，嘱他辅佐世民。过了十余年，李靖成为唐朝开国元勋，虬髯客则在海外得手，成为扶余国主。这篇小说的主要成功之处就是塑造了“风尘三侠”（即李靖、红拂、虬髯客）的形象。

许多人认为《虬髯客传》宣扬了唐王朝的永恒性，似乎还不太准确。既然李世民可取隋而代之，别的“真命天子”照样可取唐而代之。小说安排红拂弃隋之重臣杨素而投奔唐太宗未来的佐命大臣李靖，其中就寓有对现政权的不信任，至少在客观上鼓励了唐末士人另择“真主”。明末清初的王猷定在《四照堂集》卷一二《戏论红拂奔李靖》中说：“嗟乎！兴衰去就之际，苟失大势，虽以英雄处此，不能保婢妾之心，况其他乎！”以红拂隐喻明末叛臣，良有以也。《虬髯客传》宣传“天命”的用意，或许仅限于反对“庸庸之徒”的“造次思乱”，至于“真人”，却不妨承担起拨乱反正、使天下大治的重任。

《虬髯客传》的故事在明代备受青睐。凌濛初据以创作杂剧《虬髯翁》，张凤翼和张太和创作了同名传奇剧本《红拂记》。

（原载《江汉论坛》1990年第11期，人大复印资料《中国古代近代文学研究》1991年第3期全文收入，《新华文摘》1991年第3期要目栏收目；收入本书时有较多增补）

论穆宗初至懿宗末的唐人传奇

从穆宗初到懿宗末（821—873），唐人传奇的成就以传奇集为主，著名的有：薛用弱《集异记》、李复言《续玄怪录》、薛渔思《河东记》、郑还古《博异志》、卢肇《逸史》、无名氏《会昌解颐录》、陆勋《集异记》、李玫《纂异记》、张读《宣室志》、裴铏《传奇》、袁郊《甘泽谣》；单篇的著名传奇有：柳珵《上清传》、房千里《杨娼传》、韦瓘《周秦行纪》、薛调《无双传》。无名氏《东阳夜怪录》也可能是这一时期的作品。

一　末世情绪的集中抒写

穆宗至懿宗朝，唐王朝陷入了难以自拔的危机之中。这一历史阶段的朝政大权，基本操纵在宦官手中。从唐宪宗被宦官杀害始，唐朝先后在位的穆宗、敬宗等六位皇帝，除敬宗外，全为宦官所拥立，而敬宗则为宦官所残害。宦官朝权独揽势必会削弱甚至剥夺朝臣的权力，朝臣如不甘心依附宦官，便必然发生对抗，831 年、835 年、854 年就先后三次发生过朝臣谋诛宦官或抑制宦官的事件，而每一次都以朝臣的失败而告终。其结果是宦官权势不断加强，皇朝统治日益衰朽腐败。

除朝臣与宦官之间的斗争（也有勾结）之外，唐王朝内部还有两大矛盾：一是朝臣之间的朋党之争，主要是牛李党争；二是朝廷与藩镇的矛盾以及藩镇之间的矛盾。在上述三重矛盾的交相冲击下，唐王朝日趋没落，农民起义亦随之风起云涌：860 年 1 月，浙东裘甫率众起义；868 年，庞勋在邕州（今广西南宁一带）领导戍卒起义。矛盾更多了，原有的矛盾也进一步激化，唐王朝一天天趋向土崩瓦解。

生活在“山雨欲来风满楼”的时代，士大夫阶层的忧患意识较以往更为强烈。与兴盛期传奇中抒发人生感慨和关于爱情的玫瑰色的情愫不同，此期作家对政治，对重大的关乎国运的问题格外关心。伴随着咏史诗等富有批判锋芒的文学体制的兴盛，传奇亦多影射和抨击社会现实。李玫《纂异记》、郑还古《博异志》在这方面尤具特色。

末世情绪常常经由两条渠道流泻出来：一是抒发盛衰无常的感慨，名吊古而实伤今；一是着力渲染大风暴之前密云翳日令人窒息的气氛。这一时期的传奇正是如此。《太平广记》卷二十九《姚泓》（出《逸史》）记某禅师于南岳遇“一物”，此物自称姚泓。禅师大惊曰：“吾览晋史，言姚泓为刘裕所执，迁姚宗于江南，而斩泓于建康市。据其所记，泓则死矣，何至今日，子复称为姚泓耶？”姚泓回答：“当尔之时，我国实为裕所灭，送我于建康市，以殉天下。奈何未及肆刑，我乃脱身逃匿。裕既求我不得，遂假一人貌类我者，斩之，以立威声，示其后耳，我则实泓之本身。”在这种遇仙故事中，弥漫着的分明是末世的恐惧：大动乱的急风骤雨步步逼近，只要稍微敏感一些，就不免心襟摇摇。《太平广记》卷四十《陶尹二君》（出《传奇》）所流露的恐惧感更为沉重。小说写了一个“古丈夫”的奇遇。他是秦时人，为童子时，值秦始皇好神仙术，被选中，随福入海求仙人，他设计逃了出来，“归而易姓业儒”；不几年，又碰上秦始皇焚书坑儒，“时于危惧之中，又出奇计，乃脱斯苦；又改姓名为‘板筑夫’，偏偏秦始皇修长城，他被抓去当了役夫，于辛勤之中，又出奇计，得脱斯难”；“又改姓氏而业工，乃属秦始皇崩”，大修陵墓，竣工后，工匠全被活埋，“念为工匠，复在其中；又出奇谋，得脱斯苦”。古丈夫从自己的经历体会到，他在世间没好日子过，“遂逃此山，食松脂木石，乃得延龄耳”。所谓“食松脂木石”而得“延龄”，仅是传奇设置情节的套式；“不遇世”以致动与祸会，这才是作品的旨意所在：时值无道之世，处处都是陷阱，处处都是火坑，没有谁能安宁畅适地生活。其他如卷二八《僧契虚》（出《宣室志》）记隋宗室杨外郎“属隋末，天下分礫，兵甲大扰，因避地居山”；卷四二《李虞》（出《逸史》）记杜子华“逢乱避世”；卷四八《李绅》（出《续玄怪录》）众神谓“人世凡浊，苦海非浅”；卷四八《李元》（出《逸史》）叙秦时阉人，“避祸得道”等，无一不流露出唐代后期读书人的“伤心”之情。

吊古伤今的欷歔之声也不断地从这一时期的传奇中响起。《太平广记》卷三五〇《颜浚》（出《传奇》）写会昌（841—846）中颜浚游广陵，与陈后主的妃嫔张贵妃、孔贵妃和隋宫人赵幼芳相遇，或“多说陈、隋间事”，或“多说陈朝故事”，而她们的诗更集中地抒写出盛衰无常的感慨，如：“宝阁排空称望仙，五云高艳拥朝天。青溪犹有当时月，应照琼花绽绮筵。”“皓魄初圆恨彩娥，繁华秾艳竟如何？两朝唯有长江水，依旧行人作逝波。”这与李商隐、杜牧的若干咏史诗的意味相近。《独孤穆》（《太平广记》卷三四二，出《异闻录》）的凄清、感伤氛围更为浓重。

人生无常，人把握不了自己的命运，李复言《续玄怪录》

经常表达这一痛苦的人生经验。在这种末世的灰暗阴影里，求仙意识迅速蔓延开来，这也如同陶潜在动荡不宁的乱世而憧憬温馨芳菲的桃花源一样，因此，此期传奇中的仙境也像桃花源那般诗意盎然，作者们写来总是妙笔生花（自然也不免雷同）。比如《太平广记》卷二十《阴隐客》（出《博异志》）："工人乃入穴探之。初数十步无所见，但扪壁傍行，俄转有如日月之光，遂下。其穴下连一山峰，工人乃下山。正立而视，则别有一天地日月世界。其山傍向万仞，千岩万壑，莫非灵景，石尽碧琉璃色。每岩壑中，皆有金银宫阙。有大树，身如竹有节，叶如芭蕉；又有紫花如盘，五色蛱蝶，翅大如扇，翔舞花间；五色鸟大如鹤，翱翔树杪。每岩中有清泉一眼，色如镜；白泉一眼，白如乳。工人渐下至宫阙所，欲入询问，行至阙前，见牌上署曰'天桂山宫'，以银字书之。"卷三六《李清》（出《集异记》）："如此约行三十里，晃朗微明。俄及洞口，山川景象，云烟草树，宛非人世。"卷五三《麒麟客》（出《续玄怪录》）："下一山，物众鲜媚，松石可爱，楼台宫观，非世间所有。""紫衣吏数百人，罗拜道侧。既入，青衣数十人，容色皆殊，衣服鲜华，不可名状，各执乐器引拜。""其窗户阶闼，屏帏茵褥之盛，固非人世所有。歌鸾舞凤，及诸声乐，皆所未闻。"

这种种仙境，其大要有二：一、仙境的美丽自然景观实即山水诗的境界，它是对隐居生活的一个侧面的观照，所以，小说中的诸多"凡"人，在一度游历仙境后，便淡于宦情，弃家远扬了。如《太平广记》卷四六《白幽求》（出《博异志》）："幽求自是休粮，常服茯苓，好游山水，多在五岳，永绝宦情矣。"《麒麟客》：茂实"遂弃官游名山"，"后不知所在也"。二、仙境中的富贵生活则是对人世荣禄的观照，折射出部分士大夫既想躲避人间祸患，但又舍不得尘世享乐的心理。这两点是矛盾的、无法统一的：隐居则必然要忍受寂寞、清寒的人生；留恋富贵便绝不可能断绝“宦情”。患得患失，希望通过仙境来延续尘世的幸福，这种人生设计不免可笑。真正平实地表达出避难的悲剧性渴望的，是《太平广记》卷四二《李虞》（出《逸史》）。作品所展示的“逢乱避世”的隐居图景是：“川岩草树，不似人间。亦有耕者。”“有佛堂，数人仿饮茶次。”宁作“耕者”而避世，这才是绝望的“乱世民”的心理。《太平广记》卷四四五《孙恪》（出《传奇》）则着意凸显上述两种追求的矛盾：第一种追求，目的在避世，《孙恪》把它具体化为恢复猿的本形，回到深山里去；第二种追求，目的在于满足人生的欲望，《孙恪》把它具体化为幻形入世，为人妻，为人母。小说记一猿精变成美妇袁氏，做了孙恪的妻子，“袁氏赡足，而恪久贫，忽车马焕若，服玩华丽”；后生二子，袁氏辛勤抚育，治家甚严。她作为人的欲望基本上满足了，却忘不了她本来的家，“每遇青松高山，凝睇久之，若有不快意”。最终还是化为老猿，跃树而去，尽管临行还“抚二子，咽泣数声，语恪曰：‘好住！好住！吾当永诀矣！’”她为什么要回山去呢？其经历告诉了读者谜底。这猿原是唐玄宗宫内的宠物，“及安、史之乱，即不知所之”。广德（763—764）间，安史乱平，她才幻形入世。现在她回山去了，是因为天下又要大乱了。裴铏用这个故事说明：隐居生活如同袁氏的回山，非常痛苦；然而面对动乱的时世，人们却只能选择这痛苦的生活。计有功《唐诗纪事》卷六七载：

乾符五年（878），铏以御史大夫为成都节度副使，《题石室》诗曰：“文翁石室有仪形，庠序千秋播德馨。古柏尚留今日翠，高岷犹蔼旧时青。人心未肯抛膻蚁，弟子依前学聚萤。更叹沱江无限水，争流只愿到沧溟。”时高骈为使，时乱矣，故诗有“愿到沧溟”之句，有微旨也。

显而易见，裴铏确实有避世的念头。只是，生活中的裴铏，不及小说中的袁氏果决：袁氏虽然舍不得丈夫和孩子亦即人间的温情，但迫于动乱的时世，还是毅然选择了逃避现实之路。

这一历史阶段的传奇，即使是爱情故事，也常与避乱求仙有关。兴盛期传奇也写仙女与人间男子的爱情，但多是“思凡”类型，此一时期则侧重描述仙女对“凡人”的度脱。《太平广记》卷五十《裴航》（出《传奇》）叙裴航历尽艰辛，终与云英“议姻好”，于是顺理成章，进入了仙界：“别见一大第连云，珠扉晃日……及引见诸宾，多神仙中人也。”“妪遂遣航将妻入玉峰洞中，琼楼珠室而居之，饵以绛雪琼英之丹，体性清虚，毛发绀绿，神化自在，超为上仙。”卷六九《马士良》（出《逸史》）叙马士良答应娶守护上仙灵药的谷神之女为妻，不仅躲过杀身之难，且得长寿。因此，那些不知恋爱为何物的青年男性，作品在讽刺他们如同木偶的前提下，每每更痛心地惋惜他们错过了仙缘。如卷六八《封陟》（出《传奇》），上元夫人有心度脱封陟，三番五次地向他表达倾慕之情，而他一次比一次严厉地拒绝了。上元夫人进一步明确地告诉他：“君能仔细窥朝露，须逐云车拜洞天。”意思是：你娶了我，便能成仙。但这也未能打动封陟。上元夫人不得不感叹：“此子大是忍人！”夫人的侍从亦斥之为“木偶人”，“穷薄当为下鬼”。封陟错过了仙缘，果然三年后“染疾而终”，被缚往太山。适值上元夫人在太山游玩，念其朴戆，判他再活 12 年。然而，12 年太短了，所以，还阳的封陟，每当想起拒绝上元夫人的“昔日之事”，便无限“追悔”，“恸哭自咎”。故事到此戛然而止，其讽喻主旨是明朗的。《太平广记》卷五三《杨真伯》（出《博异志》）之命意与之相似。

侠士的形象在这一时期发展到极致。对侠的兴趣和崇拜，产生于两种心理需要：一是心理上的安全需要。时局动荡，万方多难，遭逢乱世，随时都可能遭遇不测，于是，人们渴望出现那种所向无敌而又富有正义感的英雄，由他们来支撑这倾斜的世界；二是心理上的超越需要。文弱书生，碌碌百姓，太渺小了，但人们又向往那个生龙活虎、气势奔放的英雄的天地，于是便在想象中设计自己，在展望中超越自己，虽然明知是泡影，但毕竟是五光十色、富有魅力的泡影。唐代后期的社会现实，使士大夫的这两种心理需要急遽膨胀，侠士的形象也随之大放异彩。

《太平广记》卷一九四《昆仑奴》（出《传奇》）中的磨勒，仗义行侠，打抱不平，已是读者非常熟悉的形象。卷六九《张云容》（出《传奇》）中的薛昭，亦风标不凡：“薛昭者，唐元和末为平陆尉，以气义自负，常慕郭代公、李北海之为人。因夜直宿，囚有为母复仇杀人者，与金而逸之。”结果他自己锒铛入狱。

打抱不平的升华则是救万民于水火，使“义”具有更为广泛的社会意义。《太平广记》卷一九五《红线》（出《甘泽谣》），红线在迫使田承嗣收敛了吞并薛嵩的野心后，曾自豪地说：“今两地保其城池，万人全其性命，使乱臣知惧，烈士谋安，在某一妇人，功亦不小。”道出了其行侠的动机：她不仅仅是以此报薛嵩之恩，更主要的还是替百姓着想。卷三九四《陈鸾凤》（出《传奇》），陈鸾凤“愿杀一身，请苏百姓”的表白，亦呈现出同样高贵的人格境界。

与侠客的人格相联系，他们往往功夫非凡：昆仑奴从严密的包围圈中飞出，“瞥若翅翎，疾同鹰隼，攒矢如雨，莫能中之，顷刻之间，不知所向”。聂隐娘之师老尼，可打开隐娘脑袋，“藏匕首而无所伤，用即抽之”；隐娘本人能飞，能幻化；妙手空空儿更胜一筹。王立妾“挈囊逾垣而去，身如飞鸟”；红线来去无踪，转眼间“往返七百里”……侠而近乎仙，已非常情所能揣度。

二 传奇风格的新变

这一时期唐人传奇的审美追求有不少引人注目的新因素，由此带来了传奇风格的变化。一些手法或方式，此前的传奇中已经运用过，但在这一时期又有发展和创造。

（一）一波三折的情节之“奇”

如果说兴盛期传奇偏爱“无关大体”的浪漫人生之奇，而营造情节的兴趣相对小一些，那么这一时期正好换了个方向：伴随着“进士与妓女”题材的急遽减少，苦心构思曲折情节的作家占据了小说界的核心位置。裴铏、李复言等是其代表。

爱伦·坡在《写作的哲学》中说：“在动笔之前，对每一个真正的情节从开始到结局要有一个清晰的轮廓，必须进行苦心经营。只有经常心怀故事的结局，使事件的发展，尤其是使一切故事的格调都指向作者意图的方向，我们才能赋予情节一种不可或缺的连贯性或因果氛围。”裴铏、李复言的传奇，其结局往往在开头部分就暗示出来了，但这并未减弱情节的戏剧性，相反还有助于增强其戏剧性。据我看，他们的成功在于抓住了下述几个关键环节：

1. 设计了一个中心人物，他的命运成为读者关注的焦点。如《裴航》中的裴航、《崔炜》中的崔炜、《定婚店》中的韦固。

2. 中心人物的目的或归宿明确。这既规定了小说的情节走向，又加强了小说的神秘感。如裴航的"蓝桥便是神仙窟"、"玄霜捣尽见云英"，崔炜的"不独愈苦，兼获美艳"，韦固的必娶"卖菜媪陈婆女"。

3. 目的被阻。人物不能得到他所追求的东西，如崔炜、裴航；或人物竭尽全力逃避其归宿，如韦固，人物的命运由此出现曲折，读者的好奇心被进一步激活起来。

4. 初步障碍被克服。如崔炜从任翁处脱难，裴航见到云英，韦固派人刺杀陈婆女而未遂，故事朝着既定方向推进，读者期待着预期结局的到来。

5. 目的再次被阻。这次被阻较第一次更难克服。突然出现的境况使中心人物几乎像是走到了与预期结局根本不同的终点。如韦固的娶刺史王泰女、裴航的寻不到玉杵臼、崔炜的落入蛇穴。

6. 突转。威廉·阿契尔在他的名著《剧作法》中指出："如果一个剧作者在他的主题发展中，发现经过他精心设计的、异常吸引人的伟大场面没有任何不自然的紧张或过多的准备和巧合，而这个场面中的一个或者更多的人物，将要经历一种内在精神状态的或外在命运的显然转变，那这位剧作者将是非常幸运的。简言之，对我们来说，'突转'的理论实际上就变成了一种'伟大场面'的理论。"现实生活中的突转是屡见不鲜的，但通常规模较小，艺术中的突转则可以将作品以惊心动魄的方式推向结尾，如崔炜被玉京子（蛇）送入南越王赵佗宫中，裴航与云英成亲而成仙，韦固娶的王泰女就是“陈婆女”。结局虽然早已预定，可结局最终到来时却令我们愕然：它既是合情合理的，又是出人意料的。

（二）意境创造的加强

所谓意境，就是情景交融的艺术形象。其美感特征是“有风韵”，有“韵外之致”。以景寓情的景物描写在其中扮演了重要角色。这一时期唐人传奇中的景物描写较之以前有所突破。

《博异志》、《续玄怪录》、《传奇》里皆不乏景物描写，而《续玄怪录·柳归舜》、《博异志·许汉阳》的想象之丰富，状物之清丽，尤为可观。再看看《纂异记·嵩岳嫁女》（《太平广记》卷五十）的一个场景：

> 至一车门，始入甚荒凉，又行数百步，有异香迎前而来，则豁然真境矣。泉瀑交流，松桂夹道，奇花异草，照烛如昼……其花四出而深红，圆如小瓶，径三寸余；绿叶形类杯，触之有余韵。小童折花至，于竹叶中凡飞数巡，其味甘香，不可比状……步而前，花转繁，酒味尤美。其百花皆芳香，压枝于路旁。

在这样诗情画意的描写中，我们感到了作者李玫急欲摆脱尘世污浊的渴望。

意境的形成并不完全仰赖于写景，真切的人物关系及声口毕肖的言谈，也能创造出“清淡见滋味”的意境。如《博异志·

刘方玄》（《太平广记》卷三四五）叙刘方玄自汉南抵巴陵，夜宿江岸古馆，听人（实为鬼）聊天：

> 至二更后，见月色满庭，江山清寂。唯闻厅西有家口语言啸咏之声，不甚辨。唯一老青衣语声稍重而带秦音者，言曰："往年阿郎贬官时，常令老身骑偏面騧，抱阿荆郎。阿荆郎娇，不肯稳坐，或偏于左，或偏于右，坠损老身左膊。至今天欲阴，使我患酸疼焉。今又发矣，明日必大雨。如今阿荆郎官高也，不知知有老身无?"复闻相应答者。俄而有歌者，歌音清细，若曳绪之不绝。复吟诗者，吟声切切，如含酸和泪之词。幽咽良久，亦不可辨其文，而无所记录也。久而老青衣又云："昔日阿荆郎爱念'青青河畔草'，今日亦颇谓'绵绵思远道'也。"仅四更，方不闻其声。

老青衣的絮叨以及她对小主人的感情，那种谈家常的气氛，一一活现在纸上。

这一时期唐人传奇风格的流变是由一批具有个人风格的作家的创作体现出来的。面对如此庞大而复杂的整体，想用两个侧面来加以概括，无疑是不现实的，但抓住这两个侧面，却是我们宏观地把握这一时期小说审美特征的基点。

（原载《齐鲁学刊》2000 年第 5 期，人大复印资料《中国古代近代文学研究》2001 年第 2 期全文收入）

论宋代话本体传奇的世俗化追求

宋人传奇的衰落是就辞章化传奇而言，而新变则是就话本体传奇而言。话本体传奇在审美追求上表现出什么新的特点？是否成功？这些都是不应回避的问题，我们将从精神气质、艺术表达等层面加以讨论并尽力作出解答。

市民文艺在宋代崛起的标志是说话艺术的兴盛。世俗化追求是促使它蓬勃发展的核心因素。宋元说话，不仅其服务对象主要是市民，其艺人也大都来自于市民。宋周密《武林旧事》卷六《诸色伎艺人》所罗列的民间艺术家，擅长“讲史”的有乔万卷、许贡士、张解元、武书生、刘进士等，并非真有功名，只是说明他们虽置身下层，却也博览群书；擅长“小说”的有粥张三、酒李郎、故衣毛三、枣儿徐荣、爊肝朱、掇绦张茂等，显而易见来自都市社会的下层。这样一群说话人，其说书的目的，如凌濛初《二拍》卷十二所坦率承认的：“从来说的书，不过谈些风月，述些异闻，图个好听。最有益的，论些世情，说些因果，等听了的触着心里，把平日邪路念头化将转来，这个就是说书的一片道学心肠。”① 道德与娱乐杂糅，而道德归根结底还是从属

① 凌濛初：《二刻拍案惊奇》，上海古籍出版社 1983 年版，245 页。

于娱乐，所以，说话人不奢望与正宗的雅文学并肩，他们所仰仗的是《太平广记》、《夷坚志》、《琇莹集》、《绿窗新话》等在雅文学格局中只能屈居末座的作品，南宋罗烨《醉翁谈录·小说开辟》这样介绍说话人的学识：

> 夫小说者，虽为末学，尤务多闻。非庸常浅识之流，有博览该通之理。幼习《太平广记》，长攻历代书史。烟粉奇传，素蕴胸次之间；风月须知，只在唇吻之上。《夷坚志》无有不览，《琇莹集》所载皆通。动哨中哨，莫非《东山笑林》，引倬底倬，须还《绿窗新话》。论才词有欧、苏、黄、陈佳句；说古诗是李、杜、韩、柳篇章。①

虽然也提到“历代书史”及欧、苏、黄、陈、李、杜、韩、柳，但不过从中寻找素材而已。一句话，说话人没有诗文作家那种兼济天下的抱负，甚至也没有唐代传奇作家与宋代轶事小说作家那种表达士大夫浪漫情趣或人生智慧的追求。他们心甘情愿地将其艺术的基本品格划归于“俗”，即郑振铎《中国俗文学史》所说：“不登大雅之堂，不为学士大夫所重视，而流行于民间，成为大众所嗜好、所喜悦的东西。”②

值得注意的是，部分传奇作家扮演了为说话人编写蓝本的角色。南宋罗烨的《醉翁谈录》和皇都风月主人的《绿窗新话》大量摘录古代的传奇故事，无疑是说话人的蓝本书；就连北宋刘斧所编撰的《青琐高议》，也可能是说话人的蓝本书，理由是：（1）有证据表明，其中有些故事确实被宋代说话人讲述过，如

---

① 罗烨：《醉翁谈录》，辽宁教育出版社 1998 年版，第 3 页。

② 郑振铎：《中国俗文学史》，商务印书馆 2005 年版，第 1 页。

《青琐高议》别集卷四《张浩》，《醉翁谈录》题名《张浩私通李莺莺》，《宝文堂书目》著录有宋元话本《宿香亭记》，《警世通言》有《宿香亭张浩遇莺莺》；（2）每篇的题目之下，附有七字的副标题，如前集卷五《流红记》下附“红叶题诗娶韩氏”，卷十《王幼玉记》下附“幼玉思柳富而死”，别集卷二《谭意歌》下附“记英奴才华秀色”，《张浩》下附“花下与李氏结婚”，大约是备说话人写广告之用；[①]（3）文字俚俗，并用了不少口语词汇。

部分传奇作家为说话人编写蓝本的事实提示我们，在宋代，一部分传奇已与俗文学合流。这种类型的传奇，乃话本与传奇的结合体，可名之为话本体传奇。

与唐人传奇相比，话本体传奇呈现出四个引人注目的特点：

其一，为取悦于市民而创造了大量放诞不羁的青年女性。

宋元说话的宗旨是娱乐，为休闲的市民提供娱乐，因而需要热闹有趣的故事。表现在题材选择上，宋元说话涉及最多的是“公案”和“风情”，尤其热衷于将“公案”与“风情”编织在一起；表现在人物塑造上，宋元说话常赋予青年女性放诞不羁的性格，以满足听众的秽亵心理。其放诞不羁与唐人传奇中的浪漫迥然不同。她们的无拘无束与放肆带有浓郁的市井气息。比如《闹樊楼多情周胜仙》中的周胜仙。她是贩海商人周大郎的女儿，一天上茶坊去玩耍，在那里看到了范二郎，心里喜欢他，却苦于找不到机会交谈。于是她借口卖糖水的要暗算她，故意大叫，向范二郎传递信息：“好好，你却来暗算我！你道我是兀

① 清俞樾撰：《九九销夏录》卷十二《平话》：“宋刘斧所著《青琐高议》，每条各有七字标目。如：‘张乖崖明断分财’、‘回处士磨镜题诗’之类，颇与平话体例相近。”见《九九销夏录》，中华书局 1995 年版，第 141 页。

谁?”“我是曹门里周大郎的女儿,我的小名叫作胜仙小娘子,年一十八岁,不曾吃人暗算。你今却来暗算我!我是不曾嫁的女孩儿。”唐人传奇中有这样无拘无束的放肆女性吗?

宋人传奇却推出了一群这样的女子。《青琐高议》别集卷四《张浩》,可视为元稹《莺莺传》的翻案之作。男主角叫张浩,女主角姓李,李莺莺的性格是针对崔莺莺而塑造的。她到张浩的园子里赏牡丹,与张浩相遇。看似偶然,实则有意,她不加掩饰地对张浩说:“某之此来,诚欲见君。”希望他赠她“一物为信”,以此确定二人的婚姻关系,“亦用以取信于父母”。李氏的父母不同意这门婚事,她派人转告张浩,叫他别担心,又约他私下相见,“解衣就枕”。后来索性以自杀要挟父母帮她成其好事。径情直遂,泼辣明快,如此坦然地表达情欲,在唐人传奇之外,另是一种面目。

在唐人传奇中,杨贵妃的形象以风韵和深情为核心,是浪漫世界的爱情主角;宋人传奇却刻意凸显三角关系,把她刻画成了市井荡妇模样。《青琐高议》前集卷六《骊山记》叙贵妃日与安禄山嬉游,一日,醉戏无礼尤甚,引手抓妃乳间;又一日,妃出浴,对镜匀面,裙腰上微露一乳,玄宗扪弄曰:“软温新剥鸡头肉。”禄山对曰:“润滑初来塞上酥。”贵妃大笑道:“信是胡奴只识酥。”禄山出守渔阳,临行还“抱妃泣,久不止”。后举兵反叛,亦意在与贵妃“同欢”。杨玉环快要成为《金瓶梅》世界中的人物了。

李氏、杨玉环等形象的出现,改变了传奇在唐代形成的基本品格;世俗化倾向已成为一部分宋人传奇的特征之一。

其二,天真稚拙的想象取代了唐人传奇的书卷气。

宋元话本的想象是稚拙的,具有浓郁的民间趣味:活泼与浅陋并存。唐人传奇的想象则是超拔的,空灵蕴藉,未染上日常生活的凡近之气；尽管也不免奇特，却以前人的文化积累作为生发的基础，洋溢出浓郁的书卷气。唐人传奇之“奇”与宋元话本之“奇”实在是大不相同的。

宋人话本体传奇的想象与宋元话本属于同一类型：天真活泼而不免稚拙。比如男女恋爱主角，在唐人传奇中，无论她的社会身份如何，总要保持几分尊贵和韵致，感情生活的推进也大体遵循与其尊贵和韵致相协调的节奏。然而宋人传奇却热衷于直奔“苟合”的目标，推动情节进展的方式也表现出地道的民间趣味。比如北宋无名氏所做的《鸳鸯灯传》。原文未见传本，仅《蕙亩拾英集》存有梗概。南宋陈元靓《岁时广记》卷一二《约宠姬》引《蕙亩拾英集》云：

> 近世有《鸳鸯灯传》，事意可取，第缀缉繁冗，出于闾阎，读之使人绝倒。今一切略去，掇其大概而载之云。
>
> 天圣二年元夕，有贵家出游，停车慈孝寺侧。顷而有一美妇人，降车登殿。抽怀袖间，取红绡帕裹一香囊，持于香上，默祝久之。出门登车，掷之于地。时有张生者，美丈夫贵公子也，因游偶得之，持归玩。见红帕上有细字，书三章。其一曰：“囊香著郎衣，轻绡著郎手。此意不及绡，共郎永长久。”其二曰：“囊里真香谁见窃，丝纹滴血染成红。殷勤遗下轻绡意，好付才郎怀袖中。”其三曰：“金珠富贵吾家事，常渴佳期乃寂寥。偶用至诚求雅合，良媒未必胜红绡。”又章后细书云：“有情者得此物，如不相忘，愿与妾面，请来年上元夜于相蓝后门相待，车前有鸳鸯灯者是也。”生咏叹久之，作诗继之。其一曰：“香来著吾怀，先想纤纤手。果遇赠香人，经年何恨久。”其二曰：“浓麝应同谅体腻，轻绡料比杏腮红。虽然未近来春约，也胜襄王魂

梦中。”其三曰：“自得佳人遗赠物，书窗终日独无寥。未能得会真仙面，时赏囊香与绛绡。”翌年元宵，生如所约，认鸳鸯灯，果得之。因获遇乾明寺。妇人乃贵人李公偏室，故皆不详载其名也。

《蕙亩拾英集》说《鸳鸯灯传》“出于闾阎，读之令人绝倒”，的确如此。一个侯门侍妾，因“常渴佳期”而与人预定来年的艳遇，已属荒唐；而她采用的求偶方式则是掷香囊于地，无论谁拾得都将是她的情人。这种匪夷所思的想象，只能用民间趣味来解释。罗烨《醉翁谈录》壬集卷一“负心类”载有《红绡密约张生负李氏娘》，还写到李氏与梁越英争风吃醋以及包公断案的情节，如果《醉翁谈录》所载与《蕙亩拾英集》所载均出于《鸳鸯灯传》原文，那就更能见出其想象之天真稚拙了。

其三，人物对话杂用口语。

宋元说话首先是诉诸人们听觉的艺术，它在语言方面必须通俗化、生活化。当宋代的传奇作者将说话人口述的故事用文言加以转叙时，通常都尽量抹去口语的痕迹，但仍然留下了驳杂不纯的斑点，如王明清《摭青杂说·盐商义嫁》（《说郛》卷三七）：“女常呼项为阿爹，因谓项曰：‘儿受阿爹厚恩，死无以报，阿爹许嫁我以好人，人不知来历，亦不肯娶我。今此官人，亦是一个周旋底人，又是尉职，或能获贼，便可报仇，兼差遣在澧州，亦可以到彼知得家人存亡。’项曰：‘汝自意如此，吾岂可固执，但去后或有不是处，不干我事。’女曰：‘此事儿甘心情愿也。’遂许之。”杂用口语，与语言具有生活气息不是一回事。前者是指在文言中杂用口语词汇，后者是指虽用文言描叙事物，仍不失生活的清新和真实感。话本体传奇属于前一种情形。

其四，直接描写人物心理。

中国传统意义上的正宗叙事体裁——史传，一向排斥直接心理描写。其理由是，人物的内心活动，他自己没有泄露，作者从何知之？既然如此，要取信于读者，就只能描写人物外在的言行。唐人传奇也谨守这一规范。但说话人却无视这一禁忌，他们创造了一个新的无所不知的惯例：说话人不仅知道故事中人物的外在言行，连他们的思虑也一清二楚。说话人开拓出一片新的叙事空间。尝鼎一脔，不妨看看宋元话本《错斩崔宁》。刘贵醉酒归来，敲门时，其妾陈二姐正打盹，开门晚了些，于是刘贵编了个玩笑话吓唬她，说是用十五贯的价钱把她卖了：

> 那小娘子听了，欲待不信，又见十五贯钱堆在面前；欲待信来，他平日与我没半句言语，大娘子又过得好，怎么便下得这等狠心辣手。狐疑不绝……那小娘子好生摆脱不下："不知他卖我与甚色样人家？我须先去爹娘家说知。就是他明日有人来要我，寻到我家，也须有个下落。"……

陈二姐的心理活动被直接描写出来，这是值得小说史家关注的一个现象。

宋代的话本体传奇也采用了这种新的叙事惯例，人物内心世界不再成为描写的禁区。如李献民《云斋广录》卷五《西蜀异遇》："生复避于亭上，沉思久之：以为娼家也，则标韵潇洒，态有余妍，固非风尘之列；以为良家也，则行无侍姬，入无来径，亦何由而至此？"无名氏《苏小卿》："渐独坐自念曰：'我当日共伊花间叙别，指山为誓，永不别嫁，今已为娼。'"将人物"沉思"和"自念"的内容直接呈现在读者面前，这是对话本叙事方式的移植，在正史和唐人传奇中是没有先例的。

宋代话本体传奇的上述四个特点，使它的品格更近于话本而与唐人传奇风度大别。就这一点而言，说辞章化传奇“到唐亡时就绝了”，有一定的合理性。历史的事实是：宋代的辞章化传奇不足以与唐代的辞章化传奇相提并论，而宋代话本体传奇又与辞章化传奇路数迥异。话本体传奇延续的不是唐人传奇的血脉。

（原载《中国地质大学学报》（社会科学版）2008 年第 2 期）

从宋元话本到《聊斋志异》

——论讲唱文学对文言小说的渗透

宋元明清是中国叙事文学发展的重要阶段，而讲唱文学对文言小说的渗透以及由此造成的变异是其间引人注目的小说史现象之一。本文拟从三个方面对这一现象加以考察。

一 讲唱文学催生了宋代的话本体传奇

讲唱文学对文言小说的渗透，其成果之一是催生了宋代的话本体传奇。

叶德均《宋元明清讲唱文学》将与“讲史”并称的“小说”归入“以词调为主的乐曲系讲唱文学”，这是颇有见地的。他指出：“宋代瓦市勾阑的‘说话’，据耐得翁《都城纪胜》和吴自牧《梦粱录》卷二十所记有：小说、讲史、说经、合生主要四家。其中合生不是叙事的歌唱，讲史是以散说和念诵为主，说经疑是有说有唱，只有小说一家确是讲唱文学。宋代讲唱的小说，如《都城纪胜》所说：‘小说谓之银字儿’，是因歌唱时用银字笙、银字觱篥伴奏而得名。它的话本如《清平山堂话本》的《刎颈鸳鸯会》用［商调醋葫芦］十首及［南乡子］一首（做场时用唱鼓子词伎艺来歌唱），《京本通俗小说》的《西山一窟鬼》用［念奴娇］等词十五首，《碾玉观音》用［鹧鸪天］三首、［蝶恋花］一首和诗七首，都可证明确是且说且唱的，虽然后两例是作为入话的插用。讲史是以'前代书史文传兴废战争之事'（《都城纪胜》）为题材的中篇或长篇，而小说则是以'一朝一代故事，顷刻间提破'（同上）的短篇，所以宋代小说是短篇的讲唱文学。说唱的伎艺人，要如罗烨《醉翁谈录》甲集卷一《小说开辟》所说'吐谈万卷曲和诗'，才能擅场。又据《小说开辟》所记，它把小说题材分为：灵怪、烟粉、传奇、公案、朴刀、杆棒、妖术、神仙八类。在勾阑说唱时是以当时都市市民和小市民、士兵为主要对象。现在所见宋代小说的话本，是以词调为主的乐曲系讲唱文学。其中或有像明代词话《快嘴李翠莲记》用诗赞的，但却未见实例。宋代单刊作品，现在还没有见到；所见的都是明代的选辑本，如洪楩的《六十家小说》，无名氏的《京本通俗小说》，冯梦龙的《古今小说》、《警世通言》、《醒世恒言》。这些都是经过明人重订和改编的，其中只有一部分作品的唱词被保留，多数都遭删削，这是在明代小说散文化的过程中形成的。宋元小说一类的话本原是韵散夹用的讲唱文学，到了明代一部分小说篇幅加长，又趋向全部散文化，就和长篇的散文讲史混而不分，所以到明清时就很少知道宋代小说原是短篇讲唱文学了。"[①] 论述中提到的《京本通俗小说》，学术界一般认为是伪书。但这并不影响叶德均的立论。宋元说话中的"小说"，

① 叶德均：《戏曲小说丛考》，中华书局1979年版，第631—632页。

确属“乐曲系讲唱文学”。

在宋元时代的说话活动中，有一件事值得关注：部分传奇作者扮演了为说话人编写“小说”蓝本的角色。[①] 部分传奇作者为说话人编写“小说”蓝本，而这些“小说”蓝本的外在形态又是文言短篇小说，这种情形提示我们，在宋代，部分文言短篇小说已与“乐曲系讲唱文学”合流。这种类型的文言短篇小说，乃话本小说与传奇的结合体，可名之为话本体传奇。与唐代的辞章化传奇相比，[②] 除人物对话杂用口语外，话本体传奇至少还有两个与之不同的地方：

其一，为取悦于市民而创造了大量放诞不羁的青年女性，体现出一种新的艺术趣味。

其二，直接描写人物心理，在表达方式上有悖于历史著作所建立的叙事传统。[③]

宋代话本体传奇的上述两个特点，使其艺术趣味和表达方式更近于“小说”话本而大别于唐代的辞章化传奇。就这一点而言，说“传奇（辞章化传奇）小说，到唐亡时就绝了”，乃是一

---

① 参见拙文《论宋代话本体传奇的世俗化追求》。

② 参见拙文《传记辞章化：对唐人传奇文体属性的一种描述》，见陈文新《传统小说与小说传统》（第二版），武汉大学出版社 2007 年版，第 67—95 页。

③ 这种取资于宋元话本的直接心理描写，与西方小说的直接心理描写还有区别。包天笑于 1910 年翻译契诃夫小说《六号室》，“第九章写院长与伊文·迦落孟谈话之后，‘心念伊文·迦落孟之为人，谓其痴耶，而议论乃透辟若此；谓其不痴耶，顾时时不免有痴状’，这都是中国读者的理解方式。契诃夫写的是院长的感觉，院长根本没有觉得伊文·迦落孟是疯子，何来痴状？而中国作家则喜欢直接介入作品，代替人物思考，所谓人物心理活动，往往成了作家补充说明故事来龙去脉的手段”。陈平原：《二十世纪中国小说史》第一卷，北京大学出版社 1989 年版，第 63 页。包天笑的译法，正取资于宋元话本的传统。

个极具洞察力的判断。纯正的辞章化传奇，在唐以后实属罕见。即使是《聊斋志异》，也留下了“小说”话本（或话本体传奇）影响的鲜明烙印。

二　讲唱文学催生了元明中篇传奇小说

讲唱文学对文言小说的渗透，其成果之二是催生了元明中篇传奇小说。

中篇传奇小说由元宋梅洞《娇红记》发轫，至明代发展成为一个重要的小说类别。明代中篇传奇小说，依据其问世时间和风格流变，可大体分为三个阶段。李昌祺的《贾云华还魂记》代表第一个阶段，其特点是：虽以《娇红记》为典范，却致力于给男女主角安排一个团圆结局，还魂情节就是为达到团圆结局而设计的。玉峰主人的《钟情丽集》及弘治、正德间问世的《龙会兰池录》（无名氏作）等代表第二个阶段，大体依循《娇红记》轨辙，模拟痕迹甚为明显。嘉靖、万历年间的《花神三妙传》（无名氏作）等代表第三个阶段，大量色情描写构成其显著特征，对《金瓶梅》这一类章回小说影响显著。

孙楷第先生曾这样描述中篇传奇小说的文体特征：“以文缀诗，形式上反与宋金诸宫调及小令之以词为主附以说白者有相似之处。”[①] 其实，中篇传奇小说与诸宫调之间，不只是“以文缀

① 孙楷第：《日本东京所见小说书目》卷六，人民文学出版社 1958 年版，第 126 页。

诗”的形式相同，两者在关目设计方面，也存在耐人寻味的可比较之处。郑振铎在《中国俗文学史》第八章中说：“在诸宫调的结构里，最有趣的一点是，作者于紧要关头，每喜故作惊人的笔调”，“像这样惊人的关节，《西厢记》诸宫调里，几乎到处皆然。在莺莺和张生唱和着诗时，张生正欲大踏步走到莺莺跟前，却被一人高声唱道：‘怎敢戏弄人家宅眷！’这来的是谁？来的是谁？在莺莺被围普救寺，正欲跳阶自杀，却见着有一人拍手大笑。众人皆觑笑者是谁？是谁？在张生绝望，自杀，已把皂绦系在梁间时，又有一人从后把他拖住，这人是谁？是谁？……”“这些都是作者故弄惊人的手腕之处。”① 这种据情节的阶段性安排的故弄惊人手腕之处，与中篇传奇小说每篇分为若干子目的文体之间，当有其内在联系。

在以文缀诗和每篇分为若干子目这些一眼可见的形式特征之外，中篇传奇小说与诸宫调之间还有更深刻的契合之处，即对“才子佳人”的情有独钟和相近的情节处理方式。试比较一下《西厢记》诸宫调和最早的中篇传奇小说《娇红记》。

董解元《西厢记》诸宫调系据元稹《莺莺传》改编，但二者之间实有诸多不同：第一，董解元在卷一开头所展示的作家自我形象是个活跃于秦楼楚馆的放荡不羁的“才子”，即书会才人，与《莺莺传》作者元稹的自我定位不同。“这世为人，白甚不欢洽？”“秦楼楚馆鸳鸯幄，风流稍是有声价。教惺惺浪儿们都伏咱。不曾胡来，俏倬是生涯。”一个“俏倬是生涯”的艺人，正是所谓“才子”。这里也许需要附加一个说明：宋元时代讲唱文学中的所谓“才子”，并非上

① 郑振铎：《中国俗文学史》，商务印书馆2005年版，第338、346、347页。

流社会的文人学士，而是书会才人。贾仲明《书录鬼簿后》说："丑斋继先钟君所编《录鬼簿》，载其前辈玉京书会、燕赵才人，四方名公士大夫编撰当代时行传奇、乐章、隐语。"胡士莹解释说："才人是对名公而言；名公是指'居要路'、'高才重名'的'公卿显宦'。而才人则是指'门第卑微，职位不振'，接近市民阶层的文人。"[①] 也就是胡应麟《少室山房笔丛》所谓"俚儒"。他们有一定的文化素养，但不高；在其社交圈中，民间艺人、青楼女子占有显著位置。这样一种境遇，使他们的人生与艳遇的关系异常密切，即所谓"大丈夫生当眠烟卧月，占柳怜花，眼前长有奇花，手内且将醇酎，则吾无忧矣"[②]。他们对感情生活的理解较为粗浅，有意无意间将"佳人"（无论身份如何）视同青楼女子，"才子佳人"的交往多直指"解衣就枕"甚或一直局限在这一范围内。第二，董解元写张生、莺莺，遵循的是"自古至今，自是佳人，合配才子"的逻辑。在董解元笔下，"才子佳人"由私通而结为婚姻似乎是理所当然的事情。这里，董解元所仰仗的乃是通俗文学的惯例而非唐人传奇的传统。唐人传奇的爱情表述，最引人注目的一点是：明确将婚姻与恋情区别开来，而大张旗鼓地写一种不以婚姻为归宿的恋情。《柳氏传》之柳氏、《李章武传》之王氏子妇等，他们的感情生活显然不是婚姻的准备。柳氏以李生之幸姬，而属意于韩翊，她与韩翊之间，始终不存在正式的夫妻关系，维系二者的纽带是"翊仰柳氏之色，柳氏慕翊之才"的单纯恋情。许尧佐

① 胡士莹：《话本小说概论》第二章，中华书局1980年版，第70页。

② 《青琐高议》别集卷一《西池春游》侯生语。见《宋元笔记大观》一，上海古籍出版社2001年版，第1166页。

排除韩翊与柳氏之间的婚姻关系，也就突出了其“事迹”的“浪漫”性。王氏子妇“阅人”甚多，而独钟情于李章武，在冥间，她忘掉了所有的亲人（包括她的丈夫），而唯独思念其情人。这一事实在传统的中国社会是震撼人心的。元稹的《莺莺传》、蒋防的《霍小玉传》在爱情表述方面比《柳氏传》更具典范意义。与唐人传奇形成对照，在北宋以降的通俗文学中，私通的“情人”却一定要按照“有情人终成眷属”的原则组成家庭。比如，在南宋罗烨所编的《醉翁谈录》中，“烟粉欢合”类的《静女私通陈彦臣》和《梁意娘》，均属于这类故事。《西厢记》诸宫调只是将这一惯例推衍到新的程度，使之更有影响罢了。

明白了《西厢记》诸宫调关于“才子佳人”的情节惯例，我们对《娇红记》就可以获得新的理解。

《娇红记》仿效《莺莺传》的地方甚多。比如，申纯的性格就与张生相似，才见娇娘一面，便“功名之心顿释，日夕惟思慕娇娘”。娇娘亦可与莺莺比况。她虽深爱申纯，但因有种种顾虑，在二人交往的前期，欲亲故疏，欲近故远，时亲时疏，时近时远，实亲似疏，实近似远，造成一波三折的戏剧性。自然，娇娘与莺莺的行为动机略有不同。崔莺莺是顾惜名门闺秀的身份，娇娘则是怕申纯不能正式娶她为妻。她的反反复复，是有充分的心理依据的，并非作者故作惊人之笔。

从娇娘与崔莺莺行为动机的不同，我们发现，《娇红记》虽然模仿《莺莺传》，但宋梅洞和元稹对婚姻的看法大为不同。按照通常的社会准则，“妻者齐也”，她与丈夫具有对等的地位。这种对等地位的获得，一方面依赖家世背景，即所谓“门当户对”，另一方面（也是更主要的方面）依赖“父母之命，媒妁之言”，即用某种仪式或程序加强婚姻的庄重性，其中含有道德意味和法律意味，可成为女子婚后身份的证实与保障。白居易《井底引银瓶》诗说："聘则为妻奔则妾。"妻、妾的区别就是基于这种社会公认的习惯法来确认的。元稹承认这种习惯法，他笔下的莺莺也承认这种习惯法，因此，莺莺在与张生私下结合后，她甚至没有勇气要求张生一定娶她，她只是说："始乱之，终弃之，固其宜矣。愚不敢恨。必也君乱之，君终之，君之惠也。"后来，莺莺"委身于人，张亦有所娶"，元稹并不在婚姻与私下结合之间建立必然联系。

与元稹有别，在私下结合与未来的婚姻之间，宋梅洞赞成建立一种必然联系。这正是通俗文学的情节惯例。宋代的话本体传奇中，先私通再结婚的"才子佳人"甚多，金人董解元的《西厢记》诸宫调与元人王实甫的《西厢记》杂剧，都一致安排张君瑞、崔莺莺先私下结合后成为夫妻。这样的情节套路，从情节母题看，显示的是通俗文学的特点。

中篇传奇小说以元宋梅洞《娇红记》为起点，其情节处理、人物设计的路数却与《西厢记》诸宫调相近；穿插大量诗词，也可视为对诸宫调唱叹部分的移植。它所关注的题材相当狭窄，仅限于"才子佳人"的艳情；它对白描不甚重视，或许是因为艳情不宜于真切地加以摹绘，诸宫调也未提供这样的艺术传统；它的人物身份颇为暧昧，实质上的青楼女子与名义上的名门闺秀不能吻合。明代第一部中篇传奇小说是李昌祺的《贾云华还魂记》，尽管其作者有相当高的文化素养，但当他依循《娇红记》的轨辙来创作时，仍不免出现类似的情形，文学传统的惯性力量是不以人的意志为转移的。种种迹象表明，诸宫调在催生中篇传奇小说方面，作用甚巨。[1]

三 讲唱文学造成了文言小说总体风貌的变化

讲唱文学对文言小说的渗透，除了催生话本体传奇和中篇传奇小说这样一些重要小说品种外，还表现为：经由话本体传奇和中篇传奇小说的影响，文言小说的风貌在总体上大为改

---

① 这里强调诸宫调对中篇传奇小说的影响，含有一定程度的假定意味。比较稳妥的表述应该是：中篇传奇小说是在讲唱文学的直接哺育下发展起来的，其中诸宫调的作用特别显著，但并不排除另一种可能性，即部分中篇传奇小说受惠于讲唱文学的其他样式更多。比如陶真，也可以成为中篇传奇小说的一个母体。《西湖游览志》卷二十说："杭州男女瞽者，多学琵琶，唱古今小说、平话，以觅衣食，谓之陶真……若《红莲》、《柳翠》、《济颠》、《雷峰塔》、《双鱼扇坠》等记，皆杭州异事，或近世所拟作者也。"叶德均《宋元明清讲唱文学》就这一段文字加以阐释，说："这几种明人的'近世拟作'，通常认为是散文本，但细看《志余》全文是指瞽者说唱陶真的本子，而陶真本子据《七修类稿》和《西湖二集》的例证确是用七言诗赞的。上列的五种名目中的《济颠》疑是晁瑮《宝文堂书目》中《红清难济颠》，但已经散佚，不知道它的文本。其余现在都有传本，如：《清平山堂话本》和《古今小说》三十卷《五戒禅师私红莲》，《古今小说》二十九卷《月明和尚度柳翠》，《警世通言》二十八卷《白娘子永镇雷峰塔》，熊龙峰刊本《孔淑芳双鱼扇坠传》四种，都是散文体，自然不是盲女弹唱的诗赞本子。而这类散文本正是由说唱的陶真本子改编的，也如《贩香记》词话和《苏知县报冤》唱本改为散文小说（详下）一样。这是由于改编的文人鄙视民间说唱陶真的本子而奋笔删削的……他们认为用通俗诗赞的唱词是鄙俚的，要改为适合士大夫和市民口味的散文小说。"叶德均：《戏曲小说丛考》，中华书局 1979 年版，第 654—655 页。据此，我们可以作一个假定：如果某一陶真作品的诗赞未被删削，且其底本的叙述部分用了浅近文言，那么，它是可以被视为中篇传奇的。所有具有一定长度的叙事性的讲唱文学作品，都潜在地包含着成为中篇传奇的可能性。或者说，中篇传奇是由叙事性的讲唱文学作品转化而来的。

观，迥异于唐代的辞章化传奇。以明代的“剪灯二话”（瞿佑《剪灯新话》、李昌祺《剪灯余话》）和清代蒲松龄的《聊斋志异》为例，可以看出，讲唱文学在艺术趣味和表达方式两方面都深刻影响了明清两代在话本体传奇和中篇传奇之外的其他传奇小说。

就艺术趣味而言，“剪灯二话”洋溢着浓郁的市井气息。比如，小说中的所谓“佳人”，放诞不羁，与话本小说中的市井妇女风貌相近。《剪灯新话》卷一《金凤钗记》，叙崔兴哥未婚妻兴娘死后，她的妹妹庆娘“续前缘”嫁给了兴哥。但在正式结婚前，他们已私下成亲，而庆娘是主动者。她主动来到崔生的房间，主动“挽生就寝”。“生以其父待之厚，辞曰：‘不敢。’拒之甚厉，至于再三。女忽赪尔而怒曰：‘吾父以子侄之礼待汝，置汝门下，汝乃于深夜诱我至此，将欲何为？我将诉之于父，讼汝于官，必不舍汝矣。’生惧，不得已而从焉。”这与宋代话本体传奇中胁迫意中人同居的女子，可谓如出一辙。尽管《金凤钗记》把庆娘的行为写成是受了她姐姐兴娘之魂的支配，但这种转换并未改变情节的实质。写得尤其坦率的是《联芳楼记》（《剪灯新话》卷一）。昆山郑生，“气韵温和，性质俊雅”，一日泊舟于吴郡富室薛姓二女兰英与蕙英所居楼下，“夏月于船首澡浴，二女于窗隙窥见之”，竟“缒之上楼”，“相携入寝，尽缱绻之意焉”。《剪灯余话》对色情的兴趣更为浓厚。《凤尾草记》中，“女”尚是深闺处女，龙生代拟的情诗却写道“嫩蕊折时飘蝶粉，芳心破处点猩红”，且“缕缕为详诗意”，她听了，还称赏不已。在上述例证中，所有“佳人”的放诞不羁行为都是在婚姻架构中展开的——她们都将扮演妻子的角色。由私通的“佳人”到明媒正娶的妻子，这样一种情节安排方式，正是讲唱文学的惯例之一。《聊斋志异》同样不乏“话本小说的市井趣味”。①

就表达方式而言，无拘无束地进入私人生活空间是讲唱文学建立的新的叙事惯例，《聊斋志异》即因接受这一惯例而受到纪昀的非议。盛时彦《姑妄听之·跋》引用过纪昀的一段批评《聊斋志异》的话：

> 《聊斋志异》盛行一时，然才子之笔，非著书者之笔也……小说既述见闻，即属叙事，不比戏场关目，随意装点。伶玄之传，得诸樊嫕，故猥琐具详；元稹之记，出于自述，故约略梗概。杨升庵伪撰《秘辛》，尚知此意，升庵多见古书故也。今燕昵之词，媟狎之态，细微曲折，摹绘如生，使出自言，似无此理；使出作者代言，则何从而闻见之？②

纪昀的意思是说，一些隐秘的生活情状，当事人绝不肯泄露，又没有第三者听到或看到，作者是没有理由加以描写的。这一原则，是历史著作、六朝笔记小说和唐人传奇所共同遵守的，但讲唱文学早已打破了这一限制。宋代的话本体传奇和明代的“剪灯二话”也同样无视这一限制。《聊斋志异》对私生活场景的描写不避隐秘，正是这种新的艺术惯例濡染的结果。如卷五《五通》：

> 有赵弘者，吴之典商也。妻阎氏，颇风格。一夜，有

① 杨义：《中国古典小说史论》，人民出版社 1998 年版，第 444 页。

② 纪昀：《阅微草堂笔记》，上海古籍出版社 1980 年版，第 472 页。

> 丈夫岸然自外入，按剑四顾，婢媪尽奔。阎欲出，丈夫横阻之，曰："勿相畏，我五通神四郎也。我爱汝，不为汝祸。"因抱腰举之，如举婴儿，置床上，裙带自脱，遂狎之。而伟岸甚不可堪，迷惘中呻楚欲绝。四郎亦怜惜不尽其器。

套用纪昀的逻辑，我们可以说："婢媪尽奔"，可见无他人在场；阎氏是唯一的知情人，她绝不会对外人细说此事，甚至对丈夫也不会提那些令之羞愤欲死的细节。既然如此，蒲松龄又怎能知道得如此详细？只是，这种质询，对于古代史家、六朝笔记小说作家和唐代传奇作家来说，它可以成为致命的一击，但对一个认同讲唱文学叙事惯例的小说家来说，这种质询就是多余的了，大可一笑了之。

全面讨论宋元明清时代的文言小说不是本文的任务。本文的核心理念是：如果没有讲唱文学的渗透，宋元明清时代的文言小说不会呈现出与唐代的辞章化传奇迥然不同的风貌。无论是宋代话本体传奇，还是元明中篇传奇小说，无论是明代的"剪灯二话"，还是清代的《聊斋志异》，其艺术趣味和表达方式都留有讲唱文学渗透的鲜明痕迹。不对这一重要的小说史事实给予高度重视和认真考察，我们所描绘的小说史版图就一定是残缺不全的。

（原载《学术交流》2010 年第 7 期，全文收入北京大学出版社 2011 年 8 月版《中国俗文学》和中央民族大学出版社 2011 年 12 月版《中国古代叙事文学国际学术研讨会论文集》。收入本书时略有删节）

明清章回小说的表达方式与文言叙事传统

明清时代的白话小说，主要包括话本小说和章回小说。[①] 学术界已习惯于称这类作品为通俗小说，孙楷第《中国通俗小说书目》、江苏省社会科学院明清小说研究中心编《中国通俗小说总目提要》等均以著录这类作品为宗旨。而本文所要强调的是，如果“通俗”二字仅就语言层面而言，谓其明白易懂，可“通”于“俗”，“通俗小说”的称谓是可以成立的；如果“通俗”二字也涵盖了审美趣味在内，谓明清时代的白话小说格调通俗，那么，“通俗小说”并不是对这类作品的一个合适的定位。至少，明清章回小说中的若干经典，如《三国演义》、《水浒传》、《西游记》、《儒林外史》、《红楼梦》等，是不能以研究通俗文学的

---

① 本文所说的“话本小说”包括两个层面的作品：一是属于“小说”的“话本”，一是与“话本”中之“小说”体制相仿的白话短篇小说。前一类作品，以往习称为“宋元话本”。后一类作品，即鲁迅《中国小说史略》所说“拟宋市人小说”，研究者一般称之为“拟话本”。这里，我们把这两类作品合称为话本小说。又，《三国演义》的语言属“半文半白”一类，因其明白易懂，亦一并当作白话小说来讨论。

方式来解读的。[①]

我们注意到一个现象：明清章回小说的表达方式，已在很大程度上接受了文言叙事传统的洗礼，对它们的解读和把握，不能仅仅关注口头叙事传统。尤其是在第三人称限知叙事、有意赋予文本以不确定含义和将诗心与写实融合方面，明清章回小说中的几部经典作品卓有建树，体现了鲜明的文人小说风范。本文即由此切入，展开讨论，以期有助于深化对中国小说史的认识。

一 叙事角度的选择

先讨论叙事角度的选择问题。以《水浒传》为例，百回本《水浒传》的叙述者，仍以拟想中的说书人自居，是一个“全知的叙述者”。而金本《水浒传》的特征之一则是，叙述者以书斋作者自居，虽然也不时采用全知叙述的方式，但在可能的情况

---

① 陈平原曾说：“在中国古代，本就存在着倾向于说书场与书斋两种风格不同的小说，前者如讲史小说、侠义小说，后者如言情小说、讽刺小说。前者引录诗句不多，且多为套语套式，不过略作点缀以示博学；后者文人文学色彩更浓，诗词多自出机杼，是小说的重要组成部分。”陈平原：《二十世纪中国小说史》第一卷，北京大学出版社 1989 年版，第 112 页。陈平原指出的这一现象是存在的。大体说来，累积型的名著如《三国演义》（讲史小说）、《水浒传》（侠义小说）、《西游记》较多受说书场叙事规则的制约，而作家的独立创作，如《儒林外史》（讽刺小说）、《红楼梦》（人情小说）则较少受说书场叙事规则的制约。一部作品如果在主体上受说书场叙事规则的制约，我们就称之为通俗小说。从这样的立场看问题，《三国演义》、《水浒传》、《西游记》是与通俗小说瓜葛颇多的。而我们所要补充的是，即使是这三部作品，由于说书场叙事规则所留下的烙印已被大规模清理改造，其文人化的程度之高，已达到占据主导地位的程度，如果再视之为通俗小说，就与事实不符了。

下，更乐于采用第三人称限知叙事方式。试比较武松捉弄孙二娘的一个片段。十字坡酒店是孙二娘开的黑店。她在酒里下蒙汗药，两个解差不知底细，被麻翻在地。武松已猜出孙二娘用意不善，寻机会泼掉药酒，但为了捉弄孙二娘，也装作被麻翻在地。容与堂百回本第二十七回采用全知叙事，“那妇人笑道”、“那妇人欢喜道”、“那妇人看了”、“那妇人一头说”，都是一个“无所不知”的叙述人的口吻。而金本第二十六回同一情节的信息提供人则是武松。由于他双眼紧闭，所以只能凭听觉和猜测来把握外在的情况。“只听得”、“听他”、“想是”之类措辞，都是对武松听觉和猜测的强调。叙述角度的这一位移，是金圣叹修改的结果。他对自己的修改颇为得意，其夹评忍俊不禁地喝彩：“只听得妙绝。”“听得妙绝。”“想是妙绝，约莫妙绝，已是妙绝。”“只听得妙绝。”“听得妙绝。”“听他妙绝。”“只听得妙绝。”“听他妙绝，想是妙绝。”其眉批总结道：“俗本无八个听字，故知古本之妙。”金圣叹托名古本对百回本加以修改，将第三人称全知叙事改为第三人称限知叙事是其修改并予以评论的重点之一。

陈述上述事实不是本文的重点。我们所关心的是：金圣叹如此熟悉并热心运用第三人称限知叙事，他所取资的范本是什么？这里，有两个事实不能不提。其一，第三人称限知叙事的传统是由文言小说建立起来的。拙著《中国文言小说流派研究》曾在分析《搜神记》一类魏晋南北朝志怪小说时指出：“‘搜神’体为古代叙事模式的开拓所作的一个贡献是：它大量采用了第三人称限知叙事。一个故事必须有一个讲述人。现代西方的小说批评家认为这一要素的地位甚至超过了人物、情节与主题。中国的正史中，叙事者扮演了无所不在的第三人称目击者的角色，历史人物的一切言行（除了心中所想与‘密语'）他都了如指掌。但'搜神'体作家放弃了这一特权。他们记述的是奇闻怪事，为了使读者相信，有必要提供一个见证人。于是第三人称限知叙事应运而生。""所谓第三人称限知叙事，意味着作者只能从'这个人物'那里得到信息，作者不能告诉读者'这个人物'所不知道的东西。"①《搜神记》卷十九《张福》，《搜神后记》卷一《桃花源》、卷六《张姑子》，《异苑·大客》等，均遵循这一规范。其二，讲唱文学未能建立以第三人称限知叙事展开情节的传统。就表达方式而言，讲唱文学自有其重要贡献，如直接描写人物心理，毫无拘束地进入人物的私人空间，由此展开了中国叙事文学的一个新的阶段。但在第三人称限知叙事方面，讲唱文学并无创始之功。我们提到的这两个事实，金圣叹应是胸中有数的。金本《水浒传》第六十五回金圣叹的回前总评可以证实我们的这一推测。金本《水浒传》第六十五回回目为：《时迁火烧翠云楼　吴用智取大名府》。金圣叹的回前总评，与清初林嗣环的《秋声诗自序》内容相近。《秋声诗自序》收入《虞初新志》卷一，主体部分是写口技，现行的中学语文教材选入本篇时，改题为《口技》，删去一首一尾。林嗣环《秋声诗自序》与金圣叹回评，其共同特点是，以第三人称限知叙事方式写口技，"但闻"、"遥遥闻"、"忽耳畔鸣金一声"、"微闻"，这一类强调观众听觉的表述，正是第三人称限知叙事的文本标志。《秋声诗自序》是一篇文言小说，金圣叹的回评也可以视为文言短篇。金圣叹刻意用一篇文言小说为例来揭示第三人称限知叙事的长处，其所选例证又特别着眼于描述"这个人物"梁中书的所"见"所

① 陈文新：《中国文言小说流派研究》，武汉大学出版社 1993 年版，第 44、45 页。

"闻"：从梁中书"只见翠云楼上烈焰冲天，火光夺月，十分浩大"，到梁中书"冲路而去"，约一千字篇幅，其中，"只见"出现八次，"只听得"、"望见"、"见"各出现一次，"南门传说道"出现一次，发挥第三人称限知叙事的长处，可谓淋漓尽致。金圣叹将《水浒传》之"时迁火烧翠云楼"与林嗣环之《秋声诗自序》并提，这一事实当然可以解释为偶合，但我更愿意相信：金圣叹的这一处理颇有深意，他借此表明，就注重第三人称限知叙事而言，文言小说传统对他的启迪直接而重要。

二　关于文本含义是否确定的问题

是否有意赋予文本以不确定含义是明清章回小说中的几部经典作品与讲唱文学之间的一个重要区别。

讲唱文学时时伴随着叙述者含义明确的评议，文本含义不确定的情形难有存在空间。盖讲唱文学注重过耳不忘的效果，给听众明确的判断和黑白分明的结论是必要的，而如果在供阅读的小说中照此办理，效果便适得其反了。如清末民初的黄人所说："小说之描写人物，当如镜中取影，妍媸好丑令观者自知。最掺入作者论断，或如戏剧中一脚色出场，横加一段定场白，预言某某若何之善，某某若何之劣，而其人之实事，未必尽肖其言。即先后绝不矛盾，已觉叠床架屋，毫无余味。故小说虽小道，亦不容着一我之见。"[①] 或许正是由于这一原因，与讲唱文学相比，

① 黄人：《小说小话》，见陈平原、夏晓虹编《二十世纪中国小说理论资料》第一卷，北京大学出版社1989年版，第238页。

明清章回小说中，文本含义不确定的情形时有所见，即使是在早期的《三国演义》中也不乏其例。比如《三国演义》第三十三回，曹操在打败袁绍后，曾为之设祭，流涕不已，并“以金帛粮米赐绍妻刘氏”。曹操的这一举动，是装腔作势，还是真心诚意？读者的意见向来是不一致的。之所以不一致，在于作者有意限制自身的权力，对曹操行动后面的心理原因不做评议性的揭示。这种只写人物言行而不对人物内心世界作明确评述的传统，来自中国古代的文言作品——历史著作如此，六朝笔记小说如此，唐人传奇也是如此。

历史著作通常采用第三人称客观叙事的方式。“客观叙事观点的叙述者，只描述外表可见的言行，读者看不到任何人物的内心的思想与情绪，却随着故事中的主要人物转来转去，仿佛站在旁边看着行动的开展，就像看戏台上的演出一样，人物的表情、动作、语言，都要由读者自己来诠解。”[①] 客观叙事方式符合史家的叙事立场：一个史家，他有权记人的言、行，因为这是可以观察到的；他无权记人的内心活动，因为这是无法观察到的。由这种史家叙事方式造成的读者解读分歧大量存在，这与其说是一个短处，不如说是一个长处。它显示出历史本身的复杂性，并召唤读者在对历史的阐释中发挥更多的能动性：不是接受定论，而是参与讨论。历史著作假定读者有参与讨论的愿望、权利和能力。

历史著作的这一假定，在六朝笔记小说和唐人传奇中得到

① 曾锦漳：《中国讲唱源流小说的艺术特色》，见邝健行、吴淑钿编选《香港中国古典文学研究论文选粹》（小说戏曲·散文及赋篇），江苏古籍出版社 2002 年版，第 203 页。参见拙文《论先秦时代的三种叙事类型》，《文学评论》2007 年第 3 期。

了延续：这两类作品，从不对人物的内心动机作直接展示和明确评议。而在明清章回小说中，文本意义不确定的情形同样普遍。如果说讲唱文学以讲述为其基本的存在方式，而《金瓶梅》则在白话小说领域开了以呈现为基本存在方式的先例，《儒林外史》、《红楼梦》尤其充分地显示了"呈现"的魅力。"讲述"常常伴随着褒贬分明的评议，"呈现"则并无作者的明确表态，文本含义因而具备了多种阐释的可能。从《左传》的客观叙事到《金瓶梅》等的"呈现"，其间的联系清晰可见。

作为例证，我们可领略一下《儒林外史》对权勿用的处理。有两位小说中人物议论过权勿用。一位是杨执中，一位是"胡子客人"。在杨执中眼里，权勿用"真有经天纬地之才，空古绝今之学，真乃'处则不失为真儒，出则可以为王佐'"。"管、乐的经纶，程、朱的学问。此乃是当时第一等人。"在"戴方巾的""胡子客人"眼里，权勿用却一钱不值："他是个不中用的货，又不会种田，又不会做生意，坐吃山崩，把些田地都弄的精光。足足考了三十多年，一回县考的复试也不曾取。""他那一件不是骗来的！同在乡里之间，我也不便细说。"杨执中与"胡子客人"，谁说得对？杨执中陶醉在自我编织的高人梦中，也让权勿用分享梦中的光环；他的话自是难以全信。"胡子客人"与权勿用"同在乡里"，他戴着方巾，看来是个秀才（梅玖刚做秀才时的服饰是"戴着新方巾"，秀才马二先生也"头戴方巾"）。第三十回，权勿用被逮，罪名是奸拐尼僧心远，据陈木南说：那是他学里几个秀才诬赖他的；后来这件官司也昭雪了。"胡子客人"大约即是诬陷权勿用的秀才之一。这帮秀才见权勿用做"高人"出了名，忌妒他，总想给他苦果吃。"胡子客人"嘲笑他"一回县考的复试也不曾取"，正是秀才口气。所以，这位戴方巾者的言辞，读者也万不可句句相信。

《儒林外史》把权勿用放在各色人等之前，让他们站在各自的立场发表意见，其作用之一是展示人生的复杂性，在有限的叙事文本中融入更多的潜在信息。它对读者理解和接受作品提出了较高要求，也为不同的阐释提供了可能。正如历史著作的设定读者是文化人一样，《儒林外史》的设定读者也是读书人。吴敬梓相信，读者有能力也有权利自主解读"呈现"出来的生活，而不必由作者塞给他们一个判断。

美国圣路易斯华盛顿大学教授何谷理（RobertE. Hegel）曾就明清白话小说的读者层做过个案研究。他将"白话叙事作品中的李密灭亡故事"分为两极："这些作品包括为文化程度很高的富裕社会精英成员而创作的小说，到为以文盲百姓为主的观众而构思的剧作。如果把两者作系谱的两极，那么其余三种通俗叙事就位居中间：考虑其形式特征，改动后的讲唱文学作品《大唐秦王词话》靠近剧作；而《两朝志传》更接近精英小说；《说唐》作者匿名，行动紧凑，表明其读者朴质，因此在该序列中与《秦王》一道靠剧作一极。"笔下的人物是否好坏分明被视为两极之间的一个重要区别。何谷理教授的这一看法是有道理的。盖好坏分明，则极易作出评判。讲唱文学热衷于评判，因而也热衷于写好坏分明的人物。而在文言叙事传统中，"呈现"比评判更重要，人物的复杂性因而得到了关注。小说的艺术复杂性与内容的复杂性往往是结合在一起的。《儒林外史》等章回小说中文本意义不确定的情形应当从这一角度加以理解。

三　诗心与写实的融合

将诗心与写实融合是明清时期几部经典章回小说值得关注的一种表达方式。

我们可以粗略回顾一下中国文学的写景传统。讲唱文学未能建立以白描手法写自然风景的传统。讲唱文学通常以散文叙事，需要描写时，则使用韵文，更准确地说，借用前人的韵文。这种对现成韵文的依赖性借用，导致一部分白话小说缺少对环境、服饰、容貌的描写能力，[①] 尤其缺少以白描手法展现自然风景的能力。如果某一个以白话写作的小说家擅长写景，那绝不是受口头叙事传统之赐，而可能与风土笔记和唐人传奇的影响有关。钱钟书《管锥编》第四册“全梁文卷六十”论及南朝梁吴均的《与施从事书》、《与宋元思书》和《与顾章书》，曾说：“前此模山范水之文，惟马第伯《封禅仪记》、鲍照《登大雷岸与妹书》二篇跳出，其他辞、赋、书、志，佳处偶遭，可惋在碎，复苦板滞。吴之三书与郦道元《水经注》中写景各节，轻倩之笔为刻画之词，实柳宗元以下游记之具体而微。吴少许足比郦多许，才

① 《三国演义》、《水浒传》、《西游记》对风景的描写，主要取资于讲唱文学和戏曲的套语、典故，看上去文采烂然，实际上多为陈词滥调，未能切实表现生活中的风景。郑振铎《中国俗文学史》第六章《变文》曾指出：“《维摩诘经变文》的‘持世菩萨’卷，作者颇能于对偶之中，显露其华艳绝代的才华。”“这样夸奢斗艳的写法，在印度是‘司空见惯’的，但在中国便成了奇珍异宝了。虽以汉赋的恣意形容，多方夸饰，也不足以与之比肩。我很疑心，后来小说里的四六言的对偶文字来形容宫殿、美人、战士、风景以及其他事物，其来源恐怕便是从‘变文’这个方面的成就承受而来的。”郑振铎：《中国俗文学史》，商务印书馆 2005 年版，第 176、178 页。

思匹对，尝鼎一脔，无须买菜求益也。”“吴、郦命意铸词，不特抗手，亦每如出一手焉。然郦《注》规模弘远，千山万水，包举一编，吴《书》相形，不过如马远之画一角残山剩水耳。幅广地多，疲于应接，著语不免自相蹈袭，遂使读者每兴数见不鲜之叹，反输只写一丘一壑，匹似阿阙国之一见不再，瞥过耐人思量。”[①] 钱钟书在考察中国文学的写景传统时，既注意到了辞赋骈文，也注意到了《水经注》这一类山水地志，这是很有眼光的。至于唐人传奇在写景方面的建树，拙文《传记辞章化：对唐人传奇文体属性的一种描述》已有讨论，[②] 此处不赘。

在明清章回小说中，景物描写最有建树的是吴敬梓的《儒林外史》。开卷第一回，我们便看到一幅“透亮之至”的画面：

> 王冕放牛倦了，在绿草地上坐着。须臾，浓云密布，一阵大雨过了。那黑云边上镶着白云，渐渐散去，透出一派日光来，照耀得满湖通红。湖边上山，青一块，紫一块，绿一块，树枝上都像水洗过一番的，尤其绿得可爱。湖里有十来枝荷花，苞子上青水滴滴，荷叶上水珠滚来滚去。王冕看了一回，心里想道：“古人说‘人在画图中’，其实不错。可惜我这里没有一个画工，把这荷花画他几枝，也觉有趣。”

其他部分，如对雨花台、清凉山、玄武湖、莫愁湖、瞻园等南京名胜的描述，也都别具韵味，具有古代风土笔记的精确和丰满。

与对自然风景的切实描写相关，《儒林外史》、《红楼梦》等

---

① 钱钟书：《管锥编》第四册，中华书局 1979 年版，第 1456、1457 页。

② 陈文新：《传统小说与小说传统》，武汉大学出版社 2007 年第二版，第 67—95 页。

颇具诗心，抒情意味浓郁。理解这一事实并不困难：盖写景本是伴随抒情的一种表达方式，两者之间有着天然的血缘关系。这里我们关心的是，吴敬梓、曹雪芹如何在叙事的文体中传达抒情意味。

吴敬梓通常不直接引诗入小说，这也许是为了扭转明代小说大量搞“有诗为证”、才子赋诗之类“雅的这样俗”的倾向。但他乐于以诗境入小说，一方面，王冕、虞育德、庄绍光、荆元等人的隐士品格是诗化的，他们感受山水自然的方式也是诗化的；另一方面，在展开富有诗意的情节时，细意熨帖，力求写得像生活本身一样，即使是那些从古典诗词中汲取来的情节、意境，也能写得自然圆润，达到了极高的造诣。我们且就后一方面来考察小说的几个片段。

“一枝红杏出墙来。”南宋叶绍翁的《游园不值》是首古今传诵的名作：

> 应怜屐齿印苍苔，小叩柴扉久不开。
> 春色满园关不住，一枝红杏出墙来。

据钱钟书先生《宋诗选注》说，这首诗脱胎于南宋陆游的《马上作》：“平桥小陌雨初收，淡日穿云翠霭浮；杨柳不遮春色断，一枝红杏出墙头。”另一位南宋诗人张良臣的《偶题》也与之取景相近：“谁家池馆静萧萧，斜倚朱门不敢敲；一段好春藏不尽，粉墙斜露杏花梢。”都表达出那种从出墙“一枝”想见万树烂漫的意境，以有限的视觉形象传达出了春天来临的无限生机。《儒林外史》也有类似的描写：

> 转眼新春二月，虞博士去年到任后，自己亲手栽的一树

> 红梅花，今已开了几枝。虞博士欢喜，叫家人备了一席酒，请了杜少卿来，在梅花下坐，说道："少卿，春光已见几分，不知十里江梅如何光景？几时我和你携樽去探望一回。"

虽易"杏"为"梅"，然而神情依旧相似。不经意地点出虞博士的诗人气质，丰富了人物性格和小说的色调。

吴敬梓偶尔还将他本人诗词中的意境移入小说。36 岁那年，吴敬梓去安庆参加"博学鸿词"的预试，回南京途中，舟泊芜湖赭山下，作《减字木兰花》词，描写傍晚时分长江上"万里连樯返照红"的情景。《儒林外史》第三十三回里"大家靠着窗子看那江里，看了一回，太阳落了下去，返照照着几千根桅杆半截通红"几句，简直就是"万里连樯返照红"之语的译写。

上述这类片断在《儒林外史》中并非零星的存在，而是构成了一种特色。我们有把握得出结论：《儒林外史》的诗情画意是内在而普遍的。从"文人小说"的角度看，这一现象具有显著意义。在中国传统的四部分类中，"子"与学者的关系较为密切，"史"与史家的关系较为密切，而"集"与"文人"的关系较为密切。就集部而言，其核心是诗，辞赋骈文等则是其外围。作为集部之核心的诗，抒情是其首要特征。明白了这一点，我们对《儒林外史》的诗情画意就会获得深一层理解：它不只是一种点缀，而是集部的抒情传统在章回小说中的延伸。一个对集部的抒情传统缺少了解的读者，是难以真正读懂《儒林外史》的。

《红楼梦》的抒情意味比《儒林外史》更加引人注目。1998 年 8 月，拙文《论贾宝玉的悲剧诗人品格》发表于《红楼梦学刊》1998 年第 3 期。这篇论文明确提出了"悲剧诗人"这一概念。所谓悲剧诗人，包含两重含义。它既指创作悲剧的诗人，又指其人生充满悲剧意味的诗人。这类诗人关注自己的个人感受，也关注他人的个人感受，他们的感受能力是超常的。换句话说，诗人的视界（homon）和诗人的存在是同一的。在贾宝玉的视界里，特别吸引他的注意力的，无疑是作为美的化身的姐妹们。表达对姐妹们的敬慕和珍惜之情是他写诗的最动人之处。在这点上，他很像《春江花月夜》的作者张若虚。贾宝玉正是双重意义上的悲剧诗人。

《红楼梦》用悲剧诗人贾宝玉来支撑整部小说，这是小说史上的一道奇观。

《红楼梦》之前的人情小说，从审美规范来看，基本呈现为两种倾向：以《金瓶梅》为代表的写实和才子佳人小说对诗意的追求（艳情小说在审美方面较少考察价值）。写实与诗意自成系统，大有“鸡犬之声相闻，老死不相往来”的味道：《金瓶梅》的风格和市井生活打成一片，但庞杂却不丰富（丰富指内容层次），厚重却不深沉（深沉指风格的含蓄邈远）。这个世界，只能容纳平凡粗俗、琐细卑微的人物，而不能容纳具有非凡人格的凝聚着民族文化精髓的超世拔俗的形象；才子佳人小说玫瑰色的诗意却又靠牺牲写实而得来，付出的代价更大。

写实与诗意在《红楼梦》中的融合，使作品形成了一种新的格调：既继承了中国古典诗词（如李商隐、李贺、姜夔的作品）、戏曲（如《牡丹亭》、《长生殿》）的感伤、凄丽，又包含了明代白话小说（如《金瓶梅》、《三言》、《二拍》）的泼辣、明白。这使《红楼梦》具有双重审美功能：作为写实文本的功能和作为抒情文本的功能。《红楼梦》中写实与诗意的融合以中国古典文学积淀的诸多审美因素为基础，集其大成，因而成为小说史上难以逾越的高峰。

综上所述，我们对于《儒林外史》、《红楼梦》等明清章回小说表达方式的考察，并非面面俱到，而是着眼于其中与文言叙事传统关系格外密切的部分，如第三人称限知叙事、有意赋予文本以不确定性和将诗心与写实融合等。考察的目的，乃是为了对中国小说史获得较为深入的认识。根据我们的考察，至少可以作出两个结论：不宜将明清时代的章回小说笼统地视为通俗小说；明清时代的章回小说经典已经成功地融合了文言叙事传统的若干审美特征，并形成了新的表达惯例。如果没有文言叙事传统的融入或催化，《三国演义》、《水浒传》和《西游记》不会呈现出由目前的通行本所代表的这种风貌，《儒林外史》、《红楼梦》这样的“文人小说”更是绝不可能产生。

（原载《上海师范大学学报》2010 年第 1 期；收入本书时略有删节）

从辨体角度看明清章回小说的几个特征

清代初年的张潮作有《书本草》一文，仿《本草》体例，以评药的方式对“四书”、“五经”、“诸史”、“诸子”、“诸集”、“小说传奇”作出评估。如评“四书”：“俱性平，味甘，无毒，服之清新益智，寡嗜欲，久服令人睟面盎背，心广体胖。”评“诸子”：“性寒，带燥，味有甘者、辛者、淡者，有大毒，服之令人狂易。”评“小说传奇”：“味甘，性燥，有大毒，不可服，服之令人狂易，唯暑月神气疲倦，或饱闷后，风雨作恶，及有外感者，服之能解闷消郁，释滞宽胸，然不宜久服也。”[①]《书本草》自是游戏之作，但却耐人寻味地揭示了一个事实：各种文体，无不有其独特的属性、风味，这也就是古人所说的“文各有体”。以“文各有体”为理论前提，我们考察明清章回小说，也必须注意把握其体性特征，否则便不得要领。

对明清章回小说体性特征的考察可从三个层面入手：

---

① 《檀几丛书》余集，清康熙三十四年刊本。

一　章回小说的主要职能是为读者提供精神的愉悦

中国古代的各种文体，其职能并不一样。“经”是中华民族自信心和尊严的象征，它代表中华民族向人类发言，不能没有恢弘的气度和雍容的风度；“子”是诸子百家应对社会问题的产物，在建构思想体系的同时，不免剑走偏锋，甚或流于乖异，法家的峻刻，道家的恣肆，名家的诡辩，纵横家的铺张，无不棱角分明；“史”的功能是经由对事实的安排揭示出历史发展的必然性和因果关系，传达处理政治、军事问题的智慧，为后世提供借鉴；“诗”的功能是表达作者对社会人生具有相当重要性的那一部分感受，或褒或贬，其理想的境界是“言志”；“小说”则是“消闲”的产物，其宗旨是为读者提供精神的愉悦。

旨在从精神上愉悦读者，小说的特征之一是对“无关大体”的人生层面的关注（也许历史演义是个例外）。所谓“无关大体”，即无关于“天下所以存亡”的大体。这与“非天下所以存亡”之事“不著”的史家是截然不同的。一个史家，倘若耽于趣味，耽于“闲事琐语”，其作品也许因此备受偏爱，却也不免被鄙薄为“有乖史法”，即将正史写成了小说。钱钟书《管锥编》第二册“妙画当良医”条举过一个例子：《南史·刘瑱传》记鄱阳王被诛，其妃刘氏追伤成痫，妃兄刘瑱命陈郡殷蒨画鄱阳王生前与其所宠亲昵备至“如欲偶寝”的情状，刘氏见了，骂道：“斫老奴晚！”从此悲伤之情逐渐减弱，病也好了。钱氏就这一事例分析道：“《南史》刘瑱传未及其他；此事虽资谈助，然单凭以立传入国史，似太便宜若人。《晋书》出于官修，多采小说；《南史》、《北史》为一家之言，于南、北朝断代诸《书》所补益者，亦每属没正经、无关系之闲事琐语，其有乖史法在此，而词人喜渔猎李延寿二《史》，又缘于此也。”[①] 确实，小说与正史的选材取向是迥然相异的。在正史中，叙述主体是“天下”、“国家”，是建功立业，细腻的情感和琐碎的家长里短应力求避免；而小说却不大关心那套“天下所以存亡”之事，它与日常生活更接近，人的心境意绪（区别于史传的功业）成为刻画和描写的重心。比如《聊斋志异》，它写情爱，写豪侠，浓墨重彩，情趣盎然，这两类题材都是正史所忽略的。而章回小说的题材选择，与正史的区别往往更为鲜明。即使是历史演义，它着力渲染之处，所体现的趣味也与史家迥异。

旨在从精神上愉悦读者，小说的另一特征是在风格上不排斥诙谐。古代中国重视等级和身份，这导致了对喜剧性因素的轻视。比如刘勰，他在《文心雕龙·谐讔》中虽然肯定了寓谏于谐的方式，但紧接着却以几倍的篇幅阐发“谐讔”的弊端。清初散文家邵长蘅在尺牍《与金生》中更以居高临下的口吻鄙薄明末小品文：“明季文章自有此尖新一派，临川滥觞，公安泛委，而倒澜于陈仲醇、王季重诸君。仆戏谓：此文章家清客陪堂也。广座中忽发一趣语，亦足令贵客解颐，然人品扫地矣。”[②] 诙谐的品位被看得如此之低，所以古代的经书、正史都无例外地排斥诙谐，因为这似乎有损身份。诗也排斥诙谐，因此打油诗从来不被视为正宗的诗。唯有小说，它非但不排斥诙谐，我们甚至可以说，诙谐是其风格化的标志。人们所熟悉的明清时代的几部小说名著，其中无例外地设计了富有喜剧意味的人物。比如

① 钱钟书：《管锥编》，中华书局1986年版，第723页。

② 邵长蘅：《青门集》卷十一，光绪丁酉年盛氏重刻本。

《三国演义》中的张飞、鲁肃：孔明的绝顶聪明与鲁肃的敦厚老实之间的对比造成了令人忍俊不禁的喜剧性，而以张飞的直率鲁莽反衬刘备的虚饰谨慎，亦意在获致“排调”风味；其他如《水浒传》中的李逵，《西游记》中的孙悟空、猪八戒，《金瓶梅》中的应伯爵，《儒林外史》中的严贡生，《红楼梦》中的王熙凤等，他们的出现，一个主要的效果是令读者开颜一笑。小说是不能板着脸面对读者的。

二　章回小说的不同类型，往往各有其约定俗成的价值取向或写作惯例

明清时代的章回小说，历史演义以罗贯中的《三国演义》为代表，英侠传奇以施耐庵的《水浒传》为代表，神魔小说以吴承恩的《西游记》为代表，人情小说以兰陵笑笑生的《金瓶梅》和曹雪芹的《红楼梦》为代表。这四种类型的小说分别具有什么特征或惯例，三言两语很难说清，我们不妨抽几个例证来谈谈。

首先，我们考察一下这几部小说处理女性形象的方式有何不同。

《三国演义》以政治、军事问题作为小说的重心，日常生活通常不在其视野之内，衣、食、住、行，油、盐、酱、醋，如果它们与政治、军事的较量不相干，作者就根本不会留心。这种态度也同样适用于女性，比如貂蝉。《三国演义》叙她本是王允府中的歌伎，美丽聪慧，王允待如亲女。因见董卓暴虐，汉室将倾，慨然助王允行“连环计”，周旋于董卓、吕布之间，促使二人反目。吕布助王允诛除董卓，得貂蝉为妾。曹操擒杀吕布，貂蝉结局如何，不得而知。在上述情节链条中，“连环计”中的貂

蝉是备受重视的，因为这与政治斗争相关，但此后貂蝉在作者眼里就无足轻重了。小说第二十回，在曹操擒杀吕布后，小说仅仅交代："将吕布妻女载回许都。"（嘉靖本《三国志通俗演义》作"将吕布妻小并貂蝉载回许都。"）毛宗岗在这里加了一句评语："未识貂蝉亦在其中否？自此之后，不复知貂蝉下落矣。"读者毛宗岗如此看重貂蝉，作者罗贯中则不大关心貂蝉，因为一个与政治、军事斗争不再相关的女子，无论多么美丽婀娜，在《三国演义》中也变得无足轻重了。

《水浒传》则是一部豪侠题材的小说。为了充分写出好汉们的豪侠风采，小说中个性千差万别的英雄却又被赋予了几大共同特征，其一便是"一意打熬气力，不亲女色"。为什么"不亲女色"呢？一个重要的原因在于，娇柔的女性以及男欢女爱的韵事与豪侠们的特殊气质和《水浒传》的粗豪情调格格不入。金本第三十七回中，李逵等四人正在琵琶亭饮酒，"各叙胸中之事。正说得入耳，只见一个女娘，年方二八，穿一身纱衣，来到跟前，深深的道了四个万福，顿开喉音便唱。李逵正待要卖弄胸中许多豪杰的事务，却被他唱起来一搅……李逵怒从心起，跳起身来，把两个指头去那女娘额上一点，那女娘大叫一声，蓦然倒地。"[①] 这一段情节，绝妙地写出"豪杰事务"对怜香惜玉的书

---

① 百回本《水浒传》为第三十八回，文字略有不同（人民文学出版社 1997 年版，第 506 页），兹摘引于下："深深的道了四个万福。宋江看那女子时，生的如何？但只见：冰肌玉骨，粉面酥胸。杏脸桃腮，酝酿出十分春色；柳眉星眼，妆点就一段精神。花月仪容，蕙兰情性。心地里百伶百俐，身材儿不短不长。声如莺啭乔林，体似燕穿新柳。正是：春睡海棠晞晓露，一枝芍药醉春风。那女娘道罢万福，顿开喉音便唱。李逵待要卖弄胸中许多豪杰的事务，却被他唱起来一搅，三个且都听唱，打断了他的话头。李逵怒从心上起，恶向胆边生，跳起身来，把两个指头去那女娘额上一点，那女娘大叫一声，蓦然倒地。"

生美德的排斥。梁山好汉中，除了被嘲笑的周通、王矮虎热衷于要个压寨夫人外，其他人都视女色为尘土。梁山的世界里容纳不了柔情似水或轻盈俏丽的女人。一个值得注意的现象是：对林冲等人的妻子，作者安排了各种理由，不让她们上山，至于母夜叉和母大虫，则已充分地好汉化、男性化。

《金瓶梅》、《红楼梦》以私生活为描写重点，作为私生活主角的女性形象自然成为作者关注的焦点。《红楼梦》开头便有这样的交代："今风尘碌碌，一事无成，忽念及当日所有之女子，一一细考校去，觉其行止见识皆出我之上；我堂堂须眉，诚不若彼裙钗；我实愧则有余，悔之无益……知我之负罪固多，然闺阁中历历有人，万不可因我之不肖，自护己短，一并使其泯灭也。"[①] 非常明确，小说是以一群闺阁女子作为描写中心，"或情或痴，或小才微善"，构成一个迥异于《三国演义》、《水浒传》的世界。可以作一个近乎荒唐的设想：假如让李逵、鲁智深进入大观园，或者让林黛玉、薛宝钗上梁山，小说家的处境无疑非常尴尬。在惯例被打破之后，他将无所适从。这表明，每一种类型的小说，各有畛域，小说家在某种程度上几乎是不由自主地受其制约的。

其次，我们看看这几部小说评价人物的尺度有何不同。

小说的类型不同，评价人物的尺度往往有所不同。《水浒传》和《金瓶梅》对武松、西门庆的不同处理是有说服力的例证。《水浒传》是一部英侠传奇，其特征之一是站在豪侠的立场上写世态人情，《金瓶梅》是一部人情小说，其特征之一是站在常人的立场上写世态人情，诸多区别由此形成。可以指出的至少有下述几点：1.《水浒传》中武松手刃潘金莲，武松斗杀西门庆，这两个情节

① 曹雪芹、高鹗：《红楼梦》，人民文学出版社 2000 年版，第 1 页。

与他景阳冈打虎的经历合在一起，共同塑造了武松勇武不凡的形象。而在《金瓶梅》中，打虎的神威被淡化了，打西门庆的可能性被他自己弄没了（他误杀李外传，西门庆买通官吏，将之发配到孟州道），只剩了潘金莲由他去杀，却又只见其凶残，不见其豪勇。同样描写武松杀嫂，《水浒传》注重的是动作的迅疾敏捷，而潘金莲则仿佛并不是一个活人，因为她几乎没有挣扎的动作，这就大大减弱了杀人的血腥味。《金瓶梅》给人的感受就大不一样。由于潘金莲垂死挣扎的动作被真切、细致地描绘出来，读者可以强烈感受到杀人的恐怖感，而武松给我们的印象也就由以豪勇为主变为以凶残为主。2. 武松的社会关系在《金瓶梅》中被一定程度地改变了。《水浒传》倾向于让好汉们摆脱家庭束缚，鲁智深、石秀等在小说中几乎没有直系亲属；如果不是为了写武松的复仇壮举，可以断言不会有武大这个人物。但《金瓶梅》却倾向于让人物接受家庭生活的考验。在《水浒传》中，迎儿是武大家里的小婢，《金瓶梅》却让她成了武大的女儿（武大前妻所生），即武松的亲侄女，目的是将武松置于伦理责任的背景上。迎儿的父亲是武大，武大去世后，她的生活与前途理当由武松来照料。如果武松真的爱他的兄长，他就应该对兄长的女儿尽到责任。然而他没有，只顾杀人，在生剐了潘金莲之后，又割下王婆的头，之后席卷王婆的财物，奔向梁山。至于迎儿是成为街头的饿殍，还是流落青楼，武松是不放在心上的。《金瓶梅》借此表明，小说对好汉并无钦佩之意，倒是对他们随意放弃人生责任的举动明确地表示厌恶和不满。3. 西门庆在《金瓶梅》中的地位远远高于他在《水浒传》中的地位。《水浒传》给西门庆的定位是："原来只是阳谷县一个破落户财主，就县前开着个生药铺。从小也是一个奸诈的人，使得些好拳棒；近来暴发迹，专在县里管些公事，与人放刁把滥，说事过钱，排陷官吏；因此，满县人都饶让他些个。

那人复姓西门，单讳一个庆字，排行第一，人都唤他做西门大郎。近来发迹有钱，人都称他做西门大官人。”（金本第二十三回）[①]由于西门庆不久即被武松斗杀，这一段评述大体可以视为盖棺定论。《金瓶梅》对他的处理不同。《金瓶梅》头几回叙及西门庆，在移植《水浒传》的情节时也移植了《水浒传》对西门庆的考语。但因西门庆直到第七十九回才纵欲身亡，小说有足够的篇幅重塑这一人物，改变读者的印象，最初的考语并不能涵盖西门庆的所作所为。而且，即使就《金瓶梅》所移植的这几回而言，作者也成功地改变了对西门庆的定位。小说明确强调，西门庆比武松更受市井社会的崇拜、敬畏。《水浒传》所极力推崇的武松这类英雄好汉，在《金瓶梅》中不只没有八面威风之感，甚至显得非常猥琐。第十回叙三四个皂隶受知县之命，须臾打了武松二十板，“打的武松口口声声叫冤，说道：‘小人平日也有与相公用力效劳之处，相公岂不悯念？相公休要苦刑小人！’”[②] 与武松的威风扫地相呼应，何九叔所敬畏的也不再是武松，而是西门庆。在《金瓶梅》这个市井社会中，武松的声威远不及西门庆能够震慑人。

三 章回小说以叙事为基本的存在方式，其不同类型之间在叙事技巧上存在不容忽视的差异。或者说，不同类型的作品在叙事技巧上各有侧重

叙事技巧有许多种，如伏笔、照应、叙事时间、叙事角度

① 施耐庵、罗贯中：《水浒传》，人民文学出版社 1997 年版，第 313、371 页。

② 兰陵笑笑生：《金瓶梅词话》，人民文学出版社 2000 年版，第 113 页。

等。这里以悬念的设计为例，对不同类型之间的差异略作说明。

《三国演义》制造悬念的方式主要有二：一是锦囊妙计，如第一百零五回“武侯预伏锦囊计”；二是并不在军事会议上公开宣布作战方案，而是低声耳语，个别吩咐，用“如此如此”、“这般这般”来代替。这两种方式，都不是生活当中的真实情形，而只是一种讲故事的技巧，目的是将读者蒙在鼓里，使他们对于事件的变化产生应接不暇的惊奇感，从而对诸葛亮的“神机妙算”留下格外深刻的印象。

《水浒传》也注重悬念的设计，但不再采用锦囊妙计和“如此如此”、“这般这般”的方式，而是更加生活化，泯灭了技巧的痕迹。比如第二十八回“武松威震安平寨，施恩义夺快活林”，武松为兄长报仇，杀了西门庆、潘金莲等人，被刺配孟州。来到牢城营，因武松不肯托人情，还口口声声与差拨抬杠，牢友们都料定他“晚间必然”被“结果”：

> 众人说犹未了，只见一个军人托着一个盒子入来，问道：“那个是新配来的武都头？”武松答道：“我便是。甚么话说？”那人答道：“管营叫送点心在这里。”武松来看时，一大旋酒，一盘肉，一盘子面，又是一大碗汁。武松寻思道：“敢是把这些点心与我吃了，却来对付我？我且落得吃了，却又理会。”

武松的想法也正是读者的想法，我们确实认为，这顿饭之所以丰盛，是因为武松马上就要被处决了，管营的用意是让他做个饱鬼。然而，武松和读者都没有料准。到了晚上，并没有谁来结果武松，倒是“头先那个人，又顶一个盒子入来”，好肉、好鱼、好酒的招待；不多时，又送热水来洗澡。武松以为洗澡后会被害死，却又并不。第二天请他搬家，他以为是去土牢，却是一个干干净净的去处。中午、晚上仍是盛情款待。

> 武松心里忖道："毕竟是何如？"到晚又是许多下饭，又请武松洗浴了，乘凉歇息。武松自思道："众囚徒也是这般说，我也是这般想，却怎地这般请我？"①

确实，不仅众囚徒百思不得其解，武松也百思不得其解；不仅武松百思不得其解，读者也百思不得其解。瞒住武松是表面现象，瞒住读者才是作者的真实目的。能成功地瞒住读者，引发读者的牵挂和往下读的欲望，这就是悬念的作用。《水浒传》有意瞒住读者，且又不让人看出刻意设置悬念的痕迹，这是作者的高明之处。

《西游记》的情节是游记性的，行动和奇遇构成其主体部分。作为历险故事的主角，唐僧师徒每到一个新地方，尤其是险峻的山林，读者都会心头一紧，料定必有一番危难。然而，是什么危难呢？读者并不清楚，于是迫不及待地往下看。《西游记》以游记的方式制造悬念，"看似寻常最奇崛"，颇有大智若愚的风度。

以上我们以悬念的设计为例，比较了《三国演义》、《水浒传》和《西游记》三部名著的异同。窥一斑而知全豹，意在提醒读者：不同类型的小说，其叙事技巧的使用路数有所不同，分析小说的叙事技巧是件饶有趣味的事情。一个认真而成熟的读者，将十分乐意在这方面多花工夫。

明清章回小说是一个丰富多彩的世界，是一个独特而充满魅

---

① 施耐庵、罗贯中：《水浒传》，人民文学出版社 1997 年版，第 371 页。

力的世界。在这个世界里，我们可以获得在其他文体中不能获得的启迪和享受。

（原载《文艺研究》2006 年第 2 期，人大复印资料《中国古代近代文学研究》2006 年第 7 期全文转载）

论明清小说中的季节描写

对于明清小说中的季节描写的研究，专门的论著尚不多见。就目前能收集到的资料来看，这些论著主要集中于某部具体作品的分析，尤其是四大小说名著和《聊斋志异》、《儒林外史》等作品。例如《红楼梦》的季节描写，除了探讨《红楼梦》艺术的红学著作几乎都有涉及外，单篇的论文也不在少数。以近几年发表的论文来看，就有王大明的《〈红楼梦〉景物描写的文化观照》（《河北社会主义学院学报》2002 年第 1 期）、江静的《〈红楼梦〉景物描写琐谈》（《菏泽师专学报》2000 年第 3 期）等。关于《水浒传》，有曲晓红的《试论〈水浒传〉中的雪意象描写》（《辽宁学院学报》2005 年第 1 期）。关于《聊斋志异》，则有丁峰山的《诗情　诗韵　诗骨——〈聊斋志异〉立意诗化作品探析》（《宁夏大学学报》2002 年第 3 期）、胡淳艳的《漫谈〈聊斋志异〉中的景物描写》（《北京广播电视大学学报》2005 年第 1 期）等。这些论文都是从某个具体文本或者某种具体意象出发进行文本细读式的分析，未能对此类描写进行系统的探讨。这是本文选取明清小说中的季节描写作为研究对象的一个重要原因，宗旨是对这一文学现象做综合考察，以期从一个新的角度认识明清小说。

一 四大小说名著中的春夏秋冬

考察四大小说名著中的春夏秋冬，其比较对象是传统诗文的季节描写。

从对季节类型的选择上看，诗词主要选择了春秋两季，这是由这两个季节特殊的物候特征决定的。首先，从气候来看，春季温暖而秋季凉爽，最为适合户外活动，人们往往选择在这样的季节里远足踏青，或是登高望远。这些活动为文人们的抒怀创造了良好的创作氛围，记录下由此产生的各种联想和感触就成为必然。其次，这两个季节所带来的自然景物的变化尤为丰富和富有魅力。在古典诗中出现频率最高的几种自然景物如春花、春柳、春风和春雨，秋风、秋水、落叶、秋蝉和秋雁，在读者的感觉中也是最富有诗意的景物。秋季更多地引发悲凉的情感，比起春季来，它突出的是“悲”而非“怨”。重阳节里的登高远望、插茱萸思亲和灞陵桥边的折柳赠人所体现的伤感，因为季节差异具有了不同的气质，一悲凉而一幽怨。因而悲秋更多地出现在能承载厚重情感的诗文之中，而就擅长表现细微感情的小词而言，千丝万缕惹人怨的春季显然是特别适合承载万般柔情的季节，“落花风雨更伤春”、“无可奈何花落去”、“送春春去几时回”这样的感叹大量出现也就不足为奇了。

就季节描写而言，史传有着与诗文不同的表现方式。正史中基本不存在景物描写，无论是编年体的《资治通鉴》，还是纪传体的《史记》，皆是如此。所以，在历史文本中，对季节的关注便成为了一种纯粹的时间表述，从而明显区别于诗词的抒情色彩。

小说作为与诗词不同的文学体裁，季节描写的方式与诗词大相径庭。由于本文的研究对象集中在明清时段，所以选取四大小说名著作为样本来考察季节描写在不同类型小说文本中的分布状况，并对其独特风貌的形成原因做初步探讨。

《三国演义》是历史演义的代表作。小说关于季节的描写集中在第20回《曹阿瞒许田打围　董国舅内阁受诏》之后。前20回中涉及季节的只有第1、2、4、10、13、17、20等几个回目，并且这几处也都是单纯交代事件发生的时间。例如第2回“六月，何进暗使人鸩杀董后于河间驿庭”，第4回“九月朔，请帝开嘉德殿，大会文武”。之所以出现这种情形，是因为在前20回之中，虽然发生了董卓之乱、袁绍起兵等重要事件，但是造就三国鼎立的诸位英雄尤其是刘备集团还处于事业萌芽阶段，因此小说没有细致描写这些事件，而只是把这些事件作为三国争霸的背景作粗线条的勾勒。从第21回开始的后100回中，季节描写开始增多，在各章节中的分布也较为均匀。

《三国演义》涉及季节主要有两种情况。一种情况是，作为具有重要影响力的因素出现在战争描写之中。最为著名的例子是赤壁之战。这是一场以火攻取胜的战役，而火攻的成功与否对天气的依赖性极大。先是草船借箭，一场大雾为吴蜀联盟赚来了曹操的十万支箭，接着是吴蜀联盟定下火攻之计，“万事俱备，只欠东风”，诸葛亮七星坛祭风成为关注焦点。最后东南风大作，烧得曹操败落华容道。与此相似，陆逊火烧刘备七百里连营，也是利用了炎热天气里骤起的东南风。其他如第74回关云长水淹七军发生在秋雨连绵的八月，“方今秋雨连绵，襄江之水必然泛涨”，给关羽的放水提供了有利的条件。而第94回诸葛亮破羌兵则是利用了冬日大雪的有利形势，“今彤云密布，朔风紧急，天将降雪，吾计可施矣”。因为对战争的显著影响，这些对于天气的描写便成为季节描写在《三国演义》中的重要存在方式。

另一种情况则是作为单纯的时间标志，季候特征无关紧要。如第2回交代灵帝去世，“中平六年夏四月，灵帝病笃”，第4回交代“可怜少帝四月登基，九月即被废”等。季节有时也被处理为某种天象出现的时间刻度，如第1回所写“建宁二年四月……秋七月，有虹现于玉堂”。这种情况与历史著作中的季节表述别无二致。

无论是对战争中的气候描写，还是对历史大事的时间交代，这些关于季节的文字都偏于简略，其中为数不多的景物描写相当粗糙单调。写到冬天，往往是“时值初冬，阴云布合，雪花乱飘”（第22回），“时当九月，天气暴冷，彤云密布，连日不开”（第59回），“时值隆冬，天气严寒，彤云密布”（第37回）。而像第37回卧龙冈雪景那样与人物生活环境密切相关的景物描写则非常少见。这也正是惯于描写军国大事的历史演义的特征。

英侠传奇中的情况与历史演义大不相同。其代表作品《水浒传》明确涉及季节的章节比《三国演义》要少，并分布较散。在主要写好汉生活的前70回中，季节描写的功能是为人物创造确实的生活背景，于是日常的节令活动在《水浒传》中占据了显要地位。第1、2回史进夜走华阴县发生在八月中秋，第29回武松大闹飞云浦也是“时光迅速，却早又是八月中秋”，而第50回美髯公朱仝则是在7月15日盂兰盆大斋之日失掉了小衙内。第32回宋江夜看小鳌山，第65回时迁火烧翠云楼，第72回李逵闹东京都是发生在元宵佳节。这些在《三国演义》中极少见到的节日在《水浒传》中成了好汉们一展身手的大好时机。

《水浒传》之所以关注节日，是与节日的特性分不开的。一方面，节日的热闹气氛正符合好汉们的个性，“大块吃肉，大碗喝酒”的江湖英雄不喜独处，节日便成了他们聚会的最好理由。

史进和少华山头领们在中秋赏月喝酒，《飞龙全传》中的赵匡胤同样在中秋和柴荣、张光远、罗彦威义结金兰。另一方面，越是人多的地方越是便于展开行动。水浒好汉热衷于在元宵节行事无非是因为这是个张灯结彩的热闹日子，在“跳跳叫叫，挨挨挤挤，攒攒簇簇，推推拥拥，来来往往”的人群中，采取行动不易被发现。正如《禅真逸史》第5回林澹然在元宵之夜嘱咐妙相寺僧人小心防守时所说：“黑夜之中，或有不良辈乘隙偷盗，如前番故事，或是非火烛，干系不小。”

《水浒传》季节描写的另一个特征是：在写到好汉们上梁山的经历时，关于夏季的描写明显居多。第8回林冲刺配沧州道，“时遇六月天气，炎暑正热……棒疮却发”，第16回杨志押送生辰纲，“此时正是五月半天气，虽是晴明得好，只是酷热难行”，第29回武松醉打蒋门神，“此时正是七月间天气，炎暑未消，金风乍起”，第39回浔阳楼宋江吟诗，也是“天气暄热”之时。而第39回之后，关于夏季的描写除了诏书中的两次之外，基本上不再出现。由此可见，好汉们喜欢在夏天活动并不是一个偶然现象，而是与人物的性格密不可分的。梁山好汉们崇尚的是“路见不平一声吼，该出手时就出手”，他们性格的豪爽正符合夏季火热的气候。由于气候炎热，普通人的脾性也比平时来得烦躁，更何况本来就性急似火的草莽英雄们。因此，在这带着暴力色彩的季节里更容易滋生事端，难耐的酷热也就成了主人公们大展拳脚的诱因。

《水浒传》季节描写的第三个特征是，关于冬季的描写主要集中在梁山好汉大规模的军事行动中。这种集体行动已不同于早期的劫法场。此时的梁山由宋江统领，军事行动规模更大，也更有条理，和《三国演义》中的军事行动有更多的相似之处。《三国演义》中的战争多发生在秋冬季节，《水浒传》中大规模的军事行动亦然。在宋江未做头领时，第 41 回智取无为军是“此时七月尽天气，夜凉天静，月白江清，水影山光，上下一碧”，第 59 回闹西岳华山是“二月中旬天气，月华如昼，天上无一片云彩”。而到了他兵打北京城，则是“秋末冬初天气，征夫容易披挂，战马易得肥满”，第 80 回三败高太尉“是暮冬天气，官军船上招来水手军士，那里敢下水去”，第 87 回战幽州，“此时秋尽冬来，军披重铠，马挂皮甲，尽得其时”，秋冬季节这一时间提醒我们，战争规模之大，已非前期的“智取无为军”、“闹西岳华山”可比。从这些章节对于季节的各有侧重可以见出小说情节的发展变化。

与《三国演义》相比，由于《水浒传》更多涉及生活细节，因此其中的自然景物远比历史演义丰富，并且往往与人物心理挂钩，已出现颇有文采的景物描写，如：“约黄昏时分，烟迷远水，雾锁深山，星月微明，不分丛莽。”（第 61 回）“那堪又值晚秋天气，纷纷黄叶坠，对对塞鸿飞，心怀四海三江闷，腹隐千辛万苦愁。忧闷之中，只听得横笛之声，俊义吟诗一首。”（第 62 回）

神魔小说《西游记》的时间不同于常态，即所谓“天上一日，地下一年”。对于神仙们而言，天宫里实际上不存在季节的划分。刘晨、阮肇在与仙女度过半年时光后回到家乡，只见“亲旧零落，邑屋更变，无复相识”（《幽明录》）。五行山下的五百年对齐天大圣来说也不过是弹指一瞬。但是《西游记》中唐僧师徒的旅行是发生在有着明显四季区分的人间，也许是为了强调这一事实，这部具有游记意味的小说，对于季节的描写几乎都安排在每一回的开头。如“原来此时深秋时节，鸡鸣的早，只好有四更天气”（第 13 回），“三藏上马，行者引路，不觉饥餐渴饮，夜宿晓行，又值那初冬时候，但见那……”（第 14 回）

“且说他三众，在路餐风宿水，带月披星，早又至夏景炎天”（第20回），“却说他师徒四众……真个也光阴迅速，又值九秋，但见了些……”（第23回），等等。季节的变换对于唐僧师徒的旅行并不产生至关重要的影响，所以，《西游记》中的季节只是作为旅行时间变更的标志，景物描写多半是程式化的，一般以“但见”作为引子，然后用一段韵文加以铺叙。

在以描写家庭生活为中心的人情小说那里，细致描绘普通人的日常生活是其重心所在，季节作为人的生活环境的一部分在这类小说中的地位尤为引人注目。这类小说的时间跨度往往不长：《金瓶梅》演述的是西门庆人生中最为风光的几年，《红楼梦》正面描绘贾府的生活前后也不过几年时间，而《醒世姻缘传》虽然以因果报应的方式写到了人物的前世今生，但其主体仍是对主人公一段时期生活的集中展现。从《红楼梦》的情节安排可以看出，在一年四季的各种节气中，第一季度的节日如春节、元宵、清明、花朝等特别受到青睐。夏季的端午也有所涉及，而秋季的节日，例如重阳节，小说描写甚少。这大概与又有“老人节”之称的重阳节悖于大观园内总体的青春格调有关。串联起大大小小的家庭琐事的主要是节日和重要人物的生辰，而《红楼梦》对于季节的关注即体现在对这些节气的描写之中，时间流逝的缓慢和大量细节的铺陈使得小说的物候描写非常详细。

人情小说的一支是才子佳人小说，它对季节的描绘不似《金瓶梅》、《红楼梦》那样丰富，这与其生活面相对较窄有关。在这些以恋爱为主的故事里，大部分笔墨集中于主人公们的诗词赠答，少有真切的日常生活画面。《平山冷燕》等作为明末清初苦闷文士寄托“金榜题名，洞房花烛”理想的作品，是他们“借乌有先生以发泄其黄粱事业”的载体，其与现实生活脱离的特性决定了它不可能有宽广的视野。其中的景物多用以寄托主人公的相思之情，而作者的才情所限又使得这些景物描写程式化的意味很浓，在艺术上没有太高的成就。

二　明清小说中季节描写的主要功能

从总体上看，季节描写在明清小说中所占比重不大，但其功能和地位却相当重要。季节描写在构建小说文本、推进情节发展、体现文化姿态等方面的作用不容忽视。

1. 作为小说结构的重要依托

小说作为叙事文学，其文本结构明显不同于以抒情为主的诗词等文学体裁。在抒情文学中，其文本结构往往依据内在的情绪变化，呈现起承转合的节奏，而叙事性的文学作品必须有一个来龙去脉清晰完整的事件。在这种叙事结构中，明确的时序往往成为建构故事的基础。无论是以人物为中心，还是以事件为主体，明清小说始终离不开绵延始终的时间线索，而季节的变更作为时间标志，其作用尤为显著。

历史演义以纪事为主，其特征是以事件发展的先后次序作为小说的框架。中间虽然穿插着倒叙和预叙等其他叙述方式，但整个结构在时序上是一清二楚的。王平在他的《中国古代小说叙事研究》中把《三国演义》分为16个结构单元，即1. 董卓之乱（3—9）；2. 豪强争霸（10—24）；3. 官渡大战（25—34）；4. 三顾茅庐（35—38）；5. 刘备转战（39—42）；6. 赤壁大战（43—50）；7. 三气周瑜（51—59）；8. 刘备取川（60—65）；9. 争夺汉中（67—73）；10. 关羽之死（74—77）；11. 曹丕篡汉（76—80）；12. 彝陵大战（81—85）；13. 七擒孟获（87—90）；

14. 六出祁山（91—105）；15. 九伐中原（108—115）；16. 曹魏灭蜀（116—119）。在整体框架上小说按照三国鼎立的酝酿期、形成期、对峙期和瓦解期进行组织，而以记录汉代年号的方式来交代事件发生的时间，如第一回描写一连串灾异，就用了“建宁二年四月望日”、“建宁四年二月”、“光和元年”、“六月朔”、“秋七月”等纪时方式，以增加小说的历史真实感。在每一个结构单元的内部，时间刻度更为清晰，季节的变更也更为具体，除了“某某年春”、“某某年夏”、“某某年秋”、“某某年冬”等交代外，还有些简单的季节描述。例如在“三气周瑜”这个单元之中，第50回赤壁大战“正值隆冬严寒之时，其苦何可胜言”，第51回“极写曹操狼狈，以衬关公释放之义”，接下来取桂阳没有明确交代季候，但第54回刘备续偶时值“建安十四年冬十月”，可知此时离赤壁之战不久。二气周瑜，“建安十五年春正月元旦，吴侯大会文武于堂上，玄德与孙夫人入拜国太”；三气周瑜，“时建安十五年春，造铜雀台成”。季节由冬入春，线索分明。倘若没有这个清晰的季节变换的线索，那么整个事件的描述就会陷入混乱。故事中人物的活动直接与季节挂钩，不是元旦，不会拜国太；不是春季，不会造台，因为古人的惯例是“春夏读书，秋冬射猎”。在这里，季节描写虽然简单，但却为整个故事提供了明确具体的时间刻度，保证了事件的完整性和清晰感，突出了其作为历史演义的特征。

在那些以人物为中心的小说例如《水浒传》中，季节描写的结构功能同样明显。《水浒传》在描写单个英雄的故事时，无论其时间跨度多长，我们都能清楚地得到这些人物在不同时间段的活动信息，从而在头脑中形成一个整体印象。武松的故事由第21回打虎开始，一直到第31回醉打孔亮。在横海郡遇到宋江时是冬季，醉打蒋门神时是夏季，然后是到张都监处过中秋，大闹飞云浦时又到了冬季。整个过程按照时间的先后展开，一目了然。

《隋唐演义》写秦琼由山东到潞州公干的一段经历，时时不忘交代事件发生的季节。他遇到李渊，是仁寿元年的秋季。到潞州，是“八月十六日”。到魏征的观上，是“十月十五日”。这时转入秦母的思念，说“隆冬季节”，正合十月之说。接下来写樊建威寻秦琼，因大雪来到单雄信的庄上，秦琼在单庄过了除夕。因误杀张奇，被发往幽州，此时已是春季。来到幽州，投罗公处，“光阴荏苒，因循半载有余”，“直到仁寿三年八月间”，才起程返家。中间虽穿插了李渊生子、与柴绍结亲等情节，但因为清楚地交代了时序，所以一丝不乱。

在结构较为复杂的人情小说中，以大量日常生活细节构造起来的情节由于本身的琐碎和散乱，对它们的叙述更需要设置清晰的时间背景。以《红楼梦》为例，四季的变化便非常明显。一方面是因为生活在大观园中的一群诗人对节候的变化非常敏感，尤其是林黛玉，对季节景物的感悟抒怀是她生命中不可缺少的部分，也是《红楼梦》的一个重要组成部分。另一方面，对贾府这个大家庭，《红楼梦》所关注的是其日常生活，不同季节的节日也就成了主体内容之一。《红楼梦》写到的节日之多、之详细，在古代小说中是首屈一指的。每个节日都按照季节的变换依次写来，从除夕，到元宵，到三月，到端午。其间再穿插大大小小的生日以及各类祭祀活动。如果没有这些节日作为线索，这部鸿篇巨制将会成为一盘散沙。

2. 情节发展的推动要素

季节描写除了作为时间背景发挥结构功能之外，它在推动小说情节发展方面，也功不可没。

首先，季节的变化所带来的自然环境的变化可以为事件的发生创造客观条件。人类的活动与自然环境的关系十分密切，自然环境的变化在很大程度上制约着人类的活动。小说家也因此选择不同的季节作为人物不同活动的背景。《红楼梦》中不同的季节触发了不同的诗情，从而有了春季的海棠社，秋季的螃蟹咏和秋窗风雨夕，冬季的芦雪庵联诗。而如晴雯撕扇、宝玉踢袭人这样的事情也只有发生在令人心烦意乱的夏季才较为合适。在《水浒传》中，李逵与浪里白条的水上交手，如果不是夏天，也就无从发生。而吴用之所以能智取生辰纲，更是直接利用了夏季炎热的气候，“正是六月初四时节，天气未及晌午，一轮红日当天……”天气热，酒和枣子才有销路，而炎热的天气使精细的杨志也放松了警惕，才得以被蒙汗药麻翻。在明清小说中屡屡发生的艳遇尤其有赖于客观条件，《绿牡丹》中骆、任、花、王四家的纠葛即是因王公子桃花坞游春而引发。王公子在此看上了玩杂耍的山东响马的女儿花碧莲，而花碧莲又在此看上了骆家的公子骆宏勋，由此产生了一连串故事。《初刻拍案惊奇》第九卷，拜住看上宣徽家的女儿，也是发生在春季的“秋千会”上。《驻春园小史》里的云娥也选择在二月的花朝与黄生相会。之所以选择春季，首先是因为春暖花开人们户外活动较多，各色各样的人容易在这个季节意外相遇。并且，春暖花开的温和气候有助于触发情感，艳遇与春季之间存在天然的联系。小说选择春季作为上述事件的发生时间，是合情合理的。

其次，季节的变化可以改变事态，或是对事件的发展起推波助澜的作用，增强其传奇性和趣味性。这一点，在旅途描写和战争描写中尤为突出。古代社会交通不便，天气变化对旅人们的活动往往产生至关重要的影响，它们或加快或延缓旅人们的行程，有可能使事情节外生枝。明清小说家常常利用这一点，来完成情节的过渡。如《老残游记》第12回《寒风冻塞黄河水　暖气催成白雪辞》，正是由于一场大雪，黄河被冻，本来打算回省城的老残被迫滞留于齐河县城，然后遇到黄人瑞讲述翠花、翠环的辛酸故事，见到黄河给百姓所造成的灾难，小说也因此转到另一段故事。《明珠缘》中的魏忠贤之母侯一娘也是因为一场大雪耽误了行程，被盗贼盯上，落入贼窝，命运发生重大改变。

其三，通过季节描写为小说中人物的活动创造环境、渲染气氛，有助于情感的表达。这一点，在以描绘生活细节见长的人情小说中表现得尤为突出。以雪景为例，在《林兰香》的第四回《三夫人前厅论婿　二小姐密室谈情》中，那一场雪不仅为二位小姐的谈话提供了材料，并且为这场闺房中的私谈增添不少韵味：

> 单说林云屏、宣爱娘见天又落雪，令侍女罩上布伞，两个人携手并肩，在各处亭台上走了一回。那莲花瓣儿纵纵横横不知印了多少，仍旧回到后边卧楼，令枝儿卷起帘幕，又令随爱娘的侍女喜儿关上楼梯门，清清静静坐在上面看雪。是时炉添兽炭，杯酌龙团，一缕缕轻烟断续，一片片细叶甘香，两人一面品茶，一面清谈。爱娘道："妹妹，你看那树上挂了雪，一枝粉色低昂，真可称为玉树。"云屏道："姐姐，你看这西山白森森，一层层，合天一般颜色，真可称为玉山。"

接着二人就"玉树"和"玉山"讨论起一段纯属于女孩子之间的话题。这处生活细节的描写之所以委婉动人，别有韵味，是与这场雪分不开的。

而在《金瓶梅》的头几回，武松遭嫂嫂潘金莲调戏时的那场雪烘托出的却是一种暧昧的情感：

有话即长，无话即短，不觉过了一月有余，看看十一月天气，连日朔风紧起，只见四下彤云密布，又早纷纷扬扬飞下一天瑞雪来。好大雪！怎见得？但见：万里彤雪密布，空中瑞祥飘帘。琼花片片舞前檐。剡溪当此际，濡滞子猷船。顷刻楼台都压倒，江山银色相连。飞盐撒粉漫连天。当时吕蒙正，窑内叹无钱。当日这雪下到一更时分，却早银妆世界，玉碾乾坤。

表面上看，这不过是一段小说中经常出现的套语，其描述并无出色之处，但在接下来的情节中，这场雪所起到的作用就不同凡响了：一种暧昧的情感被放在屋子里的炭火和屋外大雪对照的情景之下，其真实感确实跃然纸上。

3. 以不同的季节描写方式体现作者的文化姿态

用韵文写景还是用散文写景，这是明清小说季节描写中值得关注的两种不同方式。明清小说，特别是才子佳人小说中的季节描写往往直接运用诗词曲赋，如《好逑传》中“今日是秋祭，冰心小姐上了西阁，往下一看，只见阁下满是铺金，菊花开的正盛，有《踏莎行》词为证：瘦影满篱，番陈三径，深深浅浅黄相映。露下繁花饥可餐，风前雅致谁堪并？谈到可怜，懒如新病，恹恹开出秋情性。温言尽日只闲闲，须知诗酒陶家兴”。如果说这首词是以作者的口吻道出，其罗曼蒂克的意味还不那么浓烈，另一部分归属于男女主角名下的诗词则更能为小说带来柔情蜜意。试举《驻春园小史》为例。一日残冬时候，雪片飞空，姐妹联吟，在诵碧轩折梅赏雪，各成一词。云娥词云：

飞霰飘飘坠，寒梅几树花。花飞片片落谁家？忆昔故园楼下，泣琵琶。家山千里外，回首夕阳斜。漫天雪里带归鸦。作解恨诗诗成，恨更加。

绿[illegible]见云娥作词，亦作一词云：

萧条深院，但恹恹睡了，海棠柔媚。我起强把云鬟整，镜里悉颜偷视……料得花残，飘零玉骨，谁把销魂记。人生如梦，一尊伴姐沉醉。

云娥因思念黄公子，因此这雪里也带着归鸦，而绿筠则希望为云娥分忧，“一尊伴姐沉醉”。这两首抒发主人公内心感受的词为小说增添了不少婉约风味。其他如《鼓掌绝尘》的第1回，杜萼和道士许叔清在雪中赏梅而赋诗题咏，此景此诗此人，清幽绝尘。而《金云翘传》中的王翠翘更是才华绝出，挥笔成文，小说几乎每一章节都有她的诗词，她的心境便通过这众多的诗词作品展现出来。起初对金生有意，“仰见雾气当空，天清不染，树声入牖，月影穿窗，感遇金郎，喜而不寐，因成一律，诗云：女子芳香路，儿家认得真。名花欣顾影，娇鸟怕亲人。自分伴明月，谁思际好春。从天忽有美，一语已终身”。借此花此月书相思之情。在这些由诗词曲赋承载的季节描写中，自然风光往往带有迷离淡冶的色彩。不管是春暖花开，还是数九寒冬，都显得柔媚而温馨。这种描写体现的文化姿态是：罗曼蒂克的生活才是值得向往的生活；现实人生有太多的缺陷。

与上述景物描写的方式形成对照，另一类小说，以明润的散文笔调描写景物，赋予自然以山水画的韵味，别具一种隐逸情调。这类笔墨在讽刺小说中尤为常见，如《儒林外史》。《儒林外史》的风景描写在古典小说中是首屈一指的。开卷第一回对湖上风景的描写，“透亮之至”，使我们想起宋人蔡襄的《段家堤西望晚山》诗："月下西山千万重，日光山色郁葱茏。鲛绡数幅须移得，惆怅如今少画工。"一个说"可惜我这里没有一个画工"，一个说"惆怅如今少画工"，表明两位作家眼里的景物，无论色彩还是构图，都与中国古代的山水画相近。

中国古代的山水画，兴起于魏晋时期，其直接动力是因魏晋名士在山水与自我的精神意趣之间建立了深刻、显著的联系：自然是清纯的，玄远的，而现实是污浊的，凡近的；走向自然，就是赋予人以超凡脱俗的意味。所以，山水画从产生之日起就烙上了清晰可见的隐逸色调。南朝宋宗炳在《画山水序》中强调：他因为喜欢各地的名山，遂将它们绘入画中；其目的是将自我的心灵安顿在山水中，在山水中"畅神"。这，正是隐逸性格。

山水画的隐逸传统，吴敬梓当比我们更为了然。他笔下的理想人物王冕，即自始至终是一名隐士。实际上，《儒林外史》大加赞许的几乎全是隐士。虞育德虽中过进士，做了南京国子监博士，却"无学博气"，"尤其无进士气"，"襟怀冲淡，上而伯夷、柳下惠，下而陶靖节一流人物。"庄绍光受到天子的征聘，却辞爵还家，一心一意在玄武湖中"自在"。杜少卿呢，他以为"走出去做不出什么事业"，甘愿隐居秦淮河房。至于四大市井奇人，或隐于书，或隐于棋，或隐于画，或隐于琴，谁跟官场沾过边？谁跟势利沾过边？

也许，王冕眼里的那幅"透亮之至"的图画会被认为与山水画使用淡墨的原则不符。其实不然。表面上看，这里也涂染了绿、白、红、青、紫多种颜色；但仔细品味，这仍是以粗疏之笔写江南浦阳水乡风景，与细腻的工笔大为不同。这个全书中色调最为鲜明的片断尚且给人恬淡之感，别的就更不必饶舌了。谓予不然，可看看王冕的居住环境：屋后有一面大水塘，塘边栽满了榆树、桑树；远处是一座山，青翠葱茏，树木堆满山上。这里，吴敬梓写山写水，始终以墨绿色的树作为关注焦点。而墨绿色正是典型的淡色。

吴敬梓对西湖的调侃也可由此得到解释。作家偏爱淡色，南京的清凉山、玄武湖，他都为之配备了隐士以加强出世意味。而对大名鼎鼎的西湖，他却让马二先生去游，一片滑稽，令读者捧腹大笑。吴敬梓何以如此鄙薄西湖？原来是因为西湖毫无隐逸气象，倒是颇多市井风情。吴敬梓訾议美艳照人的西湖，崇尚疏逸散淡的清凉山、玄武湖，其趣味显然偏于冲寂幽静。

《儒林外史》的风景描写体现了一种异于才子佳人小说的文化姿态。才子佳人小说借助于诗词曲赋渲染一种与情感理想主义相伴随的“乌托邦”风景，在吴敬梓看来，其文化姿态是否合理还需要斟酌。情感理想主义奉行情感至上的原则，一切世俗的功利考虑在这一原则面前都将不复存在。在一种不食人间烟火的氛围中，一对青年男女开始他们的浪漫之旅，并以这种浪漫情调作为他们的人生基调。这种情感浪漫主义，事实上只是风光旖旎的梦境，在现实生活中是不存在或极少见的。吴敬梓很不信任这种情感理想主义。他拒绝用诗词曲赋来承载风景描写，便是这种文化立场的含蓄表达。而他致力于以白描手法渲染隐逸情调，更表明他别有寄托：邦无道则隐，绝不与世俗同流合污。隐逸是吴敬梓的理想，他笔下的自然风光是隐士安身立命之所，这里充盈着清纯玄远的诗意。才子佳人小说的作者不满于现实，便向“金榜题名，洞房花烛”的幻想逃遁；吴敬梓不满于现实，却选择了山水以寄托隐逸理想。这两种文化立场之间，虽然不乏可以沟通之处，但色彩之别、高下之别是显著的。

（本文系与李天合撰。原载《明清小说研究》2008 年第 1 期）

论清代传奇小说兴盛的历史机遇

明末清初传奇小说兴盛的历史机遇，可从三个方面来加以观照。

其一，从传奇的题材选择来看，由于它以文采风流为宗旨，特别关注爱情、豪侠、隐逸，因而要求意识形态领域有相对充分的自由，少一些拘束，多一些洒脱。或者，虽然整个意识形态领域正统气味很浓，但士大夫的文采风流却由于某些特殊原因而受到一定程度的鼓励和宽容。

明代末期，一方面，东林党和复社强调节操几乎到了偏执的程度；另一方面，党社部分成员喜以名士自居，流连声色，欣赏畸人，豪纵倜傥，不为时俗拘牵。张溥和陈子龙是晚明党社中举足轻重的人物，而他们恰是名妓柳如是的最初相好和选择下嫁的对象。这既显示了柳如是对政治的浓厚兴趣，又表现出党社名流的“名士风流”。吴应箕更是典型的“狂生”。《明季南略》卷四《贵池吴应箕传》记他与“乡人”的区别：“乡之人视郡邑已阔远，绝不达国事。次尾则喜游通都间，钩致京朝兴罢，朋党始末具晓之。乡人好曲谨，拱揖问答，咸有尺寸。次尾独轻脱率己意，人桊耩曲縢，而或踞坐自若，或解袜系爬搔也。又高言指斥，辞气涌射，屈一座人，人皆目为狂生，率辟去。”[①] 孔尚任

---

① 计六奇：《明季南略》，中华书局 1984 年版，第 268 页。

《桃花扇》曾具体描写侯方域等高歌放谈、访翠眠香的浪漫场景。

晚明社会风气与唐传奇兴盛的贞元、元和年间有相近之处，“风流滋绮靡”，乐于为奇人奇情喝彩；明清易代，尽管清初三大儒深恶讲求趣、韵的浪漫风气，但未能遏制住这种风气的延续。清初与明末，在许多方面仍有相通之处。《四库全书总目提要》别集存目七赵宧光《牒草》条：“有明中叶以后，山人墨客，标榜成风。稍能书画诗文者，下则厕食客之班，上则饰隐君之号，借士大夫以为利，士大夫亦借以为名。”[①] 这类山人墨客在清初的上流社会中依旧大受推奖，比如李渔。光绪间《兰溪县志》卷五《文学门·李渔传》介绍他：“倾动一时。所交多名流才望，即妇孺皆知有李笠翁。”清初文人对于文采风流的浓厚兴趣，为传奇体小说的繁荣提供了一个适宜的环境。

其二，从传奇小说的情感力度来看，由于它强调“发愤以抒情”，因而，社会生活发生剧烈变化，知识阶层的整体情绪处于亢奋状态的背景，对于其繁荣有着直接影响。

明末清初是汉族士大夫的心灵备受煎熬的时代。明清易代，对他们是一个双重悲剧：这不是通常的改朝换代，而是异族入主神州。因此，不仅那些受过明王朝恩宠的在朝人士创巨痛深，即使是从未出仕明王朝的在野人士也被卷进了感情的旋涡。受这一双重悲剧的刺激，顾炎武《日知录》卷十三提出了“天下兴亡，匹夫有责”的口号。在他看来，“君臣之分所关者在身，华夷之防所系者在天下”，“易姓改号，谓之亡国，仁义充塞，而至于率兽食人……谓之亡天下”。“保国者，其君其臣，肉食者谋之；

① 永瑢等撰：《四库全书总目》，中华书局1965年版，第1626页。

保天下者，匹夫之贱，与有责焉耳矣。”[①] 他认为，反抗清朝统治，比一般不事二姓的感恩行动要深刻得多，是关乎天下即民族存亡的大事。确实，这一时期知识分子的民族情感是空前高昂的，一切别的情感都退居到次要地位。衡量一个人，首先就看他能否在民族危亡时保持节操。

悲剧时代的民族情绪，其基本色调是凄凉。这种凄凉色调浸染了社会生活的多个层面，以至于成为时代的情感特征，随时可以察觉、体验得到。当时一些影响极大的遗民，均歌哭无端。比如归庄，明亡后，他佯狂终身：时而缁衣僧帽，时而敝衣过膝，鬓发齐腮，每至名山大川，则凭吊古今，痛哭流涕，见者多惊怪。白耷山人阎尔梅，每遇历史上的名臣，如屈原、张良等人的旧迹，辄流连数日，行吟歌哭，并几次破帽蹇驴独往京郊哭明帝陵墓，徘徊穷野，神情恍惚，近似疯癫。八大山人朱耷往往“忽大笑痛哭竟日”。并非巧合，这一时期的传奇小说家，同样或自己善哭，或对悲慨的性格格外关注，“伤心善哭”似乎成了时尚。如王猷定《汤琵琶传》：“汤应曾，邳州人，善弹琵琶，故人呼为‘汤琵琶’云。贫无妻，事母甚孝，所居有石楠树，构茅屋，奉母朝夕。幼好音律，闻歌声辄哭。已学歌，歌罢又哭。其母问曰：‘儿何悲？’应曾曰：‘儿无所悲也，心自凄动耳。’”似“无所悲”而“心自凄动”，这与徐芳所说“吾侪如鸟中子规，自是天地间愁种”（王晫《今世说》卷三《言语》），情形相似。其他如吴伟业《柳敬亭传》叙柳敬亭长于“谈”，张燕筑、沈公宪长于“歌”，“三人者，酒酣，悲吟击节，意凄怆伤怀。凡北人流离在南者，闻之无不流涕”。周亮工《盛此公传》之盛此公，“好为诗，酒后呜呜吟不已”；方亨咸《武风子

① 顾炎武著，黄汝成集释：《日知录集释》，岳麓书社 1994 年版，第 471 页。

传》之武风子，“披发佯狂，垢形秽语，日歌哭行市中”；尤侗《瑶宫花史小传》之何月儿，与人“相对，多作断肠哀怨之语”；顾彩《焚琴子传》之焚琴子，“为人磊落不羁，伤心善哭”，都不妨视为一代知识分子的心灵写照。

《聊斋志异》的作者蒲松龄，当他开始传奇小说的创作时，明清之际那种强烈的民族意识已明显降温。原因之一是康熙初年全国实现了真正统一，汉族士大夫出仕清朝，已不存在节操问题；二是康熙帝大力提倡理学，推重士大夫风范，其本意是改变官场风气，却也因此将与民族感情相关的节操扭到了服务于清朝统治的轨道上；三是清廷实行了残酷的文字狱，加强对汉族士大夫思想、言论的钳制。

尽管康熙年间意识形态领域发生了重大变化，但民族意识并未销声匿迹。就是在蒲松龄的作品中，一方面有歌颂清统治者的拟表、拟判等文字，另一方面也有《林氏》、《乱离》、《野狗》、《公孙大娘》、《林四娘》等传奇小说，或明显或隐约地表示了对清朝某种程度的不满以及夹杂着人生幻灭感的怀古之情。更重要的是，由于在人生道路上屡经挫折，蒲松龄的心中充溢着悲愤和“块垒愁”。这种悲愤与明清之际一代遗民的民族情感当然不同，但其间情调上的凄凉、沉郁是一致的。因此，他有可能把握住明末清初传奇小说兴盛的契机，将小说史描绘得更加灿烂。

其三，从传奇小说的艺术表现来看，它是具有独特审美规范的文学样式，在形象描绘、语言风格等方面都与别的体裁有所不同，换句话说，传奇小说有自己的传统；从这个角度看，一个传奇小说家不可能凭空或一蹴而就地创作出划时代的作品，他有赖于前人的积累和周围的环境。蒲松龄之成为中国小说史上最杰出的传奇小说家，不是一个偶然现象。较早或同时的若干作家给他的启示和激发不能忽略：

一是张潮（《虞初新志》的编者）等人对传奇小说审美规范的认识。1. 张潮认为，传奇小说多借“才子、佳人、英雄、神仙”等“幽奇”题材抒写“感愤”。《虞初新志·凡例十则》云：“鄙人性好幽奇，衷多感愤。故神仙英杰，寓意《四怀》；外史奇文，写心一启（予向有才子、佳人、英雄、神仙《四怀诗》及《征选外史启》）。生平罕逢秘本，不惮假抄；偶尔得遇异书，辄为求购。”[①] 虽然是从选家的角度谈看法，但与创作是相通的。《虞初新志·总跋》又说：“予辑是书竟，不禁喟然而叹也，曰：嗟乎！古人有言：‘非穷愁不能著书以自见于后世’。夫人以穷愁而著书，则其书之所蕴，必多抑郁无聊之意以寓乎其间。读者亦何乐闻此如怨如慕、如泣如诉之音乎？予不幸，于己卯岁误堕坑井中，而肺腑中山不以其困也而贳之，犹时时相嘬啮，既无有有道丈人相助举手，又不获遇聂隐娘辈一泣愬之，唯暂学‘羼提波罗蜜’，俟之身后而已。于斯时也，苟非得一二奇书消磨岁月，其殆将何以处此乎？然则予第假读书一途以度此穷愁，非敢曰唯穷愁始能从事于铅椠也。”[②] 以“穷愁”与“聂隐娘辈”相联系，大可玩味。蒲松龄《聊斋自志》自极家门，说是借“幽冥之录”抒发“孤愤”，与张潮的见解一脉相承。2. 张潮认为，传奇小说铺叙宜“详”。《虞初新志·凡例十则》：“一事而两见者，叙事固无异同，行文必有详略。如《大铁椎传》，一见于宁都魏叔子，一见于新安王不庵。二公之文，真如赵璧隋珠，不相上下。顾魏详而王略，则登魏而逸王。只期便于

① 张潮辑：《虞初新志》卷首，河北人民出版社 1985 年版。

② 同上。

览观，非敢意为轩轾。”① 传统古文作家看重文体之间的界限，比如词曲的话不能入诗，小说的话不能入文，甚至佛经语、宋人语录之语也不能入文；散文贵简，贵洁，贵雅，贵健，而简洁是雅健的前提。张潮却推崇繁，推崇详，这就将传奇小说与叙事古文区别开来了。古文太矜持，传奇小说则不必拘泥身份。张潮的这一观点，当然不足以惊世骇俗，但确实冲破了叙事古文规范的束缚。其他如钮琇好“点缀敷衍”，也反映了时代风气。蒲松龄写作《聊斋志异》，铺叙綦详、热衷藻绘构成一个特征，以至于为纪昀所挑剔，连袁枚也批评《聊斋》过于“繁衍”。而“繁衍”正是传奇小说的一个特征。

二是艺术形象描绘的经验积累。《聊斋志异》“用传奇法，而以志怪”，多写仙、鬼、怪（尤其是花妖狐魅），这涉及幻化描写的传统；而仙、鬼、怪所扮演的社会角色，大抵是佳人、豪侠、隐士，这又关系到畸人性格的刻画。因此，我们的考察应该兼顾幻化描写和畸人形象两个方面。

蒲松龄的幻化描写，照鲁迅《中国小说史略》的看法，与明末小说家路数有别：“明末志怪群书，大抵简略，又多荒怪，诞而不情，《聊斋志异》独于详尽之外，示以平常，使花妖狐魅，多具人情，和易可亲，忘为异类，而又偶见鹘突，知复非人；如《狐谐》言博兴万福于济南娶狐女，而女雅善谈谐，颠倒一坐，后忽别去，悉如常人；《黄英》记马子才得陶氏黄英为妇，实乃菊精，居积取盈，与人无异，然其弟醉倒，忽化菊花，则变怪即骤现也。”② 但从感情寄托的角度来看，《聊斋志异》与明末清初的志怪题材的小说却又非常接近，即都经常发挥人不如

① 张潮辑：《虞初新志》卷首，河北人民出版社 1985 年版。

② 鲁迅：《中国小说史略》，上海古籍出版社 1998 年版，第 147 页。

兽、狐鬼可亲等愤世嫉俗的意想。以《虞初新志》所收的作品为例，卷七《义犬记》："予既悲客，又甚羡客之有是犬也而胜人也。"卷十《烈狐传》："狐淫兽也，以淫媚人，死于狐者，不知其几矣。乃是狐竟能以节死！呜呼！可与贞白女子争烈矣！"其他如卷十一《义牛传》、卷十二《孝犬传》也均以"世之人不若者众矣"为宗旨。这种构思虽较《聊斋志异》粗糙，但其内在精神则是一致的；蒲松龄写了那么多可亲可敬的狐女鬼友，绝不是从天而降的飞来峰，其继承发展，有迹可寻。

《虞初新志》展示的主要是畸人的群像。佳人系列有小青（佚名《小青传》）、董小宛（张明弼《冒姬董小宛传》）、陈小怜（杜浚《陈小怜传》）、柳如是（徐芳《柳夫人小传》）、王翠翘（余怀《王翠翘传》）、陈圆圆（陆次云《圆圆传》）、崔莹（黄周星《补张灵、崔莹合传》）、李香（侯方域《李姬传》）、姗姗（黄永《姗姗传》）等。豪侠系列有大铁椎（魏禧《大铁椎传》）、徐霞客（钱谦益《徐霞客传》）、柳敬亭（吴伟业《柳敬亭传》）、汪十四（徐士俊《汪十四传》）、李一足（王猷定《李一足传》）、髯樵（顾彩《髯樵传》）、二剑侠（王士祯《剑侠传》）、王义士（陈鼎《王义士传》）、髯参军（徐瑶《髯参军传》）、吴六奇（钮琇《记吴六奇将军事》）、名捕妇（姚伯祥《名捕传》）等。隐逸系列有武恬（方亨咸《武风子传》）、卖酒者（魏禧《卖酒者传》）、一瓢子（严首升《一瓢子传》）、卖花老人（宗元鼎《卖花老人传》）、鲁颠（朱一是《鲁颠传》）、高昽（朱一是《花隐道人传》）、爱铁道人（陈鼎《爱铁道人传》）、八大山人（陈鼎《八大山人传》）、陈洪绶（毛奇龄《陈老莲别传》）、刘酒（周亮工《刘酒传》）等。《聊斋志异》的基本形象系列与之是一致的。

《虞初新志》写佳人，写豪侠，写隐逸，以"奇"作为他们的共同点。张潮的篇末评语一再对此加以强调，如："叙次生动，觉奇人奇情跃跃纸上。"（《徐霞客传》）"古今盲而能文者，自左卜以下，推吾家张籍，今得此公，亦不寂寞矣。然诸人仅工诗文，而此公复能书，则尤奇也。"（《盛此公传》）"吾乡有此异人，大足为新安生色。而文之夭矫奇恣，尤堪与汪十四相副也。"（《汪十四传》）蒲松龄的传奇集以"志异"为名，除了包含志怪的含义外，也包含了对于畸人的重视。明末清初传奇小说家积累起来的形象描绘的经验对于蒲松龄是有启发意义的。

《虞初新志》中的佳人以名妓格外出色，而名妓与名士之间的关系，既涉及男女风情，又兼具师友之谊，所以给人风流倜傥之感。比如柳如是与钱谦益："柳既归宗伯，相得欢甚，题花咏柳，殆无虚日。每宗伯句就，遣鬟矜示柳，击钵之顷，蛮笺已至；风追电蹑，未尝肯地步让。或柳句先就，亦走鬟报赏，宗伯毕力尽气，经营惨淡，思压其上，比出相视，亦正得匹敌也。"（徐芳《柳夫人小传》）

这种以才情为依托的缘分，后来蒲松龄屡予渲染。陈寅恪《柳如是别传》第三章指出："河东君及其同时名姝，多善吟咏，工书画，与吴越党社胜流交游，以男女之情兼师友之谊，记载流传，今古乐道。推原其故，虽由于诸人天资明慧，虚心向学所使然，但亦因其非闺房之闭处，无礼法之拘牵，遂得从容与一时名士往来，受其影响，有以致之也。清初淄川蒲留仙松龄《聊斋志异》所记诸狐女，大都妍质清言，风流放诞，盖留仙以齐鲁之文士，不满其社会环境之限制，遂发遐思，聊托灵怪以写其理想中之女性耳。实则自明季吴越胜流观之，此辈狐女，乃真实之人，且为篱壁间物，不待寓意游戏之文，于梦寐中以求之也。若河东君者，工吟善谑，往来飘忽，尤与留仙所述之物语仿佛近似。”[①] 蒲松龄的创作动机是否一定在于不满于齐鲁的“社会环境”，还可存疑；但《聊斋》狐女与明末清初传奇小说中的名妓之间的相似，的确是一清二楚的。

《虞初新志》中的名士痴于情、深于情。董小宛殁后，“辟疆哭之曰：‘吾不知姬死而吾死也！’”“千古神伤，实堪令奉倩、安仁阁笔也。”（张明弼《冒姬董小宛传》）张灵因思念天各一方的崔莹，呕血不止，三日后去世（黄周星《补张灵、崔莹合传》）。太恨生因情痴而得心疾（徐瑶《太恨生传》）。蒲松龄所迷恋的情痴与之属于同一类型。

《虞初新志》中的豪侠、隐士，畛域不甚分明：或由侠而隐，或亦隐亦侠，其间并无截然的区别。陈寅恪为陈垣《明季滇黔佛教考》作序，说：“明社既屋，其地之学人端士，相率遁逃于禅，以全其气节，今日追述当时政治之变迁，以考其人之出处本末，虽曰宗教史，未尝不可作政治史读也。”唯其如此，所以隐居是性情激烈的一种表示，这就通于侠了。比如花隐道人，“慕朱家、郭解为人，尚侠轻财，急人困。然砥行，慎交游”；明末乱起，“知事不可为”，遂“蠖伏自污”。髯参军数救人于危难之中，然厌恶“某相国”，不期于用世。能够概括这些人行为特征的是八个字：寓悲愤于狂诞之中。爱铁道人事事与常人异：“冬夏无衣裤，唯以尺布掩下体。不火食，所食者，瓜蓏蔬果。”“性爱铁，见铁辄喜，必膜拜，向人乞之。头项肩臂以至胸背腰足，皆悬败铁，行路则铮铮然如披铠。”但在这种看似矫揉造作的举止背后，却是深重的亡国之痛；佯狂不仕体现的是凛然的民族节操。作为其气节象征的一个细节是：“嗜饮，市人争醉以

① 陈寅恪：《柳如是别传》，上海古籍出版社 1980 年版，第 75 页。

酒。妇人持酒与，则倾泼不饮。或诘之，则厉声曰：‘若不闻孟圣人云：男女不亲授受乎？’”狗皮道士等与之相近。《聊斋志异》的男主角亦多“狂生”，豪放不羁，无视礼法，虽然情感内涵已有不同，但其在生活中的外延则是相近的。上述诸例可以说明，明末清初的传奇小说尽管不如《聊斋志异》成熟，但为蒲松龄提供了攀登高峰的台阶。

（原载《社会科学研究》1994 年第 1 期，收入本书时略有修改）

下　编

分　论

《水浒传》与英侠传奇的三种主要类型

《水浒传》对小说创作的影响是一个头绪颇难理清的问题。《三国演义》一经刊印问世，即具有明确的历史演义的身份，《水浒传》的身份，却在相当长一段时间内未得到清晰的界定或认识。这一现象的产生当然有其内在的原因。《三国演义》从宋元讲史发展而来，它的题材也大体以历史为依据，其特性读者一目了然；《水浒传》虽然也与宋元讲史有几分因缘，但它的题材与北宋末年的历史其实关系不大，一群豪侠闯荡江湖的故事（《水浒传》前一部分的重点）与一群英雄替国家平寇的故事（《水浒传》后一部分的重点）也并非同一类型：前者以个人的活动为主，以“义”作为基本的价值信念；后者以集体活动为主，以“忠”作为基本的价值信念。明代的一部分读者起初将它与《三国演义》相提并论，后来逐渐有人发现《三国演义》与《水浒传》差异甚大。这个将《水浒传》与《三国演义》区分开来的过程，正是对《水浒传》不断加深认识的过程。

一 《水浒传》一度被视为《三国演义》的同类作品

《水浒传》的问世时间和刊印时间都与《三国演义》大略相近，就渊源而言，又同为“元明传来之讲史”，所以，在一部分明人的心目中，它与《三国演义》大体属于同一类型。明末雄飞馆主人将《三国演义》、《水浒传》合刻，总名为《英雄谱》。杨明琅《叙英雄谱》云：

> 《英雄谱》者，《水浒》、《三国》之合刻也。夫《水浒》、《三国》何以均谓之英雄也？曰：《水浒》以其地见，《三国》以其时见也。夫时之与地者，英雄豪杰之士之所借以奋其毛翮，吐其眼眉，而复以发舒其旷荡无涯之奇，乃竟以此而谱英雄，岂英雄之乐以时与地见哉？

又如明末李大年《唐书演义序》：

> 《唐书演义》，书林熊子钟谷编集。书成以视余。逐首末阅之，似有紊乱《通鉴纲目》之非。人或曰：“若然，则是书不足以行世矣。”余又曰：“虽出其一臆之见，与坊间《三国志》、《水浒传》相仿，未必无可取……”

明万历年间徐如翰《云合奇踪序》：

> 其（徐文长）肮脏之气，无所发抒，而益奇于文，乃

> 举英烈诸公，溯其从来，摭其履历，演为通俗肤谈，而杂以诗歌赋调，辑为二十卷，析为八十则，有若《三国志》、《水浒传》，令人一见便解，题曰《云合奇踪》。

杨明琅、李大年、徐如翰之所以将《三国演义》、《水浒传》视为同一类型的作品，是因为在他们看来，这两部小说的中心人物都是英雄。他们忽视了一点：在谋勇二者中更重谋略并同时强调道义责任的历史英雄和以粗莽为基本特征的江湖好汉实际上是两类迥然不同的人物。《三国演义》以历史英雄为中心人物，《水浒传》以江湖好汉为中心人物，二者的差别是异常分明的。一部分明人以《三国演义》涵盖《水浒传》，表现在创作中，就出现了这样一个情况：一部分历史演义（或书名像历史演义）中的人物，颇带几分水浒气。比如《英烈传》（即《云合奇踪》）中的朱元璋。《英烈传》虽也写到朱元璋的雄才大略，但因过多采取民间俚谈，他更引人注目的不是他的帝王气度，而是可以厕身于里巷的平民色彩极浓的豪侠风度。如第五回《众牧童成群聚会》写朱元璋为刘太秀家牧牛：

> 忽一日，太祖心生一计，将小牛杀了一只，同众孩子剥洗干净，将一坛子盛了，架在山坡，寻些柴草煨烂，与众孩子食之。先将牛尾割下，插在石缝内，恐怕刘太秀找牛，只说牛钻入石缝内去了。到晚归来，刘太秀果然查牛，少了一只，便问。太祖回道："因有一小牛钻入石中去了，故少了一只。"太秀不信，便说："同你去看。"二人来至石边，太祖默祝："山神、土地，快来保护！"果见一牛尾摇动。太秀将手一扯，微闻似觉牛叫之声，太秀只得信了。

几分无赖，几分滑稽，令人想起《水浒传》中那帮企图算计鲁智深的泼皮。（朱元璋甚至做了皇帝后也不失其无赖之气，见第七十八回杖牛首山一节）第七回《贩乌梅风留龙驾》又着意渲染朱元璋的膂力：

> 正吃间，忽有人来说："滁州陈也先在此戏台上比试。"太祖说："我们也去看看。"只见陈也先身长八尺，相貌堂堂，在戏台上说："我年年在此演武，天下英雄，没有敢来比试的。倘赢得我的，输银一千两。"太祖大怒，便踊身跃上台来，说："我便与你比比如何?"两人交手，各使了几路有名的拳法。他先欺着太祖身体小巧，趁着太祖将身一低，便一跳将两脚立在太祖肩膀上，喝彩道："这个唤作'金鸡独立形'。"众人就也喝彩。太祖趁势却把肩膀一缩，把两手扭紧了也先的脚，在台上旋了百十遭，喝声道："咤!"把也先从台上空中丢下来，叫说："这个唤作'大鹏搅海势'。"众人喊笑如雷。

如此轻率地上台打擂，以勇力自豪，几近乎水浒好汉了。推论起来，大约在一班市井小民心中，开国皇帝除了智谋过人外，膂力亦必不凡。这是市井小民所构想的那个朱元璋，而不是历史上的那个朱元璋。

再如清代的《说唐》。全名《说唐演义全传》，凡六十八回，作者不详。因曾与《说唐后传》合刻，又称《说唐前传》。其叙事始于秦彝托孤、隋文帝平陈，终于唐太宗削平群雄登极。其书名似历史演义，而实以秦琼、单雄信、尉迟恭、罗成、程咬金、李元霸、裴元庆、伍元召等英雄好汉的故事为主。"这部作品可以说完全是以文化程度较低的非精英读者为对象，因为它有以下特点：这部18世纪早期的小说，在文本上借鉴了更早的关于隋唐的小说与戏剧，但其充满行动的篇幅中有一定数量的内容更新。新材料中有一新角色，李元霸，李渊之四子。历史上此人早夭；但这里他是个神童。12岁时他就比普通人高大强壮。单个对阵他所向披靡；对他的这种夸张描写远远超出了文人小说所做的偶尔渲染。”“它以粗糙的形式表现了粗放的感情，比起道义责任与智谋韬略的冲突纠葛，读者更易对这种表达和纯体质威猛作出反应。”① “道义责任与智谋韬略”是对历史英雄的要求，“纯体质威猛”则是江湖好汉的特征，《说唐》对李元霸勇力的热烈渲染，这种艺术趣味与《水浒传》更为一致。以上所说是英侠传奇的第一种类型。

二 英侠题材的两个层面

宋元话本中有“说铁骑儿”一门，以讲述“士马金鼓之事”为主，梁山好汉受招安以后征辽、征方腊的故事以及《水浒全传》所增加的征田虎、王庆的故事等，大体属于这一类型。但《水浒传》除了包含“士马金鼓之事”外，其主体还是侠义故事，如鲁智深、武松、石秀传的核心部分。这样说来，英侠传奇题材容纳了两个层面：豪侠（好汉）仗义行侠和英雄（奉朝廷之命出征的将士）平叛卫国；前者的价值观念以“义”为主，后者的价值观念以“忠”为主。这两个层面对后世的影响是不同的。

---

① 何谷理：《明清白话文学的读者辨识——个案研究》，见乐黛云、陈珏编选《北美中国古典文学研究名家十年文选》，江苏人民出版社1996年版，第452页。

金圣叹腰斩《水浒》，征四寇的故事一度以《征四寇传》为名流传于世。这对后世造成了三种影响：其一，梁山好汉接受招安以后，基本上是以平叛保国、尽忠朝廷的英雄形象出现的。沿着这一线索，陈忱写出了他的《水浒后传》。小说凡八卷四十回，叙梁山英雄失败、宋江等既死之后，32位流落江湖的好汉不堪压迫重举义旗，先后建立登云山、饮马川和金鳌岛三个根据地，最后在金鳌岛会合，以李俊为首领，远走海外，建国称王，众兄弟成婚，以团圆作结。全书内容以宋亡为界，宋亡之前主要表现国内矛盾，宋亡之后主要表现民族矛盾。小说对金兵南侵及其南侵暴行深表愤慨，突出描写李俊等人对宋室安危的关心，其中隐喻着作者对明王朝的眷念。李俊对宋室之忠与宋江对朝廷之忠是一脉相承的，《水浒后传》所表达的民族感情显然继承了《水浒传》征辽故事的余绪。

其二，梁山好汉接受招安之后，以惨重牺牲为代价替朝廷立下了汗马功劳，却备受猜疑和迫害。一部分读者对此愤愤不平，于是有青莲室主人辑《后水浒传》问世。《后水浒传》与《水浒传》的这种关系在情节设计上表现得异常分明；或者说，《后水浒传》是针对这样一种事实来写的。我们来具体看看：

在征方腊的战场上，梁山英雄不断有伤亡发生。仅攻打润州一役，就损失了三位好汉。“宋江点本部将佐，折了三个偏将，都是乱军中被箭射死，马踏身亡。哪三个？一个是云里金刚宋万，一个是没面目焦挺，一个是九尾龟陶宗旺。”（第九十一回）嗣后陆陆续续战死的有韩滔、彭玘、郑天寿、曹正、王定六（第九十二回）、宣赞、施恩、孔亮（第九十三回）、郝思文、徐宁、张顺（第九十四回）、周通、张清、董平、雷横、龚旺、索超、邓飞、刘唐、鲍旭（第九十五回）、侯健、段景住、阮小二、孟康、解珍、解宝（第九十六回）、王矮虎、一丈青、李衮、项充、燕顺、马麟（第九十七回）、郭盛、吕方、史进、石秀、陈达、杨春、李忠、欧鹏、张青、丁得孙、单廷圭、魏定国、李云、石勇、秦明、郁保四、孙二娘、邹渊、杜迁、李立、汤隆、蔡福、阮小五（第九十八回）等。另有“患病在杭州张横、穆弘等六人，朱富、穆春看视，共是八人在彼。后亦各患病身死，只留得杨林、穆春”。班师回朝时，“只剩得三十六员回军”。途中又有杨志、林冲、杨雄、时迁死亡及鲁智深坐化、武松出家、燕青漫游江湖、李俊等三人自投化外国等事。这一连串的悲剧，都是在尽忠于国家、尽忠于朝廷的前提下发生的。宋江内心当然有几分凄凉，但名节所在，他从来没有想过要背离朝廷。衣锦还乡，梁山好汉仅剩正偏将佐二十七员。“除先锋使另封外，正将十员，各授武节将军，诸州统制。偏将十五员，各授武奕郎，诸路都统领。管军管民，省院调用。女将一员顾大嫂，封授东源县君。”（第九十九回）这样的结局，表面看来还差强人意。然而，对这些梁山来的英雄好汉，朝廷重臣或朝中奸臣无论如何是不会放心的。兔死狗烹，鸟尽弓藏，这种事情迟早要发生。戴宗看准了这一点，于是他纳还官诰，“去到泰安州岳庙里”陪堂出家；柴进看准了这一点，“辞别众官，再回沧州横海郡为民，自在过活”；李应看准了这一点，“缴纳官诰，复还故乡独龙冈村中过活。后与杜兴一处做富豪，俱得善终”；阮小七也回到梁山泊石碣村，“依旧打鱼为生”。“朱武自来投授樊瑞道法，两个好汉做了全真先生，云游江湖，去投公孙胜出家，以终天年。”只有宋江、卢俊义等依旧在任，而他们的结局是被朝廷送来的毒酒毒死。我们来看宋江被毒死的情形：

宋江自饮御酒之后，觉道肚腹疼痛，心中疑虑，想被下药在酒里。却自急令从人打听那来使时，于路馆驿却又饮

> 酒。宋江已知中了奸计，必是贼臣们下了药酒，乃叹曰："我自幼学儒，长而为吏，不幸失身于罪人，并不曾行半点异心之事。今日天子轻听谗佞，赐我药酒，得罪何辜！我死不争，只有李逵见在润州都统制，他若闻知朝廷行此奸弊，必然再去啸聚山林，把我等一世清名忠义之事坏了。只除是如此行方可。"……连夜使人往润州唤取李逵星夜到楚州，别有商议。(第一百回)

他叫李逵来做什么呢？是要骗李逵喝下毒酒。待李逵喝下毒酒后，宋江推心置腹地对他说："兄弟，你休怪我！前日朝廷差天使赐药酒与我服了，死在旦夕。我为人一世，只主张忠义二字，不肯半点欺心。今日朝廷赐死无辜，宁可朝廷负我，我忠心不负朝廷。我死之后，恐怕你造反，坏了我梁山泊替天行道忠义之名。因此请将你来，相见一面。昨日酒中已与了你慢药服了，回至润州必死。你死之后，可来此处楚州南门外，有个蓼儿洼，风景尽与梁山泊无异，和你阴魂相聚。我死之后，尸首定葬于此处，我已看定了也！"说完，泪落如雨。梁山英雄为朝廷建功立业，却落得这样的结局。

《后水浒传》凡十卷四十五回。其情节以梁山英雄的悲剧结局为起点，写含冤而死的诸梁山英雄于南宋初年托生为杨幺（前身宋江）、王摩（前身卢俊义）、何能（前生吴用）等36人，在湖南洞庭湖君山起义，与奸官黄潜善等斗争，所向无敌，后被岳飞平定。以杨幺等人从地道隐去，重归伏魔殿石窟，三十六天罡、七十二地煞"相逢于穴中，化成黑气，凝结成团"作结。

《后水浒传》对反对招安这一话题作了浓墨重彩的渲染。最初涉及这一话题，是在众好汉劫法场，救出杨幺，齐至白云山聚义时。在欢迎杨幺和各路英雄的宴席上，杨幺感慨道："众弟兄力救杀出，若比较起来，实不亚当时梁山好汉劫救宋江。”《水浒传》之《梁山泊好汉劫法场 白龙庙英雄小聚义》，与《后水浒传》之《不约同大闹开封府 义气合齐上白云山》，二者之间相似之处甚多，而杨幺绝处逢生，也与宋江的境况相似。所以，杨幺发出这样的感慨也是自然的。但杨幺以宋江自居，却不能不引起众好汉的警觉。因为，《水浒传》中的宋江，是个有着招安情结的领袖人物，也正是他一心一意地寻求招安，导致了众兄弟的悲剧下场。杨幺的兄弟们对招安的恐惧心理使他们对这一话题异常敏感。杨幺话音刚落，王摩便站起身问道：“方才哥哥说出梁山好汉劫救宋江，哥哥可学的他么？可向俺兄弟说得。”这提问如此尖锐、严肃，不容杨幺回避。他连忙解释道：“宋江的仗义疏财，结识弟兄，便可学得；宋江的懦弱无主见，带累弟兄遭人谋害，便不可学。”在杨幺作了这番解释后，王摩虽然比较放心了，但仍然强调说：“俺王摩向来说宋江没用……你若学了宋江，将你做了寨主，岂不将俺弟兄也要被你害得零落，岂不又是一场笑话。”“受招安”给梁山好汉带来的惨痛后果，王摩这帮好汉是牢牢记在心上的，更准确地说，《后水浒传》的作者对这一惨痛后果抱有无法平息的悲伤之情，因此他要写一帮拒不接受招安的好汉，并借此抚慰受伤的心灵。

《后水浒传》的结尾也是经过精心设计的。小说写杨幺带领众头领下到轩辕井底，“忽见前面冲起一道黑烟，将三十六人一阵昏迷，扑地皆倒。过了半晌，各醒转立起身来，竟虚飘飘如若云雾。再回看地下，只见地下有许多尸骸堆叠，只不知缘故。忽见贺云龙领着一阵人，笑嘻嘻迎着走来，说道：‘哥哥们俱已脱去骸壳，各现本来面目。吾奉真人法旨，指引众弟兄相聚于此。从今以后，不复尘世。’杨幺等听明，恍然大悟。一时三十六天罡、七十二地煞相逢于穴中，化成黑气，凝结成团，不复出矣。"《水浒传》开头所写的被洪太尉放出地穴的一团黑气，至此又被贺云龙的师父四维真人重新收进地穴之中，一个轮回圆满完成。青莲室主人何以要设计这样一个结尾？我想其主要用意是：避免写出杨幺被残酷镇压的结局。王摩等好汉极力反对接受招安，其原因是接受招安后的梁山好汉下场极为悲惨；如果不接受招安其结局也依然悲惨甚至更加悲惨的话，那么《后水浒传》反对招安的主题就缺少说服力了。青莲室主人在不能把杨幺写成胜利者（因为这不符合史实）的前提下，采取这种金蝉脱壳的结局方式是妥当的，其技巧颇有值得称道之处。

其三，《水浒传》前七十一回单行，由于这一部分集中写一批浪迹江湖的豪侠义士，而在俞万春看来，所谓豪侠义士不过是杀人放火、打家劫舍、戕官拒捕、攻城陷邑的强盗，应该尽行诛戮，于是他写了《荡寇志》。该书又名《结水浒传》，共七十回，结子一回。继七十回本《水浒传》之后，写退职管营提辖陈希真之女陈丽卿，被高衙内威逼求婚，父女潜逃出京，投奔亲戚刘广，暂时在猿臂寨"落草"；她联络官军和地方武装，企图战胜梁山，以此向朝廷赎罪。后经刘的姻亲官军将领云天彪荐引，被朝廷录用，随同张叔夜"荡平"梁山，将水泊人物一一擒杀。其立场与《后水浒传》迥异。

《荡寇志》作者俞万春的这一写作立场，既非前无古人，又非后无来者，而是可以引起许多古代文化人的共鸣。在俞万春之前，最值得注意的对梁山好汉的指斥出于金圣叹之笔。明末的金圣叹曾对《水浒传》作过一次大的删改，即将"梁山泊英雄大聚义"之后的所有情节一股脑儿删去，而以卢俊义一梦作结。他做的是个什么梦呢？原来是一百零八条好汉全数被捕获处斩。金圣叹对他所增加的卢俊义一梦颇为得意，在回前总评中以他特有的雄辩语气评道："聚一百八人于水泊，而其书以终，不可以训矣。忽然幻出卢俊义一梦，意盖引张叔夜收讨之一案，以为卒篇也。呜呼！古之君子，未有不小心恭慎而其书得传者也。吾观《水浒》洋洋数十万言，而必以天下太平四字终之，其意可以见矣。后世乃复削去此节，盛夸招安，务令罪归朝廷而功归强盗，甚且至于裒然以忠义二字而冠其端，抑何其好犯上作乱，至于如是之甚也哉!”平定梁山而天下太平，金圣叹所确立的这一写作立场也正是俞万春的写作立场。在俞万春之后，半月老人《续刻荡寇志序》说：“《荡寇志》一书，由七十一回起，直接《水浒》，名之曰《结水浒传》，以著《水浒》中之一百单八英雄，到结束处，无一能逃斧钺。俾世人之敢于跳梁，借《水浒》为词者，知忠义之不可伪托，而盗贼之终不可为，其有功于世道人心为不小也。”对俞万春的写作立场倍加赞许。这样说来，俞万春的写作立场，一方面与所处时代民变的刺激有关，另一方面也是金圣叹等代表的社会理念的发展延续，并非空谷足音。

《水浒后传》、《后水浒传》和《荡寇志》这三部作品，相互之间感情倾向不同，但在题材方面却有一致之处，即偏于战阵描写，以战场上的传奇英雄为传主。英雄传奇故事（铁骑儿）构成其内容主体。《说呼全传》、《说岳全传》等在题材处理上也具有这种特点。这是英侠传奇的第二种类型。

三　侠义与公案的合流

侠义、公案故事自清嘉庆年间开始兴盛。侠义与公案，从理论上说，二者是区划井然的：侠义题材写路见不平、拔刀相助的侠行义举，公案题材写作案、立案和破案。但事实上，二者往往纠结在一起，难以截然分开。[①]

宋元说话中有“说公案”一类，“皆是搏刀赶棒及发迹变泰之事”。《水浒传》中的公案故事即由此衍变而来。以前七十回为例，这一题材类型至少涉及以下回目：

第七回《花和尚倒拔垂杨柳　豹子头误入白虎堂》

第八回《林教头刺配沧州道　花和尚大闹野猪林》

第九回《柴进门招天下客　林冲棒打洪教头》

第十回《林教头风雪山神庙　陆虞侯火烧草料场》

第十一回《朱贵水亭施号箭　林冲雪夜上梁山》

这五回写的是林冲的故事。

第十二回《梁山泊林冲落草　汴京城杨志卖刀》

第十三回《急先锋东郭争功　青面兽北京斗武》

第十四回《赤发鬼醉卧灵官殿　晁天王认义东溪村》

第十五回《吴学究说三阮撞筹　公孙胜应七星聚义》

第十六回《杨志押送金银担　吴用智取生辰纲》

第十七回《花和尚单打二龙山　青面兽双夺宝珠寺》

第十八回《美髯公智稳插翅虎　宋公明私放晁天王》

第十九回《林冲水寨大并火　晁盖梁山小夺泊》

第二十回《梁山泊义士尊晁盖　郓城县月夜走刘唐》

第二十一回《虔婆醉打唐牛儿　宋江怒杀阎婆惜》

第二十二回《阎婆大闹郓城县　朱仝义释宋公明》

这十一回写的是生辰纲事件始末，以杨志、晁盖、刘唐、宋江、阎婆惜等人物为主。

第二十四回《王婆贪贿说风情　郓哥不忿闹茶肆》

第二十五回《王婆计啜西门庆　淫妇药鸩武大郎》

① 参见孙楷第《中国通俗小说书目》，人民文学出版社 1982 年版，第 6 页。

第二十六回《郓哥大闹授官厅　　武松斗杀西门庆》

这三回写武大被谋害，武松为兄报仇的故事，主要人物有武大、武松、西门庆、潘金莲、王婆。

第四十四回《锦豹子小径逢戴宗　　病关索长街遇石秀》

第四十五回《杨雄醉骂潘巧云　　石秀智杀裴如海》

第四十六回《病关索大闹翠屏山　　拼命三火烧祝家庄》

这三回以潘巧云、裴如海通奸为中心事件，涉及的主要人物有石秀、杨雄、潘巧云、裴如海。

第四十九回《解珍解宝双越狱　　孙立孙新大劫牢》

这一回写解珍、解宝被毛太公诬陷的事。

总计上面的罗列，共二十三回，所占比重已不算小。这些公案故事，根据所涉及的情节，又可分为不同的类型。第一种类型，旨在揭露主流社会的阴暗，以官逼民反为基本的情节展开方式。例如林冲被逼上梁山、解珍、解宝被诬陷的故事。其中林冲的经历尤其震撼人心。在水浒英雄中，林冲是少数几个有家室的成员之一。他是东京八十万禁军枪棒教头。他的父亲做过提辖，他的岳父也是教头。较高的社会地位和美满的家庭生活，使他养成了谨慎怕事的性格：只要能维持现状，他宁可逆来顺受。但就是这样一个人，最终也忍无可忍上了梁山。林冲的经历特别有力地说明：造成民反的主要原因是官府之逼。《水浒传》细致而真实地展示了林冲被逼上梁山的过程。第二种类型，以非主流社会为重点，写吏、盗的串通及其复杂关系，显示出官府统治的无力。比如，打劫生辰纲，宋江并未参与作案，但在追查生辰纲一案的过程中，他作为办案机构的核心成员，却以其通风报信、私放晁盖的行为表明他在感情上与主流社会离心离德，并提供了吏、盗串通的一个值得分析的标本。第三种类型，旨在展示当日法制的松弛、世情的可畏，如西门庆、潘金莲通奸和潘巧云、裴如海通奸的故事等。主流社会存在种种阴暗面。拉关系、行贿受贿便是常见的阴暗现象之一。好汉们被逐出主流社会，不会拉关系，或者不屑拉关系是主要的缘故之一。由于这一原因，他们对那些善拉关系的人抱有根深蒂固的敌意。西门庆就属于善拉关系这一系列。这个在主流社会畅行无阻、呼风唤雨的人，并非因为其人格高尚或者才能卓越，而是因为他门路多、关系熟。这自然不能叫人心服口服。武松被逐出主流社会，就与西门庆的罪恶行径有关。从上面所列举的三种类型来看，每一件公案的当事人中，都有豪侠在内。侠义、公案故事的合流乃是情理之中的事。

清中叶后的侠义公案小说以《施公案》、《儿女英雄传》、《三侠五义》为代表。刘荫柏《清代侠义小说概叙》（见《明清小说研究》1990 年第 2 期）将清代长篇侠义小说分为四派，即侠义公案、英雄儿女、野史传奇、荒诞志异。其中，侠义公案类的“代表作有《施公案》、《彭公案》、《于公案》、《三侠五义》、《永庆升平》等”。英雄儿女类的侠义小说，“其代表作有《儿女英雄传》、《绿牡丹全传》、《九义十八侠》等。文康《儿女英雄传》影响甚大，成就较高”。野史传奇的侠义小说，“在清代不多，其代表作有《圣朝鼎盛万年青》、《云钟雁三闹太平庄全传》、《金台全传》等”。荒诞志异类的侠义小说，在清代甚少，“其代表作有《七剑十三侠》、《仙侠五花剑》”。在这四类侠义小说中，野史传奇类多粗糙平庸，无一佳作；荒诞志异类，“其内容神秘、怪异，情节离奇、曲折，人物多为半人半仙、半妖半魔”，实为“侠义小说之末流”。所以论清代侠义小说或清中叶侠义小说，重点考察的对象只能是侠义公案类和英雄儿女类，《施公案》、《三侠五义》和《儿女英雄传》等是这两类中具有代表意义的作品。《儿女英雄传》和《三侠五义》均具有浓郁的平话风味，就此而言，堪称《水浒传》的嫡传。但其中的豪侠，其精神气质已与《水浒传》大为不同。《水浒传》中的鲁智深、武松、李逵等人，游离于主流社会之外，是一批目无官府的江湖好汉；而《三侠五义》等作品中的豪侠，虽也具有游行村市、安良除暴的粗豪风格，却追随在名臣大吏之后，实为主流社会的一组特殊成员。《施公案》约成书于乾、嘉之际，标志着侠义与公案小说合流的开始。这种侠义公案小说代表了英侠传奇的第三种类型。

大体说来，英侠传奇以三种方式存在：一是部分历史演义中的人物，带有水浒气，如《英烈传》等；二是对《水浒传》战阵描写的传统加以发扬，如几部《水浒传》续书；三是侠义小说和侠义公案小说，如《三侠五义》等。相互之间，自然有部分的重合，但大体的区别是清晰的：不仅题材重心不同，而且在表达方式和价值取向上也有诸多不同。

（原载《明清小说研究》2003 年第 4 期，收入本书时略有增补）

《西游记》与神魔小说的四种主要风格类型

《西游记》刊行之后，在其带动和影响之下，神魔小说的创作迅速形成高潮。据孙楷第《中国通俗小说书目》等著录，万历至崇祯时期，神魔小说总数约 20 余种。这是神魔小说的高峰期。顺、康时期约 4 种，呈低谷状态。清代中叶，随着《绿野仙踪》的问世，20 余种神魔小说相继产生，成为第二个高峰期。19 世纪末叶，在西方文化的冲击下，一部分神魔小说尝试把神魔斗法与现代科技结合起来描写，如成书于光绪二十九年（1899）的《平金川全传》，标志着神魔小说向科幻小说的转变，也标志着神魔小说历史使命的终结。

神魔小说的风格类型主要有四种，兹依次加以评述。

一　想象世界的法宝与神通

神魔小说的第一种风格类型，以对立双方的斗法为主，写法宝，写神通，侧重于想象的神奇。其代表作为《封神演义》。大体可以归入这一类型的还有：罗懋登《三宝太监西洋记通俗演义》、无名氏《混元盒五毒全传》等。

《封神演义》是明代隆庆、万历年间的作品（1567—1619），又名《封神传》、《商周列国全传》。全书共一百回。它的作者，明舒载阳刊本《封神演义》卷二题钟山逸叟许仲琳编辑，《传奇汇考》卷七《顺天时》传奇解题则云“元时道士陆长庚撰”，张政烺谓“元时”乃“明时”之误。陆西星，字长庚，江苏兴化人，是明代中晚期的道士。

《封神演义》所描写的“武王伐纣”，本来是一个历史事件。宋元时期的讲史话本《武王伐纣平话》，已经将“武王伐纣”变成了一个虚构多于史实的历史故事。《武王伐纣平话》分上中下三卷。上卷叙妲己入宫，成为纣王宠妃；太子殷郊受到妲己谗毁，被逼无奈，起兵反抗他的父亲纣王。中卷叙周文王姬昌被纣王囚禁于羑里；殷纣大臣黄飞虎被逼反；比干因强谏纣王被剖心而死；姜子牙发迹变泰。下卷叙周武王伐纣。《武王伐纣平话》虽然增加许多虚构内容，但仍属于讲史话本。而以《武王伐纣平话》为蓝本的《封神演义》，则已属于神魔小说。二者在情节上颇多异同。《封神演义》前三十回，除叙述哪吒出世的第十二、十三、十四三回之外，其他部分基本上是在《武王伐纣平话》的基础上扩充而成。第三十一回至第八十六回，《封神演义》集中笔力写神魔斗法，不再受制于《武王伐纣平话》的格局，其中只有两小节例外，一节是纣王烹费仲，一节是伯夷、叔齐谏阻武王伐纣。这一部分长达五十六回，对《封神演义》的题材性质具有决定性影响。第八十七回至结尾，《封神演义》仍以神魔斗法为主，但采用了《武王伐纣平话》的一些重要情节，如“纣王敲骨剖孕妇”、“千里眼与顺风耳”等。从上述比勘可以看出：《封神演义》改变了《武王伐纣平话》的题材重点，由以讲史为主变为以神魔斗法、斩将封神为主。鲁迅《中国小说史略》说《封神演义》“虽为讲史，已多神魔”，即就这一情形而言。

《封神演义》赋予诸多神仙妖怪以奇形怪状的容貌和各有特点的法术。杨任的眼睛、雷震子的肉翅、哪吒的三头六臂；在地底行走的土行孙；高明、高觉的千里眼、顺风耳；杨戬的七十二般变化；这些都新奇有趣，给读者留下了鲜明的印象。法宝在《封神演义》中的作用得到异乎寻常的强调，太乙真人以九龙神火罩焚石矶娘娘，文殊广法天尊用遁龙桩诛王魔，广成子持翻天印打死火灵圣母，惧留孙放捆仙绳缚住余元，广成子、赤精子、道行天尊、玉鼎尊人祭四剑斩万仙“如砍瓜切菜一般”，俱见法宝的特异功能。无论是阐教仙人，还是截教仙人，或是佛教诸佛，他们都视法宝如性命。这也难怪，他们的神通，原即仰仗法宝。第六十四回，殷洪、殷郊得到师父赤精子、广成子的阴阳镜、翻天印，在被申公豹策反后，用镜、印打师父，失去法宝的二仙，竟被徒弟打得落荒而逃；第四十七回，燃灯靠曹宝之力得到赵公明的定海珠，便存心据为已有，赵催他物归原主，他却厚着脸皮要赖说：“此珠乃佛门之宝……你也不必妄想。”对法宝的希求和大量使用，成为《封神演义》情节发展的一个主要推动力。一部分斗法描写，颇能写出各当事人的不同身份。如第十三回《太乙真人收石矶》：

> 石矶娘娘与太乙真人往来冲突，翻腾数转，二剑交加，未及数合，只见云彩辉辉，石矶娘娘将八卦龙须帕丢起空中，欲伤真人。真人笑曰：“万邪岂能侵正。”真人口中念念有词，用手一指：“此物不落，更待何时？”八卦帕落将下来。石矶大怒，脸变桃花，剑如雪片。太乙真人曰：“事到其间，不得不行。”真人将身一跃，跳出圈子外来，将九龙神火罩抛起空中。石矶见罩，欲逃不及，已罩在里面……

石矶在罩内，不知东南西北。真人用两手一指，那罩内腾腾焰起，烈烈光生，九条火龙盘绕——此乃三昧神火烧炼石矶。一声雷响，把娘娘真形炼出，乃是一块顽石。

这里，石矶娘娘被设计为女性，所以她的法宝是一方手帕，用“云彩辉辉”来形容，可知上面有彩色图案。她发怒时，“脸变桃花，剑如雪片”，也与女性的特点吻合。太乙真人是另一种身份。他是得道的真人，哪吒的师父，使用法术时仍给人持重之感。石矶娘娘的八卦帕飞来，他只是一“笑”，后来迫不得已，也只是平静地说一句：“事到其间，不得不行。”“抛”神火罩与“丢”手帕相比，亦有持重与轻躁之别。

在古代神魔小说中，《封神演义》当是神仙数量最多的一部。这里有十二代上仙：广成子、赤精子、太乙真人、玉鼎真人、黄龙真人、普贤真人、慈航道人、惧留孙、文殊广法天尊、道行天尊、清虚道德真君、灵宝大法师等；有十洲三岛列仙：云霄娘娘、琼霄娘娘、碧霄娘娘、赵公明、菡枝仙、彩云仙、吕岳、焰中仙罗宣、马元、羽翼仙、火灵圣母、一气仙余元、法戒等；有通天教主及其“上四代弟子”金灵圣母、无当圣母、龟灵圣母、多宝道人和金光仙、乌云仙、毗庐仙、灵牙仙、虬首仙、金箍仙、长耳定光仙等七位门人；有太上老君及其大弟子玄都大法师；有元始天尊及其大弟子南极仙翁；还有石矶娘娘、金光圣母、四圣、十天君等。何以要写如此众多的神仙？用意之一是便于展开法术和神通的描写。火灵圣母祭混元锤中子牙后心，余元取乾坤袋烧土行孙，陆压用钉头七箭书射赵公明，陆压用飞刀斩余元，诛仙阵，万仙阵，天绝阵，寒冰阵，六魂恶幡，凡此种种，都足以见出《封神演义》作者的兴趣所在。用意之二是建立一个完整的神谱，并以此为前提展开丰富多彩的神的故事。

“《封神演义》是借着‘演义’写‘封神’，一大堆丰富的‘演义’，实际上就等于是众神成神之前的故事总集。这也就是说，《封神演义》几乎就等于是众神由来的解说集，它为每一位神明之所以为神的经过提供了解说性的故事。《封神演义》之所以对于后来的民间信仰有着那么大的影响，就在于小说透过‘封神’的描写，使得全书终于变成好像一部‘神明传说集’，专门解说神明由来的传说故事集。”①

对《封神演义》，清代小说家、《镜花缘》的作者李汝珍曾明确表示不满。《镜花缘》前六回是小说的引子，叙众花神因“呈艳于非时之候，献媚于世主之前”而被贬谪凡尘。在红孩儿、金童儿、青女儿、玉女儿等为诸位仙子饯行时，百花仙子想到“将来下凡要遍历海外各国，恐有风波及妖魔盗贼之害，甚为忧惧”。红孩儿安慰她们说：“仙姑只管放心！今日大家既来祖饯，岂有袖手之理。此后倘在下界有难，如须某人即可解脱，不妨直呼其名，令其速降。我们一时心血来潮，自然即去相救。”金童儿问：“何谓‘心血来潮’？小仙自来从未‘潮’过，也不知‘心血’是什么味。毕竟怎样‘潮’法？求大仙把这情节说明，日后等他来潮。”红孩儿道：“我见下界说部书上往往有此一说，其实我也不知怎样潮法。大仙要问来历，你只问那做书的就明白了。”玉女儿道：“下界说部原有几种好的，但如‘心血来潮’旧套满篇的也不少。你若追他来历，连他也是套来的，何能知道怎样潮法……”

《镜花缘》所谓“‘心血来潮’旧套满篇”的说部，首先

---

① 胡万川：《〈封神演义〉中“封神”的意义》，见“’93中国古代小说国际研讨会”学术委员会编：《’93中国古代小说国际研讨会论文集》，开明出版社1996年版，第202—203页。

是针对《封神演义》的。《封神演义》常以某神仙“心血来潮”作为情节发展的枢纽。比如《封神演义》第二十一回《文王夸官逃五关》：“且说云中子在玉柱洞中碧游床运其元神，守离龙，纳坎虎，猛的心血潮来。道人觉而有警，掐指一算，早知凶吉……”第三十四回《飞虎归周见子牙》：“不说黄家父子在路，且言乾元山金光洞有太乙真人闲坐碧游床，正运元神，忽心血来潮——看官：但凡神仙，烦恼、嗔痴、爱欲三事永忘，其心如石，再不动摇；心血来潮者，心中忽动耳。真人袖里一掐，早知此事……”第三十六回《张桂芳奉诏西征》、第四十回《四天王遇丙灵公》、第四十八回《陆压献计射公明》、第七十五回《土行孙盗骑陷身》均有“心血来潮”或“心血潮来”的字样。

由以上的例证不难看出，“‘心血来潮’旧套满篇”云云，旨在讽刺《封神演义》的情节展开方式。从李汝珍的调侃，我们一方面知道他无意于写一部热闹的神魔斗法小说，另一方面也对《封神演义》以神魔斗法为重心的特点加深了认识。

《西游记》续书之一《续西游记》一百回（不题撰人）叙唐僧师徒历经八十一难，终至灵山取得真经。如来恐悟空、八戒、沙僧东返途中伤害生灵，收缴了三人兵器；又因悟空随口说出八十八种机心，怕机心生变，惹动妖魔，乃遣彼丘到彼僧、优婆塞虚灵子暗中保护师徒东返；师徒四人历经种种磨难，安全回到大唐。从表面上看，小说旨在倡导铲却机心，明心见性，但实际上，作者对幻想故事倾注了更加浓厚的兴趣，并表现出不俗的虚构才能。比如，师徒四人行至八百里莫耐山，经包被虎威魔王、狮吼魔王抢去。孙悟空因金箍棒已被如来收去，不能与妖精斗勇，只得运用“机变”将经骗回。二魔至山南与陆地仙、夫人鸾箫、凤管商议再夺经包，并掳走唐僧、八戒、沙僧三人。行者幻形入洞，救出师父和师弟。又得灵虚子之助，夺回经担。在这个过程中，孙悟空、女妖凤管和灵虚子先后变陆地仙的情节写得尤其精彩。先是孙悟空变成陆地仙前去诓骗妖精，因被妖精一句话说得心虚，“忍不住的露出本相来，往洞外飞走”。再写女妖凤管将计就计，“摇身也变了个陆地仙”，欲捉弄悟空，却被悟空“慧眼”看出真相，“掣出禅杖劈面就打，女妖飞星走了”。接着写暗中保护唐僧师徒的灵虚子见悟空和凤管变来变去，一时兴起，“随变了陆地仙迎上路来”，“凤管女妖只当是真隐士（陆地仙）来了，自觉没趣，他现了原相，飞奔回洞去了”。三位先后变同一人，尽管神通本身颇为寻常，但借助于误会和心理描写，所构成的故事却别有一番新奇之处。

二 以神魔故事发挥象征性寓意

神魔小说的第二种风格类型：以发挥象征性寓意为主，借神魔题材表达人生哲理。其代表作为董说《西游补》。大体可以归入这一类型的有《东游记》、《南游记》、《北游记》、《扫魅敦伦东度记》、《海游记》、《妆钿铲传》等。天目山樵《西游补序》云：

> 《西游》借释言丹，悟一子因而畅发仙佛同宗之旨，故其言长。南潜本儒者，遭国变，弃家事佛；是书虽借径《西游》，实自述平生阅历了悟之迹，不与原书同趣，何必为悟一子之诠解。且读书之要，知人论世而已。今南潜之人与世，予既考而得之矣，则参之是书，性情趣向，可以默契，得失离合之间，盖几希矣。若夫不尽之言，不尽之意，

邈然于笔墨之外者，此则其别有寄托而不得已，于作书之故，岂可以穿凿附会而自谓尽之?

董说虔心向佛，经历了一段“阅历了悟”的过程，《西游补》即旨在“自述平生阅历了悟之迹”。阅历了悟的关键是“空破情根”，“见得世界情根之虚”，“认得道根之实”，故静啸斋主人《西游补答问》曰：

问：“古本《西游》，必先说出某妖某怪，此叙情妖，不先晓其为情妖，何也?”

曰：“此正是补《西游》大关键处。情之魔人，无形无声，不识不知，或从悲惨而入，或从逸乐而入，或一念疑摇而入，或从所见闻而入……”

问：“古本《西游》，凡诸妖魔，或牛首虎头，或豺声狼视，今《西游补》十五回所记鲭鱼模样，婉娈近人，何也?”

曰：“此四字正是万古以来第一妖魔形状。”

从“空破情根”的题旨出发，《西游补》对“情”着力予以消除。当然，董说所说的“情”与我们通常所说的“情”不完全相同。我们将“情”狭义地理解为男女之情，董说则将人的所有执著视为“情”：执著于“忠”是“情”，执著于“孝”是“情”，执著于“节”是“情”，执著于“义”是“情”，执著于成仙是“情”，执著于成佛是“情”，执著于生存是“情”，执著于事业是“情”，执著于男女之爱当然也是情。《西游补》即旨在消解这种种执著。

夏济安曾经指出一个有趣的现象：在《西游记》中，“唐僧怕被人吃，而孙行者最喜欢被人吃，加上老君的炼丹炉，以及能吸人进去的瓶和葫芦等；这些 Symbols 可能有其意义。”① 照董说的理解，“孙行者喜欢被人吃”乃是男欢女爱关系（做爱）的一种隐喻。《西游记》一再写悟空兴高采烈地进入妖怪肚中，其乐无穷，而董说则反其道而行之，要写出这种男欢女爱所造成的乃是虚无和空幻。《西游补》的情节紧接孙悟空三调芭蕉扇之后，孙悟空在罗刹女的肚子里停留了片刻，其直接后果是使罗刹女生下波罗蜜王。《西游补》第十五回对此有确凿的说明。波罗蜜王自报家门说：

> 我蜜王与我家父行者原是不相识的父子。家父行者初起在水帘洞里妖精出身，结义一个牛魔王家伯。家伯有一个不同床之原配罗刹女住在芭蕉洞里者，此即家母也。只因东南有一唐僧要到西天会会佛祖，请家父行者权为徒弟。西方路上受尽千辛万苦。忽然一日撞着了火焰危山，师徒几众愁苦无边。家父当时有些见识，他道：“一日为师，终身为父。暂灭弟兄之义，且报师父之恩。”径到芭蕉洞里，初时变作牛魔王家伯，骗我家母；后来又变作小虫儿，钻入家母肚中，住了半日，无限搅抄。当时家母忍痛不过，只得将芭蕉扇递与家父行者。家父行者得了芭蕉扇，扇凉了火焰山，竟自去了。到明年五月，家母忽然产下我蜜王，我一日长大一日，智慧越高，想将起来，家伯与家母从来不合，惟家父行者曾走到家母腹中一番，便生了我，其为家父行者之嫡系正派，不言而可知也。

① 夏志清：《夏济安对中国俗文学的看法》，《鸡窗集》，上海三联书店 2000 年版，第 218 页。

佚名《读西游补杂记》就上述情节解释说："三调芭蕉扇，其因也；波罗蜜王，其果也：言下指点，明示归结。"而我们关心的是：由男欢女爱而产生的波罗蜜王做了些什么？"正忙乱间，只见西北角上小月王领一支兵，紫衣为号，来助唐僧。西南角上又有一支玄旗鬼兵来助蜜王。蜜王军势猛烈，直头奔入唐僧阵里，杀了小月王，回身又斩了唐僧首级。一时纷乱，四军大杀。孙行者无主无张，也只得随班作揖。"小说所说的"小月王"，暗隐一个"情"字，而这个杀死"情"的波罗蜜王，正是由乐于被人吃（热衷于做爱）的孙悟空制造出来的。使"情"毁灭的正是对"情"的执著。执著于"情"只能得到虚无。所以，《西游补》在第十六回强调："也无蜜王战，乃是鲭鱼哄。也无鲭鱼者，乃是行者情。"或者如《读西游补杂记》所说："前言罗刹女一案，实行者生平所未经，稍稍立脚不定，便入魔障，故《后西游》以不老婆婆一段拟之。此则即借其意，从本文引入情魔，由情入妄，妄极归空，为一切世间痴情人说无量法。"看来，说《西游补》旨在"空破情根"，虽然这"情"泛指种种执著，但对男女情欲的执著无疑是其核心部分之一。夏济安对这一点看得颇为透彻，他说："孙悟空给罗煞（刹）女吃了下去两次，出来后神魂颠倒，那就是《西游补》的故事。"①

《西游记》的另一部续书，不署撰人、仅题"天花才子评点"的《后西游记》，也属于以发挥象征性寓意为主这一风格类型。作者所设计的一系列地名或妖怪名称，如缺陷大王、解脱大王、阴阳大王、造化小儿、温柔村、十恶山、弦歌村、上善国、挂庵关等，都明显带有寓意。而在具体展开情节时，作者更以极

---

① 夏志清：《鸡窗集》，上海三联书店2000年版，第218页。

高的兴致着力于寓意的揭示和发挥。比如对造化小儿的描写。这造化小儿不过十三四岁，但本领高强，有个专用来套人的圈。这圈子分开来可有名圈、利圈、富圈、贵圈、贪圈、嗔圈、痴圈、爱圈、酒圈、色圈、财圈、气圈、妄想圈、骄傲圈、好胜圈、昧心圈种种。造化小儿先后取出名、利、酒、色、财、气、贪、嗔、痴、爱等圈，欲套住小行者，均告失败。最后造化小儿取出好胜圈来，终将小行者牢牢套住。何以好胜圈能在小行者身上大显威风呢？李老君与小行者的一段对话即旨在回答这一问题。李老君道："与你说明白了吧，造化小儿哪有什么圈儿套你？都是你自家的圈儿自套自。"小行者道："这圈儿分明是他套在我身上，怎反说是我自套自?"李老君道："圈儿虽是他的，被套的却不是他。他把名利圈套你，你不是名利之人，自然套你不住；他把酒、色、财、气圈儿套你，你无酒、色、财、气之累，自然轻轻跳出；他把贪、嗔、痴、爱圈儿套你，你无贪、嗔、痴、爱之心，所以一跳即出。如今这个圈儿我仔细看来，却是个好胜圈儿，你这泼猴子拿着铁棒，上不知有天，下不知有地，自道是个人物，一味好胜。今套入这个好胜圈儿，真是如胶似漆，莫说你会跳，就跳遍了三十三天也不能跳出。不是你自套，却是哪个套你?"小行者听了老君一番开导，大彻大悟，收了好胜之念，果然轻轻跳出此圈。这一段叙写不乏趣味，而且见出作者的睿智。读过《西游记》的人，对小行者之祖孙悟空的好胜心一定留有深刻印象。孙悟空没有想到，同样是从花果山石缝中迸出的小行者，在继承了他的事业的同时，也继承了他的性格。《后西游记》让小行者被好胜圈套住，一方面表达了作者对悟空性格的准确把握，另一方面也风趣地揭示了一条人生哲理：人往往是被自己打败的。人生中的许多圈套，其实是自己钻进去的。

《后西游记》对玉架山和上善国的描写在传达哲理方面颇有

惊世骇俗或启人深思之处。玉架山原是好佛崇僧的地方，自从文明天王雄踞此处后，文明之教大兴，专和佛教作对。文明天王手执文笔，有万夫不当之勇。得知唐半偈师徒路过这里，遂用文笔压住小行者，将师徒四人掳进山中后洞。文明天王命人移去小行者头上的文笔，小行者趁机脱身，救出师傅唐半偈和师弟一戒、沙弥。文明天王闻讯追来，半偈、一戒、沙弥复被擒获，小行者避过文笔，得以脱身。小行者来到文昌帝君处查询，方知文明天王乃麒麟所变，文笔即孔子著《春秋》所用之笔。文昌帝君派魁星前去取了文笔，收了麒麟，唐半偈师徒三人才得以脱难。在这一情节中，作者对现实生活中借儒学害人的情形表示了愤慨和敌意，颇有些不同寻常。上善国的核心人物是皇太后。她虔心向佛，特造待度楼供养三世佛。一日，九尾狐幻化成唐半偈模样，出现在楼上，将皇太后摄至九尾山，逼她成婚。小行者和一戒擒灭妖狐，救出皇太后。唐半偈劝告太后说："佛即是心，心即是佛，要待谁度？一待度，先失本来，而野狐窜入矣。这待度楼，贫僧与你改做自度楼，便立地成佛矣。"太后闻言，终于彻悟。这一故事所"寓"的是禅宗的人生哲学。

三　玩世不恭　借题发挥

神魔小说的第三种风格类型：玩世不恭，借题发挥，指斥世俗，抨击邪佞，洋溢着嬉笑怒骂皆成文章的诙谐趣味。其代表作为刘璋《斩鬼传》，大体可以归入这一类型的有惺惺居士著《精神降鬼传》、落魄道人编《常言道》、张南庄《何典》等。《斩鬼传》的特点是以鬼喻人。写钟馗死后，封为驱魔大神，剿灭世间形形色色的恶鬼，诸如捣蛋鬼、抟喳鬼、温斯鬼、绵缠鬼、寒碜鬼、酽脸鬼、抠掐鬼、黑眼鬼、讨吃鬼、丢谎鬼、风流鬼、轻薄鬼、色中饿鬼、楞睁大王等，约四十种。郑振铎《〈斩鬼传〉〈平鬼传〉引言》（世界文库本）说："中国讽刺小说极少，《斩鬼传》、《平鬼传》外，惟《何典》、《常言道》寥寥数作耳。而《常言道》诸书却都是模拟《斩鬼传》、《平鬼传》的。故论述讽刺小说的，自当以那几种钟馗斩鬼的小说为开宗明义第一章。""烟霞散人的《斩鬼传》，文字丰腴活跃，无疑的，作者是一位不得志的才士。""《唐钟馗平鬼传》为第三种写钟馗故事的小说，也是骂世之作。" "所谓中国的讽刺小说，读了这两部《平鬼》、《斩鬼》后，我们便可知道究竟是怎样一种作品。纯然是穷秀才的'愤世'、'骂世'之作；充分地表白出没落的'士人阶级'的最沉痛的呼号；他们的整个人生观都已显陈出来了。"鲁迅《中国小说史略》第二十三篇将之归入讽刺小说，称《斩鬼传》"取诸色人，比之群鬼，一一抉剔，发其隐情，然词意浅露，已同谩骂，所谓'婉曲'，实非所知"。

神魔小说的上述三种风格类型，第一种在题材上与《西游记》较多可比之处，第二种在宗旨上与《西游记》较多可比之处，第三种在借题发挥上与《西游记》较多可比之处。这三种风格类型的区别，只是就其侧重点而言，事实上，三种风格类型之间仍有部分的重合。如《西游补》就不乏借题发挥的讽世笔墨。第四回叙科举考试放榜，有人摘了第一名文章中的"好句子""朗声读起"，希望"学些法则，明年好中"，行者听了，不禁呵呵大笑，畅发议论，将八股文痛快地调侃了一番。鲁迅《中国小说史略》论及讽刺小说的源流，就称赞《西游补》"描写时亦刻深，讥刺之切，或逾锋刃"。而《封神演义》写儿子反抗父亲（如哪吒之于李靖），写臣伐君（如武王伐纣），无疑也表达了对现实社会政治的某种立场。

四 神魔小说与人情小说等类型的合流

神魔小说的第四种风格类型是神魔小说、人情小说及其他小说类型合流的产物，其代表作为李百川《绿野仙踪》。大体可以归入这一类型的有《桃花女阴阳斗传》、《瑶华传》、《狐狸缘全传》等。

李百川（？—1771后）的《绿野仙踪》，其特点是在求仙访道的框架中致力于世态人情的描写。小说叙述温如玉的人生经历占了全书1/3的篇幅。他出场是在小说的第三十六回。冷于冰来泰山庙相会在此等候的连城璧等人，偶遇官宦子弟温如玉，于冰见他“仙骨姗姗”，遂起脱度之心。沉醉于放浪生活的温如玉对冷于冰的说教一笑置之，但却遭到现实生活的无情嘲弄：受“叛案”牵连，家财被严世蕃等奸党敲诈一空；试图重整家业，外出经商，资本又被“朋友”尽洗而去；显赫之家坠入困顿，母亲、妻子含悲去世；受苗秃子怂恿，卖掉房产嫖妓，不意相隔数日，宠妓却投入知府公子怀抱，如玉受到冷落；宠妓被知府公子所骗，重与如玉和好，两人决计脱离苦海，却不料苗秃子又起是非，宠妓吞毒而死；家财被盗，功名又不遂心；绝望之中，想起冷于冰许他功名富贵之语，遂去京城寻访；在冷于冰为他所设幻境——华胥国里，他权、势、欲得到极大满足，却原来是一枕黄粱，这才“无复世人之想”，随冷于冰出家；后经历无数劫难，位列仙班。小说借温如玉的故事，说明现实社会中的一切是那样冷酷无情，人的欲望又是那样难以满足，现实中的人不可能找到他自己理想的归宿，只有超越尘世间的欲望和痛苦，才能得到真正的解脱和自由。这里重点展示的正是世态人情。确实，从表面上看，《绿野仙踪》是一部以求仙访道为题材的小说，而且神魔故事在小说中占了相当比重。可是，认真的读者不难注意到："李百川写神怪故事，写（冷）于冰和他的徒弟们谈修行、讲功果，是那样平庸无奇，有时甚至枯燥乏味。但当他的笔伸向活生生的人间社会时，就笔底生花了。农民金不换的义气、乐于助人，朱文炜家庭的悲欢离合，温如玉家道的败落过程和嫖妓经历，周琏的纨绔子弟生活，以及那作《臭屁行》之类的村（学）究邹继苏，满口'之乎者也'的腐儒齐贡生，等等，作者写来都是那样惟妙惟肖，确实做到了使他们'各自有其胸襟，各自有其心地，各自有其形状，各自有其装束'，都是书中的精彩之处。"①

《瑶华传》十一卷四十二回，清丁秉仁撰。道光二十五年慎修堂刊本，题"吴下香城丁秉仁编著"，"茂苑尤夙真阆仙评"。首嘉庆十年武林冯瀚序，又四年九年十年尤夙真等序，八年自序。演述明福王常洵之女瑶华事。谓瑶华乃狐精转世，先嫁周君佐，后谢绝人事，入峨眉山修行。怪诞猥亵，无史实依据。尤夙真嘉庆己未《瑶华传序》云：

> 香城所著《瑶华传》，其造意为雄狐欲取百女之红，而得成幻形之术，于是剑仙怒而斩之，即按国法，亦难饶恕，于理实为纯正。迨狐鬼思过服善而皈依，剑仙始生哀矜而收录，仍责偿夙孽，方能超度为仙，不因皈依收录，便置夙孽于不问也。如狐鬼而不为皈依，即入轮回，如投胎后，不偿夙孽，不修功行，仍还狐鬼之原，盖理势然也。

---

① 王全力：《尝试与启示——论〈绿野仙踪〉》，见《明清小说研究》1991年第4期。

周永保嘉庆十年《瑶华传跋》云：

> 最可厌者，莫如近世之《红楼梦》，蝇鸣蚓唱，动辄万言，汗漫不收，味同嚼蜡。世顾盛称之，或又从而续之，亦大可怪矣。乙丑之春得见香城先生《瑶华传》抄本一册，乃喟然叹曰：天下未尝无才也，其湮没于剞劂所不及者岂少也哉！……非胸中别有丘壑，笔下可走虬龙，其孰能与于此？真四大奇书之的派也。岂散漫芜秽之《红楼梦》所能梦游其境者哉！

《瑶华传》是一部神魔小说，尤夙真序对此毫不迟疑地予以了确认，而周永保却津津于与人情小说《红楼梦》较高下，由此不难窥见作者的宗旨：他热心于将神魔与人情打造在一起。

《绿野仙踪》等作品致力于不同题材的融合，这在清代章回小说创作中是一个非常突出的现象。

（原载《淮海工学院学报》（人文社会科学版）2004 年第 1 期，标题为《论神魔小说的四种风格类型》；收入本书时略有增补）

蒲松龄的自我确认与人生感慨

——论《聊斋志异》的“狂生”形象

《聊斋志异》是一部以抒情为宗旨的作品，因而小说家的自我形象就成为读者关注的焦点。但蒲松龄在创作中所确认的自我与现实的自我在重心和特色上是否完全一致呢？不一定。现实的自我是人格的现实形式，艺术的或“自我确认”的自我，则是在一定现实条件下所理想的人格存在方式。有时，在作品中具有重大意义的印象和经验，在作家的日常生活中可能是微不足道的；与此形式对照，某些在日常生活中强烈体验过的情绪、感受，在作品中的位置可能并不重要。这类情形，在《聊斋志异》的创作中也是存在的。呈露在小说中的作家自我人格、倜傥、超逸、痴拙……种种神采，种种奇气，虽然不能说与日常生活中的蒲松龄大相径庭（日常生活中的蒲松龄本来也具有这些特征），但却显示得更为充分，更为引人注目。这表现了作家对于日常现实的超越，他所塑造的艺术个性，是文化（包括文学）传统与主体憧憬相结合的产物，必须置于一定的文化背景和人生背景下才能看得分明、看得真切。

“狂生”形象在《聊斋志异》中自成系列，蒲松龄为之倾注了大量热情与才情。本文就此切入。

一 “英雄性不羁”

《论语·子路》说过：“狂者进取。”所以，“狂”首先指一种积极进取的人生态度，高自期许，目无尘俗，仿佛要从精神上升腾到另一个星球上去。蒲松龄的人生态度便是如此。《聊斋诗集》卷一《树百问余可仿古时何人，作此答之》：“重门洞豁胸中藏，意气轩轩更发扬。他日勋名上麟阁，风规雅似郭汾阳。”①自比于郭子仪（或以为是以孙树百比郭子仪），可见那种摆脱日常拘束的书生意气和向往于建功立业的宏伟抱负。这种抱负，作为一种人生理想，带有极强的少年不知世事艰难的青春色彩；当这种抱负经由情感的渲染和想象的发挥而渗透到作品中时，则具体展现为“豪放”、“磊落”、“倜傥不羁”等个性、风度，也就是《聊斋诗集》续录《久废吟咏，忽得树老家报，侘傺不成寐……》所云“英雄性不羁”。

《聊斋志异》描写了大量“性不羁”的“狂生”。在恐怖的狐鬼世界里，在令人“口噤闭而不言”的阴森气氛中，他们反倒兴致淋漓，情绪热烈。卷一《狐嫁女》中的殷天官、《青凤》中的耿去病，卷二《陆判》中的朱尔旦，卷四《捉鬼射狐》中的李著明、《胡四相公》中的“莱芜张虚一”，卷五《章阿端》中的“卫辉戚生”等，②都是这类豪放自纵、超尘拔俗的“狂

---

① 本书所引蒲松龄诗文，均据路大荒校编《蒲松龄集》（中华书局1962年版），其他地方不另出注。

② 本书所引《聊斋志异》，均据张友鹤辑校《聊斋志异会校会注会评本》（1962年中华书局上海编辑所排印本，1978年上海古籍出版社重印本），其他地方不另出注。

生”。荒亭空宅，杂草蓊郁，鬼鸣狐啸，怪异迭现——这些“狂生”却能无所芥蒂地进入其中，他们欣赏着其中的怪异，以其面对怪异时的坦荡风度征服了狐鬼，结果，情节的进展大大出乎人们的意料：狐鬼世界的恐怖阴森往往只是“鄙琐者自怪之耳”，实际上倒是富有诗意的。《陆判》中陆判与朱尔旦的超出于形迹之外的友谊，《小谢》中的陶望三与小谢、秋容的患难与共的爱情……不是亲切得很吗？这正如《狐嫁女》后但明伦评语所云：“妖固由人兴也……今狐之言曰：‘相公倜傥，或不叱怪。’可知狐本不为怪，特鄙琐者自怪之耳。以倜傥之人，狐且尊之敬之，况能养浩然之气者哉！”确实，蒲松龄托出了他的一片情愫：对于“不羁”的“狂生”来说，没有什么是真正可怕的；恰恰是在“鄙琐者”所不敢涉足的生活领域内，他们可以大有作为。这里，“狂生”的勇于进取的豪情与“英雄”的积极奋发的人生态度无疑是相通的。

在《聊斋志异》中，“狂生”的“不羁”风度往往和酒联系在一起。这是因为，一、“狂”作为一种富有激情、富有胆略的性格，在生活中常常演化成奔放、潇洒的状态，因而与酒结下了不解之缘，汉代郦食其谒见刘邦时自称“高阳酒徒”，就意在表明自己气度不凡。二、“狂”总是与豪放自纵等浪漫情调密切相关，具有这种个性的人，一旦在社会生活中碰壁，便情不自禁地在艺术的天地里追求自由、放达的境界，即使处于顺境，也不妨壮思腾飞，欲揽明月，借酒力超越凡近。蒲松龄是深知个中因缘的，所以对酒充满了亲切之感。他在诗中一再写到饮酒的豪兴，把这作为生命力的一种爆发，郁闷和失意，全部消解于其中；而憧憬和展望，也在放歌纵饮的节拍中得以自然流露。如《聊斋诗集》卷一《希梅斋小饮》：“樽酒狂歌树影横，壮怀喜遇故人倾。”《九日同如水登高，时定甫欲北上》之二：“临风倚剑开尊酒，及尔论交天地间”，等等，以及卷二《伤刘孔集》：“相将共杯酌，豪饮能十壶。”《遣怀》：“雅士长贫诗作累，豪襟欲纵酒为徒”。《聊斋诗集》续录《九日与定甫兄弟饮西园，和壁间韵，即呈如水》：“倒冠歌舞狂生醉，戏马台前独振衣。”“滥醉离亭平野暮，月明空翠上罗衣。”

蒲松龄这种陶醉于酒中的情怀，评点家但明伦也体会到了。《聊斋志异》卷一《考城隍》“有花有酒春常在，无烛无灯夜自明”二句，但明伦评云：“至有花有酒二语，亦自写其胸襟耳。”在蒲松龄笔下，那些他所欣赏的“狂生”，无不有着极高的酒兴。《聊斋志异》卷一《娇娜》：孔生与公子下帷攻读，“相约五日一饮”。《狐嫁女》：殷天官贸然闯入狐的天地，参与的一项重要活动即是饮酒。《青凤》对“狂放不羁”的耿去病的处理亦然。卷二《陆判》：“性豪放”的朱尔旦与陆判每聚必饮。卷七《郭秀才》由饮酒而引出一片飘逸不凡的意趣。卷十《神女》写米生因孟浪举动，竟得与神女缔结良缘。从这种情节安排也可感到蒲松龄的激赏之情。

在此我们有必要排除可能产生的误会。蒲松龄欣赏饮酒，是欣赏那种与中国知识分子的“不羁”的人生态度和艺术化的生活境界有其内在联系的饮酒，而不能将所有的饮酒都纳入被欣赏的范围。《聊斋文集》卷一《酒人赋》就尽情嘲讽过“嘈杂不韵，俚词并进；坐起喧哗，呶呶成阵”和“酒嗝咽喉，间不盈寸；呐呐呢呢，犹讥主吝”等“无品”的“酒凶”，认为对这些“不可拯救”之辈，“惟有一术，可以解酲。厥术维何？只须一梃，絷其手足，与斩豕等，止困其臀，勿伤其顶，捶至百余，豁然顿醒”。这一段议论，蒲松龄又曾照录进《聊斋志异》卷六《八大王》中，可见他对酒癫，对伧夫俗流之类的无赖，是何等深恶痛绝了。《聊斋志异》卷四《酒狂》正是对这类“酒凶”

的刻画和劝诫。

二 “此种性情，俗子不晓”

《聊斋志异》中的“狂生”，大都目无礼法。可以先看看《青凤》中的耿去病。青凤一家正“酒胔满案，团坐笑语”，耿突然闯入，笑呼曰：“有不速之客一人来!”致使“群惊奔匿”。青凤叔父请他饮酒，他又自许通家，邀青凤全家都来共席。见到青凤，发现“人间无其丽”，竟“瞻顾女郎，停睇不转”，甚至偷偷踩青凤的脚，最后“神态飞扬，不能自主”，拍着桌道：“得妇如此，南面王不易也。”根本不知礼法为何物。其他如《辛十四娘》中的“广平冯生”、《鲁公女》中的张于旦、《章阿端》中的戚生、《小谢》中的陶望三等，也都是这类“狂生”。

有人曾对这种现象提出解释，认为“此书是神话小说，其中大半是鬼神妖异之谈，不食人间烟火，也就不受封建礼教之类的束缚，所以比较自由”[1]。聂绀弩否定这种意见，他说：“我意不然。不错，这书是有许多鬼神或草木鸟兽虫鱼的精灵，但这些只是形式，是现象。它的内容、实质，却都是人，是人的生活，是把鬼神鸟兽虫鱼之类变成人，写它们的人的生活，而不是相反，使人变成鸟兽虫鱼之类而写它们的生活。”[2] 绀弩先生的反驳有其道理，但在蒲松龄那里，狐鬼精灵比人少一些束缚却是的的确确的情形，《鲁公女》中就明明写着：“生有拘束，死无禁

① 聂绀弩：《〈聊斋志异〉三论》，见《聂绀弩全集》第七卷，武汉出版社 2004 年版，第 335 页。

② 同上。

忌”。由鬼的“无禁忌”也可推知狐的“无禁忌”。

不过，“无禁忌”之说也并不足以解释“狂生”们何以这般目无礼法。因为，一、大多数“狂生”恰恰并不是“鬼神或草木鸟兽虫鱼”所幻化，而是实实在在的人；二、这些狐鬼毕竟表现着人所具有的社会性，“无禁忌”是有限度的。合理的解释是，中国文化的浪漫传统已经赋予了“狂生”以普通人所没有的某种行为权利。这可以从三个方面来看。

其一是阮籍的“礼岂为我辈设”的豪迈榜样。狂生陶望三，“好狎妓，酒阑则去之。友人故使妓奔就之，亦笑内不拒；而实终夜无所染。尝宿部郎家，有婢夜奔，生坚拒不乱”。这正是阮籍式的烂漫天真。而这类风流韵事，只有少数优秀文人才能做到，即评点家冯镇峦所谓：“此种性情，俗子不晓。”

其二是从唐传奇开始的描写才子佳人遇合的浪漫传统。在这类故事中，“狂生”可以“无禁忌”地谈恋爱：《西厢记》里，张生见了崔莺莺，不妨目不转睛地盯着看，婚前的私下结合也并非大不了的事。柳梦梅与杜丽娘从恋爱到结合的过程也实在不够庄重。

这样的行为在旧时代的现实生活中是不大见到的。但读者对文学作品中的才子佳人却又并不提出过苛的指责（极端的道学先生例外），他们已习惯这种浪漫描写，已和作者取得相应的默契。因此，蒲松龄写“狂生”的放诞，是对浪漫传统的认可，而认可本身是有一定的反礼教意义的。同时，这种认可又不能视为蒲松龄对现实生活的标准。这也就能够理解，为什么蒲氏在某些作品中，却又十分强调礼法，如《金生色》、《金姑夫》、《土偶》等。看似矛盾的现象其实不存在矛盾；因为《金生色》等是为普通人说法，他们没有资格像“狂生”那般“浪漫”。

其三，“狂生”所追求的狐女等形象实际上可视为生活中的名妓。陈寅恪《柳如是别传》第三章曾说：

> 河东君及其同时名姝，多善吟咏，工书画，与吴越党社胜流交游，以男妇之情兼师友之谊，记载流传，今古乐道。推原其故，虽由于诸人天资明慧，虚心向学所使然。但亦因其非闭房之闭处，无礼法之拘牵，遂得从容与一时名士往来，受其影响，有以致之也。清初淄川蒲留仙松龄《聊斋志异》所记诸狐女，大都妍质清言，风流放诞，盖留仙以齐鲁之文士，不满其社会环境之限制，遂发遐思，聊托灵怪以写其理想中之女性耳。实则自明季吴越胜流观之，此辈狐女，乃真实之人，且为篱壁间物，不待寓意游戏之文，于梦寐中以求之也。若河东君者，工吟善谑，往来飘忽，尤与留仙所述之物语仿佛近似……①

狐女既为名妓，"狂生"即是名士。名士与名妓之间所发生的浪漫故事是所谓"名士风流"，与礼义并行不悖，甚至可以是互相补充的。蒲松龄在想象中以风流名士自居，这大概没有疑问了。

三　"狂歌击剑声呜呜"

悲凉的情怀而出之以慷慨的方式，这是"狂"的一种异常形态，即"佯狂"。在蒲松龄那里，"佯狂"主要是怀才不遇的产物。

---

① 陈寅恪：《柳如是别传》，上海古籍出版社1980年版，第75页。

怀才不遇本是生活和文学中一个反复出现的主题。科举制度达到鼎盛的明清时期，怀有真才而所不遇者也随着读书人总量的增加而增加。蒲松龄就是这行列中的一员。他早年便热衷举业，也曾有过一度的辉煌记录：19 岁时，初应童子试，以县、府、道试三第一补博士弟子员，文名籍籍诸生间。不过自中秀才后，乡试屡被黜落，直到 71 岁才援例出贡。坎坷的人生境遇，使蒲松龄心中郁结着愤懑与感伤，时常通过诗词创作倾吐出来。如《聊斋诗集》卷一《寄孙树百》："歧途惆怅将焉往？痛哭遥追阮嗣宗。"《夜微雨旋晴，河汉如昼，慨然有作》："夜搔短发哭歧途，狂歌击剑声呜呜。"卷二《拙诗蒙毕振叔见和，依韵答之》："瑟瑟秋窗动晚风，玉壶击缺剑光红。飘零踪迹寒山外，落拓襟怀暮雨中。"他的词写得更为辛酸，如《聊斋词集·大江东去(寄王如水)》。《聊斋志异》中的许多篇，如《司文郎》、《素秋》、《锦瑟》等，表达这种遭逢不遇的悲愤，亦满含辛酸。

但是，当作者以超脱的眼光来看待自己怀才不遇的经历时，我们感到，蒲松龄的充分艺术化的"狂生"气质使他不再"哭丧着一副可怜相"，而能潇洒豪荡地面对考官和考场，极尽纵横捭阖之能事。

《贾奉雉》对帘内考官的讽刺有机锋侧出之妙。"贾奉雉，平凉人，才名冠一时，而试辄不售。"原因何在呢？郎秀才告诉他，是由于他的文章太好，而"帘内诸官"却根本辨不出；真想"猎取功名"，就得"俯而就之"。在郎秀才的反复督促下，"贾戏于落卷中，集其阘冗泛滥，不可告人之句，连缀成文"，郎一见，便喜曰："得之矣。"贾用此等"文"应试，"竟中经魁"。这里有调侃，有鄙薄，笔锋犀利却能不失蕴藉。郎生所具备的正是一种凌越世俗的豪迈的"狂生"气质。

《冷生》中"佯狂诗酒"的冷生，其"狂"的色彩或许更为鲜明。蒲松龄说他有“狂易病”：“每得题为文，则闭门枯坐，少时，哗然大笑。窥之，则手不停草，而一艺成矣。脱稿又文思精妙。”这样一位沉浸于创作快感中的“狂生”，他眼里怎么放得进琐细的考试规则呢？于是下面几幕就是必然的了：

> 每逢场作笑，响彻堂壁，由此“笑生”之名大噪。幸学使退休，不闻。后值某学使规矩严肃，终日危坐堂上，忽闻笑声，怒执之，将以加责。执事官白其颠。学使怒稍息，释之而黜其名。从此佯狂诗酒。著有《颠草》四卷，超拔可诵。

蒲松龄与冷生有相互对应之处：实际生活中的蒲松龄虽然未曾逢场大笑，但他曾“越幅被黜”，不也明明是因文思澎湃而疏忽了考试的格式？此后一意从事著述，抒其孤愤，不正是“佯狂诗酒”？但冷生的不计得失的浩然之气则是蒲松龄所远不及因而非常向往的。冷生是作家艺术个性的投射。

四 “湖海气豪常忤世”

钱钟书《管锥编》将“狂”分为两类：一为避世之狂，“迹似任真，心实饰伪，甘遭诽笑，求免疑猜”；一为忤世之狂，“称心而言，率性而行”。对避世之狂，一般人都抱有同情，而对忤世之狂，则不免认为涵养不够，有失忠厚。但蒲松龄却毫无保留地肯定忤世之狂。《聊斋诗集》卷一《漫兴》：“湖海气豪常忤世。”《聊斋诗集》续录《雪夜》：“共知畴昔为人浅，自笑颠狂与世违。”最能显示这一点的是《聊斋文集》卷四《灌仲孺论》。使酒骂座的灌夫一向被视为粗莽无术之辈，蒲松龄却热情洋溢地赞许他："真圣贤也！真佛菩萨也！""粗莽骂座，识者短其无术。不知此正仲孺之所以为真圣贤、佛菩萨，而世不之识也。夫田蚡以贵戚而为丞相，权争日月……夫谁有敢侮之焉者？而独仲孺者，有诸内必形诸外……"正是怀着这样一腔慷慨激昂的忤世豪气，蒲松龄继承唐人传奇写侠的传统，在《聊斋志异》中塑造了一批以武犯禁、刚烈顽强的性格，如商三官（《商三官》）、田七郎（《田七郎》）、窦氏（《窦氏》）、向杲（《向杲》）等，给读者印象极深。

值得注意的是，当蒲松龄以李白那种"谑浪赤墀青琐贤"的"狂生"眼光来看待生活中的邪恶时，《聊斋志异》注重表现的则是笑傲权贵的豪迈气概，而不再是悲剧色彩极强的血与火的抗争。这类代表作有《聂政》、《潞令》、《狂生》、《颠道人》、《一员官》、《鸮鸟》等。就作品的描写而言，邪恶势力一般很少受到实际的惩罚，即使略示儆戒，也似乎并不严厉，从未达到《窦氏》、《向杲》的程度；但那种信笔挥洒的自由抒写，那种应付裕如的倜傥风度，却分明让读者感到一种精神上的高扬和奋发，感到一阵宁静的喜悦和对邪恶势力的富有幽默意味的蔑视。

请看《鸮鸟》。作品写"长山杨令，性奇贪"，借口国家打仗，搜掠牲口，"地方头畜一空"。邻近的三位县令，在酒席上以令语劝他不要太贪酷，杨也以令语敷衍三人，正相持不下之际：

> 忽一少年傲然而入，袍服华整，举手作礼。共挽坐，酌以大斗。少年笑曰："酒且勿饮。闻诸公雅令，愿献刍荛。"众请之。少年曰："天上有玉帝，地下有黄帝，有一古人洪

> 武朱皇帝。手执三尺剑，道是‘贪官剥皮’。”众大笑。杨恚骂曰：“何处狂生敢尔！”命隶执之。少年跃登几上，化为鸮，冲帘飞出，集庭树间，回顾室中，作笑声。主人击之，且飞且笑而去。

如果说，在《商三官》等作品中，蒲松龄带有明显的紧张感（这是合乎逻辑的，因为蒲松龄惩恶扬善的愿望正执著于对邪恶的实际的惩罚上，而达到实际惩罚的历程却是极其艰难的——邪恶力量太强大了，为了合情合理地惩罚强大的邪恶势力，蒲松龄不能不感到紧张），他集中注意力，交代矛盾的起因、进展、结局，煞费苦心地经营剑拔弩张的冲突，力求从故事中提炼出一个道德训诫或真、善、美的风范。在《鸮鸟》中，蒲松龄则是轻松自在的。他不再执著于实际的惩罚，而只是驾着一片情感的流云，在精神上、气度上居高临下地俯视邪恶，中国知识分子从深厚的文化素养中得来的书卷气在这种境界中获得了新的生命力：潇洒自然，意趣横生，从中不仅可体味出作家的悠然神情和坦荡从容的处世态度，还可明显感到邪恶势力的猥琐、卑鄙、不堪一击，正义的力量得到了轻松的然而却是神圣的显示。你看：蒲松龄对于“长山杨令”，讽刺他，嘲弄他，仅仅限于略示警告，引起在场的人“大笑”。小说中一连用了数个“笑”字：“少年笑曰”、“众大笑”、“作笑声”、“且飞且笑而去”。好一个“笑”！这不是寻常之笑，它是“狂生”面对权势者的“笑”，是伴随着“傲然”神情的“笑”，是饱含蔑视的“笑”。气度旺盛，优游闲暇，读来难道不觉惬意吗？《颠道人》所着力表现的也是这种对权贵的“意近玩弄”的戏谑举动和“笑而却走”的满不在乎的神态。“湖海气豪常忤世”，蒲松龄含笑面对权贵，这种精神上的优越感，构成了作家忤世的一个重要因素。《商三官》叙三官之父“以醉谑忤邑豪”，以致被邑豪害死，大约不是信笔写下的。这样看来，过去我们对《鸮鸟》、《颠道人》一类作品给予的注意是太不够了。

（原载《明清小说研究》1995 年第 4 期，人大复印资料《中国古代近代文学研究》1996 年第 4 期全文收入）

"痴":《聊斋志异》的一个重要情感范畴

《聊斋志异》和其他文学作品一样，都是在一定的历史背景下产生的，只要我们不把它简单地视为某种自生自灭的孤立的存在，就没有理由忽视其中的历史内容，忽视它与当时社会生活的联系。因此，一些研究者对于蒲松龄所生活的时代特征的论述，对他的交游等情形的追寻，无疑是揭示其深厚意蕴的行之有效的一个环节。但问题是，我们的研究不能仅限于此。作为一部文言小说集，由于蒲松龄本人明确地用它来抒写"孤愤"，所以，我们在分析这部作品时，就不能不特别注意作家的主体情感。

说到蒲松龄的主体情感，哪些是最引人注目的部分呢？这似乎颇费踌躇，其实不然，蒲松龄《聊斋自志》说得够清楚的了："才非干宝，雅爱搜神；情类黄州，喜人谈鬼。闻则命笔，遂以成编……遄飞逸兴，狂固难辞，永托旷怀，痴且不讳。展如之人，得毋向我胡卢耶?"这既描述了他自己的创作状态，又显示了其情感轨迹；而特别拈出"狂"、"痴"二字，于此便可见重心所在。综览全书，"狂"、"痴"也确实是体现了作家丰富主体情感的重要范畴。本文拟就"痴"略加剖析。

一 “流水高山,通我曹之性命”

《聊斋志异》所写到的“痴情”，有一个与蒲松龄的人生经历密切相关的特殊类别：愿以性命报答知己——一种“士为知己者死”的中国知识分子的典型感情，一种具有壮烈意味的“痴”。

蒲松龄是富有才华的，在科场上也曾有过一度的辉煌记录：19岁时（顺治十五年，1658）初应童子试，以县、府、道试三第一补博士弟子员，文名籍籍诸生间。但此后数十年却屡试不第。个中原因，除了偶然因“闱中越幅被黜”外，主要是文宗们不赏识他的八股文。而蒲松龄对自己的这类文字却是期许甚高的，《聊斋诗集》卷四《张历友、李希梅为乡饮宾介，仆以老生，参与末座，归作口号》云：“忆昔狂歌共夕晨，相期矫首跃云津。”《聊斋文集》卷十《楹联》：“为诸生时，动思立名当世。”豪气洋溢，极为自负。《聊斋志异》卷三《白于玉》中吴青庵“秋闱被黜”，但仍自信“富贵所固有，不可知者迟早耳”，也不妨视为作家的自白。高自期许而不为人赏识，这就难免不平，然而不平之余，却仍要俯首去求取文宗的青睐。蒲松龄也不免如此。他的那些求人游扬的文字吞吐呜咽，分明是含泪写出的。例如《聊斋文集》卷五《上健川汪邑侯启》：“……秋虫春鸟，愿聒清闻。惟冀放极大之光明，烛兹酸态，幸勿以无端之歌哭，笑此狂生。一语游扬，重燕石于鼎玉，片言照抚，变寒谷于风烟。略录旧篇，用代鼓掌，附呈小品，聊博哄堂……不揣侏儒，数首妄求冰鉴；弗嫌谫陋，八股尚俟陶钧。如或青眼窥人，谬荷栽培之眷；万一蓝衫利市，宁忘高厚之恩！禀启何胜瞻依悚愧之至!”这其中没有了自豪自慨，也失却了汹涌澎湃的壮怀和孤傲的人格，语骈而整，气散而缓，生命的活力消失在低声下气求人游扬的卑微动机中。而且，这样的文字不止一篇，《聊斋文集》卷五《上昆圃黄大宗师启》的许多字眼都同上文类似。

人生难得一知己，这本来是中国古代哲人的共同慨叹，而蒲松龄又用自己辛酸的人生经历证实了这一点。难怪他经常以此为话头了。《聊斋文集》卷五《与韩刺史樾依书，寄定州》:“弟素不达时务，惟思世无知己，则顿足欲骂……”《聊斋诗集》卷一《中夜微雨，宿希梅斋》之二:“与君共洒穷途泪，世上何人解怜才?”卷一《寄孙树百》之三:“楚陂犹然策良马，叶公元不爱真龙。”卷一《九月望日有怀张历友》:“世人原不解怜才。”卷二《偶感》:“此生所恨无知己，纵不成名未足哀。”卷三《送喻方伯》:“卞和抱荆璞，献上章华台。楚王愤不顾，弃之等尘埃。”《聊斋词集·大江东去（寄王如水)》:“天孙老矣，颠倒了天下几多杰士。蕊宫榜放，直叫抱玉卞和哭死!”《水调歌头》(饮李希梅斋中作):“漫说文章价定，请看功名富贵，有甚大低昂?只合行将去，闭眼任苍苍。”《聊斋志异》中的《司文郎》、《素秋》、《叶生》等篇都抒写了这种不遇知音的悲愤。

知己难得更显出知己的可贵。在蒲松龄那里，知己之感已深切到铭心刻骨的程度。片言褒赏常使他终生感激。他早年曾得任淄川知县的费祎祉嘉许，后来写《折狱》(《聊斋志异》卷九)一文，本来是公案题材，蒲松龄在文末的议论却出人意表地转到知己之感方面:“我夫子有仁爱名，即此事，亦以见仁人之用心苦矣。方宰淄时，松裁弱冠，过蒙器许，而驽钝不才，竟以不舞之鹤为羊公辱。是我夫子生平有不哲之一事，则松实贻之也。悲夫!”《聊斋志异》卷十《胭脂》也是一篇折狱小说，许多人一般只注意其中“听讼之不可以不慎”的主旨，而忽视了作品对施愚山爱才的性格侧面的强调。小说结尾的一段是:“愚山先生吾师也。方见知时,余犹童子。窃见其进士子,拳拳如恐不尽;小有冤抑,必委曲呵护之,曾不肯作威学校,以媚权要。真宣圣护法,不止一代宗匠,衡文无屈士已也。而爱才如命,尤非后世学使虚应故事者所及……”作家曾自呈“文艺”请黄大宗师过目,得到赞许,于是蒲松龄毕恭毕敬写了《又呈昆圃黄大宗师》(《聊斋文集》卷五),颂扬备至,甚至说,不仅他本人戴德,至于“陨涕”,“且复妻孥知恩,期作翳桑之报”。康熙三十二年(1693)任山东布政使的喻成龙,见蒲松龄诗,颇倾慕,派专人请他到幕中住了数日;康熙三十三年,喻成龙离任,蒲松龄赋五古长篇一首,说喻“虚衷真爱士”,对自己的赏识有如“暖律吹寒灰”(《聊斋诗集》卷三《送喻方伯》)。而诗集中这类表达知己之感的言辞还有多处。如卷二《答汪令公见招》之一:“偃蹇自拼人不伍,忽逢青眼涕沾巾!”之三:“倘逐紫鳞藏壑去,拟随黄雀报珠来。”卷二《偶感》:“穷途已尽行焉往?青眼忽逢涕欲来。一字褒疑华衮赐,千秋业付后人猜。”卷二《送别张明府》小序:“柴桑之钝子,谬增价于品题;而葵藿之愚忱,益衔恩于覆载!”卷三《寿唐太史》:“略见雕虫技,辄承华衮褒。”《聊斋诗集》续录《舆颂恭纪俞公大老宗师德政》:“怜才辄流齿颊芳,骏骨不惜千金赏。”

古代作家的诗文,大多是缘事而发,实有所指。蒲松龄的诗文亦然。由于其中涉及的是现实的人物,用语措辞不免较为拘束,而在《聊斋志异》的若干纯属虚构的篇章中,作家摆脱了现实的人事关系,熔自己的审美理想、现实感受于一炉,创造出了更为激动人心的境界。卷一《叶生》如泣如诉地描写一个“魂从知己”的悲剧故事。“文章词赋,冠绝当时;而所如不偶,困于名场”的叶生,意外得到县令丁乘鹤的赏识、资助和游扬,其感激之情不可言喻。他渴望以“闱战”的成功来酬答知己。然而，尽管他的文章掷地有声，令丁乘鹤“击节感叹”，却照样被主试官员黜落：“榜既放，依然铩羽。”于是，凄人心魄的悲剧迅速达到高潮：先是叶生因为“愧负知己”而一病不起，愤恨而没，紧接着其魂灵竟远随解任的丁乘鹤，跨越山山水水而去！“魂从知己”，从常识来看当然不可信，但与叶生同等痴情的蒲松龄则深信不疑：“魂从知己，竟忘死耶？闻者疑之，余深信焉。同心倩女，至离枕上之魂，千里良朋，犹识梦中之路。而况茧丝绳迹，呕学士之心肝；流水高山，通我曹之性命者哉！嗟乎！……天下之昂藏沦落如叶生其人者，亦复不少，顾安得令威而生死从之也哉？噫！”深情郁勃，一唱三叹，显然寄寓着蒲松龄对费祎祉等人没齿不忘的感戴之情。

采用寄托手法来抒写知己之感的有卷三《连城》、卷九《乔女》、卷十一《石清虚》等。如果说，《连城》因借助于一个色彩烂漫的爱情故事，迷离淡冶，颇多诗意，那么，《乔女》则以质朴见长。“壑一鼻，跛一足”，既黑且丑，守寡在家的乔女，其生命的价值看来是贱而又贱了，令人意想不到的是，家底殷实、挑选续弦颇为苛求的孟生却深深地钟情于她，为她高洁的“德”所感动。虽然乔女最后并未嫁给孟生，但正如她自己所说：“孟生能知我”，“固已心许之矣”。知己之情已铭刻在她的心中。

小说的中心是写乔女报答知己的撼人心魄的“痴”情。“居无何，孟暴疾卒”，孟生的亡故使其家庭濒临崩溃：“孟故无戚党，死后，村中无赖，悉凭临之，家具携取一空，方谋瓜分其田产”，“家人亦各草窃以去”，唯一妪抱其子哭于帷中。根据礼教，“非孟戚属”的乔女自然不宜过问，但她未顾忌这些，汹涌在心头的是强烈到可以超出于生命之上的知己之感。

于是，她先是"踵门"求援于孟的友人林生，请他"以片言告邑宰"；在堂堂五尺男儿林生被无赖之辈吓得"闭户不敢复行"时，乔女却无所畏惧，"锐身自诣官"，县令乱耍威风，将她"诃逐而出"，也并不气馁，又"哭诉于缙绅之门"。多么艰难的人生历程！反反复复，历经磨折，她终于使诸无赖受到惩治。此后，她便竭尽全力为孟生抚养孤儿。如此"侠烈"，丝毫无愧于蒲松龄的赞叹："知己之感，许之以身，此烈男子之所为也。彼女子何知，而奇伟如是？若遇九方皋，直牡视之矣。"

《瑞云》从一个特殊侧面写出了真知己的高尚境界：不以妍媸易念，不因贵贱变心，"天长地久有时尽，知己之情无绝期"。小说的故事是极为奇幻的：本来容貌如仙的瑞云，经和生一点，竟"连颧彻准"，黑如墨渍。这确乎是"出于幻域"了。但由瑞云的容貌变丑所激起的各种各样的反应却是真实的人情世态的展现：嫖客们不再光顾；鸨母视之为下等奴婢。正是在这种人情世态的反衬下，贺生娶瑞云而归，不在乎任何讪笑的行为，真具有"痴"的意味。他不像《连城》中的乔生那样，为知己者死，却也同样执著感人。

《聊斋志异》写知己之感的篇章不算特别多，但精金美玉，几乎每篇都足以传诵。其所以成功，不只是由于蒲松龄自身有着深切的感受，还因为中国古代的知识分子——士阶层，普遍敏感于这一问题，在旧时代的文学创作中，已经积淀了丰富厚重的基础。抒写知己之感很久以来便是一个重要的主题。而蒲松龄在表达这一主题时，既将自身的体验融入其中，又不局限于狭小的个人身世之感的范围，成功地把它处理为一个具有相对永恒性的一般人生问题，因而能引起许多读者的深切共鸣。

二 “怀之专一，鬼神可通”

《庄子·达生》：“用志不分，乃凝于神。”这大概是古代哲人对“痴”的最早描述。它是对某种境界、某种事业的孜孜不倦的追求，一种进入痴迷状态的追求：沉湎、执著，仿佛要把全身心寄托于一隅，而几乎忘却了人生或现实的其他部分。蒲松龄简洁地称之为“性痴”，指出：“怀之专一，鬼神可通。”（《聊斋志异》卷十《葛巾》）明清之际的张岱曾以悖论的形式阐述一个精辟的见解：“人无癖不可与交，以其无深情也；人无疵不可与交，以其无真气也。”[①] 深情的性格化的表现即是“痴”。《聊斋志异》中的大量“情痴”都可由此加以透视。例如卷二《婴宁》中的男主角王子服：初见婴宁，他“注目不移，竟忘顾忌”，这是“痴”；回家后，神魂丧失，“垂头而睡，不语亦不食”，“饥革锐减”，这也是“痴”；吴生编造的关于婴宁住址的谎话，他完全听信了，独自一人，步行数十里去山中寻找，这更是“痴”！卷二《阿宝》中的孙子楚较王子服色彩更为鲜明。在他身上，集中了多种类型的“痴”：“痴于书，不知理家人生业”；“性迂讷，人诳之，辄信为真。或座有歌妓，则必遥望却走。或知其然，使妓狎逼之，则赪颜彻颈，汗珠珠下滴”。然而最为突出的特征是对爱情的坚韧不拔、持之以恒的追求。清明节出游，孙子楚意外地见到了阿宝，情荡神摇，不能自持，以致和倩女一样魂离躯体：他的身子回家了，“直上床卧，终日不起，冥如醉，唤之不醒”；他的灵魂却随着阿宝去了，“坐卧依之，

① 张岱：《琅嬛文集》卷五《五异人传》，岳麓书社 1985 年版，第 190 页。

夜辄与狎，甚相得”。冥冥中的灵魂充满生气，因为这是贯注着深情的灵魂。唯其一往情深，所以，当他的魂被巫招回家之后，毫不松懈的思念使他“归复病，冥然绝食，梦中辄呼宝名”。精诚所至，终于魂化鹦鹉，再次飞到阿宝的处所。也正是凭着这种“痴情”，他最后赢得了阿宝的纯真爱情。

卷三《连城》中的乔生、卷五《花姑子》中的安幼舆、卷七《青娥》中的霍桓、卷八《嫦娥》中的宗子美等也是与王子服、孙子楚一样顽强执著的“情痴”。蒲松龄对他们的描写，仅仅作为爱情故事来读也是缠绵悱恻、凄丽动人的。但细加品味，不难感到，这些作品往往有着更深一层的寓托或象征。蒲松龄偶尔也道破这一点，如《阿宝》结尾：

> 性痴，则其志凝：故书痴者文必工，艺痴者技必良——世上落拓而无成者，皆自谓不痴者也。且如粉花荡产，卢雉倾家，顾痴人事哉？以是知慧黠而过，乃是真痴。彼孙子何痴乎？

这不是简单地将“情痴”类比为“书痴”、“艺痴”，蒲松龄关注的是他们都具备“志凝”这样一种人格精神。他们把握着自己的信念，不为外物所动，不容自已地进取，直到臻于完满的程度。在这里，读者可切实感受到“中华民族的脊梁”那种坚持不懈地向理想进发的崇高自觉。

卷十《葛巾》，卷十一《黄英》、《石清虚》是描写“雅癖”的重点篇章。《葛巾》的主旨在于强调“怀之专一，鬼神可通”。常大用“癖好牡丹”，而其家乡洛阳恰是盛产牡丹之地。但他仍不满足，“闻曹州牡丹甲齐、鲁，心向往之。适以他事如曹，因假缙绅之园居焉。而时方二月，牡丹未华，惟徘徊园中，目注句萌，以望其拆。作怀牡丹诗百绝。未几，花渐含苞，而资斧将匮；寻典春衣，流连忘返”。常大用如槁木死灰般地沉浸于对牡丹花的爱恋之中，牡丹花精葛巾就这样被征服了，情不自禁幻化为女子与常大用恋爱、结婚。《黄英》的构思有些相近：马子才癖好菊花，“闻有佳种，必购之，千里不惮”。菊花的精灵为之感动，黄英和陶三郎姊弟翩然步入了他的生活。

《石清虚》又是一种写法。它反反复复地、极为细致地描述邢云飞与一块美石的悲欢离合，在曲折悲凉的情节进展中，邢云飞的雅癖与坚韧不拔的毅力结合，从而具有了严峻的悲剧感。邢云飞珍视美石，“雕紫檀为座，供诸案头”；为了守住石头，他甘愿减掉三年寿数。与“尚书某”的一场较量尤其动人：

> 有尚书某，购以百金。邢曰：“虽万金不易也。”尚书怒，阴以他事中伤之。邢被收，典质田产。尚书托他人风示其子。子告邢，邢愿以身殉石。妻窃与子谋，献石尚书家。邢出狱始知，骂妻殴子，屡欲自经，家人觉救，得不死。

这段情节告诉读者，“雅癖”即对美的追求和爱不仅仅是一种闲暇时的高雅情趣，而是一种不计利钝成败的伟大的艺术精神。心心相印，物我交融，与美结为一体，或者换句话说，将美视为自己的生命。这里容不得任何庸俗，更容不得丝毫卑鄙。卷六《鸽异》从反面写出了“雅癖”的这种排除任何利害之见的境界。

应该指出，蒲松龄所推重的“痴”是深情执著，“慧黠而过”，而非“物而不化”。卷十一《书痴》就表达了他的这一见解。郎玉柱是典型的“书痴”：“家苦穷，无物不鬻，惟父藏书，一卷不忍置。父在时，曾书《劝学篇》，粘其座右，郎日讽诵，又幛以素纱……见宾客，不知温凉，三数语后，则诵声大作，客逡巡自去。”这般入迷地读书，“怀之专一”，蒲松龄是欣赏的，但“尽信书，不如无书”，故蒲松龄又反对死读书。而郎玉柱却满身读死书的气味。他甚至相信字行中真会出现“黄金屋”、“美妻”、“金粟”。读书读成这样，正如但明伦的评语所说，“不知其所学居何等也”，蒲松龄于是让织女从书中走出，为他治“物而不化”之病。卷四《棋鬼》写一“癖嗜弈”的湖襄书生，“见弈遂忘其死；及其死也，见弈又忘其生”。但“癖嗜”如此，却始终未获一高着。究其原因，在于他缺少一种高远的心境，而迂执到了愚蠢的程度。这种“物而不化”的“痴”，蒲松龄一律以喜剧性的故事给予了否定。

三 “瘦竹无心类我痴”

蒲松龄还常常用“痴”来表示一种不含机心、迥绝世俗的天真烂漫的性情。《聊斋诗集》卷二《逃暑石隐园》之二：“瘦竹无心类我痴。”卷三《答朱子青见过惠酒》：“锦影萧萧白发新，痴顽署作葛天民。”《聊斋词集·大圣乐（自遣）》：“我将披发远去，便拟访乔松万仞巅。恐桃花流水，渔舟再入，村巷别迁……能飞度，怕云间天上，无此痴仙。”这种性情烂漫的“痴”，与执著于某种事物或理想的“性痴”以及耽于知己之情、“直将依以性命”的“痴”是相通的，但又毕竟有其区别。这种“痴”更多静谧芳馨的、富有桃花源气息的诗意。

蒲松龄很善于描写小儿女的不含机心的聪慧。卷五《花姑子》中的花姑子，那个獐精幻化的姑娘，有着婴儿一般的纯真。一天日暮时分，救过她父亲性命的安幼舆来到她家，父亲叫花姑子去煨酒。这个正当“芳容韶齿”的女孩子，在煨酒时却只顾玩插紫姑的游戏，在“酒沸火腾”之时，吓得大叫。真是憨态可掬。但不是傻乎乎的憨，而是蒲松龄在议论中所称道的“寄慧于憨”，“憨者慧之极”，是不含机心的聪慧，是童稚一般的纯真，是充满青春活力的未受玷污的性灵。卷六《小谢》中的两个“小鬼头”小谢和秋容也是这种天真稚气的形象。正直、倜傥的陶生来到她们的天地中，这使得她们高兴异常，情绪欢快，忍不住要与他做些活泼得近乎淘气的游戏。或“跷一足踹生腹”；或“以左手捋髭，右手轻批颐颊，作小响”；或“以细物穿鼻”，使陶生“奇痒，大嚏”；或“曲肱几上，观生读。继而掩生卷”。无拘无束，任情“憨跳”，哪儿有一丝“闺秀”的故作矜持？哪儿有一点“礼教”的陈腐气息？这是健康人性的自然展现。只有未经扭曲的生命才有如此活力。

当然不只是小儿女们才有这种不含机心的“痴”。卷二《酒友》中的车生就是个颇多豪放气概的男子汉，他“家不中资”，却“耽饮，夜非浮三百不能寝也，以故床头樽常不空”。后来竟因此而与狐成了“酒友”：“一夜睡醒，转侧间，似有人共卧者”，“摸之，则茸茸有物，似猫而巨；烛之，狐也，酣醉而大卧”。车生看看自己的酒瓶，“则空矣”，知道是狐喝掉了，忍不住笑道：“此我酒友也”。“不忍惊，覆衣加臂，与之共寝”。这是多么洒脱的风度，多么坦荡的心灵！

“不含机心”是蒲松龄所向往的人性境界。这在那些描写人与狐鬼精魅交往的篇章中，表现得尤为显著。“不含机心”者，与狐鬼也能鱼水般融洽地生活；反之，定会受到惩罚，或结局难堪。《葛巾》中的常大用，癖好牡丹，却不够旷达。牡丹花精葛巾、玉版幻化的女子与他和其弟大器成婚后，感情和谐，“家又日益富”；遗憾的是，常大用机心太重，他根据种种疑点判断二

女可能是"花妖",于是多方试探。结果是悲剧性的:

> 女(葛巾)蹙然变色,遽出,呼玉版抱儿至,谓生(常大用)曰:"三年前,感君见思,遂呈身相报,今见猜疑,何可复聚。"因与玉版皆举儿遥掷之,儿堕地并没。生方惊顾,则二女俱渺矣。悔恨不已。

与此形成对照,《黄英》中的马子才在得知黄英是菊精后,无丝毫疑忌,反而"益爱敬之",所以能始终保持幸福的家庭:生一女,"后女长成,嫁与世家,黄英终老,亦无他异"。这种对比鲜明的情节设计,是耐人寻味的。

(原载《武汉大学学报》(人文科学版)1989年第4期,人大复印资料《中国古代近代文学研究》1990年第2期全文收入)

论《隋唐演义》的基本品格及其小说史意义

《三国演义》、《水浒传》、《西游记》和《金瓶梅》相继问世标志着历史演义、英侠传奇、神魔小说和人情小说等四大章回小说形态已经发展成熟。而从题材的角度看，无论是历史上的政治、军事斗争，还是江湖豪侠和绿林好汉的生活，无论是想象中的仙、鬼、怪的世界，还是普通人的日常生活，都已进入章回小说的领域，发现和运用新的题材的可能性已经不大了，在这种情况下，章回小说作家将采取什么样的方式以取得突破？

从章回小说在后来的发展状况来看，他们主要选择了三种途径：一是打破题材畛域，将不同类型的题材混合在一起使用，如清代云封山人《铁花仙史》、李百川《绿野仙踪》等，其中《隋唐演义》更为典型；二是换一种与明人迥异的写法，明人以曲折的情节、生动的人物见长，一部分清代作家则试图以思想、学问或才藻见长；三是将明人尚未大量使用的题材作为写作重点，如才子佳人故事、狭邪故事。

本文关注的重心是第一种途径，而以褚人获的《隋唐演义》为例，焦点是《隋唐演义》的基本品格及其小说史意义。

一 《隋唐演义》打破了题材之间的畛域

《隋唐演义》凡二十卷一百回，刊行于清康熙三十四年(1695)。其叙事始于隋文帝伐陈，终于唐明皇死，历时170余年。其直接取资的著作以《隋史遗文》和《隋炀帝艳史》二书最为重要。顾启音曾就《隋唐演义》与《隋史遗文》、《隋炀帝艳史》的关系作过统计，其结论是：

1—20回：抄《隋史遗文》；

19—20回：摘编《艳史》5—7回；

21—25回：摘编《隋史遗文》27—33回；

27回：摘编《艳史》7、10回；

28—32回：摘编《艳史》15—21回；

33回：抄《隋史遗文》34回；

39回：抄《艳史》12回；

40回：抄《艳史》27回；

46回：摘编《隋史遗文》48回；

47回：合《艳史》39回和《隋史遗文》50回；

53—54回：摘编《隋史遗文》52回；

60回：摘编《隋史遗文》59回。①

根据这一统计，《隋唐演义》采用《隋史遗文》约32回，采用《隋炀帝艳史》约15回，共47回左右。《隋史遗文》是一部历史演义英侠传奇化的作品，《隋炀帝艳史》是一部历史演义

① 顾启音：《貌得英雄留奕世——〈隋史遗文〉序说》，《隋史遗文》卷首，中华书局1996年版，第7页。

人情化的作品，《隋唐演义》综合二者，即将历史演义、英侠传奇和人情小说合为一体。全书着重描写三个方面的故事：第一是关于单雄信、秦琼、尉迟敬德、罗成等英雄的故事；第二是关于隋炀帝的故事；第三是关于唐玄宗和杨贵妃的故事。这三类故事中，第一类故事原是《隋史遗文》的主体；第二类故事原是《隋炀帝艳史》的主体；第三类故事主要据郑处诲《明皇杂录》、柳珵《常侍言旨》、郑棨《开天传信记》、王仁裕《开元天宝遗事》、陈鸿《长恨歌传》、乐史《杨太真外传》、佚名《梅妃传》等写成，被置于《隋唐演义》第七十八回至一百回之间，并强调：杨贵妃系由隋炀帝转世，唐明皇系由朱贵儿转世，其再世姻缘在某种意义上是隋炀帝故事的延伸。所以，第三类故事与第二类故事存在部分相似。

隋炀帝的故事标志着历史演义与人情小说的合流。作为历史人物，隋炀帝的价值取决于他所扮演的社会角色，从这个角度看，他无可置疑地被视为昏君、暴君。炀帝出场不久，《隋唐演义》便写他弑父文帝，烝父妃宣华夫人，“夜夜在宣华宫里淫荡”（第十九回、二十回），确定了其形象基调；后又写他开凿运河，劳民伤财，四处征伐，穷兵黩武，其间抨击之词时有所见。比如第三十二回《狄去邪入深穴　皇甫君击大鼠》说“当今隋帝，是老鼠变的”，并借皇甫君之口骂道：“你这畜生，吾令你暂脱皮毛，为国之主，苍生何罪，遭你荼毒；骸骨何辜，遭你发掘；荒淫肆虐，一至于此！我今把你击死，以泄人鬼之愤！”“喝武士”照鼠头“重重的打他”。作为感情生活中的男主角，隋炀帝的价值取决于他用情是否纯正、深厚。《隋唐演义》第八十一回说：“人生七情六欲，惟有好色之念，最难祛除。艳冶当前而不动心者，其人若非大圣贤、大英雄，定是个愚夫呆汉。所以古人原不禁人好色。但好色之中，亦有礼焉；苟徒逞男女之情欲，不顾名义，渎乱体统，上下宣淫，以致丑声传播，如何使得?”就这方面而言，隋炀帝烝淫其庶母宣华夫人，理所当然受到作者的鄙薄；但对他钟情于其他女子，“在女人面上做工夫”，作者却不乏欣赏之意。比如第三十回《赌新歌宝儿博宠 观图画萧后思游》。先是“朱贵儿、韩俊娥、杳娘、妥娘、袁宝儿一班美人”在院后西轩中赌唱，炀帝出来寻找宝儿，“将到轩前，听见众美人，说也有，笑也有，恐打断了他们兴头，遂不进轩，倒转过轩后，躲在屏风后面，张他们要子”。贵为天子，却心细到怕打断了女孩子们的兴头。小说写隋炀帝“无事忙”的个性，很为传神；而他所以会傀儡似的“提进提出”，关键在于他好色怜才，在这帮青年女子面前从未想到自己的“至尊”身份。其他如第三十一回写薛冶儿之剑术，第三十四回写妥娘之风雅，第三十六回写袁宝儿之憨态，一方面令人想见诸位女子的动人风采，另一方面也显示了隋炀帝对她们的怜惜之情。这样一位隋炀帝，褚人获是由衷地给予赞赏的，因为这样一位天子身上，散发出的正是浪漫豪荡、怜香惜玉的名士气。

《隋唐演义》第一百回末尾有云：“那安史辈余贼，至代宗广德年间，方行殄灭。代宗之后，尚有十三传皇帝，其间美恶之事正多，当另具别编。看官不厌絮烦，容续刊呈教。今此一书，不过说明隋炀帝与唐明皇两朝天子的前因后果，其余诸事，尚未及载。”名为《隋唐演义》，而格外留意两个风流皇帝的故事，足见一时的言情风气给褚人获的影响。而言情的主干情节，除了隋炀帝和唐玄宗的故事外，还包括才子佳人的变异——英雄美人故事，其主角是罗成、窦线娘、花又兰等。

英雄美人故事的情节格局近乎才子佳人小说。第四十九回《舟中歌词句敌国暂许君臣 马上缔姻缘吴越反成秦晋》，罗成与窦线娘在战场上“一见钟情”，“两下里四只眼睛，在马上不言不语，你看我，我看你，足有一两个时辰”。窦线娘教罗成请杨太仆做冰人。杨太仆是罗成“父之好友”，亦素为窦线娘之父窦建德“所敬畏”。本以为事情会一帆风顺，不料却颇费周折：窦建德兵败于唐，被俘后遇赦出家，线娘几经磨难，才得到奉旨与罗成结婚的圆满结局。这种一见钟情—几经波折—奉旨成婚的情节设计遵循的是才子佳人小说的套路。

与罗成相关的另一佳人是花又兰。花又兰是花木兰之妹，她曾女扮男装为窦线娘送信给罗成，与罗成“虽同床共寝两月，而此身从未沾染”，窦线娘情不自禁地感叹道：“奇哉，罗郎真君子也，又兰真义女也！……彼既以守身让我，我当以罗郎报之，全其双美。”遂上奏窦皇后。花又兰奉旨做了罗成之妾。才子（英雄）坐拥诸艳，这种规范制约下的浪漫故事，在清初一度盛行，褚人获亦未能免俗。

一群草泽英雄的故事标志着《隋唐演义》中历史演义与英侠传奇的合流。对于帝王将相来说，谋略是第一位的；对于草泽英雄来说，义气则是第一位的。重义气还是重谋略，这是判断一部小说是历史演义还是英侠传奇的标准之一。《隋唐演义》写草泽英雄，以义气作为其魅力的主要来源。如第五回，“秦叔宝途次救唐公”，李渊欲重谢他，“叔宝听了一个谢字，笑了一笑道：‘咱也只是路见不平……也不图你家谢。’说罢带转马，向大道便走”。第十八回，宇文公子倚势强抢民女，“这个时候，连叔宝把李药师之言，丢在爪哇国去了，却都是专抱不平的人，听见说话，一个个都恶气填胸，双眸爆火”。接下来，王伯当、李如珪、齐国远、柴嗣昌和秦叔宝一起，当场打死了这个“衙内”。这种“热心肯为艰危止，微躯拼为他人死”的侠行义气，作者一再热情洋溢地加以赞叹：“可见世上有义气的强盗，原少不得。”（第二十六回）“豪杰之士，一死鸿毛，自作自受，岂肯害

人？这也是他生来伎俩。但在我手中，不能为他出九死一生，以他的死，为我的功，这又是侠夫不为的事。”（第二十三回）

在义气之外，草泽英雄的另一特征是武艺。程咬金的八卦宣花斧，秦琼的双锏，罗成的罗家枪，尉迟恭的单鞭，为一般读者所熟悉。第五十六回“三锏换两鞭”的故事尤富民俗趣味。

从以上叙述可以看出：《隋唐演义》从书名看自是一部历史演义，但小说的故事主体实含三个方面：第一是关于单雄信、秦琼、尉迟敬德、罗成等英雄的故事，乃传统的英侠传奇题材；第二是关于隋炀帝的宫廷生活，他在那帮“夫人”、“美人”身上用情的故事实为才子佳人题材的改头换面，英雄美人故事与此属于同一类型；第三是关于唐玄宗和杨贵妃的故事，才与历史演义的宗旨部分吻合。《隋唐演义》将历史演义、英侠传奇和人情小说三种题材融为一体，试图在明人之后别开生面，其用心是不难体会到的。值得指出的是，同一时代有同样用心的作者不只褚人获一人，李百川等人也与之有相近的祈向。李百川的《绿野仙踪》，从书名看自是一部神魔小说，但作品以冷于冰求仙访道为线索，集中展示官吏之贪残、儒生之迂腐、妓女帮闲之可恶、市井细民之窘迫，其故事主体实为世态人情。将神魔小说与人情小说打成一片，《绿野仙踪》据此与《西游记》和《金瓶梅》区别开来。一批作家热衷于打破题材之间的畛域，表明这一现象不是偶然的，而是比较典型地体现了一种创造新的小说形态的愿望。

二 《隋唐演义》的基本品格

讨论《隋唐演义》，指出小说打破题材畛域这一事实并不困难，也不是我们讨论《隋唐演义》的重心所在。我们更加关注的是：《隋唐演义》的基本品格是什么？考察这一问题，是确定《隋唐演义》在小说史上地位的一个关键环节。

对这一问题的考察，拟从与《长生殿》的对比入手。这不仅因为《隋唐演义》的作者褚人获与《长生殿》的作者洪升有过交往，还因为《隋唐演义》与《长生殿》均以“帝王家”为写作题材。

洪升创作《长生殿》，其思想发展的轨迹颇足以显示世人面对帝王的爱情（即使是格调很高的爱情）所不可避免的惶惑。洪升《长生殿·例言》曾自述其写作缘起云：

> 忆与严十定隅坐皋园，谈及开元天宝间事；偶感李白之遇，作《沉香亭》传奇。寻客燕台，亡友毛玉斯谓排场近熟；因去李白，入李泌辅肃宗中兴，更名《舞霓裳》。优伶皆久习之。后又念情之所钟，在帝王家罕有；马嵬之变，已违夙誓，而唐人有玉妃归蓬莱仙院、明皇游月宫之说，因合用之，专写钗合情缘，以《长生殿》题名，诸同人颇赏之。乐人请是本演习，遂传于时。盖经十余年，三易稿而成，予可谓乐此不疲矣。

《长生殿》的第一稿名为《沉香亭》。据宋乐史《杨太真外传》卷上记载：“先，开元中，禁中重木芍药，即今牡丹也。得数本红紫浅红通白者，上因移植于兴庆池沉香亭前。会花方繁开，上乘照夜白，妃以步辇从。诏选梨园弟子中尤者，得乐十六色。李龟年以歌擅一时之名，手捧檀板，押众乐前，将欲歌之。上曰：‘赏名花，对妃子，焉用旧乐词为？’遽命龟年持金花笺，宣赐翰林学士李白立进《清平乐词》三篇。承旨，犹苦宿酲，因援笔赋之。第一首：‘云想衣裳花想容，春风拂槛露华浓；若非群玉山头见，会向瑶台月下逢。’第二首：‘一枝红艳露凝香，云雨巫山枉断肠。借问汉宫谁得似？可怜飞燕倚新妆。’第三首：‘名花倾国两相欢，长得君王带笑看。解释春风无限恨，沉香亭北倚栏杆。’龟年捧词进，上命梨园弟子略约词调，抚丝竹，遂促龟年以歌。妃持玻璃七宝杯，酌西凉州葡萄酒，笑领歌，意甚厚。上因调玉笛以倚曲，每曲遍将换，则迟其声以媚之。妃饮罢，敛绣巾再拜。上自是顾李翰林尤异于他学士。”李白在沉香亭畔的际遇是唐以降历代文士所向慕和渴望的，即所谓大为才人吐气。洪升的早期剧作以《沉香亭》为题，毫无疑问是以李白为主角，而以大为文人吐气为宗旨。至于中期所作的《舞霓裳》，当含有浓重的指斥李、杨的意味。《霓裳羽衣曲》是杨贵妃最为擅长的，不妨说是其魅力的标志。惟其如此，故《霓裳羽衣曲》在后人诗中常与安史之乱连在一起，成为李、杨荒淫误国的证据。白居易《长恨歌》云：“骊宫高处入青云，仙乐风飘处处闻。缓歌曼舞凝丝竹，尽日君王看不足。渔阳鼙鼓动地来，惊破霓裳羽衣曲。”杜牧《过华清宫绝句》之二云：“新丰绿树起黄埃，数骑渔阳探使回。霓裳一曲千峰上，舞破中原始下来。”洪升将第二稿更名《舞霓裳》，“去李白，入李泌辅肃宗中兴”，是以总结历史教训的眼光来看李、杨因缘，对之采取了批判的态度，其中无疑含有“女祸”论的意味。第三稿即定稿名为《长生殿》，取义于白居易《长恨歌》：

七月七日长生殿，夜半无人私语时：
“在天愿作比翼鸟，在地愿为连理枝。”

《长生殿》以歌颂李、杨生死不渝的情缘为主，从根本上改变了《舞霓裳》的主题。《长生殿》第一出《传概》［南吕引子·满江红］说："今古情场，问谁个真心到底？但果有精诚不散，终成连理。万里何愁南共北，两心那论生和死。笑人间儿女怅缘悭，无情耳。感金石，回天地。昭白日，垂青史。看臣忠子孝，总由情至。先圣不曾删郑、卫，吾侪取义翻宫、徵。借太真外传谱新词，情而已。"洪升所要赞美的，是那种超出于生命之上的爱。"文采风流"的唐明皇不再只是"文采风流"，而成了爱情经典中的楷模。他可以不是一个成功的帝王，但依然令我们敬重。

面对帝王与后妃的感情生活，洪升这种以历时态的方式表现出来的复杂态度在《隋唐演义》中则以共时态的方式表现出来。具体地说，《长生殿》的第二稿名为《舞霓裳》，将帝王与后妃的感情生活视为荒淫误国的证据，这一态度在《隋唐演义》中表现为对李（唐明皇李隆基）、杨（贵妃杨玉环）故事的处理；定稿名为《长生殿》，将一位不成功的帝王作为爱情经典中的楷模来塑造，这一态度在《隋唐演义》中表现为对隋炀帝与诸多妃嫔之间关系的描绘。

先看《隋唐演义》对李、杨故事的处理。第七十九回开头有一段议论："人生处世，无过情与理而已。忠臣孝子，做事循理，不消说得；而大奸极恶之人，行事背理，亦不消说得。至于情总属一般，孟夫子所云：知好色则慕少艾，有妻子则慕妻子，今古同然，无有绝情者。试看苏子卿穷居海上，啮雪吞毡，死生置于度外，犹不免娶妇生子。胡澹庵贬海外十年，比其归，日饮湘潭胡氏园，喜侍姬黎倩，作诗赠之。乃知情欲移人，贤者不免，而况生居盛世贵为天子乎？"褚人获认为，男子的"情欲"是正当的，贵为天子，即使有荒淫之举，也可以谅解。这里，还有一部分潜台词没有放在纸面上，即身为皇后（贵妃），是绝不能荒淫的；一个荒淫的皇后（贵妃），只能是褒姒、妲己一类“祸水”型人物。《隋唐演义》以这样的原则写武则天，那种嬉笑鄙夷的笔调，颇令读者忍俊不禁，如第七十二回：“谚云饱暖思淫欲，是说寻常妇人；若是帝后，为天下母仪，自然端庄沉静，无有邪淫的。乃古今来，却有几个。秦庄襄后晚年淫心大炽，时召吕不韦入甘泉宫；不韦又觅嫪毐，用计诈为阉割，使嫪毐如宦者状，后爱之，后被杀，不韦亦车裂。汉吕后亦召审食其入宫，与之私通。晋夏侯氏，至与小吏牛金通，而生元帝，流秽宫内，遗讥史策。”“如今再说天后在宫中淫乱，见高宗病入膏肓，欢喜不胜。”第七十三回：“今说太后在宫追欢取乐，倏忽间又是秋末冬初。太平公主，乃太后之爱女，貌美而艳，丰姿绰约，素性轻佻，惯恃母势胡作非为。先适薛绍，不上两三年即死；归到宫中，又思东寻西趁，不耐安静。太后恐怕拉了他心上人去，将他改适大夫武攸暨，不在话下。”《隋唐演义》也以同样的原则写韦后和杨贵妃。不能忽略的是，褚人获把安史之乱的爆发明确地归因于杨玉环：杨玉环与安禄山私通，成为后来安禄山起兵造反的契机。第八十八回：“这边安禄山不见杨贵妃有密信来，只道宫中私事发觉之说是真，想道：‘若果觉察出来，我的私情之事，却是无可解救处。今日之势，且不得不反了！’”第八十回的断语和叙写尤能见出作者对杨贵妃等人的厌恶之情：“独可怪那女子的贵贱品格，却不关乎其所处之位。尽有身为下贱的，倒能立志高洁；那位居尊贵的，反做出无耻污辱之事。即如唐朝武后、韦后、太平公主、安乐公主，这一班淫乱的妇女，搅得世界不清，已极可笑、可恨，谁想到玄宗时，却又生出个杨贵妃来。他身受天子宠眷，何等尊荣；况那天子又极风流不俗，何等受用，如何反看上了那塞外蛮奴安禄山，与之私通，浊乱宫闱，以致后来酿祸不小，岂非怪事。”“那安禄山久闻杨妃之美，因遂怀下个不良的妄念。这贵妃又是个风流水性，她也不必以貌取人，只是爱少年，喜壮士；见禄山身材充实，鼻准丰隆，英锐之气可掬，也就动了个不次用人的邪心。”杨贵妃被定位为典型的“祸水”型女人，表达了作者的一种历史观。或者说，他接受了一种传统的历史观：如果某个时代在政治上出了问题，祸根一定是皇后或贵妃或某一“尤物”。

与对李、杨故事的处理尤其是对杨贵妃的处理不同，《隋唐演义》写隋炀帝周围的一群女子，却极尽赞美之能事。褚人获最初还想克制自己对她们的欣赏，如第三十四回开头的一段议论：“且说炀帝见这些美人，个个鲜妍娇媚，淫荡之心，愈觉有兴。不论黄昏白昼，就像狂蜂浪蝶，日在花丛中游戏。众美人亦因炀帝留心裙带，便个个求新立异蛊惑他，博片刻之欢。”但越往后写，这种讽刺、调侃的语调便越少。就在同一回，炀帝病重，《隋唐演义》浓墨重彩地写了众美人的言谈举动：

> 大家守在床前，一昼夜，还自昏迷不醒。时朱贵儿见这光景，饮食也不吃，坐在厢房里，只顾悲泣。韩俊娥对贵儿说道：“酸孩子，万岁爷的病体，料想你替不得的，为什么这般光景？”朱贵儿拭了泪说：“你们众姊妹，都在这里，静听我说：大凡人做了个女身，已是不幸的了；而又弃父母，抛亲戚，点入宫来，只道红颜薄命，如同腐草，即填沟壑。谁想遇着这个仁德之君，使我们时傍天颜，朝夕宴乐。莫谓我等真有无双国色，逞着容貌，该如此宠眷，设或遇着强暴之主，不是轻贱凌辱，即是冷宫守死，晓得什么怜香惜玉，怎能如当今万岁情深，个个体贴

得心安意乐。所以侯夫人恨薄命而自缢身亡，王义念洪恩而思捐下体，这都是万岁感入人心处。不想于今遇着这个病症，看来十分沉重，设有不讳，我辈作何结局，不为悍卒妻，定作娇兵妇。”如何如何，说到伤心处，众美人亦各呜呜的涕泣起来。

于是，袁宝儿提议“大家祷告神灵，情愿减奴辈阳寿十年，烧一炷心香，或者感动天心，转凶为吉，使万岁即时苏醒”，众美人齐声赞同；而朱贵儿更割下自己的臂肉，和在药里煎好，“与炀帝吃了”。在此后的叙写中，褚人获时常情不自禁地对这群“美人”表示赞叹。如第四十八回叙“袁宝儿与梁夫人等明义骂贼，相继尽难”，狄、秦、李、夏四位夫人各“向花容上左右乱划”，“血流满脸”，立誓报“先帝深恩”，即为隋炀帝守节。褚人获赞叹道：“自古知音必有知音相遇，知心必有知心相与，钟情必有钟情相报。炀帝一生，每事在妇人身上用情，行动在妇人身上留意，把一个锦绣江山，轻轻弃掷；不想突出感恩知己报国亡身的几个妇人来，殉难捐躯，毁容守节，以报钟情，香名留史。”

隋炀帝与一群少女之间的感情生活，褚人获非常看重，致力于为他们营造一种艺术化的令人陶醉的氛围。比如第三十四回，妥娘从桃花源故事和“刘晨阮肇天台山遇仙”故事受到启发，精心设计了“洒桃花流水”的关目，以便艺术感觉良好的炀帝“主动上钩”：

一日炀帝在清修院，与秦夫人微微的吃了几杯酒，因天气炎热，携着手走出院来，沿着那条长渠，看流水耍子。原来这清修院，四围都是乱石，垒断出路，惟容小舟，委委曲曲，摇得入去。里面许多桃树，仿佛是武陵桃源的光景。二人正赏玩这些幽致，忽见细渠中，飘出几片桃花瓣来。炀帝指着说道："有趣，有趣。"见几片流出院去，上边又有一阵浮来，许多胡麻饭夹杂在中间……忙叫宫人将竹竿去捞起来看，却不是剪采做的，瓣瓣都是真桃花，还微有香气。炀帝方才吃惊道："这又作怪了。"秦夫人道："莫非这条渠与那仙源相接？"……遂同上了一只小龙船，叫宫人撑了篙，穿花拂柳，沿着那条渠儿，弯弯曲曲，寻将进去；只见水面上或一朵，或两瓣，断断续续，皆有桃花。过了一条小石桥，转过几株大柳树，远望见一个女子，穿一领紫绢衫儿，蹲踞水边。连忙撑近看时，却是妥娘，在那里洒桃花入水。

妥娘"弄巧"的目的是将炀帝吸引到身边来，正如她笑吟吟地回答炀帝时所说："若不是这几片桃花，万岁此时不知在哪里受用去了，肯撑这小船儿来寻妾？"但就读者的感受而言，我们更关注的是她的灵心慧性：把三月桃花保留到几个月后，而且鲜艳如初，这是一"巧"；将刘阮故事和桃花源故事融为一体，化为宫廷生活的一角，诗意盎然，沁人心脾，这是二"巧"。与妥娘的灵心慧性相呼应，炀帝对诗的意境别有会心，令读者对他颇多好感。倘若是一位"憨佻不韵"的帝王，妥娘以其灵心慧性"弄巧"，就无异于对牛弹琴了。

《隋唐演义》对隋炀帝与一群少女之间的感情生活的热情赞美，表达了一种惊世骇俗的立场，即一个失败的帝王，他在爱情生活中所扮演的角色仍然可以是极为高贵的。世俗社会评人论事的基本标准是其事业的成功与否，对重要的历史人物尤其如此。一个不懂爱情为何物、品格卑劣的人，在这种视角中照样可以成为伟人，因为据说他对历史的发展作出了重要贡献。褚人获没有与世俗社会这种评人论事的基本标准公开叫板，但他写了一个令读者颇多好感的不称职的帝王，事实上已表明了他的立场。这是《隋唐演义》特别值得注意之处。

褚人获创作《隋唐演义》，虽名为历史演义，但其内在的趣味却与人情小说作家一致，而与罗贯中这一类历史演义作家反而大为不同。一个帝王耽溺于感情生活，无论其格调多么高尚，都会被视为荒淫误国，都会成为罗贯中这一类历史演义作家的批判对象；而褚人获却致力于塑造隋炀帝这样一个感情生活的楷模，并热情洋溢地予以赞美，体现的是人情小说作家的价值立场。除此以外，他写罗成与窦线娘等人的英雄美人故事，实为才子佳人小说；他写武则天、韦后、太平公主、杨贵妃等历史人物的私人生活，实为艳情小说；所以，《隋唐演义》虽然以多种题材融合为其特征，但其基本品格还是近乎人情小说。而在《隋唐演义》的几组人情小说中，罗成这一组不过是才子佳人小说的花样翻新；杨贵妃这一组不过是艳情小说的花样翻新，所传达的"祸水"论也别无新意；只有隋炀帝这一组，别开生面，值得关注。之所以值得关注，有两个原因：第一，这不是一个孤立的现象。至少，洪升的《长生殿》就表达了与《隋唐演义》相同的立场。在小说和戏曲两个领域，两个一流作家同时选择一种惊世骇俗的人文立场，并致力于精心地表达这种人文立场，这绝不是偶合，而应视为思想文化领域具有标志性意义的现象。第二，这样一种人文立场以及这样一种表达方式，在中国文学史尤其是小说史上造成了重大影响。可以指出的是，《红楼梦》对贾宝玉以及他在大观园中的生活的设计，与此有着割不断的血缘关系。也许有读者对这一论断表示质疑，但在读完了笔者的论述后，当会欣然首肯。

三 贾宝玉的谱系归属

为了深化对《隋唐演义》内涵及影响的理解，我们试着将话题延伸到对贾宝玉谱系归属的考察。

《红楼梦》写的是石头的故事，故本名《石头记》。“却说那女娲氏炼石补天之时，于大荒山无稽崖炼成高十二丈，见方二十四丈大的顽石三万六千五百零一块，那娲皇只用了三万六千五百块，单单剩下一块未用，弃在青埂峰下。”这就是宝玉的前身。这一设定是耐人寻味的。这块无缘补天、无才补天的石头，在这一神话结构中虽仍有其存在的时间和空间，但却异于我们普通人的生存时间和空间。他是一个特殊的存在。他被一僧一道携至“昌明隆盛之邦，诗礼簪缨之族，花柳繁华地，温柔富贵乡”走了一遭，而他来到这个凡俗的世界时，“一落胞胎嘴里便衔下一块五彩晶莹的玉来，还有许多字迹”，令我们不得不刮目相看；说起孩子话来也奇僻异常，他说：“女儿是水做的骨肉，男子是泥做的骨肉，我见了女儿便清爽，见了男子便觉浊臭逼人!”贾宝玉不折不扣地是一个另类，用我们常人的思维无法理解、无从阐释。他究竟是一个什么样的人物?

第二回，“冷子兴演说荣国府”，贾雨村以一种参透人类历史的口吻划分出三种类型的人物。第一种是仁人君子，如尧、舜、禹、汤、文、武、周、召、孔、孟、董、韩、周、程、朱、张。第二种是大凶大恶，如蚩尤、共工、桀、纣、始皇、王莽、曹操、桓温、安禄山、秦桧等；“大仁者修治天下，大恶者扰乱天下”。第三种则介于仁人君子与大凶大恶之间，“上则不能为仁人君子，下亦不能为大凶大恶：置之千万人之中，其聪俊灵秀之气，则在千万人之上；其乖僻邪谬不近人情之态，又在千万人之下”；如许由、陶潜、阮籍、嵇康、刘伶、王谢二族、顾虎头、陈后主、唐明皇、宋徽宗、刘庭芝、温飞卿、米南宫、石曼卿、柳耆卿、秦少游、倪云林、唐伯虎、祝枝山、李龟年、黄旛绰、敬新磨、卓文君、红拂、薛涛、崔莺、朝云。

贾宝玉自然属于第三种类型。但第三种类型也不是单一的，或“生于公侯富贵之家，则为情痴情种”；或“生于诗书清贫之族，则为逸士高人”；或“生于薄祚寒门，甚至为奇优，为名娼，亦断不至为走卒健仆，甘遭庸夫驱制”。比照这三种情形，与贾宝玉最为吻合的是“生于公侯富贵之家，则为情痴情种”，因而与他对应的同类型人物，经过严格筛选之后，应是：

> 陈后主，唐明皇，宋徽宗。

将贾宝玉列入这样一个人物谱系，表现出曹雪芹的独特见识。陈后主在史家眼里是一个以不理朝政著称的帝王。身为帝王，却不理朝政，这种定案足以使陈后主成为被讽刺的对象，而他所喜欢的《玉树后庭花》也理所当然地被视为亡国之音。即杜牧《泊秦淮》诗所谓“商女不知亡国恨，隔江犹唱后庭花”。但是史家的看法只是就某一层面、从某一角度立论，如果换一个层面、换一个角度，结论会显然不同。明末张溥编《汉魏六朝百三家集》，其《陈后主集题辞》便更为公允，更见深度。他首先指出：

> 世言陈后主轻薄最甚者，莫如《黄鹂留》、《玉树后庭花》、《金钗两鬓垂》等曲，今曲不尽传，惟见《玉树》一

篇，寥落寡致，不堪男女唱和，即歌之，亦未极哀也。[①]

据《隋书·乐志》："陈后主于清乐中造《黄鹂留》及《玉树后庭花》、《金钗两鬓垂》等曲，与幸臣等制其歌词，绮艳相高，极于轻荡，男女唱和，其音甚哀。"《玉树后庭花》今存，其词曰：

丽宇芳林对高阁，新妆艳质本倾城。
映户凝娇乍不进，出帷含态笑相迎。
妖姬脸似花含露，玉树流光照后庭。

汉魏六朝的诗，就其题材的迁移演变而言，大体经历了三个阶段：汉魏诗题材广泛，凡室家、行旅、悲欢、聚散、感叹、忆赠，均为诗人歌咏的对象；晋宋诗以谢灵运为代表，山水题材成为关注的重心；齐、梁、陈诗以宫体诗为代表，侧重于表现女性之美。由广泛的社会人生向山水和女性迁移，这种题材的变化同时也意味着风格的变化。汉魏诗苍凉，晋宋诗超拔，齐梁（含陈）诗绮艳。宫体诗以表现女性之美为宗旨，其风格之绮艳是明摆着的事实。但我们不必斥之为趣味低下，事实上，这是齐、梁、陈诗人试图在汉魏、晋宋诗之外另辟蹊径、别开生面的必然结果。在后世，我们依然能看到这一程序的重演。比如，盛唐诗人以广泛的社会人生为题材，唐大历以降诗人侧重描摹山水，而晚唐韩偓等诗人则聚焦于香奁；明代的李梦阳、何景明等以广泛的社会人生为题材，嘉靖年间的王世懋等偏重山水，而晚明的公

① 张溥：《汉魏六朝百三家集题辞》，人民文学出版社 1981 年版，第 260 页。下引《汉魏六朝百三家集题辞》，出处相同。

安派则大倡性灵，热心于表达“青娥之癖”。所以，以女性之美为题材，可能与作者的趣味高低有关，但更与诗坛整体的审美风尚有关。

以唐太宗为例，这位雄才大略的帝王，作诗却仍不免梁、陈之习：

> 武德贞观间，太宗（讳世民）及虞世南（字伯施）、魏徵（字玄成）诸公五言，声尽入律，语多绮靡，即梁、陈旧习也。王元美云：“唐文皇（太宗）手定中原，笼盖一世，而诗语殊无丈夫气，习使之也。”（许学夷《诗源辩体》卷十二）

就这样一些情况来看，陈后主即使写了《黄鹂留》、《玉树后庭花》和《金钗两鬓垂》等曲，也并非什么大不了的事，因为这类作品在当时甚多。只是，陈后主身为末代之君，不幸成为讨好新朝的文人集中讽刺的对象，于是《玉树后庭花》便成了他荒淫无道的罪证。但这个罪证其实是经不住推敲的。诗仅六句，并不像《隋书·乐志》所说的“极于轻荡”；而且，由于内容单薄，也不宜“男女唱和”，即使唱和“亦未极哀也”。张溥以他卓越的鉴别力和胆力否定了《隋书·乐志》关于陈后主诗“绮艳相高，极于轻荡，男女唱和，其音甚哀”的断言，指出《玉树后庭花》只是普通的歌词，并无格外荒淫的意味。接下来，张溥进一步就陈后主的为人指出：

> 史称后主标德储宫，继业允望，遵故典，弘六艺，金马石渠，稽古云集，梯山航海，朝贡岁至，辞虽夸诩，审其平日，固与郁林、东昏殊趋矣。临春三阁，遍居丽人，奇树天

花，往来相望，学士狎客，主盟文坛，新诗方奏，千女学歌，辞采风流，官家未有。

所谓“史”，指《陈书·后主纪》。其中有这样一段：“后主昔在储宫，早标令德。及南面继业，实允天人之望也矣。至于礼乐刑政，咸遵故典。加以深弘六艺，广辟四门。是以待诏之徒，争趋金马，稽古之秀，云集石渠。且梯山航海，朝贡者往往岁至矣。”张溥认为，即使这一段记叙存在夸大之嫌，也足以表明后主为人不俗，与齐郁林王昭业、齐东昏侯宝卷不属于同一类型。自然，陈后主更为引人注目的是他艺术化的感情生活。《南史·后妃传下》记载：“至德二年，乃于光昭殿起临春、结绮、望仙三阁，高数十丈，并数十间。其窗牖壁带县楣栏槛之类，皆以沉檀香为之。又饰以金玉，间以珠翠，外施珠帘，内有宝床、宝帐。其服玩之属，瑰丽皆近古未有。每微风暂至，香闻数里，朝日初照，光映后庭。其下积石为山，引水为池，植以奇树，杂以花药。后主自居临春阁，龚孔二贵嫔居望仙阁，并复道交相往来。又有王李二美人，张薛二淑媛，袁昭仪、何婕妤、江修容等七人，并有宠，递代以游其上，以宫人有文学者袁大舍等为女学士。后主每引宾客对贵妃等游宴，则使诸贵人及女学士与狎客共赋新诗，互相赠答，采其尤艳丽者以为曲调，被以新声。选宫女有容色者以千百数，令习而歌之，分部迭进，持以相乐。”看来，陈后主“主盟文坛”、“辞采风流”是一个众所公认的事实。又因为陈后主身为亡国之君，他这方面的作为往往被视为罪证之一。而张溥不这样看。他举了南朝梁羊侃作为参照。张溥认为，羊侃的所作所为与陈后主有相近之处，但“初不闻以此贬德”，可见“辞采风流”不能成为一个人的罪过。张溥又举了南朝齐竟陵王萧子良作为参照。据《南齐书》卷四十《武十七王传》：

萧子良少有清尚，礼才好士，居不疑之地，倾意宾客，天下才学，皆游集焉。善立盛事，夏月客至，为设瓜饮及甘果，著之文教，士子文章及朝贵辞翰皆发教撰录。移居鸡笼山西邸，集学士抄《五经》百家，依《皇览》例为《四部要略》千卷。招致名僧讲语佛法，经呗新声，道俗之盛，江左未有。张溥说，如果陈后主“生当太平”，封诸侯王，亦足以“步竟陵之文藻”，“不失令誉”。这样看来，“辞采风流”、“文坛盟主”也不应成为一个人的罪过。于是，问题就出来了：同样的事情，何以羊侃、竟陵王做了，便是佳话；而落在陈后主头上却是罪状呢？张溥指出：陈后主的不幸在于他是国君：

> 使后主生当太平，次为诸王，步竟陵之文藻，贱临川之黩货，开馆读书，不失令誉。即假列通侯世阀，鱼弘羊侃数辈，亦扫门不及。乃系以大宝，困之万几，岂所堪乎？鹤不能亡国，而国君不可好鹤，后主盖与卫懿公同类而悲矣。

身为国君，便不能热心于“文坛盟主”、“辞采风流”的生活。或者说，这是角色上的错位。帝王与“文坛盟主”不可一身而二任。袁枚《随园诗话》补遗卷三第二五则载：

> 宋太祖曰：“李煜好个翰林学士，可惜无才作人主耳！”秀才郭麐《南唐杂咏》云：“我思昧昧最神伤，予季归来更断肠。作个才人真绝代，可怜薄命作君王！”

宋太祖和郭麐堪称别有会心。与袁枚同时代的郑板桥也有相近的看法，其《南朝》诗序云：“昔人谓陈后主、隋炀帝作翰林，自是当家本色。燮亦谓杜牧之、温飞卿为天子，亦足破国亡身。乃有幸而为才人，不幸而有天位者，其遇不遇，不在寻常眼孔中也。”的确，陈后主作为一个才人，无疑是出类拔萃的，但他作为一个帝王，其结局只能说是悲剧。他因此而成为一个有争议的人物。

与陈后主列在同一人物谱系的唐明皇李隆基也是一个有争议的人物。

1985 年 1 月，上海古籍出版社出版了丁如明辑校的《开元天宝遗事十种》，集中收录有关玄宗朝事迹的笔记、传奇。从这些记载来看，唐玄宗也以“文采风流”为其基本特色之一。如五代王仁裕《开元天宝遗事》所记：

> 御苑新有千叶桃花，帝亲折一枝插于妃子宝冠上，曰：“此个花尤能助娇态也。”（卷上《助娇花》）
>
> 明皇秋八月，太液池有千叶白莲数枝盛开，帝与贵戚宴赏焉。左右皆叹羡。久之，帝指贵妃示于左右曰：“争如我解语花？”（卷下《解语花》）
>
> 一日，明皇与亲王棋，令贺怀智独奏琵琶，妃子立于局前观之。上欲输次，妃子将康国猧子放之，令于局上乱其输赢，上甚悦焉。（卷下《猧子乱局》）

由这样一些片段所构成的生活，是充分艺术化的，具有很高的格调。一个诗人，或者一个承平时代的王室成员，如果在这样一种生活中扮演主角，世人会毫不犹豫地为他喝彩。但唐明皇身为帝王，这样一种生活便足以引起争议。因为，按照相当一部分人的习惯性思维，帝王专注于“文采风流”，其行为本身即是不祥之兆，何况它还引起一系列的连锁反应，即政治上的不良后果呢？宋乐史《杨太真外传卷下》载：

(天宝)十一载，李林甫死。又以国忠为相，带四十余使。十二载，加国忠司空。长男暄，先尚延和郡主，又拜银青光禄大夫，太常卿，兼户部侍郎。小男朏，尚万春公主。贵妃堂弟秘书少监鉴，尚承荣郡主。一门一贵妃，二公主，三郡主，三夫人。十二载，重赠玄琰太尉，齐国公。母重封梁国夫人。官为造庙；御制碑及书。叔玄珪拜工部尚书。韩国婿秘书监崔珣女为代宗妃；虢国男裴徽尚代宗女延光公主，女为让帝男妻；秦国婿柳澄男钧尚长清县主，澄弟潭尚肃宗女和政公主。

这一系列的事情都是在杨贵妃得宠后相继发生的，表明唐玄宗对杨贵妃的宠爱直接影响到政治上的人事安排和带有政治意味的婚姻关系。后来安禄山发动叛乱，以诛杨国忠为名；马嵬坡军人政变，诛杨国忠、杨贵妃，都不是没有缘由的。一个帝王，他的感情生活是受到限制的。

宋徽宗比唐明皇更为不幸。不只是说他被金人掳走、惨死在北方的结局令人黯然神伤，也指他在白话小说如《水浒传》等作品中被作为荒淫误国的形象永久定格，漫画化的程度较陈后主、唐明皇更高。《水浒传》第二回这样描述端王即后来的徽宗："这端王乃是神宗天子第十一子，哲宗皇帝御弟，见掌东驾，排号九大王，是个聪明俊俏人物。这浮浪子弟门风，帮闲之事，无一般不晓，无一般不会，更无一般不爱。更兼琴棋书画，儒释道教，无所不通；踢球打弹，品竹调丝，吹弹歌舞，自不必说。"采办花石纲更是《水浒传》大肆渲染的弊政之一。这样一个徽宗，自是被鄙薄的对象。

在史家笔下，徽宗尽管未被视为"浮浪子弟"，但也是作为反面教材来定位的。他常常被指责为穷奢极欲，是个醉生梦死、挥霍享乐型的皇帝。史家往往忽视或忽略一点，即徽宗是个真正的艺术家，至少作为画家，他可以进入第一流的行列。徽宗对于画的钟情几乎已成为一种癖好。宣和年间，曾修筑五岳观、宝真宫，征集天下名士作画。政和年间，设画学画院，仿旧制定六级官阶，和经由科举选拔的官员一样，画院官员可以服绯紫、戴佩鱼；科举考试除诗文策论外，兼试画艺，可说是史无前例。试题多取自古诗，如“踏花归去马蹄香”，以画群蝶追逐马蹄得上选；“嫩绿枝头一点红，恼人春色不须多”，以画杨柳楼头美人凭阑者得上选；诗中求画，画中求诗，注重诗画的沟通或渗透。这些发生于徽宗在位期间的事情，提醒我们：徽宗如果有幸不当帝王，在艺术领域一定是一个出色的人物。这个政治上的失败者不乏值得喝彩之处。

徽宗在感情生活中扮演的角色带有一定程度的传说意味，很难落实。但姑妄言之，姑妄听之，事虽不实而神情相肖的可能性并非不存在。清张宗橚辑《词林纪事》引《贵耳录》云：“道君幸李师师家，偶周邦彦先在焉。知道君至，逐（遂）匿床下。道君自携新橙一颗，云江南初进来，逐（遂）与师师谑语。邦彦悉闻之，隐括成《少年游》（即‘并刀如水’一词）云云。师师因歌此词，道君问谁作，师师奏云周邦彦词。道君大怒，宣谕蔡京：周邦彦职事废弛，可日下押出国门。隔一二日，道君复幸李师师家。不见师师，问其家，知送周监税。坐久至更初，李始归，愁眉泪睫，憔悴可掬。道君大怒云：尔往哪里去？李奏：臣妾万死，知周邦彦得罪，押出国门，略致一杯相别，不知官家来。道君问：曾有词否？李奏云：有《兰陵王》词，即‘柳阴直’者是也。道君云：唱一遍看。李奏云：容臣妾奉一杯，歌此词为官家寿。曲终，道君大喜，复召为大晟乐正。”根据这一记载，宋徽宗与周邦彦的关系颇像一出轻喜剧：因周邦彦写《少年游》，徽宗不悦，借故将他逐出都门；又因周邦彦写了《兰陵王》，徽宗大悦，将周邦彦召回做大晟乐正。这一事件的真实可信度不高，王国维《清真先生遗事》一文曾予辨正，表示不可信。但问题不妨这样来看，即在这一传说中，宋徽宗被预设为一个什么样的形象？简洁的答案是：情痴情种。宋徽宗幸李师师，两人的调笑和对答，含情脉脉，弥漫着温馨的气氛。第三者周邦彦的介入自然令他不满，也许还含有帝王被人窥见隐秘后的恼怒。徽宗后来何以又宽恕甚至赏识周邦彦呢？除了《兰陵王·柳》艺术功力外，主要是因为它所蕴涵的那一份深情令人感动。即使我们承认此乃齐东野语，宋徽宗被舆论预设为情痴情种这一事实本身，已足以表明他在世人心目中的形象已经确定。这比个别的确凿证据或许更能说明问题。

《红楼梦》将贾宝玉纳入陈后主、唐明皇、宋徽宗这一人物谱系，并以之作为小说主角，这是对人情小说传统的一个重大超越。在《红楼梦》之前，人情小说的主角是西门庆一类“浮浪子弟”。其特点是无止境地追逐酒色之欲，对女色的追逐更处于其人生的中心位置。文龙评点《金瓶梅》，曾将男女关系划分为三个等级：重情、重色、重淫。毫无疑问，在情、色、淫三者中，西门庆最不关心的是“情”，他对孟玉楼的冷落即是明证。“若玉楼者，却是因情而不合，因情而大吐，因情而致西门庆之来。乃西门庆仍是以淫报答之，以淫酬应之，此玉楼之所以不能常守在西门庆家也。”（《金瓶梅》第七十五回文龙评语）西门庆似乎重色，“上画般标致”的女子时常引起他的关注。但是，他不是用与“上床”有一段距离的目光去欣赏女性，而是将“上画般标致”与“上床”直接联系在一起，“上画般标致”只是刺激其淫欲的一个因素而已。甚至只要能满足他的淫欲，女子是否漂亮可以是一个无关紧要的因素。他所青睐的王六儿、如意儿、贲四嫂、林太太等都既不年轻，又不漂亮，“长处”是可以随时满足他。“淫人”不只忽略情，也可以忽略色。明代中篇传奇小说《寻芳雅集》的一个细节足以表明这一事实。吴生与王娇鸾侍婢春英苟合，“生虽战后，而眷恋新人，愈发豪兴。且其牡丹一朵，肥净，莹腻，窄浅，极是骇人。貌固不及诸美，而此实为最胜者也。生流连不忍去”。春英容貌稍逊，但在满足吴生的淫欲方面，别擅胜场，竟也大得宠眷。西门庆的所作所为，与吴生相较，堪称青出于蓝而胜于蓝。

《红楼梦》中有没有西门庆式的浮浪子弟呢？有。但不是贾宝玉，而是贾珍、贾琏之流。贾珍、贾琏这类人物向来是世情书的主角，正如西门庆在《金瓶梅》中充当主角一样。但在《红楼梦》中他们的主角地位没有了。作为这种地位丧失的一个标志是，他们无缘住在大观园中，且很少有机会参加大观园内的活动，种种诗社更没有他们的分儿（就连王熙凤尚有“一夜北风紧”的联句）。大观园内和大观园外是两个相互对照的世界。大观园外是世俗的世界，大观园内是超世拔俗的世界，前者较多现实的色彩，后者较多理想的意味。在大观园内活动的多少，以《红楼梦》作者的眼光来看，不仅是一个人才情的尺度，也是一个人品格的尺度。贾宝玉与贾珍、贾琏之间，其距离不可以道里计。

《红楼梦》不再以西门庆的后裔（贾珍、贾琏等）为主角，而选择了贾宝玉这样的情痴情种为主角，这在根本上改变了世情书的面貌。与他的前辈陈后主、唐明皇、宋徽宗一样，宝玉堪称真正的艺术家。第二十三回写他“自进园来，心满意足，再无别项可生贪求之心，每日只和姊妹丫鬟们一处，或读书，或写字，或弹琴下棋，作画吟诗，以至描鸾刺凤，斗草簪花，低吟悄唱，拆字猜枚，无所不至，倒也十分快意”。他曾作了几首四时即事诗，传出去，大得赏爱，“竟有人来寻诗觅字，倩画求题，这宝玉一发得意了，每日家做这些外务”。第二十九回，张道士也证实，他“在好几处看见哥儿（宝玉）写的字，做的诗，都好的了不得”。第十八回，“天伦乐宝玉逞才藻”，更让我们具体领略了他的才情。他论“应制之体”用字宜“雅”，论人工与自然之别，引《离骚》、《吴都赋》、《蜀都赋》等文献辨认芳草，俱见其词章之学已达到相当水准。

在重情、重色、重淫三种男女关系中，宝玉与“淫”难以联在一起。《红楼梦》第六回写“贾宝玉初试云雨情”，宗旨不是展示其“淫”，而是告诉读者：贾宝玉已进入青春期，他在生理上是正常的。所以，第六回以后，类似的情节便不再出现。宝玉与“色”的联系无疑甚为密切。但应该强调的是，宝玉虽然注重感官的愉悦，但这种感官愉悦通常不指向“上床”，而指向一种缠绵悱恻的同情和眷恋，也就是说，宝玉重色，但“淫”的意味很淡，“情”的意味很浓。第三十回，“椿龄画蔷痴及局外”，写一心思念贾蔷的龄官独自在大观园中的蔷薇花架下，一边哽噎，一边拿着根绾头的簪子在地上画着“蔷”字，那姑娘画了几十个“蔷”字已是痴了的一般，而宝玉在一旁也呆呆地看痴了，直到一场大雨将他们浇醒。这里值得注意的是宝玉的心理活动。他见女孩子一门心思地画“蔷”字，心想：“这女孩子一定有什么说不出的心事，才这么个样儿，心里还不知怎么熬煎呢！看他的模样儿，这么单薄，心里那里还搁的住熬煎呢？——可恨我不能替你分些过来。”宝玉的这种同情心，自与龄官身为女孩，长得漂亮有关，但以感官的审美愉悦为起点，其发展方向不是云雨巫山，而是一种忘我的关切，这就显出宝玉与贾琏等人的不同了。用曹雪芹的术语，宝玉是“意淫”，贾琏等人则是

“皮肤淫滥”。

第四十四回《变生不测凤姐泼醋　喜出望外平儿理妆》也是著名的一例。凤姐泼醋，平儿很冤枉地挨打，委屈至极；宝玉把平儿请进怡红院中，又是安慰，又是请她洗脸、梳头、擦脂粉，桩桩件件，极其周到，“宝玉因自来从不曾在平儿前尽过心——且平儿又是个极聪明、极清俊的上等女孩儿，比不得那起俗拙蠢物——深以为恨。今日是金钏儿生日，故一日不乐。不想后来闹出这件事来，竟得在平儿前稍尽片心，也算今生意中不想之乐；因歪在床上，心内怡然自得”。这就是回目中所说的“喜出望外平儿理妆”：理妆者，平儿也；喜出望外者，宝玉也。何以喜出望外呢？因为平儿“是个极聪明、极清俊的上等女孩儿”，他一直苦于没机会在她面前“稍尽片心”，现在终于称了此愿，怎么能不高兴呢？看得出来，在起点上，感官的审美愉悦仍是宝玉关注平儿的基本原因，但由此出发，宝玉与平儿的关系却迥异于贾琏和多姑娘的关系，贾琏与多姑娘是成为床上的“相契”，宝玉对平儿则止于同情。小说在写了宝玉“歪在床上，心内怡然自得”后，接下来是：

> （宝玉）忽又思及：“贾琏惟知以淫乐悦己，并不知作养脂粉。”又思：“平儿并无父母兄弟姊妹，独自一人，供应贾琏夫妇二人，贾琏之俗，凤姐之威，他竟能周全妥贴，今儿还遭荼毒，也就薄命的很了！”想到此间，便又伤感起来。

所谓“作养脂粉”，即一往情深的体贴、呵护，即重“情”；贾琏的男女关系以“淫”为圆心，平儿做他的妾，又受到凤姐的威压，其处境之艰难可想而知。宝玉对平儿的同情深切到如此程度，表明《红楼梦》强烈反对将女性仅仅作为“出火”的对象。与此相似的例子是第六十二回《憨湘云醉眠芍药裀　呆香菱情解石榴裙》。香菱在和同伴玩耍时，被推入水洼中，弄脏了石榴红绫裙。宝玉得知，细心予以关照。事后他“喜欢异常”，“一壁低头心下暗想：‘可惜这么一个人，没父母，连自己本姓都忘了，被人拐出来，偏又卖给这个霸王！’因又想起：‘往日平儿也是意外，想不到的；今儿更是意外之意外的事了！’”又是一次喜出望外。在这两次喜出望外中，我们注意到，宝玉深感愤愤不平的，一是平儿做贾琏的妾，一是香菱做薛蟠的妾。贾琏和薛蟠眼中的女子，无论多么聪明、清俊，都只是“出火”的工具，这是宝玉愤愤不平的关键原因。他自己愿意成为闺阁中的“良友”，也希望所有聪明、清俊的女孩都有这样的“良友”相伴。这就是宝玉！这就是警幻仙姑所谓“意淫”：“世之好淫者，不过悦容貌，喜歌舞，调笑无厌，云雨无时，恨不能天下之美女供我片时之趣兴：此皆皮肤淫滥之蠢物耳。如尔则天分中生成一段痴情，吾辈推之为‘意淫’。”

“情”与“淫”是相对的，“情”与“理”也是相对的。宝玉因其重“情”，一方面与贾珍、贾琏等人区别开来，另一方面也与追求社会地位和事业成功的那一类人（如贾雨村）区别开来。警幻仙姑说他“在闺阁中虽可为良友，却于世道中未免迂阔怪诞，百口嘲谤，万目睚眦”，就是此意。宝玉无意于追求社会地位和事业成功，这在常人看来是不可理解的，所以《红楼梦》喻之为无才补天的一块多余的石头，并用两首《西江月》词来概括“世人”对他的看法：

无故寻愁觅恨，有时似傻如狂；纵然生得好皮囊，腹内原来草莽。潦倒不通庶务，愚顽怕读文章；行为偏僻性乖张，那管世人诽谤！

富贵不知乐业，贫穷难耐凄凉；可怜辜负好时光，于国于家无望。天下无能第一，古今不肖无双；寄言纨绔与膏粱：莫学此儿形状！

以常人的眼光来看，《西江月》词对宝玉的鄙薄是并不过分的。第七十一回，宝玉对探春说："我常劝你总别听那些俗话，想那些俗事，只管安富尊荣才是，比不得我们，没这个清福，应该混闹的。"尤氏反驳道："谁都像你是一心无挂碍！只知道和姊妹们玩笑，饿了吃，困了睡，再过几年，不过是这样，一点后事也不虑。"宝玉笑道："我能够和姊妹们过一日，是一日，死了就完了，什么后事不后事！"这不是颇有醉生梦死的意味吗？宝玉不关心社会地位和事业成功，其人生观是非功利主义的。常人着眼于功利和实际得失，宝玉却总是关心和忙碌那些在常人看来无关紧要的事，因为这一缘故，他在贾府的重大事件中往往像个局外人。第十六回记叙了两桩事情，一是"贾元春才选凤藻宫"，一是"秦鲸卿夭逝黄泉路"，我们来看宝玉是如何应对的。贾元春被封为凤藻宫尚书，加封贤德妃，"宁荣两处上下内外人等，莫不欢天喜地"。贾府上下之所以兴高采烈，在于元春晋封贵妃意味着贾府社会地位的极大提高，皇亲国戚四字将带来诸多实际利益。宝玉作为元春的亲弟弟，其利益更直接些，但他却并不放在心上，倒为秦钟的生死而牵肠挂肚。这种非功利主义的感情至上原则在现实生活中很少有人遵循，唯宝玉信守不渝，故成为一个例外，故"众人嘲他越发呆了"。第十九回，贵妃省亲，《红楼梦》再次提醒我们注意宝玉。"荣宁二府中连日用尽心力，真是人人力倦，各各神疲；又将园中一应陈设动用之物收拾了两三天方完。第一个凤姐事多任重，别人或可偷闲躲静，独他是不能脱得的”；“第一个宝玉是无事极闲暇的”。总之，所有我们常人眼中的正事，宝玉均不屑一顾。他只需要感情生活，他拒绝责任和功利。

以贾宝玉这样一个“情痴情种”作为男主角，这是《红楼梦》别开生面之处。他不是“大凶大恶”，也不是“仁人君子”，而是一个兼具“聪俊灵秀之气”和“乖僻邪谬不近人情之态”的独特的存在。而这个独特的存在，并非无源之水，无本之木，而是有其明确的谱系归属：他与中国历史上的陈后主、唐明皇、宋徽宗属于同一类型的人物。而如果要从小说文本中寻找贾宝玉的前辈，《隋唐演义》中以怜香惜玉为特征的那个隋炀帝是第一个人选。这一陈述可能面对的质疑是：何以贾雨村在罗列第三种类型的人物时，历数陈后主、唐明皇、宋徽宗，却未点到隋炀帝的名？我想理由有二：一、从引导读者正确阅读的角度看，曹雪芹有必要淡化《红楼梦》与《隋唐演义》的联系。我们读《红楼梦》，常隐隐约约有一种感觉，即贾宝玉俨然具有帝王的身份。比如，他生下来嘴里就衔着一块玉，而且这块玉是他的命根子，这块玉是不是象征着玉玺？大观园中住的全是女孩子，仅有贾宝玉一个男性，这种性别格局像不像后宫？贾府所有的成年男子都必须在外应酬办事，唯有宝玉例外，这是不是暗示着帝王的特权？说实话，这种感觉并没有错。曹雪芹确实是按帝王的生活方式来设计贾宝玉的。但是，这里必须强调：曹雪芹更希望读者将贾宝玉与帝王区别开来。他将《隋唐演义》中的帝王形象置换成贾府的少年公子，意在表现自己的卓越虚构才能，意在超越《隋唐演义》，如果读者老是将贾宝玉想象成一个真实的帝王，甚至直接想象成隋炀帝，曹雪芹的一片匠心就白费了。二、作为历史人物的隋炀帝，他在感情生活中所扮演的角色确实不如陈后主、唐明皇、宋徽宗可爱。曹雪芹选择后三位作为贾宝玉的前辈而不选择隋炀帝，显示出曹雪芹的严谨。为了帮助读者正确理解贾宝玉，曹雪芹确实是用心良苦了。至于《隋唐演义》中以怜香惜玉为特征的那个隋炀帝，他与历史上的陈后主、唐明皇、宋徽宗倒是可以毫不勉强地归入同一类型，但贾雨村说的是历史人物，自然不宜让《隋唐演义》中的隋炀帝阑入其中了。

《隋唐演义》与《红楼梦》的这样一种联系，进一步证实了《隋唐演义》的基本品格：它与人情小说趣味相近而与历史演义趣味迥异。从对《红楼梦》的影响看，《隋唐演义》的重要性是毋庸置疑的。《隋唐演义》在中国小说史上的实际意义，远远超过以往我们对它的评价。

（原载《武汉大学学报》（人文科学版）2003年第4期，《新华文摘》2003年第11期要目栏收目；收入本书时有所增补）

吴敬梓的隐逸理想与《儒林外史》的笔墨情趣

我们曾经撰文指出，《儒林外史》（以下简称《外史》）的隐逸理想是对其暴露的文化困境的一种抗争方式。[①] 具体地讲，科举时代的知识分子，其个体价值确认的标准是简单化、程式化的。许多读书人，为了个体价值得到社会承认（即博取一个功名），他们的精神往往被束缚、被禁锢，甚至被异化了。但另一种选择却有助于保持人格独立和精神自由，那就是隐逸。自由的心灵与自然是密不可分的，因而隐逸必然走向自然。吴敬梓笔下的山水田园，无论是"乌托邦"的还是写实的，都充盈着清纯、玄远的诗意，是隐士的心灵寄托之所，也是《外史》的笔墨情趣所在。

一　归隐情绪与隐逸思想

吴敬梓33岁时和故乡全椒决绝，移家南京，寄居秦淮水边。

---

① 参见陈文新、鲁小俊《颠覆传统——〈儒林外史〉的解构主义特征》，中国人民大学报刊复印资料《中国古代、近代文学研究》1998年第7期。

他在《移家赋》中为自己后来的生活作了这样的打算："寄闲情于丝竹，消壮怀于风尘，识沈约梦中之路，销江淹别后之魂。"[①]写于同一时期的《买陂塘》词也说："身将隐矣；召阮籍嵇康，披襟箕踞，把酒共沉醉。"似乎吴敬梓从此将抛弃功名，退隐于丝竹风尘之中。其实不然。吴敬梓出身科举世家，照他自己的说法是"家声科第从来美"（吴敬梓《除夕·乳燕飞》）。年轻时其功名心非常强烈，渴望着为家族争光。但他在 23 岁考取秀才后，一直困于科场，心头的阴影一年比一年沉重。29 岁那年他去滁州参加科考，成绩不错。但试官听说他平日不规矩，斥责他"文章大好人大怪"。吴敬梓慌了，害怕一旦被黜影响进取，于是向试官"匍匐乞收"。（金两铭《和（吴檠）作》）为了功名而甘愿在人格上受辱，其功名心够强的。

但他始终未能博得一个举人。这使吴敬梓非常伤心，痛感对不起家族，对不起祖先。在移家南京的第二年，即吴敬梓 34 岁时，他写了一首《除夕·乳燕飞》词感叹道："三十诸生成底用？赚虚名，浪说攻经史！""倘博将来椎牛祭，总难酬罔极恩深矣，也略解，此时耻。"沮丧之情，溢于言表。

由此可见，吴敬梓在《移家赋》和《买陂塘》中所表达的隐居欲望仅仅是他当时消沉心境的外露，是情绪化的表达方式。从归隐情绪到隐逸理想的确立，还有一段漫长的心路历程。隐逸理想远远高于归隐情绪，它是对社会、人生进行深刻反思后作出的理性选择，具有恒定性。而归隐情绪往往只是一时的人生失意使然，形势一旦改变，它会立即转化为入世思想。

导致吴敬梓产生归隐情绪的原因，除了科场失意有辱祖先

① 本书所引吴敬梓及其亲友诗文，均据李汉秋辑校《吴敬梓诗文集》（人民文学出版社 2002 年版），其他地方不另出注。

外，大致还有这样两点：第一，吴敬梓“家本豪华，性耽挥霍，生值承平之世，本无播迁之优”（吴敬梓《移家赋》），但历经一系列变故，最终只得“他乡留滞”（吴敬梓《除夕·乳燕飞》）。由盛而衰的幻灭感使吴敬梓深感“人世间，只有繁华易委”（吴敬梓《买陂塘》二首其一）。第二，在其故乡全椒人的眼里，吴敬梓是个败家子，以致“乡里传为子弟戒”（吴敬梓《减字木兰花》其三）。“少有六甲之诵，长余浮海之心”（吴敬梓《移家赋》）的吴敬梓不但得不到故乡人的赏识，反而遭受“竟有造请而不报，或至对宾而杖仆”（吴敬梓《移家赋》）的羞辱。对于故乡，吴敬梓简直伤透了心。

科举时代的士人拼命追求中举做官，对权势或钱财的欲望倒在其次，更深层的目的恐怕是为了个体价值得到社会承认。读书人向来看重个人价值。在“以成败论英雄”的世俗背景之前，怀才不遇的读书人常寄慨于知音难觅。早期的高山流水故事结束于钟子期死，伯牙终生不复鼓琴，充分显示出个体价值得不到鉴赏的凄凉。科举制度将确认知识分子价值的标准空前简单化、程式化了：榜上有名即意味着学识过人，名落孙山则证明其学识浅陋。万中书推想迟衡山、武正字的学问“必也还是好的”，高翰林当即不容置辩地下结论道：“哪里有什么学问！有学问倒不做老秀才了。”功名成了学问的标尺；要证明自己有学问，便非挣个功名不可。吴敬梓非但没有举人的功名，就连作为一个普通人的声望都得不到故乡人的认可。他为此而深深地痛苦：“三十年来，那得双眉时暂开？”（吴敬梓《减字木兰花》其一）

我们看《外史》中的贤人奇士，却没有这个时期的吴敬梓因个体价值得不到承认而带来的苦恼。有一个显著的区别值得注意：乾隆元年即吴敬梓 36 岁那年，他有幸被推荐入京应“博学鸿词”的廷试。偏偏在这节骨眼上，吴敬梓病倒了。一次意外的机遇就这样意外地失去了。他十分懊恼，这年年底作的《丙辰除夕述怀》诗感叹自己“有如在网罗，无由振羽翮”。而以吴敬梓本人为原型塑造的杜少卿则是装病辞去朝廷征辟的，并且他心里欢喜道：“好了！我做秀才，有了这一场结局，将来乡试也不应，科、岁也不考，逍遥自在，做些自己的事罢！”其兴高采烈与吴敬梓痛苦的心情完全两样。杜少卿高于吴敬梓本人，正表明了吴敬梓思想上的一次质的飞跃，即从追求他人眼中的社会成功转向了以自己的眼光看待人生。他 37 岁时写过一首《美女篇》诗，将得不到君王顾视而见黜的富家美女与自由解佩的汉皋神女进行对比，已经萌生了两种人生价值标准的对立，吴敬梓所向往的显然是后者。他在《金缕曲·七月初五朱草衣五十初度》词中也说：“尚有及时一杯酒，身后之名何益?”“天意也怜吾辈在，且休忧尘世无相识。长寿考，比金石。”表现了对所谓社会认可的轻视和对“当下”人生的珍重。晚年的吴敬梓依然狂放，“有时倒著白接篱，秦淮酒家杯独持。乡里小儿或见之，皆言狂疾不可治。”（金兆燕《寄吴文木先生》）但这与“一朝愤激谋作达，左嫃史妠恣荒耽”（吴檠《为敏轩三十初度作》）的举动有着完全不同的内涵。晚年狂放，乃饮酒自遣，率性而行；早年狂放，更多地带有对不识其才的故乡全椒的愤懑。晚年的吴敬梓，过着“灌园葆贞素”（吴敬梓《左伯桃诗》）的清贫生活，并且能“闲居日对钟山坐，赢得《儒林外史》详”（王又曾《书吴征君敏轩先生〈文木山房诗集〉后》），一个重要原因在于他已经悟出：比所谓社会成功更可贵的是人格独立和精神自由，这正是吴敬梓隐逸理想的立足点。在全书的第三十四回，吴敬梓经由对《女曰鸡鸣》的解说，明确表达了他的所悟。在他看来，这首诗中的夫妇绝不是津津获取社会成功，如朱熹所说的“贤人”；恰恰相反，他们淡于功名，“弹琴饮酒，知命乐天。这便三代以上修身齐家之君子”。吴敬梓从说《诗》入手，表达了他对隐逸品格的推崇。

吴敬梓的归隐情绪向隐逸理想的质的飞跃，其根本动因在于他看出了“社会承认”这个衡量个体价值的标准浸透了世人的狭隘和偏见，在这种局限里，人是不自由的，生命是病态的。有这样几个事件对吴敬梓思想转变的影响不容忽略：第一，博学鸿词科机遇的失去，使他不再对“天子亲诏以待异等之才”的制科抱有幻想。第二，吴敬梓逐渐认识到，功名的得失有许多偶然因素在起作用，用它来衡量个体价值是不可靠的。不但他本人自负才高却屡试不第，乾隆元年那场词科，参加考试的共 202 人，也只录取了 20 人。一些著名的学者、文人如桑调元、程廷祚、沈德潜、刘大櫆等均铩羽而归。而且，当时的主试官张廷玉和鄂尔泰在这次制科考试前争相网罗人才，树植各自势力。这表明，常科之外的制科有更多人为因素的干预。第三，吴敬梓亲眼看到了许多读书人的悲惨命运。典型的例子是他的《哭舅氏》诗中所写的那位母舅，终生科场不得志，“弱冠为诸生，六十犹迍邅”，最终“百忧摧肺肝，抱恨归重泉”。“贵为乡人畏，贱受乡人怜”的现实使吴敬梓对社会成功的本质有了更清醒的认识。第四，人在“顺境”之中，往往更注重他人对自己的看法。而吴敬梓在南京贫困落魄的生活给了他一次机会，让他卸下了昔日贵公子的心理负担，从而彻底地专注于个体心灵的健全发展。

二 两条人生道路与隐逸理想的两个要素

如果以粗线条来划分，一部《外史》实际上展示了士人的两条人生道路：一是追求社会成功，一是专注于个体精神的独立与自由。迟衡山说："讲学问的只讲学问，不必问功名；讲功名的只讲功名，不必问学问。"如果我们把"功名"和"学问"的内涵扩展开去，便是指这两条道路了。

走第一条道路的士人，吴敬梓并不完全以讽刺的笔调来塑造他们。比如他笔下的寒儒倪霜峰，"从二十岁上进学，到而今做了三十七年的秀才。就坏在读了这几句死书，拿不得轻，负不得重，一日穷似一日"。与其说倪霜峰是一个科举制度的受害者，倒不如说他是一个在追求社会成功的道路上迷失了方向的读书人。卧闲草堂评语说得好："'死书'二字，奇妙得未曾有，不但可为救时之良药，亦可为醒世之晨钟也。"① 吴敬梓借此提醒正在这条道路上艰难跋涉的读书人：此路不通！至于那些终年忙忙碌碌地编织与"官府"交往的鬼话的所谓名士如景兰江之辈，表面上看来在社会上有点地位，而真实的状况正如卧评所说："自己不能富贵而慕人之富贵，自己绝无功名而羡人之功名，大则为鸡鸣狗吠之徒，小则受残杯冷炙之苦，人间有个活地狱，正此辈当之，而犹欣欣然自命为名士，岂不悲哉！"即使是在这条道路上功成名就的读书人，他们的个体价值其实也并未实现。就连朝廷征辟也有人从中拉帮结派；萧云仙等人建立了赫赫功业，最终只落得削职破产：有谁能说，他们真正摆脱了外在的束缚呢？我们不应忽视几个老人的临终遗言。王冕母亲说："做官怕不是荣宗耀祖的事，我看见这些做官的都不得有甚好收场。"匡太公嘱咐儿子："功名到

① 本书所引《儒林外史》原文及卧闲草堂、天目山樵等诸家评语，均据李汉秋辑校《儒林外史》（汇校汇评本），上海古籍出版社 1999 年版。其他地方不另出注。

底是身外之物……不可因后来日子略过得顺利些，就添出一肚子里的势利见识来，改变了小时的心事。”吴敬梓借九位老人之口，表达了历经沧桑之后的人生感悟：追求他人眼中的社会成功往往是人格独立和精神自由的障碍，或者说，追求社会成功使为数不少的读书人走上了歧途。

与第一条道路形成对照，吴敬梓在贤人、奇人们身上寄托了自己的隐逸理想。四大市井奇人过着“又不贪人的富贵，又不伺候人的颜色，天不收、地不管”的快活日子，虽然清贫但没有倪霜峰的凄凉，虽然孤寂但没有严监生的谦卑。他们在“诸事都由得我”的生活中保持人格独立，享受精神自由。贤人们没有市井奇人这般轻松，匡社稷、济苍生的儒家理想使他们具有强烈的社会责任感。但他们执著于道德理想，是出自内心的自觉行为，而不是要博取外在声誉。因此，贤人和奇人在本质上是一致的，他们都是吴敬梓隐逸理想的体现者。

吴敬梓所大加赞许的人物几乎全都是隐士。以遁世避俗，躲避功名富贵的王冕来“隐括全文”，表露了吴敬梓以隐为高的创作宗旨。“书中第一人”虞博士虽中过进士，做了南京国子监博士，却“无学博气”，“尤其无进士气”，“襟怀冲淡，上而伯夷、柳下惠，下而陶靖节一流人物”。庄绍光受到天子的征聘，却辞爵还家，一心一意在玄武湖中“自在”。杜少卿装病辞去征辟，甘愿隐居秦淮河畔。至于四大市井奇人，或隐于书，或隐于棋，或隐于画，或隐于琴，谁跟官场沾过边？谁跟势利沾过边？选择隐逸，从一方面看，是为了维护人格的尊严，在世俗背景之上树立高尚的道德风范；从另一方面看，是为了不受世俗的束缚，能够自由自在地追求人性的至淳至美。你看庄绍光从京城回到南京的第二天，一会儿是六合高大老爷来拜，一会儿是布政司来拜，应天府来拜，释道来拜，上、江二县来拜，本城乡绅来拜，哄得庄征君穿了靴又脱，脱了靴又穿。庄征君恼了，向娘子道："我好没来由！朝廷即把玄武湖赐了我，我为甚么住在这里和这些人缠，我们作速搬到湖上去受用!"世俗的纷扰是束缚个人自由的绳索，唯有挣脱它才能使精神获得舒展。杜少卿携眷游山更加渲染了对世俗的蔑视和对个体自由的尊重。在他们眼里，世俗社会的认可是无足轻重的。

应该指出，这样的价值标准以及与之相随的隐逸行为必须有一个前提，那就是不可缺少基本的物质生活保障。吴敬梓晚年过着"灌园葆贞素"的生活，就已悟出了这个道理。所以他笔下的虞博士，虽丝毫不热衷于做官，但倘若只有做官才能保证家庭衣食所需，他也绝不会辞去五斗米。清高必须有清高的条件。第三十六回的一个细节不妨认真看看。某庄农为生活所迫投水自杀，虞博士叫船家把他救了起来，并给予资助。有意思的是，虞博士手头有十二两银子，只资助了四两，另外八两则"留着家里做几个月盘缠"。这跟杜少卿截然不同。"若杜少卿当此，必倾囊以付，不暇后顾矣。"（天目山樵评语）吴敬梓更欣赏谁呢？年轻时，博慷慨之名，他自是欣赏杜少卿；写作《外史》时，他却更敬重虞博士。作家明白，无论是人格的高尚还是精神的自由，都必须建立在完成自我人生责任的基础上，否则只是沽名钓誉。市井四奇人的生活虽然比较清贫，但都有一项谋生的技能。季遐年写字，王太卖火筒，盖宽开茶馆，荆元做裁缝；能够满足基本的生存之需，才谈得上人格独立。

吴敬梓隐逸理想的两个要素是相辅相成的。唯有经济上独立，并完成了基本的人生责任，才能够跳出世俗眼光的局限；也只有将人生价值的判别标准归诸自己，才不会把物质和名誉当作人生目标，才不至于误入歧途。

三 隐逸理想与笔墨情趣

隐逸的旨趣在于摆脱外在束缚，让个体精神获得无拘无束的舒展。借陶渊明的话说，就是摆脱“以心为形役”，达到“陶然之乐”的心身和谐状态。吴敬梓为我们展示了两种获得自由的方式：一是通过存心养性扩充内心世界，使心灵提升到自足自律的境界，从而超越一切束缚心灵的外物。虞博士和盖宽可谓这种方式的典型实践者，他们简直就是从容真朴、和平冲淡的化身。

另一种追求自由的方式，则是将自我的心灵安顿于山水田园之中，人与自然融为一体，从而达到“无我之境”。这是《外史》的笔墨情趣所在，其底蕴是吴敬梓的隐逸理想。在看似轻松的笔调中，往往寄托着作者的深刻用意和特殊情感。

笔墨情趣与隐逸理想的联系，明显地体现在《外史》对中国古代山水诗画和田园诗传统的继承上。山水画兴起于魏晋时期，其直接动力是魏晋名士在山水与自我的精神意趣之间建立了深刻的显著的联系：自然是清纯的，玄远的，而现实是污浊的，凡近的；走向自然，就是赋予人以超尘脱俗的意味。由于山水风景是隐士的“畅神”之处，因而在笔调和色彩上，山水画不崇尚金碧而崇尚淡墨，甚至由王维、孟浩然确立其基本品格的以山水为题材的诗也以淡色见长。其意象多为空山、幽谷、曲径、落花；其表达的情绪多闲适恬淡、宁静幽雅；其艺术表现上一般节奏舒缓，语调平和；其审美效果往往是令人忘却一切繁华与纷争，渐渐地沉入幽深澄明之境。这是山水诗画的突出个性。山水诗画的另一个传统是人与山水融为一体。中国古代的山水画，讲求可观、可卧、可游，目的是加强山水在隐士心目中的亲切感。

否则，可望而不可即，岂不是疏远了人与山水的关系？王维的山水诗也突出这种亲切感。诗人就生活在山水中，朝夕相处，息息相关，你中有我，我中有你；他不把游览山水写成艰难的追寻，也不让情、景分离，而是叫人与山水，情与景，轻松和谐地打成一片。我们看他的《竹里馆》："独坐幽篁里，弹琴复长啸。深林人不知，明月来相照。""独坐"的诗人与"幽篁"同时亮相。山水点缀了人的生活，人也点缀了山水风光；"隐者"的情感是丰富的，但不必另外点出，展开着的景物之中已经蕴涵着诗人的感慨，玩味景物亦即玩味着心灵。

《外史》的风景描写，继承了中国古代山水诗画的这两个传统。王冕堪称与自然交融的古典范例。庄绍光隐居玄武湖，人与自然的关系是怎样的呢？他一句话点题："这湖光山色都是我们的了！"山水不是外于隐士的遥远的风景，而是隐士生活的一个组成部分。此外，小说虽然写到"四时不断的花"，但一个表示色彩的词都未用。是的，隐逸生活哪能容得下绚烂的风格？如王冕的居住环境：屋后有一面大水塘，塘边栽满了榆树、桑树；远处是一座山，青翠葱茏，树木堆满山上。这里，吴敬梓写山写水，始终以墨绿色的树作为关注的焦点，而墨绿色正是典型的淡色。吴敬梓对西湖的调侃也可由此得到解释。作家热爱绿色，南京的清凉山、玄武湖，他都为之配备了隐士以加强那种出世意味。而对大名鼎鼎的西湖，他却让马二先生去游，一片滑稽。吴敬梓何以如此鄙薄西湖呢？原因是西湖毫无隐逸气象，倒是颇多市井风情。正如（明）张岱《西湖梦寻》所说："余弟毅孺常比西湖为美人，湘湖为隐士，鉴湖为神仙。余不谓然。余以湘湖为处子，眡娗羞涩，犹及见其未嫁之时；而鉴湖为名门闺淑，可钦而不可狎；若西湖则为曲中名妓，声色俱丽，然倚门献笑，人人可得而媟亵之矣。"与张岱相近，吴敬梓亦訾议美艳照人的西湖，崇尚疏逸散淡的清凉山、玄武湖，其趣味无疑偏于冲寂幽静。

《外史》对田园生活的描绘虽着墨不多，却也极富神韵。例如娄家两公子从京城回到湖州家，坐着一只小船，看见两岸桑阴稠密，禽鸟飞鸣；小港里面撑出船来，卖些菱、藕。两兄弟在内道："我们几年京华尘土中，那得见这样幽雅景致？宋人词说得好：'算计只有归来是'。果然果然！"田园风光弥漫着一片恬静的诗意。无独有偶，第四十回所写的农村景物亦充盈着闲适之趣：春天，杨柳发了青，桃花杏花都渐渐开了，萧云仙骑着马，带着木耐，出来游玩。只见绿树阴中，百姓家的小孩子，三五成群地牵着牛，也有倒骑在牛背上的，也有横睡在牛背上的，在田旁的沟里饮了水，从屋角边慢慢转了过来。再比如虞博士给别人看坟回来时的风景：那时正是三月半天气，两边岸上，有些桃花、柳树，又吹着微微的风。恬静、闲适，这便是《外史》中田园生活的基调，而这一基调恰与中国古代的田园诗一脉相承。

《诗经》中的《七月》是最早的"四时田园"诗。它写农民一年四季的劳动情况：繁重、辛苦，令人想起唐代新乐府中的《田家词》、《悯农》、《农家叹》等诗。但中国正宗的田园诗却以陶渊明的创作为起点，它与《农家叹》这类描述农家辛苦的诗不属于同一系统。在陶渊明的意识中，隐逸是相对官场而言的：无论隐居生活多么艰难，只要与污浊丑恶的官场相比，它就如三月溪水般的清澈、莹润、美丽。轻轻的琤玐声直送进诗人的心田，使他觉得，田园最适宜于安身立命，它比在现实中能找到的任何职位都好。于是，经过人文理想的修饰，没有了孤寂，没有了穷困，隐居生活被闲适和飘逸的情调所笼罩。因此，陶渊明的《归园田居》等诗所表现的"暧暧远人村，依依墟里烟"等情景，与其说是本来的田园风光，不如说是一片桃花源似的乐土。它是隐逸情调理想化的展示，而非农村生活的客观写照。唐代的几位田园诗人，如王维、储光羲，他们的田园诗内容进一步过渡到隐逸，集中表现“陇亩民”的安适自得、乐天知命和农村环境的静穆、幽雅。诗人被自己的梦陶醉了，他们所见的只有无尽的温馨愉快，扰攘和嘈杂只存在于跟他们不相干的世界里。即使是集古代田园诗之大成，将田园风光与“农家叹”合二为一，系统反映了农村生活各个方面的南宋诗人范成大，在后人眼中仍只是传统意义上的田园诗人，一个以隐逸为宗旨的田园诗人。田园诗的隐逸传统远远深于“农家叹”传统。

娄家两公子同样是以田园诗人的眼光来看乡村的。他们因功名不得意，积成一肚子牢骚，于是从城市来到乡下，以便使自己的心灵得到几许抚慰。一个过腻了富贵生活的人，初来乍到，换换口味，那感受跟在贫困生活中挣扎的农民绝不相同。一个只拿田园当风景，一个却要辛勤耕作来养家糊口，两样“活法”，两种滋味。田园诗人是超脱于苦难之上的。两公子高谈“算计只有归来是”，绝无打算吃苦的念头，他们只是来领略牧歌式的情调。在他们眼里，连杨执中那破败的蜗居也不乏逸韵雅趣。吴敬梓的人生境界远比两公子高。他认真地隐居过，在秦淮河畔，不应考，不做官，不折不扣地获得了人格的独立和心灵的自由，却也值得。所以吴敬梓一面体会到隐居不只是赏玩风景，另一方面也倾向于把隐居生活尽量写得惬意、畅适。因为只有这样，才能显示出与浊世抗争的豪迈气概。田园诗人之美化农村生活，在“说得好听”的背后，正有深意在。吴敬梓亦然。小说的最后一回，作者满怀深情地描绘了于老者灌园、饮茶的闲适生活，并借荆元之口评论道：“古人动说桃源避世，我想起来，那里要甚么桃源！只如老爹这样清闲自在，住在这样城市山林的所在，就是现在的活神仙了！”如果说田园诗只是隐士的梦境，于老者的生活也只是吴敬梓的梦境。桃花源本来就与现实无缘。但非现实的描写蕴涵了一个崇高的现实目的：邦无道则隐，绝不与世俗同流合污！

（本文系与鲁小俊合撰。原载《贵州社会科学》2000年第2期，收入本书时略有删改）

《儒林外史》与传统人文精神

——论吴敬梓笔下的贤人及其人格追求

贤人是《儒林外史》中的理想人物，他们身上寄托了因部分士人丧失独立意识和历史使命感而深感痛苦的作者吴敬梓的人格理想，是作者所表彰的儒林中最富亮色的群体。

一　关于贤人

迟衡山说过："我们这南京，古今第一个贤人是吴泰伯。"据《史记·吴泰伯》记载，周太王有三个儿子：泰伯、仲雍、季历。"季历贤，而有圣子昌，太王欲立季历以及昌。于是泰伯、仲雍二人乃奔荆蛮，文身断发，示不可用，以避季历。"孔子曾热烈地赞颂泰伯"其可谓至德也已矣!"（《论语·泰伯》）泰伯之所以被尊称为贤人，也正是基于他抛弃名利的"至德"。本文对《儒林外史》中贤人的界定，即以闲斋老人序言中所说的"辞却功名富贵"为必要条件。

判定贤人还有第二个条件，那就是必须以理想主义的激情去实践拯溺救焚的社会历史责任感。社会历史责任感的实践方式大体有三种：一是仕进，借助国家机构的力量施展读书人兼济天下的抱负。二是山林隐逸。读书人通常是追求仕进的，但比仕进更为本质的知识阶层的历史使命是任道。当仕进与任道发生冲突时，为了弘道，为了向“势”显示“道”的尊严，士人宁可不再“进取”而隐逸于山林。归隐与仕进表面上是两种相异的人生选择，实际上归宿是一致的。隐士所体现的正是以道自任的传统人文精神。同时，隐士们在追逐名利的世俗之外树立了精神的楷模，他们的清高品行对社会风气趋于淳厚具有良好的示范作用。黄庭坚在《题伯时画严子陵钓滩》诗中盛赞富春江边的隐士严子陵“能使汉家重九鼎，桐江波上一丝风”，就是基于这一点。三是民间方式。与山林隐逸一样，通过这种方式实践理想的士人凭借的也是道德的力量。但又有区别：他们“终极关怀”的表达是积极主动的。而且，他们就生活在世俗社会之中，看重的是隐逸的品格而不一定要远离俗众。他们虽清高自许，但不以偏激的方式抨击俗众，具有藏污纳垢的大度。其代表人物有虞博士、庄绍光、迟衡山、杜少卿等。至于虞华轩、季遐年等人，虽蔑视名利，却不能划入贤人一类。他们刚肠疾恶，调侃流俗，反而容易成为品质败坏者“纵恣”的借口，于净化风俗无补。天目山樵评语说得对：“（虞华轩）穷而在下，又嫉于薄俗，故为矫激之行，不及诸君之浑厚。”因此，本文所论述的贤人以虞博士、庄绍光、迟衡山、杜少卿等人为代表。

需要补充说明的是，杜少卿身上既有贤人的品格，也有奇人的风范。迟衡山就曾说过：“少卿是自古及今难得的一个奇人！”这个评价主要是基于杜少卿豪荡的行为举止，与季苇萧说“少卿天下豪士，英气逼人，小弟一见丧胆，不似迟先生老成尊重”一样，依据的都是外观的风度和气质。从这个意义上说，少卿有着奇人的一面。在本文中，我们立足于判定贤人的两个条件，论述的是作为贤人的杜少卿。

二 古儒风范

“正心、诚意、修身、齐家、治国、平天下”，这是儒家文化给中国人设计的完美的人生道路。在现实中，特别是科举制度实施以来，这条道路往往和功名富贵紧密相连。兼济天下要以博取功名为前提，功名的获得又常常以牺牲自我为代价，历代文人为此深感矛盾。吴敬梓则在他笔下的贤人身上寄托了一种理想：保持人格独立而又实践用世之志，亦即以道为己任。这是圣贤人格的体现，使得贤人身上具有“古”的风范。

（一）修身：向儒家元典精神的回归

“读书人，最不齐，烂时文，烂如泥。国家本为求才计，谁知道，变作了欺人技。”清代徐灵胎的一首《道情》中的这段话，正道破了科举制度下教育目标与实际状况分道扬镳的情形。明清时代以《四书》、《五经》为科举考试的基本内容，朝廷的本意是灌输圣贤之道，把读书人培养成为熟悉儒家经典并根据它来为人处世的君子，“养成贤才，以供朝廷使用”。然而应试者却大都只将儒家经典当作猎取功名富贵的工具，根本不打算身体力行。正如陈澧《太上感应篇·序》所分析的，世俗社会那些读《四书》的人不过把它当作八股文的“题目”，读《五经》的人不过把它当作八股文的“辞采”。孔孟的著作，朱子的言论沦落为高翰林所说的“教养题目文章里的辞藻”，“富贵”战胜了“圣贤”。于是，利欲熏心、世风日下便成为题中应有之义了。五河县就是这样一个标本，匡超人就是这样一个典型。

贤人们对科举这条“荣身之路”并不全盘否定，他们采取了向儒家元典精神回归的态度。在他们那里，没有了“主卖官爵，臣卖智力”的买卖关系，没有了“学成文武艺，货与帝王家”的功利目的。《四书》、《五经》给他们提供的是一种精神食粮，是他们修身的重要内容和为人处世的经典依据。仅此而已。迟衡山说得好：“讲学问的只讲学问，不必问功名；讲功名的只讲功名，不必问学问。若是两样都要讲，弄到后来，一样也做不成。”吴敬梓所讽刺的许多人物，例如鲁小姐，从小就是在八股文的熏陶下长大的。而虞博士等贤人，由于能够摆脱功名利禄那条诱人的绳索，他们的修身纯粹是“正心”、“诚意”，建立完美的内心秩序的过程。我们看虞博士，他六岁开蒙，学什么作者没有告诉我们，估计也是《四书》、《五经》之类。区别在于，被讽刺人物转而致力于八股文，而虞博士则向一位云晴川先生学古文诗词，后来向祁太公学“地理、算命、选择”。学诗文是因为云晴川先生的诗文“天下第一”，虞博士对他有仰慕之心；学“地理”等则是为了“学两件寻饭吃本事”，都与“荣身之路”无关。至于他后来也去应考，则是出于谋生的考虑，绝不是为了博取什么科名。他不求康大人推荐征辟以及在选翰林的履历表上写实在年庚便足以为证。对于庄绍光的修身，作者着墨不多，但从他“十一二岁就会做一篇七千字的赋，天下皆闻”不难推想，少年时代的庄绍光是不专攻八股文以求功名的，否则怎么可能写出极好的赋来？成年以后，他也不攻八股文。“此时已将及四十岁，名满一时，他却闭门著书，不肯妄交一人。”庄绍光在家注《易》（这是高翰林在诋毁庄绍光时透露出来的），钻研的仍然是学问。杜少卿对学问也很重视，他曾经规劝张俊民多念些书，“学些文理”。他的《诗经》研究专著《诗说》颇有影响，表明他肚里有“货”，但他肚里的“货”不是用于科举。辞去征辟后他兴高采烈：“好了！我做秀才，有了这一场结局，将来乡试也不应，科、岁也不考，逍遥自在，做些自己的事罢！”季苇萧说迟衡山“有制礼作乐之才，乃南邦名宿”。可见迟衡山也不是吃八股文长大的。在学问和功名之间，他选择的是前者，迟衡山的学问即礼、乐、兵、农等实学。

贤人们执著于对儒家元典精神的追寻，功名富贵不再是束缚他们自我意识和独立人格的绳索。重视“修身”这一过程本身，他们圆满地完成了儒家理想人生道路的第一步。

（二）齐家：人生道路的退缩

由修身而齐家而治国平天下的道路，与知识阶层的使命感和尊严感密切相连。士是“道”的承担者，“道”比权势更具有永恒的价值。所以孔子强调：“天下有道则见，无道则隐。”（《论语·泰伯》）《外史》中的贤人所面临的，正是“天下无道”的现实。在第三十五回，“臧仓小人”当权的现状证实了庄绍光的预言：“看来我道不行了。”这也意味着贤人的用世之志在通常途径上无法实现。由此而产生的郁结感在贤人那里出现了两个方向的消解方式：一是返回到家这一层面；一是以民间方式实践济世情怀。

先说第一种方式。这里的齐家已不是一般意义上的齐家，而是人生道路受阻后重新对家表现出格外眷恋，体味到家对人的精神的慰藉，是“第二次”齐家。如果说第一次齐家还带有治平的目的性，那么，“第二次”齐家则更多地具有审美的意味。

作者对贤人们充满人伦温情的家庭生活的描写是放在他们济世道路受阻后展开的。杜少卿辞掉朝廷的征辟，隐居南京。生活虽然清淡，但“春天秋天”，同娘子“出去看花吃酒”，他觉得“好不快活”。庄绍光辞爵还家，隐居玄武湖，“闲着无事，便斟一杯酒，拿出杜少卿做的《诗说》，叫娘子坐在旁边，念给他听。念到有趣处，吃一大杯，彼此大笑”。虞博士被放了闲官，这在一般人怎么能够忍受？他却欢喜道：“南京好地方，有山有水，又和我家乡相近。我此番去把妻儿老小接在一处，团栾着，强如做个穷翰林。”

这里，“第二次”齐家的意义不只是维持基本的生存需要和建立符合伦理秩序的家庭关系，更是“邦无道”状况下贤人们精神得以寄托的家园。这种人生道路的退缩与“邦无道”却仍然仕进（实质是追求富贵）是完全不同的两种选择。杜少卿将朱熹认定的“贤夫妇相警戒之词”——《女曰鸡鸣》解说为描写一对夫妇“弹琴饮酒，知命乐天”，并且深层次地追索夫妇和谐的心理原因：他们“绝无一点心想到功名富贵上去”。这正是为贤人们“第二次”齐家寻找经典依据。也正因为如此，他们算得“修身齐家之君子”。

（三）济世：对仕进道路的超越

“第二次”齐家毕竟是人生道路的退缩，贤人们在看似自在的日常生活中隐藏着理想不能实现的痛苦，因而他们时时在寻求实现济世理想的途径。在贤人们看来，仕进的最终目标是建立一个礼乐社会，只要能达到这一目标，不一定非要经由仕进之路。他们找到了实践济世情怀的另一种途径：民间方式。这是对“势”的超越。这种超越体现在三个层次上：

第一，高尚德行对社会的感化作用。余二先生曾说：“看虞博士那般举动，他也不要禁止人怎样，只是被了他的德化，那非礼之事，人自然不能行出来。”余二先生的意思是：像虞博士这样具有隐逸趣味的人，似乎对社会没有多大益处，但他们在热衷名利、抛弃礼乐的世俗社会之外树立了一种精神上的榜样，对于社会风气的改善实有着举足轻重的作用。杜少卿轻财好施，即使身无分文，也把一箱衣服典当成银子给杨裁缝安葬母亲；庄绍光在辞爵还家的途中殡葬两个素不相识的老人；虞博士救过人，给人家看风水真心真意，积下许多“阴德”，等等。贤人的性情恬退以“忧天下”为前提，并非一种机智的文人情趣，也不是心满意足的自我陶醉。在一定程度上，他们“辞却功名富贵”的人格理想对社会的感化作用是借助仁爱精神来完成的。

第二，警世苦心。如果说在第一个层次贤人的社会责任感并没有以主动的方式表达出来的话，那么在第二个层次，他们则主动对一些令人忧虑的社会现象进行评论，以期引起人们的关注。试举一例：

信风水在民间颇为普遍。世人信风水，骨子里是图发富发贵。贤人们不相信风水，其意是想矫正世人对名利的膜拜心理。所以迟衡山说：“只要地下干暖，无风无蚁，得安先人，足矣；那些发富发贵的话，都听不得。”杜少卿说得更直接：“这事朝廷该立一个法子。”他希望处死那些讲昏话的风水先生，从而使迷信风水、贪慕富贵的风气“或可少息”。（需要指出，虞博士替人家看风水是真心真意，只要能安先人就行了）

第三，惨淡经营礼乐大业。这是贤人以德化俗的格外重要的实践方式。按照原始儒家的社会理想，礼是治国安邦的根本，进行礼乐教化是执政者的当务之急。然而，正如迟衡山所指出：“我本朝太祖定了天下，大功不差似汤武，却全然不曾制作礼乐。”贤人们只有走“民间”途径，即凭借自身的力量重修礼乐之事。“祭泰伯祠是书中第一事”，其目的正是让“大家习学礼乐，成就出些人才，也可以助一助政教”。贤人们对此表现出极大的热情。迟衡山首倡，杜少卿第一个捐资，庄绍光应征前就向迟衡山保证：“先生放心，小弟就回来的，不得误了泰伯祠的大祭。”虞博士则是主祭。整个祭典场面之宏大，连生长在南京的七八十岁的人都感叹：“从不曾见过这样的礼体，听见这样的吹打。”足见祭泰伯祠是贤人们倾其心血的事业。

尽管站在今天的角度看，贤人们企图借助道德的力量来挽回世道人心，在当时的社会状况下是注定要失败的。但每个人都生存在他那个时代的格局中，我们是不能以今天的眼光来责备他们没有找到正确道路的。重要的是，贤人们执著于理想，与生于“天下滔滔”之时却顽强地“知其不可为而为之”的孔子、墨子是一脉相承的。《易传》所谓“天行健，君子以自强不息；地势坤，君子以厚德载物”，正是贤人们人格精神的写照。

三 容众大度

一方面，对圣贤人格的追求，使贤人具有高出世俗的气概；另一方面，贤人身上浸润着时代的风气，他们在保持自己的崇高理想和追求的同时，绝不忘掉与普通人的联系，力图使自己成为公共生活的一部分，而不是外在于公共生活的游魂。尽管《论语·子张》提出过“尊贤而容众，嘉善而矜不能”的处世准则，但真正将它运用到日常生活中去并非一件易事。朱熹在注《论语》时就认为这种准则虽正确但“有过高之病”。因此，在原始儒家那里，我们看到的更多是这样的情形：“君子”与“小人”

界限分明；对于那些“志于道，而耻恶衣恶食”的士人，明确表示“未足与议”（《论语·里仁》）。甚至当“季氏富于周公，而求也为之聚敛而附益之”时，孔子愤怒地骂道：“非吾徒也。小子鸣鼓而攻之可也！”（《论语·先进》）《外史》中的贤人则不像原始儒家那样把生活中的丑陋一律归咎于“小人”、“坏人”，他们在观察社会时，能以宽容的心态肯定世俗人生的价值，肯定普通人物质生活欲望的合理性。他们认识到，社会不是简单的类型化的群体的结合，崇高与卑劣，合理与荒谬之间存在着许多可以理解的东西。这是贤人特有的藏污纳垢的大度，它体现了贤人对“人”的尊重和理解，也是其本身作为普通人的真性情的外露。这是非常可贵的人格精神。

“容众”首先是对自身作为普通人的认同感。贤人们实践着儒家的社会理想和人格理想，但他们并不是拘泥于原始儒家的迂儒。他们对“治生”的重视便是一证。原始儒家对“治生”是比较忽视的，孔子曾赞扬颜回：“一箪食，一瓢饮，在陋巷。人不堪其忧，回也不改其乐。贤哉，回也！”（《论语·雍也》）在原始儒家那里，精神、道德的力量足以弥补物质的贫乏。孔子说：“饭疏食，饮水，曲肱而枕之，乐亦在其中矣。不义而富且贵，于我如浮云。”（《论语·述而》）而贤人们认为，只有在经济上有基本的保证，才能维护个体尊严并实践理想，而且在符合道义的前提下，贤人也不排斥比较优裕的生活。我们看到，“学两件寻饭吃本事”一直贯穿于虞博士的人生。他无意功名，但却多次参加科举考试，年轻时还给人家看过风水，算过命，因为这些都不失为谋生的手段。虞博士对杜少卿说过一段既坦诚又朴实的话：“少卿，我不瞒你说。我本赤贫之士，在南京做了六七年博士，每年积几两俸金，只挣了三十担米的一块田。我此番去，或是部郎，或是州县，我多则做三年，少则做两年，再积些俸银，添得两十担米，每年养着我夫妻两个不得饿死，就罢了。……现今小儿读书之余，我教他学个医，可以糊口，我要做这官怎的?”虞博士一再提到妻子和小儿，在他看来，养活妻儿是最低限度的人生责任，只有在完成了这一责任的前提下，才谈得上行“道”。玄武湖物产丰富，那儿的生活应该是比较优裕的。庄绍光能够坦然接受，并不担心较好的物质生活有损自己的精神境界。这样的人生态度正是一个普通人所具有的。

对于自身作为普通人的认同感，推演开去，即以社会中平等一员的眼光看待一切人和事，表现出理性的高贵。杜慎卿一生中最轰轰烈烈的举动是定梨园榜，即“逞风流高会莫愁湖”。这番“传遍了水西门，闹动了淮清桥”的举动使“这位杜十七老爷名震江南”。他玩得情趣盎然，也玩得才华横溢，“玩”就是他的人生态度。与杜少卿等执著于道德理想相比，杜慎卿缺少的是呼唤理想、鞭挞丑陋的激情。然而，贤人对杜慎卿这帮风流名士并不反感。第四十六回庄绍光等人相约作登高会，虞博士、杜少卿、汤镇台都来了，席间演戏，便特意邀了杜慎卿所定梨园榜上的名角；当余大先生把当年杜慎卿的这件“风流事”向虞博士等人讲述了一遍后，众人开心地“大笑”。社会责任感极强的贤人之所以能够容纳杜慎卿等人的“风流事”，正是基于贤人对“风流事”和名士、才子的理解。原来，按照传统的知识分子自我塑造的理想范式，人应当兼具道德与才情。虞博士等人祭泰伯祠是真名士救焚拯溺的责任感的严肃表达，而真名士的人生也须用“风流”来美化，定梨园榜正是才情洋溢的艺术化游戏。这两个方面各代表了真名士的两个侧面。尽管贤人明白这两个侧面的轻重关系，他们自己不会去做这类“风流事”，但他们能理解“风流事”的价值和意义，表现出可贵的宽容。

对于生活中的“小人”、“坏人”，贤人们也能够设身处地地为之着想。我们看看这几个小事例。虞博士曾经把一个丫头配给严管家，并不曾要他一个钱。后来严管家嫌“衙门清淡，没有钱寻”，辞了要走。虞博士不但不向他要丫头的身价，还给了他十两银子，并推荐他到一个知县衙门里做长随。正如武书所假设，“要是别人，就要问他要丫头身价，不知要多少”。虞博士之所以不同于别人，不仅仅在于他的厚道，更在于他懂得：严管家不甘于清贫，这是他自己的合理选择，别人无权干预，不可用自己的价值标准衡量他人的行为。杜少卿曾经不肯相与混账官王知县，后来王知县丢了官，没有房子住，少卿则把他请到自家的花园里住。在杜少卿看来，不相与在位时的王知县，是人格尊严的体现；而丢了官的王知县已成了一介平民，急需房子住也在情理之中。理解人、尊重人的“容众”的人格精神，非一般人所能领会。这是贤人作为普通人的真性情使然，单纯追求圣贤人格的人不能够达到这一境界。

四 诗人气质

贤人们追求的圣贤人格，是理性的、深刻的，具有深厚的传统，令读者肃然起敬；他们追求的容众人格，体现了普通人情感的真挚，具有平易近人的品格，令读者感到亲切自然；而将这两者有机地贯穿起来，使其和谐统一的，则是贤人身上特有的诗人气质。他们以审美的心态体味人生，观察社会，具有隐逸的品格，显示出冲淡的诗人气质。

诗人气质与自然风光密不可分。现实世界往往是污浊的，凡近的；而自然总是清纯的，玄远的。处于宁静幽邃的大自然之中，人的功利之心就有可能被化解，从而达到与自然交融的悠然境界。不仅如此，自然还是人的畅神之物，人在玩味景物的同时也在玩味心灵。我们看看贤人是如何以诗人气质感受自然，感受生活的。

贤人们对自己的住所作过精心的布置，因为这是他们日常生活的舞台。布置的标准是不求富丽堂皇，但求雅致、清逸的气象。杜少卿在天长县的住处便很幽静。要“从厅后一个走巷内，曲曲折折走进去，才到一个花园”。这是曲径通幽的设计。花园里有牡丹台、芍药台、荷花池。最引人注目的是韦四太爷去拜访杜少卿时，“两树极大的桂花，正开的好”。花草树木在中国文化里积淀了特定的意味，各自代表着不同的品位。桂花的品格是清高、幽远、恬淡。特别是当人坐在书房里时，“这两树桂花就在窗槅外”，更突出了桂花在少卿住所的醒目地位。这里既有桂花的清香，也有书卷的气息，人处于这样的环境中，自然能感受到远离尘世喧嚣的雅趣。对虞博士的住处，小说着墨不多，只写了这样一句：“转眼新春二月，虞博士去年到任后，自己亲手栽的一树红梅花，今已开了几枝。”作者在此用简笔勾勒却极为传神。红梅并不多，只栽了一树；花开得不算多，只有几枝。但这几枝红梅花与虞博士冲淡的心境是一致的。儒家讲究自然物的比德功能，重视其中的象征意味。虞博士栽的是红梅（春梅），而不是腊梅。在平和雅淡的春梅与傲霜斗雪的蜡梅之间，春梅更接近虞博士的气质。

处于远离尘俗、一派隐逸气象的环境中，贤人们感受景物的方式也是诗化的。杜少卿有一坛埋在地下九年多的陈年老酒，他与韦四太爷一起品尝这好酒时，“烧许多红炭，堆在桂花树边，把酒坛顿在炭上”。（第三十一回）边吃酒边赏花的方式在虞博士、庄绍光那里也极受推崇。虞博士的红梅花开了，他便“叫家人备了一席酒，请了杜少卿，来梅花下坐”。庄绍光在玄武湖欣赏湖光山色，看那四时不断的花，也常常“斟酌一樽酒”。这种酒与花草树木相伴以表达逸情的方式在“隐逸诗人之宗”陶渊明那里已分外引人注目。他的酒常与菊花、松树连在一起，例如“秋菊有佳色，裛露掇其英。泛此忘忧物，远我遗世情。一觞虽独进，杯尽壶自倾。”（《饮酒》其七）“春松在东园，众草没其姿……提壶抚寒柯，远望时复为。”（《饮酒》其八）尽管虞博士等人品酒时赏玩的不一定是菊花和松树，但实质是一样的，都是冲淡心境的流露和隐逸情怀的表达。

即使是贤人的日常生活，也常常蕴涵着古典诗词的意境。试举一例。《世说新语·简傲》记载：“王子猷尝行过吴中，见一士大夫家极有好竹……王肩舆径造竹下，讽啸良久……”这件事一向被视为王子猷（王徽之）的韵事之一，六朝人津津乐道。唐代陈羽的《题山居》诗却有意翻进一层落笔：“云盖秋松幽洞近，水穿危石乱山深。门前自有千竿竹，免向人家看竹林。”其韵致又超过了王徽之。王徽之要“向人家看竹林”，而陈羽则“门前自有千竿竹”。《外史》中，杜少卿携眷游清凉山，借人家的姚园，相当于王徽之到别人家看竹；庄绍光夫妇隐居玄武湖，则大有陈羽“免向人家看竹林”的意趣，难怪庄绍光和娘子一起凭栏看水时会笑着说出这样一段话了：“你看这些湖光山色都是我们的了！我们日日可以游玩，不像杜少卿要把樽壶带了清凉山去看花。”（第三十五回）

贤人们的诗人气质是其淡泊名利的人格的外现，相对于以道自任的圣贤人格，它显得轻松、飘逸；相对于容众人格，它显得超脱、悠远。它处于圣贤人格和容众人格之间，既远离了前者的沉重，又远离了后者的琐碎。诗人气质将两者融为一体，使贤人具有特殊的人格魅力。从明清两代文学发展的脉络看，吴敬梓对贤人的圣贤人格和诗人气质的塑造，反映出清代章回小说向士大夫古典精神传统的回归；容众人格则是对明代中后期世俗化趋势中合理因素的继承。在这个意义上，《儒林外史》是一部里程碑的作品。

（本文系与鲁小俊合撰。原载《江汉论坛》1998年第9期，收入本书时略有删改）

论《儒林外史》的写意特征

写意历来为中国文人所钟爱，有着源远流长的传统，它不独在以抒写性情为宗旨的诗歌和文人画家中大显身手，即使在叙事文学领域，也占有重要地位。叙事文学写意传统的源头可以追溯到诸子散文。《论语》中关于孔子的片言只语和某个行为举动只是一种思想和精神的载体，虽然也能从中窥见孔子的风神，但这却不是它所强调的，换言之，形象只是手段，而意象才是目的。诸子散文中的寓言大多用作譬喻，故事的重要性在于它是意蕴的载体。

中国小说是一种晚出的文体，它在产生和发展的过程中深受多种文学传统的影响，它直接孕育于史传，写实是它的本色，但写意也一直是它努力学习和效仿的。纵观古代小说的发展历程，这一点相当明显。

写实所注重的是客观世界的再现，因此，它注重情节的完整合理与细节的准确真实；而写意的重点在于传神寄兴，借助于所写对象的典型特征和意趣，来传递作者的某种体悟和情感。一般来说，文言小说特别是文言笔记小说的写意色彩较为浓厚，因为文言小说大都是文人的寄情之作，而写意实际上就是文人个性的流露。初期白话小说在很大程度上带有商品性质，有迎合一般读者（或者是听众）审美趣味的倾向，因此写意成分较少。但在文人介入乃至独立创作白话小说之后，不仅带来了它的雅化，而且写意因素逐渐加强，出现了写实与写意完善统一的伟大作品。《儒林外史》就是其中的杰出代表。

《儒林外史》的作者吴敬梓并没有明确提到他创作这部传世名作的动机，也许在他看来，这本不是值得津津乐道的事情，他引以为自豪的只是“美人一赋堪千古”的《移家赋》。但我们可以从他的其他言论中略窥端倪。他在为友人的《玉剑缘》传奇所作的序中说：“君子当悒郁无聊之会，托之于檀板金樽以消其块磊。”由此可见，他是同意“发愤”说的。在这一点上，他与“新闻总入《夷坚志》，斗酒难消磊块愁”的蒲松龄堪称同道。创作《儒林外史》的原动力也正是作者对末世浇薄世风的痛心疾首和对河清海晏的表面平静下掩藏的巨大社会危机的忧心忡忡。这同时也是小说写意特征的成因，强烈的主体情感的渗透，必然会带来小说风格的变化。

一　淡化情节

《儒林外史》一反当时小说重情节的老路，而有明显的情节淡化倾向。情节服务于作品意图的阐发，为了这个目的，有时甚至故意中断情节的线性发展。如小说第二十回写到匡超人停妻再娶，回到杭州，却听说原配娘子已经去世。这个情节刚刚展开就马上煞了尾。齐省堂本在此有一句诙谐的评语：“好个凑趣的娘子。”小说这样安排，是因为它无意纠缠于之后的情节，它所关注的只是匡超人这个本性善良的青年如何被功名富贵腐蚀了心灵。《儒林外史》中人物众多，“幽榜”一回中提到的就有 91 人，人物在进行完他们的人生表演后随之退场，极少交代他们的结局。即使偶尔写到，也是为了展开其他人物的故事，如牛布衣的死正是牛浦郎表演的开始。《儒林外史》在这一点上与它所学习的史传迥异，原因正在于二者的宗旨不同。史传力求完整记录人物的一生，而《儒林外史》则借助这些人物来“抒其块磊”，它不在意事件的来龙去脉和人物的有始有终，它把聚焦点始终对准意味深长的精彩时刻。同样的原因，它并不是平均分配它的笔墨，而是有意识地选择详略。小说对于它所钟爱的正面人物、倡导“礼乐兵农”的真儒贤士们着墨甚多，如杜少卿、庄绍光、虞育德等。特别是“书中第一人”（卧闲草堂评语）虞育德，采用正史纪传的笔法隆重推出，从他的出生写起，缓缓道来。而对于那些追名逐利的儒林小丑，则抓住极具表现力的细节进行揭露，甚至数人合写，集中讽刺。一切都在作者意向的统摄之下，我们也可以据此推测作者对于人物的态度。马二先生虽受科举毒害至深，但却不是吴敬梓要否定的人物，作品费了大量篇幅来写他的“行状”，其中两次写到他的古道热肠，一是为蘧公孙化解官司，一是资助、“开导”匡超人，因此让他做祭泰伯祠的三献也是情理之中的事。大祭泰伯祠，以礼乐化俗，这是作者的理想所在，也是小说中真儒贤士们力挽颓废世风的豪举，因此小说不厌其烦，用郑重的笔墨详细记录了烦琐的献祭过程。不难看出，作者对此倾注深情，他真心希望他所提倡的古礼古乐能成为补天的五色石，能够改变儒林的悲剧命运。也正因为作者情感的点染，祭泰伯祠这本身并不吸引人的仪式才在小说中享有如此崇高的地位。

《儒林外史》的叙述格局也同样服从于作者强烈的抒写胸怀的需要。重情节的小说一般是由情节的内在因果联系来推动叙述，常依照情节发展的线性流程来布局。而以抒写性情为要务的《儒林外史》没有可以联络全篇的中心情节，它确立叙述格局的依据是各部分的“意连”而非“事连”。小说第一回“楔子”写了一位嵚崎磊落的名士王冕。楔子，用金圣叹的话说，它的作用是“以物出物”，用以引起下面的情节。但王冕的事迹与后文并无直接联系，它的作用是“敷陈大义”和“隐括全文”。从第二回至第三十回，小说集中笔力讽刺那些追名逐利的读书人，他们或是热衷于科举，或是津津于名士风流。从第三十一回至第四十四回，《儒林外史》着力刻画一批品行高尚、学识渊博、才能卓特的知识分子。他们不随世俯仰，讲究文行出处，提倡礼乐兵农，并且拿出实际行动。大祭泰伯祠是他们改变现实愿望的集中体现，虽然收效甚微，但在那个污浊的时代，这种举动实为难能可贵。从第四十五回至第五十四回，小说集中表现以儒林为中心的整个社会的灰暗现实，虽有几位颇具君子之风的儒生，但却湮没在浇薄世风的浊流之中。第五十五回，小说写了四个名士化的市井奇人，在一曲高山流水中降下帷幕。全书以写一位画荷花、乘牛车出游、躲避征聘的名士王冕始，而以写于老者焚香烹茶，荆元弹奏高山流水终，由此寄寓了作者经过一番探索之后对正直士子出路的思考，在他看来，也许只有隐居一条路了。尽管有些伤感，但毕竟还是有希望，“礼失而求诸野”，在民间、在底层，毕竟还有能够辞却功名富贵，自食其力，坚持操守，安贫乐道的仁人君子在，礼乐文化也就并未绝迹。联系小说中间对儒林丑态的鄙薄，对贤士复兴礼乐的赞许，对浇薄世风的痛恨，小说呈现“善—恶—善—恶—善”的格局。这种首尾相接、循环往复的格局颇似钱钟书先生在《管锥编》中提到的“蟠蛇章法”。钱先生曾引陈善《扪虱新话》卷二的话对此进行注释：“桓温见八阵图，曰：‘此常山蛇势也。击其首则尾应，击其尾则首应，击其中则首尾俱应。’予谓此非特兵法，亦文章法也。文章亦应宛转回复，首尾俱应，乃为尽善。”这种“蟠蛇章法”使小说能够自由舒展地描绘儒林的众生相，又不给人以松弛散乱之感。纵观全局，人们得到的印象是“万象纷陈，一元复始”，也正是卧闲草堂评语归纳的“可谓一茎草化丈六金身”，这与作者的叙述动机也正相契合。

二 “以我观物”

写意不仅是一种表现方式，更是一种精神。那位身遭鼎革之变的朱耷，他创作大写意的花鸟画，就是为了倾泻他的人生忧愤。他的画“愤慨悲歌，忧愤于世，一一寄情于笔墨”，常常是鱼翻怪眼，鸟睁怒目，白眼向人。一种求生不得、求死不能的痛苦煎熬之状跃然纸上。写意注重主体情感的抒发，因此它不拘泥于对现实世界的亦步亦趋，而是“以我观物”，在现实基础上进行大胆的变形和夸张。

《儒林外史》继承了《金瓶梅》的写实手法，力求真实再现末世儒林的众生相，它通常采用白描手法来“摹写人物事故”，展现一个个生活场景，但它也不排斥那些平中见奇的事件，有时甚至是着意夸张而为之。吴敬梓一般是在他要否定的对象或者现象身上使用这类事件，它们在小说中如异峰突起，给人以深刻印象，如周进撞号板、范进中举发疯、严监生临死前因点了两茎灯草不肯断气、王玉辉鼓励女儿殉夫等，都颇具夸张色彩。吴敬梓似乎也比较喜爱此类情节，也许在他看来，非如此不能展示畸形制度下的诸多怪现状，不能抒发心中的愤懑与不平。吴敬梓亲历科场，有过“匍匐乞收”的经历，因此对科举弊端尤有切肤之痛。程晋芳《文木先生传》说他“独嫉时文名士如仇，其尤工者，则尤嫉之”，颇有点恨屋及乌的味道了。因此，他这样写科名蹭蹬、备尝辛酸的范进中举之后的情形，也就不足为奇了：

> 报录人见了道：“好了，新贵人回来了。”正要拥着他说话，范进三两步走进屋里来，见中间报帖已经升挂起来，上写道：“捷报贵府老爷范讳进高中广东乡试第七名亚元。京报连登黄甲。”范进不看便罢，看了一遍，又念一遍，自己把两手拍了一下，笑了一声道：“噫！好了！我中了！”说着，往后一交跌倒，牙关咬紧，不省人事。老太太慌了，慌将几口开水灌了过来。他爬将起来，又拍着手大笑道：“噫！好了！我中了！”笑着，不由分说，就往门外飞跑，把报录人和邻居都吓了一跳。走出大门不多路，一脚踹在塘里，挣起来，头发都跌散了，两手黄泥，淋淋漓漓一身的水，众人拉他不住，拍着笑着，一直走到集上去了。（第三回）

夙愿成真，却引发了一场闹剧，可见“功名”二字对于醉心科举的士子有多大的诱惑力。据考此事本刘献廷《广阳杂记》“有举子举于乡，喜极而狂”，我们似乎也没有必要去求证是否实有其事，也许生活原本不平凡，而吴敬梓也无意为它作出平凡的解释，他所在意的是如何将他的激愤准确地表达出来。

《儒林外史》对某些丑恶现象往往不遗余力地进行重复描写。这方面，古代小说推崇的是“犯中求避”，金圣叹曾在《水浒传》第十一回总评中说：

吾观今文章之家，每云我有避之一诀，固也，然而吾知其必非才子之文也。夫才子之文，则岂惟不避而已，又必于本不相犯之处，特特故自犯之，而后从而避之。此无他，亦以文章家之有避之一诀，非以教人之避也，正以教人犯也。犯之而后避之，故避有所避也。

对于这种理论，吴敬梓不可能不知道，但他却反其道而行，根本不考虑“避”，而是故意求“犯”。这绝对不是无心之失，而是经过深思熟虑的有意为之。就拿自我吹嘘来说，这是小说所着力批判的恶习之一，几乎所有的无行士子都有这个毛病。作品写了梅玖自吹正月初一梦见日头落身而进学，王惠自吹鬼神暗助自己中举，王仁自吹全在纲常上下工夫，严贡生自吹为人率真、从不晓得占人寸丝半粟的便宜，张静斋自吹读过刘基的墨卷，陈和甫自吹扶乩看相无不神验，匡超人自吹家供先儒匡子之神位，牛浦郎自吹见县官时骑驴上暖阁，等等。不仅如此，小说中还多次写到自我吹嘘者被当场戳穿，狼狈收场。这种漫画式的场面如堆积木一般层层累积，不仅突出了这种恶习的普遍与严重，同时也鲜明地表达出作者的深恶痛绝之情。这种对生活的揶揄模仿，似乎不符合艺术再现的原则，但却是作者用意的极佳体现。

《儒林外史》还常采用漫画式的笔法描绘一些颇具诙谐色彩的场面，来进行某种暗示或是暗讽。第十回“蘧公孙富室招亲”中有这样一幕：

须臾，酒过数巡，食供两套，厨下捧上汤来。那厨役雇的是个乡下小使，他靸了一双钉鞋，捧着六碗粉汤，站在丹墀里尖着眼睛看戏。管家才掇了四碗上去，还有两碗

> 不曾端，他捧着看戏。看到戏场上小旦装出一个妓者，扭扭捏捏的唱，他就看昏了，忘其所以然，只道粉汤碗已是端完了，把盘子向地下一掀，要倒那盘子里的汤脚，却叮当一声响，把两个碗和粉汤都打碎在地下。他一时慌了，弯下腰去抓那粉汤，又被两个狗争着，咂嘴弄舌的，来抢那地下的粉汤吃。他怒从心上起，使尽平生气力，跷起一只脚来踢去，不想那狗倒不曾踢着，力太用猛了，把一只钉鞋踢脱了，踢起有丈把高。陈和甫坐在左边的第一席，席上上了两盘点心——一盘猪肉心的烧卖，一盘鹅油白糖蒸的饺儿，热烘烘摆在面前。又是一大深碗索粉八宝攒汤，正待举起箸来到嘴，忽然席口一个乌黑的东西的溜溜的滚了下来，乒乓一声，把两盘点心打的稀烂。陈和甫吓了一惊，慌立起来，衣袖又把粉汤碗招翻，泼了一桌。满坐上都觉得诧异。

非特“满坐上都觉得诧异”，读者至此亦应颇感惊奇，齐省堂本评语此处云：“阅至此，虽欲不笑，不可得已。”按理说，在一部以写实为主要特征的小说中安插这样类似插科打诨式的噱头是不相宜的。吴敬梓并不因为遵循写实的原则而缩手缩脚，这种诙谐笔墨在文中也自有其不可取代的作用。蘧公孙乃少年名士，鲁小姐又是才貌双全，才子佳人，看似一段美满姻缘。可是这位鲁小姐秉承父训，是一个迷恋科举制艺的“才女”，在她眼里，以写诗谈诗博名的蘧公孙是不足以倚仗终身的。果然，婚后不久，得知真相的鲁小姐就“愁眉泪眼，长吁短叹”。婚宴上的那个令人喷饭的场景恰成了二人不和谐婚姻的暗示。此事本于《南史》卷十七《刘敬宣传》：“先是，敬宣尝夜与僚佐宴，空中有投一只芒屦于坐，坠敬宣食盘上，长三尺五寸，已经人著，耳鼻间并欲坏；顷之而败。”《南史》记“空中芒屦”以预示“顷之而败”，吴敬梓使用这个事件也不是随手为之，而是一种精心安排。即使这样会使小说整体的写实风格有所损伤，在他看来，也只不过是“舍鱼而取熊掌”的选择。

三　在“铸鼎象物”的同时书写性灵

写意性也是一种自我性，是创作主体真性情的自然流露。《儒林外史》是一部真正文人化的小说，吴敬梓呈现的是一个真正的自我。他执著于对人生的生命况味的仔细品尝，他在用笔“铸鼎象物”的同时也抒写着性灵。

隐逸是吴敬梓的人生理想，在与科举考试彻底决裂之后，他身体力行走上了隐逸的道路。在小说中，他用抒情的笔调刻画了王冕、虞博士、庄绍光、市井四奇人的隐逸品格，笔端流露着赞美与向往。如写虞博士，有这样一个细节：

> 转眼新春二月，虞博士去年到任后，自己亲手栽的一树红梅花，今已开了几枝，虞博士欢喜，叫家人备了一席酒，请了杜少卿来，在梅花下坐，说道：“少卿，春光已见几分，不知十里江梅如何光景？几时我和你携樽去探望一回。”

只有摒却俗务，挣脱名缰利锁的羁绊，才有如此脱俗的意趣。难怪杜少卿说他“襟怀冲淡，上而伯夷、柳下惠，下而陶靖节一流人物”了。他“不但无学博气，尤其无进士气”，却很有隐逸气。寄情山水是隐士们的传统，隐居玄武湖的庄绍光曾一句点题："你看这些湖光山色都是我们的了！"山水不是外在于隐士的遥远的风景，而是隐士们心灵的避风港。《儒林外史》中为数不多的山水、田园风光的描写，大都具有隐逸情韵。第八回写娄氏兄弟辞别蘧祐，坐着小船，看见两岸桑阴稠密，禽鸟飞鸣；小港里面撑出船来，卖些菱藕。面对如此超尘脱俗的田园风光，就连一肚子牢骚的两位贵公子也不禁感慨："我们几年京华尘土中，那得见这样幽雅景致。宋人词说得好：'算计只有归来是'。果然！果然！"例外的是小说对西湖景致的描写，却是笔带调侃，还将迂腐的马二先生穿插其中，一片滑稽。吴敬梓何以如此鄙薄大名鼎鼎的西湖？原因也正在于西湖毫无隐逸气象，倒是颇多市井风情。张岱曾把西湖比作名妓，声色俱丽，但倚门献笑，其品格不够清高（见《西湖梦寻》卷一）。这种风格，当然不能见容于冲淡幽静的吴敬梓。

创作《儒林外史》的吴敬梓是一位冷静而深刻的思想家，但也不乏诗人气质，他本身还是一个不错的诗人，有不少诗篇传世。他通常不直接引诗入小说，一反明代白话小说大量搞"有诗为证"、才子赋诗的老套，但他乐于以诗境入小说。一方面，王冕、虞育德、庄绍光、荆元等人的隐士品格是诗化的，他们感受山水自然的方式也是诗化的；另一方面，他还直接从诗境中取材，用小说来展示富有诗意的情节。在他看来，诗意并不受体裁的限制，小说同样也可以营造诗意葱茏的氛围。如唐代陈羽《戏题山居》诗云：

> 云盖秋松幽洞近，水穿危石乱山深。
> 门前自有千竿竹，免向人家看竹林。

《世说新语·简傲》曾记王徽之到吴中一位士大夫家中看

竹事，后人对此津津乐道。陈羽的诗则有意翻进一层落笔，王徽之要“向人家看竹林”，而陈羽“门前自有千竿竹”，韵致自是更胜一筹。《儒林外史》中，杜少卿携眷游清凉山，借人家的姚园，相当于王徽之到别人家看竹；庄绍光夫妇隐居玄武湖，则大有陈羽“免向人家看竹林”的意趣。吴敬梓构思这一组情节时，意中一定有陈羽的诗在。

吴敬梓偶尔也将诗境化成讽刺笔墨。据（南朝梁）萧统《陶渊明传》记载，晋代诗人陶渊明性情真率，无论谁来拜访他，有酒就摆上来喝。渊明如果先醉，便对客人说：“我醉欲眠，卿可去。”唐代诗人李白化用这一细节，写成七绝《山中与幽人对酌》：

> 两人对酌山花开，一杯一杯复一杯。
> 我醉欲眠卿且去，明朝有意抱琴来。

《儒林外史》中，杜慎卿曾刻意模仿陶渊明的举止。他邀萧金铉、诸葛天申、季恬逸来寓所饮酒。三人都醉了，站起来，把脚不住，告辞要去。杜慎卿笑道：“小弟醉了，恕不能奉送。鲍师父，你替我送三位老爷出去，你回来在我这里住。”杜少卿是个性情矫揉的名士。他模仿陶渊明的真率风度，却又忘不了以主子的口吻奴使鲍廷玺，这就更显出了他的做作。这样拙劣的模仿，不仅全无韵致，而且像他本人嘲讽的斗方名士那样“雅的这样俗”。

英国小说家司各特曾说：“成功的小说家多少都得是诗人，哪怕他一行诗也没写过。”从本质上来说，重再现的小说与重表现的小说并无差别，二者都是情感的产物，优秀的小说同样也是诗。《儒林外史》浸润了作者的主体情感，它以写实的严谨与写意的空灵编织的文字，把古代白话小说提高到了一个新的品位。

（本文系与欧阳峰合撰。原载《明清小说研究》1998 年第 2 期，收入本书时略有增删）

站在《儒林外史》的立场看《红楼梦》

——从胡适先生扬《儒林外史》抑《红楼梦》说开去

“新红学”的创始者胡适先生投入了很多精力和智慧研究《红楼梦》，却又不遗余力地贬抑《红楼梦》。与之形成对照的是，他对《儒林外史》却推崇有加。1959 年 12 月 27 日，在《找书的快乐》的演讲中，他说：“如果拿曹雪芹和吴敬梓二人作一个比较，我觉得曹雪芹的思想很平凡，而吴敬梓的思想则是超过当时的时代。”[①] 1960 年 11 月 24 日，在《与高阳书》中又说道：“我常说，《红楼梦》在思想见地上比不上《儒林外史》，在文学技术上……也比不上《儒林外史》。”[②] 扬《儒林外史》而抑《红楼梦》，尤其是在思想内涵上，明显认同《儒林外史》而非议《红楼梦》，胡适先生自然有他的“道理”。对胡适先生的人文立场作“同情之了解”，即站在《儒林外史》的立场看《红楼梦》，其意义至少有三个方面：加深对胡适先生的了解；加深对《儒林外史》和《红楼梦》的了解；加深对中国传统文

---

① 胡适：《胡适红楼梦研究论述全编》，上海古籍出版社 1988 年版，第 257、258 页。

② 同上书，第 290 页。

化或文化传统的了解。这一工作具有相当的难度和挑战性，而这也正是吸引我们投入心力的原因所在。

讨论分三个层面展开。

一　站在婚姻的立场看恋爱

（一）中国传统社会的婚姻与恋爱

传统社会的婚姻与恋爱同“五四”以后所说的婚姻与恋爱有很大不同。“五四”以后所说的“恋爱”是以婚姻为归宿的“恋爱”，所说的“婚姻”是以恋爱为基础的“婚姻”。一个流行的观点是：爱情是婚姻的基本前提和基础，没有爱情的婚姻是不道德的婚姻。

传统社会的婚姻基本上是一种社会关系。传统社会有所谓“五伦”，也称“五常”，即君臣、父子、兄弟、夫妇、朋友，这五种关系构成社会生活的核心。婚姻关系作为一种社会关系，首先强调的是夫妇要遵守社会的契约和规定，要承担相应的社会责任和义务。换句话说，传统社会的婚姻并不看重现代婚姻所强调的那种被称为爱情的感情因素。古代一些诗人所写的现代人看来好像是写爱情的诗，其实只是表达夫妇之间特定境况下的某种感情。如杜甫的《望月》、李商隐的《夜雨寄北》、陆游的《沈园》等，前两者表达的是离乱之中或离别期间对妻子的牵挂和思念，后者表达的是对亡妻的眷念和哀悼。像这类作品写的感情，是夫妇之间在长期共同生活中培养起来的信任、体贴、关心、爱护之情，而恋爱的感情是一种比较单纯的、两性之间相互吸引的感情。夫妇之间责任比感情更重要，这是传统社会对婚姻的一个基本要求。这个基本要求的背后贯穿着这样的宗旨，即社会是由家庭组成的，社会的稳定以家庭的稳定为基础。夫妇之间相互尽责，实际上是对社会尽责。

传统社会的恋爱则是另一回事。在古代，尤其是秦汉以后，“男女授受不亲”，未婚男女的交往受到很大限制，恋爱发生的空间和机会很少。所以，古代文学作品中所写的恋爱往往是理想或梦幻中的恋爱，如仙女与人间男子的恋爱、花妖狐魅与人的恋爱、才子佳人一见钟情式的恋爱。而实际生活中的恋爱一般只在青年士子与青楼女子之间才会时有发生。这种恋爱通常不以婚姻为归宿，因为按照社会惯例，青年士子与青楼女子是不宜结为夫妇的。《杜十娘怒沉百宝箱》中，孙富之所以能够轻易说动李甲，关键就在于他向李甲点明了这一社会惯例下将要发生的结局：“尊大人位居方面，必严帷薄之嫌。平时既怪兄游非礼之地，今日岂容兄娶不节之人。况且贤亲贵友，谁不迎合尊大人之意者？兄枉去求他，必然相拒。就有个不识时务的进言于尊大人之前，见尊大人意思不允，他就转口了。兄进不能和睦家庭，退无词以回复尊宠。”① 蒋防的传奇小说《霍小玉传》所安排的一个情节更是深具意味。李益和霍小玉之间产生了山盟海誓的感情，二人“婉娈相得”了两年，诀别之际，“玉曰：‘妾年始十八，君才二十有二，迨君壮室之秋，犹有八岁。一生欢爱，愿毕此期。然后妙选高门，以谐秦晋，亦未为晚。妾便舍弃人事，剪发披缁，夙昔之愿，于此足矣’”。这一细节表明，小说后来之所以对李益的愆期负约极尽嘲讽，并非责怪李益没有娶霍小玉，而是责怪他过早地进入了婚姻阶段，没能和霍小玉“恋爱”更长时间。

---

① 抱瓮老人：《今古奇观》，人民文学出版社 1957 年版，第 72 页。

就此可以看出，在中国传统社会里，恋爱通常只是一种名士风流、“佳话”性质的“风怀”，一般不会过渡到婚姻，婚姻和恋爱之间没有必然的衔接。在婚姻和恋爱是两件事的情况下，传统社会对于婚姻是重视的，对于恋爱则大体是宽容的。

（二）《红楼梦》如何对待婚姻与恋爱

很明确，《红楼梦》重视的是恋爱而不是婚姻。《红楼梦》用大量笔墨表现恋爱状态中“女儿”的美好情怀和浪漫情调，而对婚姻状态中的“女儿”则强调其悲剧结局，两相对比，用意显然。大观园中宝黛的卿卿我我自不待言，就连那些丫头们也不乏令人感动的痴情。如第三十回写龄官画“蔷”：“那蔷薇花叶茂盛之际”，“只见一个女孩子蹲在花下，手里拿着根别头的簪子在地下抠土，一面悄悄的流泪”，“竟是向土上画字”，“原来就是个蔷薇花的‘蔷’字”。“画来画去，还是个‘蔷’字。……再看，还是个‘蔷’字。里面的原是早已痴了，画完一个‘蔷’又画一个‘蔷’，已经画了有几十个，外面的不觉也看痴了”。小说于此不厌繁复，意在展示恋爱中“女儿”的动人情态。而一旦离开大观园进入婚姻状态，“女儿”们的生活便为悲剧气氛所笼罩。惟其如此，当迎春被接出大观园等候孙家迎娶时，宝玉才会因此痴痴呆呆，当听说又要陪四个丫头过去，更是跌足道：“从今后这世上又少了五个清净人了！”（第七十九回）后来知道迎春嫁了个“没人心的东西”，又为“人到了大的时候，为什么要嫁”（第八十一回）而痛哭。在这一点上，小说的立场是同宝玉一致的，宝玉对婚姻的恐惧也正透露出小说对婚姻的厌烦。

俞平伯在谈到《红楼梦》中的钗黛时，曾说：“书中钗黛每每并提，若两峰对峙双水分流，各极其妙莫能相下。”[①] 的确，就形貌而言，宝钗“生得肌骨莹润，举止娴雅”（第四回），“品格端方，容貌美丽，人人都说黛玉不及”（第五回）。就才情而言，黛玉和宝钗也不相上下。如，海棠结社时，李纨评黛玉诗稿：“若论风流别致，自是这首；若论含蓄浑厚，终让蘅稿。”（第三十七回）前有林黛玉魁夺菊花诗，后即有薛宝钗讽和螃蟹咏，在大观园诗赛中，钗黛可谓平分秋色。就学识而言，宝钗实际上强过黛玉。如第四十回，黛玉行酒令顺口说了《牡丹亭》、《西厢记》中的唱词，马上即被宝钗发觉，因为宝钗七八岁上，就已经和兄弟姊妹们背着大人偷看了家里藏的《西厢》、《琵琶》以及《元人百种》这些书（第四十二回）。可见，诸如《西厢记》、《牡丹亭》之类，这些似乎黛玉应该更熟悉的，薛宝钗也比她读得更早、更多，记得也牢。此外，黛玉的健康状况不如宝钗，理家的才能也不如宝钗。总体来看，我们不能说黛玉胜过宝钗，反过来，很容易说宝钗胜过黛玉。但我们又分明感觉到，在《红楼梦》里，宝玉的心是明显偏向黛玉的。原因何在？很重要的一点是：黛玉是他恋爱生活中的人，宝钗主要是他婚姻生活中的人。作为宝玉婚姻生活中的人，宝钗其实是无可挑剔的。第五回里，一曲“终身误”就用“齐眉举案”来形容宝玉、宝钗之间的夫妇关系。“齐眉举案”是说夫妇相敬如宾，但相敬如宾也就意味着他们可能感情上不太亲密。所以才有“纵然是齐眉举案，到底意难平”之叹。这说明，尽管自己的婚姻生活是完美的，但他“终不忘世外仙姝寂寞林”，正彰显出恋爱的缺席所导致的心灵失落。对“生于公侯富贵之家”而“为情痴情种”的

---

① 俞平伯：《作者的态度》，见俞平伯《红楼梦辨》中卷，亚东图书馆 1929 年版，第 16 页。

贾宝玉来说，恋爱生活比婚姻生活更让他有心灵的归属感，所以他才一心认定："都道是金玉良缘，俺只念木石前盟。"（第五回）

由此，我们可以得出结论：在宝玉的心目中，在《红楼梦》当中，恋爱是比婚姻更重要的。《红楼梦》实际是为恋爱而写的，不是为婚姻而写的。这是《红楼梦》的一个基本立足点。

（三）《儒林外史》如何对待婚姻与恋爱

与《红楼梦》形成对照，《儒林外史》则是看重婚姻而不看重恋爱。第三十四回，杜少卿有意曲解《诗经·郑风·溱洧》就表达了这种立场。《郑风·溱洧》是一首写郑国青年男女在河边游春戏谑、并以芍药为赠的情诗。朱熹说"此诗淫奔者自叙之词"[①]，实际上承认它写的是未婚男女的恋爱，只不过他以贬抑的态度进行解读，也就是说，这只是褒贬的不同，而非事实的不同。但杜少卿则明显做了与诗意相悖的解释："据小弟看来，《溱洧》之诗也只是夫妇同游，并非淫乱。"作者借杜少卿之口强调这首诗是写夫妇同游，就是要强调《溱洧》不是写恋爱，而是写婚姻的。杜少卿的原型是吴敬梓，他对《溱洧》的见解正与吴敬梓《诗说》中的说《诗》观点一致。

吴敬梓将恋爱曲解为婚姻并非仅此一例。他的朋友李本宣年轻时写过一本才子佳人恋爱的传奇《玉剑缘》。吴敬梓在为该剧所做的序中，一方面批评"南北曲多言男女之私心，雕镂劖刻，畅所欲言，而后丝奋肉飞，令观者惊心骇目"，另一方面又告诫读者千万不能"以此想见李子之风流"。因为这部传奇是"君子

---

① （宋）朱熹：《诗集传》，中华书局1958年版，第56页。

当悒郁无聊之会，托之于檀板金樽以消其块磊”之作，其“发于一时，感于一事，非可因玉钗挂冠，罗袖拂衣，遂疑宋玉之好色也”①。这里有意消解《玉剑缘》才子佳人恋爱的事实，而赋予其别一种意蕴，与故意曲解《溱洧》如出一辙，正反映出吴敬梓执著的伦理意识，那就是对婚姻极为重视，而对恋爱则持否定态度。而杜少卿说“纳妾”一段，尤能显示出吴敬梓对婚姻的一贯立场。季苇萧向他说：“少卿兄，你真是绝世风流。据我说，镇日同一个三十多岁的老嫂子看花饮酒，也觉得扫兴。据你的才名，又住在这样的好地方，何不娶一个标致如君，又有才情的，才子佳人，及时行乐？”杜少卿回答得很干脆：“苇兄，岂不闻晏子云：‘今虽老而丑，我固及见其姣且好也。’况且娶妾的事，小弟觉得最伤天理。天下不过是这些人，一个人占了几个妇人，天下必有几个无妻之客。小弟为朝廷立法：人生须四十无子，方许娶一妾；此妾如不生子，便遣别嫁。是这等样，天下无妻子的人或者也少几个。也是培补元气之一端。”（第三十四回）吴敬梓从解决社会问题的角度讨论男女关系，而不是从感情的角度讨论男女关系，重婚姻而轻恋爱乃是理所当然的。婚姻之所以重要，就在于它是社会关系的基本组成部分。而传统社会中的恋爱，却通常是一种与社会责任不搭边的感情。吴敬梓以解决社会问题作为人生最重要的事情，怎么会肯定这种性质的恋爱呢？综观《儒林外史》，作者从不涉笔恋爱，这不是偶然的。

综上所述，《儒林外史》是重婚姻而轻恋爱的，《红楼梦》是重恋爱而轻婚姻的。假如站在《儒林外史》的立场看恋爱，我们一定会轻视恋爱。假如站在吴敬梓的立场读《红楼梦》，一

---

① （清）吴敬梓著，李汉秋辑校：《吴敬梓诗文集》，人民文学出版社 2002 年版，第 77 页。

定会像胡适先生那样对《红楼梦》提出质疑和批评。

二 站在责任的立场看感情

（一）从贾宝玉看《红楼梦》如何对待责任与感情

关于贾宝玉，《红楼梦》第三回有两首《西江月》词“批宝玉极恰”：“无故寻愁觅恨，有时似傻如狂；纵然生得好皮囊，腹内原来草莽。潦倒不通庶务，愚顽怕读文章；行为偏僻性乖张，那管世人诽谤！”“富贵不知乐业，贫穷难耐凄凉；可怜辜负好时光，于国于家无望。天下无能第一，古今不肖无双；寄言纨绔与膏粱，莫效此儿形状！”小说以这样一个人物做主角，很明确地显示出它关注的不是责任。

贾宝玉是一个感性的人，是一个感受女儿世界进而感受生活的人，而作者也在小说中设法为他提供了这样的空间。首先，专为贾宝玉设计了一个大观园。大观园表面上是为元妃省亲而建，而实际是作者为宝玉精心造设的一个独立的空间。这个空间和外面的世界是不一样的。外面的世界是和责任联系在一起的，无论是贾政，还是贾珍、贾琏，不管人品如何，都必须进入社会生活去承担责任。大观园里面就没有诸多扰攘的事情，宛如世外桃源。作为唯一可以住进大观园的男子，宝玉可以用心感受这里的一切。其二，当宝玉正处于应该读书即为进入社会做必要准备的人生阶段，却因贾母的宠爱和放纵，竟然也得以解脱出来。特别是在宝玉被打后，贾母更不让贾政对宝玉管得太紧，这就给他提供了一个长期自由的空间。在这个空间里他主要就是和女孩子们待在一起，感受并表达着。可见，《红楼梦》以贾宝玉为重心，而又有意识地把他从社会的要求当中解脱出来，实际上就是要创造一个可以集中笔墨写感情与感受的空间。

读《红楼梦》，我们有一个强烈印象：贾宝玉从没有为他的家庭承担过任何值得一提的责任，小说也从来不给身为男子的贾宝玉理家的机会。这是作者有意的设计：《红楼梦》绝不能让贾宝玉陷入这样的生活中。一旦他陷入庶务，那么他就成了完成他人生责任的角色。小说把他从这样的生活中解脱出来，我们看到的宝玉就不再是一个行动的人，而主要是一个感受的人，感受那些女孩子的欢乐与悲泣，感受她们的美丽与凋落，并以他特有的方式来表达这种感受。他总是处在一个没有间断的感受和表达感受的过程里。第三十回写龄官画"蔷"，其中的宝玉就处于一种如痴如醉、具有连续性的感受状态中。他两个眼珠儿只管随着簪子动，心里还想："这女孩子一定有什么说不出的心事，才这么个样儿。外面他既是这个样儿，心里还不知怎么熬煎呢！看他的模样儿，这么单薄，心里那里还搁的住熬煎呢？可恨我不能替你分些过来。"忽然落下一阵雨来，宝玉就又想："他这个身子，如何禁得骤雨一激。"便禁不住说："不用写了，你看身上都湿了。"他不曾想自己也没有什么遮雨的，经这个女孩子提醒，才觉得浑身冰凉，身上也都湿了。这段细节主要是摹写宝玉细腻的感受，他更多的是在体验，心理活动是其主体部分。可以说，外在的行动对于宝玉来说不是最重要的，重要的是他对这个世界的悲剧感受。第四十四回也有段很有意味的细节。凤姐泼醋，平儿被打。宝玉让她来到怡红院，又是代为道歉，又是吩咐拿换的衣服、舀洗脸水，还亲自为平儿取脂粉。小说这样写他的心理："宝玉因自来从不曾在平儿前尽过心……深以为恨。今日是金钏儿生日，故一日不乐。不想后来闹出这件事来，竟得在平儿前稍尽片心，也算今生意中不想之乐。因歪在床上，心内怡然自得。

忽又思及贾琏，惟知以淫乐悦己，并不知作养脂粉。又思平儿并无父母兄弟姊妹，独自一人，供应贾琏夫妇二人，贾琏之俗，凤姐之威，他竟能周全妥帖，今儿还遭荼毒，也就薄命得很了。想到此间，便又伤感起来。”因没有机会在平儿面前尽心而深以为恨，又因有机会得偿夙愿而怡然自得，又为平儿薄命而伤感不已。宝玉的感受的确是极真极挚的。上述两例，或者从叙事者的角度写人物怎么想，或者从书中人物的角度直接展示其心理。像这样直接介入人物的内心，对人物心理活动作无微不至的描写，在《红楼梦》中随处可见，尤其是对宝玉的刻画，更主要集中于对他的心理活动的揭示上。这在以往的小说中是从来没有过的。而心理描写的优势即在于它可以充分展示人物面对外在世界时的感受。与此相关，对那些承担责任之辈，如贾雨村、贾珍、贾琏等，《红楼梦》乐于把他们写得庸俗可厌，也从另一方面表达了作者对责任的不屑。

（二）从虞博士看《儒林外史》如何对待责任与感情

在学识之外兼重或更重社会使命感是儒家源远流长的传统，《儒林外史》的核心之一也是强调读书人必须执著于道，必须认真履行社会角色和文化职能。小说最推崇的正面人物虞博士就是为了传达这一宗旨而设计的。虞博士生在麟绂镇。麟即麒麟，在古代的话语当中，麒麟是一种象征吉祥的神兽。因此，黄小田评、天目山樵评都认为，虞博士被安排在麟绂镇，就可以见出他是《儒林外史》中的圣人。关于虞博士，《儒林外史》强调，在品行高尚之外，他尤其引人注目的特征是：长于“治生”。十七八岁，他随一位先生学诗文，祁太公告诉他单学诗文无益，需要学两件寻饭吃的本事，虞博士尽心听受。祁太公又劝他买考卷来读，将来应考进学，馆也好坐些。虞博士也照做了，在 24 岁应了考，进了学。只要是可以“治生”的本领，八股也好，地理、算命也罢，他都用心去做。果然一个姓杨的包了他去教书，每年 30 两银子。后来又娶了亲，买了屋，生儿育女。小说对虞博士的“治生”娓娓叙来，乃因“治生”是承担基本人生责任的前提。

随后小说又写了虞博士另一件事：他 32 岁上失了馆。有一次，替人家看葬坟，得了 12 两银子。坐船回去时，遇到一个人因父亲得病死在家里，无钱买棺木而跳河寻短见，虞博士便道：“这是你的孝心，但也不是寻死的事。我这里有十二两银子，也是人送我的，不能一总给你，我还要留着做几个月盘缠，我而今送你四两银子。”（第三十六回）资助人，还告诉他自己实有十二两，只能给四两，因为还要留够几个月的家庭开销，天目山樵于此评道：“并非一时豪举博慷慨之名。”这是一个耐人寻味的细节。如果把虞博士同《水浒传》里的鲁达比较一下，会更有意味。《水浒传》第二回，鲁达要资助金氏父女盘缠，将身边摸遍只得五两银子，就向史进、李忠借，李忠只摸出二两银子，鲁达便道：“也是个不爽利的人!”在鲁达看来，倾其所有帮人才算“爽利”，才算具有豪侠气概。以鲁达的标准来衡量，虞博士也有“不爽利”之嫌。鲁达与虞博士的区别在于：鲁达是豪侠本色。豪侠的生活中没有家庭，因此也没有家庭开销之虑；讲义气是重要的，而尤其看重与“义气”相伴的“豪举”气概。虞博士是有妻儿老小的，他必须首先完成自己应尽的人生责任——养活妻儿，然后才谈得上帮助别人。豪侠凭义气，任感情；虞博士乐于助人，但绝不因此放弃基本的人生责任。而这恰好是《儒林外史》标举虞博士的一个原因。

很显然，虞博士作为《儒林外史》中的第一人，他的为人行事都是富有理性，充满责任感的，《儒林外史》也正是以理性意味和社会责任感来作为支撑小说的骨干。贾宝玉则是在感性引导下生活的，责任不属于他的人生，《红楼梦》也正是以感性意味和个体的感情来作为展开小说的核心。可以说，假如站在《儒林外史》的立场看《红楼梦》，或者站在责任的立场看感情，是难以接受《红楼梦》的价值观念和过于感性的生活的。

三　站在儒家的立场看道家

（一）《红楼梦》如何面对《庄子》

《红楼梦》富有感性意味，注重的是个人的感受。从这一意义上看，它与《庄子·盗跖》所表达的理念具有极大的共通性。《盗跖》绝不推崇忠信孝悌等伦理道德，而是强调人要轻利葆真，养其情性。盗跖的一段话尤其明确表达了面对短促而又艰难的人生，务要“说其志意、养其寿命”的人生态度：“今吾告子以人之情，目欲视色，耳欲听声，口欲察味，志气欲盈。人上寿百岁，中寿八十，下寿六十，除病瘦死丧忧患，其中开口而笑者，一月之中不过四五日而已矣。天与地无穷，人死者有时，操有时之具而托于无穷之间，忽然无异骐骥之驰过隙也。不能说其志意，养其寿命者，皆非通道者也。丘之所言，皆吾之所弃也，亟去走归，无复言之！子之道，狂狂汲汲，诈巧虚伪事也，非可以全真也，奚足论哉！”[①] 关注个人感受，而非社会责任，这正代表了一般意义上的道家的一种观念。同样，在《红楼梦》中，

---

① 陈鼓应：《庄子今注今译》，中华书局1983年版，第780页。

贾宝玉一听周围人向他谈起“仕途经济”就说是混账话，凡读书上进的人就叫人家“禄蠹”，儒家所遵奉的立德、立功、立言都被悬置：事业、责任、社会都不重要，重要的是个人的感受，因为人的心灵需要获得抚慰。或许在一个充满诈巧虚伪、争名趋利的时代，《庄子》是在以一种极端的方式为人的心灵争取一方可以憩息的空间。而大观园也同样是一个可以避开社会、安顿心灵的美丽的梦幻家园。《红楼梦》承继的无疑是《庄子》的避世传统。

（二）《儒林外史》如何面对《庄子》

《儒林外史》第一回就以王冕的立身行事来敷陈大义，隐括全文，而王冕最让人崇敬的品格就是他不慕功名富贵而做隐士。在楔子中树立这样一个隐士的楷模，就是要为全书确立基调，即以隐为高。在《儒林外史》中，作者所推崇的人物如虞博士、庄绍光、杜少卿全是隐士。虞博士“襟怀冲淡，上而伯夷、柳下惠，下而陶靖节一流人物”（第三十六回）；庄绍光辞爵还家，住在湖光山色分外动人的玄武湖；杜少卿自以为走出去做不出什么事业来，就不再应考，不去做官，隐居秦淮河旁。《儒林外史》之所以以隐为高，是因为作者不愿让那些君子、贤人与世俗同流合污。《儒林外史》把隐士推崇到如此高的位置，它承继的究竟是道家的传统还是儒家的传统？或许有人以为它承继的是道家的传统。因为当人们提到《庄子》时，经常会把它和后世的陶渊明、王维、孟浩然等诗人连在一起，说他们受到了老庄思想的影响，所以他们要避世、要隐居。而本文要强调的是，在儒家的人生哲学里面，本来就包含了隐居这种理念。孔子说：“天下有道则见，无道则隐。”孔子最得意的弟子颜渊其实就是一个隐士，孔子赞扬他："贤哉，回也！一箪食，一瓢饮，在陋巷，人不堪其忧，回也不改其乐。贤哉，回也！"后来儒家的一些杰出人物，如北宋的张载、程颐、程颢，南宋的朱熹，明代的陈献章、湛若水等，都曾长期生活在山林之中，以隐居作为他们重要的生活方式。那些因"既无功业以为显明之资，又乏低昂以为植立之地"[①] 的峭直狷介之士也常常选择退隐，并因此而为士大夫清议所推许。以儒家的隐居传统作为背景，我们注意到：《儒林外史》对儒家"太上有立德，其次有立功，其次有立言"的理念有着自己独特的关注。从时间指向上看，立德、立功更多是指向当世，关注当下的责任，而立言更多是指向后世，重在追求社会性的不朽。《儒林外史》中，虞博士等君子贤人首先关注的也是当下的人生，但由于处于一个"吾道不行"的时世，只得退隐，而退隐的目的仍主要在于立德化人。作者在第四十七回借余二先生之口说得很明白："看虞博士那般举动，他也不要禁止人怎样，只是被了他的德化，那非礼之事，人自然不能行出来。"以虞博士为代表的隐士，他们的人格魅力能起到感化人的作用。小说第三十七回还写了一场盛大的祭泰伯祠的仪式，这场祭祀的主祭也是虞博士。之所以要祭泰伯祠：一是"借此大家习学礼乐，成就出些人才"，二是"也可以助一助政教"，就是要用祭祀"让王"泰伯的方式，提倡一种当时社会所严重缺失的"让德"。显而易见，与《红楼梦》中的贾宝玉截然不同，虞博士是一个行动的人，是一个充满责任感的行动的人。《儒林外史》以极为庄重的笔墨铺写虞博士主祭泰伯祠的场面，也正是历史责任感和文化使命感的深切表达。面对这样一群隐士，我们有必要指出，《儒林外史》中的隐居不是来自道家的传统，而是

---

① （明）焦竑：《玉堂丛语》卷七，中华书局 1981 年版，第 233、234 页。

来自儒家的传统，因为它提倡的隐居是贤人在邦无道的时代履行人生责任的另一种方式。

从儒家传统看《儒林外史》和《红楼梦》，可以认为，如果一个人因对污浊风气不满而退隐是可以的，但应该向山水田园归隐，而不能退到大观园里去。这种不同的退隐指向，显示出《儒林外史》与《庄子》、《红楼梦》不同的人生态度。退隐到无何有之乡，退隐到大观园，这是一种避开社会责任的隐居。退隐到山水田园中则是一种依然心系天下的归隐，联系的是一种强烈的社会责任感，这是《儒林外史》的核心所在。

四 本文的结论

本文的题目是《站在〈儒林外史〉的立场看〈红楼梦〉》，其实也可以作另一种假定，即站在《红楼梦》的立场看《儒林外史》。之所以作了现在这样的选择，是因为本文乃由胡适先生的有关论点切入。本文的核心是《儒林外史》与《红楼梦》的相关比较，而并非站在《儒林外史》的立场来“批”《红楼梦》。这是需要补充说明的。

本文侧重于从婚姻与恋爱、责任与感情、儒家与道家三个层面讨论《儒林外史》与《红楼梦》的异同，经过一系列考察，我们确信：1.《儒林外史》和《红楼梦》是两部旨趣很不一样的小说，前者立足于儒家、社会和责任，后者立足于道家、个人和感情，其差异之大，远远超出常人的想象；2. 中国传统文化或文化传统不是单一的，而是丰富多彩的，《儒林外史》和《红楼梦》分别与传统文化中不同的层面（如儒、道）相对接，源流不同，宗旨各别；3. 胡适先生是比较典型的现代儒生，如他自己所说："有许多人认为我是反孔非儒的。在许多方面，我对那经过长期发展的儒教的批判是很严厉的。但是就全体来说，我在我的一切著述上，对孔子和早期的'仲尼之徒'如孟子，都是相当尊崇的。我对十二世纪'新儒学'（Neo-Confucianism）（'理学'）的开山宗师朱熹，也是十分崇敬的。"[①] 胡适先生偏重对社会的责任，他扬《儒林外史》而抑《红楼梦》，乃是顺理成章的一件事情。至于他内心里是否真的不喜欢《红楼梦》，那是另一个问题，本文暂不讨论。

（本文系与甘宏伟合撰。原载《明清小说研究》2010 年第 1 期）

---

① 唐德刚译注：《胡适口述自传》第十二章《现代学术与个人收获》，见欧阳哲生编《胡适文集》（1），北京大学出版社 1998 年版，第 418 页。

误入歧途的寻梦之旅

与《儒林外史》集中表达作者的深沉理性不同，《红楼梦》旨在传达作者的某种特殊悲剧感受。“满纸荒唐言，一把辛酸泪。都云作者痴，谁解其中味？”一个作者，用如此沉重的语气对读者发言，表明作品所传达的感受具有强烈的悲剧意味。而“谁解其中味”的感叹，则有如先知的预言，它提示读者，一部以特殊悲剧感受为描写对象的小说，几乎不可避免地会遭到世人的误解。

《红楼梦》的作者何以会有如此深重的忧虑？

《庄子》曾经意味深长地说：“北方之君子，明于礼义而陋于知人心。”“礼义”基本上是属于社会关系方面的概念，它强调理性，重视功利。所谓“明于礼义”，即对理性的存在、功利的存在，具有理解和把握的能力。“人心”则强调人的感受性的一面。我们平常说“多愁善感”，这里包含着一个事实：丰富的感情，敏感的心灵，往往是与悲切的心理状态连在一起的。我们读秦观的“飞红万点愁如海”，我们读《西厢记》的“花落水流红，闲愁万种”，不免为秦观和崔莺莺异乎寻常的感受能力所震撼。这种种细腻而真切的感受，即庄子所说的“人心”，通常不能为“北方之君子”所理解。《红楼梦》的作者之所以忧虑重重，其深层的原因正是：他料定大多数读者都不免患有“北方之君子”的毛病。他断定他们不能成为《红楼梦》的合格读者。

《红楼梦》难以为“明于礼义而陋于知人心”的读者所理解，首先是因为贾宝玉这一人物不合理性的常规：他缺少获取社会地位的功利性的能力，却拥有超出流俗的感受能力。比如他对人生短暂这一悲剧情境的感受。第二十八回，宝玉听到林黛玉的葬花诗，“听到‘侬今葬花人笑痴，他年葬侬知是谁？……一朝春尽红颜老，花落人亡两不知’等句，不觉恸倒山坡上，怀里兜的落花撒了一地。试想林黛玉的花颜月貌，将来亦到无可寻觅之时，宁不心碎肠断，既黛玉终归无可寻觅之时，推之于他人，如宝钗、香菱、袭人等，亦可以到无可寻觅之时矣。宝钗等终归无可寻觅之时，则自己又安在呢？且自身尚不知何在何往，将来斯处、斯园、斯花、斯柳，又不知当属谁姓？——因此一而二，二而三，反复推求了去，真不知此时此际，如何解释这段悲伤！”这就是时间造成的最根本的悲剧。“天若有情天亦老”。时间是无情的，无论什么，最终都将在它的冲刷中了无痕迹。英雄豪杰与寻常人物，在其终点没有丝毫区别，因为他们都将成为“无”。《红楼梦》那首《好了歌》正真切地道出时间对人生意义的消解。

绝对、永恒是存在于时间之外的，而人是存在于时间之中的。人的生命是在时间中展开的。时间是这样一种维度：它在一种存在状态与另一种存在状态之间建立关系。它使我们发生变化，这是在时间中的人的幸福；但它使一切都发生变化，这又是我们的不幸。人类之不幸，最根本的莫过于他是时间的存在物。贾宝玉、林黛玉都深深体会到了时间所带来的悲剧性，贾宝玉尤以诗人的敏感一次次伤心地感受着宇宙意义的悲哀：人的存在从根本上讲是一种悲剧。

贾宝玉的诸如此类的感受，在“北方之君子”看来，几乎就是“无故寻愁觅恨”。若干“明于礼义而陋于知人心”的红学家，由于不理解这样一种感受的重要性，于是要对宝玉的形象作出另外的解释。蔡元培、潘重规等索隐派学者，一定要将贾宝玉与明清易代联系起来，胡适、周汝昌等新红学代表人物，则一定要将贾宝玉与曹家的兴衰联系起来。在他们看来，因国亡而悲伤，或因家破而悲伤，这都是可以理解的事情。而为时间的悲剧而伤感，“无故寻愁觅恨”，则是不可理解的。事实上，从中国文化的传统来看，贾宝玉的这种悲剧心态不仅是可以理解的，而且具有异乎寻常的意义。

且让我们略作梳理。

宇宙永恒而人生短暂，这是一个令历代哲人伤感不已的话题，也就是晋代羊祜所说的：“自有宇宙，便有此山。由来贤达胜事，登此远望，如我与卿者多矣！皆湮没无闻，使人悲伤……”在人生短暂与山川长存的对比中，人会情不自禁地产生一种卑微感，强烈意识到自我的渺小。而人类中的女性，与这种悲怆感更易产生对应关系。何也？男性可以在将自身社会化的过程中追求“三不朽”的境界，以精神生命的延续来与死亡抗衡，而女性作为闺闱中的存在，其参与社会生活的广度和深度都受到极大的制约，因而“三不朽”的话题几乎与女性无关。《红楼梦》之所以关注青春少女的悲剧，缘由在此。

面对人生短暂这种特殊的感受，人类的回应方式是不一样的，就中国文化而言，由此产生的死亡意识主要有三种。

第一种是儒家的死亡意识。《左传》襄公二十四年：“大（太）上有立德，其次有立功，其次有立言，虽久不废，此之谓不朽。”这就是著名的“三不朽”：立德、立功、立言。其德业著述与人类同在，个体的人虽然消失了，但整体的人类是不会消失的。这就是“三不朽”的精髓所在。这种死亡意识是“北方之君子”所能理解的。

第二种是道家的死亡意识。在道家看来，生和死只不过是道的循环。“生也死之徒，死也生之始”，生是死的连续，死乃生的开始，生死相续，相互转化。从“气”的角度看，人的形体是由气构成的，生即气之所聚，死即气之所散。所以，人死了，用不着悲伤。庄子在妻子死去时鼓盆而歌的故事就旨在印证这个道理。这种死亡意识已难以为“北方之君子”所理解。

《红楼梦》这一类作品代表了第三种死亡意识。而这种死亡意识最不能为“北方之君子”所理解。其核心旨意是：既然人生中美好的事物如此短暂易逝，我们怎么能不加倍地予以珍惜。它所倡导的是一种审美化的情感。这种情感在关注生命短暂、芳时难留、繁华不再等社会人生现象时，具有明显的消解功利意识和道德感的功能。一个必须正视的事实是：人类成就中最伟大的东西通常是在热情洋溢的状态下创造出来的，一味地深谋远虑只会造成思想和感情的沉闷。如果表达得周全些，不妨这样说：没有热情洋溢的成分，生活是没有趣味的；一味地热情洋溢，生活则是危险的。深谋远虑和热情洋溢是我们人类面对的两种难以统一的选择。在大多数情况下，我们宁愿选择深谋远虑，因为危险与趣味相比，对危险的恐惧毕竟容易压倒对趣味的热衷。人之所以为人，一个基本的标志是他遵循理性生活。为了未来的快乐而忍受眼前的痛苦，这是合乎理性的；为了眼前的趣味而造成未来的痛苦，这是不合理性的。《红楼梦》倡导一种神采飞扬、不计后果的情感方式，并非表明作者不能深谋远虑，而可能是厌倦了那种周而复始、陈陈相因的理性的干预。诗与热情的世界需要一定程度地排除理性的干预，尤其是那种世故而功利的理性的干预。纯正的趣味不是反道德，却需要适度的超道德。摒弃严峻的道德感正是超道德的表征之一。有必要强调一句：写出这种超道德、非功利的审美化情感，正是《红楼梦》的魅力所在。

综上所述，结论是：面对宇宙、社会、人生，人类有两种核心能力：理解的能力和感受的能力。理解的能力与“礼义”相对应，带有明显的功利意味；感受的能力与“人心”相对应，带有明显的超功利意味。而以往的红学家，无论是蔡元培一类索隐派学者，还是胡适这一类新红学学者，其共同特点都是“明于礼义而陋于知人心”。他们只能理解功利的东西，而不能理解非功利的东西。他们的寻梦之旅误入歧途是理所当然的。他们只能是《红楼梦》的误读者。

（原载《红楼梦学刊》2009 年第 1 期）

扬黛抑钗倾向及其所反映的社会文化心理

本文由《红楼梦》文本切入，而关注的重心是一个传播接受问题：在《红楼梦》评论中，扬黛抑钗倾向何以始终占据主导地位？

一 “钗黛合一”说符合曹雪芹的本意

清张其信《红楼梦偶评》曾说：“其笔下之作用，则以意淫二字为题，以宝玉为经，宝钗、黛玉与众美人为纬。一经一纬，彼此皆要组织，妙在各因其人之身份地步，用画家写意之法，全不着迹，令阅者于言外想象得之……其组织黛玉处，虽是写意，尚属实写明写，人皆看出，故有《后》、《续》等书。若宝钗一面，则虚写暗写，比黛玉一面，更觉无迹可寻。其实美人中以宝、黛二人为主，其组织处皆用双笔对待之，故宝钗一面，人以为与宝玉无情，而为黛玉扼腕，非知《红楼》者也。”“后回组织黛玉是闻香，此回组织宝钗是闻香，故曰写二人多用双笔对待之。”①

① 本书所引清人评《红楼梦》语，均据一粟《古典文学研究资料》（红楼梦卷），中华书局1963年版。其他地方不另出注。

俞平伯更明确地提出了“钗黛合一”说。他认为：“书中钗黛每每并提，若两峰对峙双水分流，各极其妙莫能相下，必如此方极情场之盛，必如此方极文章之妙。若宝钗稀糟，黛玉又岂有身份之可言。与事实既不符，与文情亦不合，雪芹何所取而非如此做不可呢?”①

“钗黛合一”说与曹雪芹的本意是符合的。第五回“正册”题诗即将二人同咏：“可叹停机德，堪怜咏絮才！玉带林中挂，金簪雪里埋。”一个偏于德，一个偏于才，二者都是曹雪芹所珍视的。至于［终身悟］：

> 都道是金玉良缘，俺只念木石前盟。空对着山中高士晶莹雪，终不忘世外仙姝寂寞林。叹人间，美中不足今方信；纵然是齐眉举案，到底意难平。

所谓“美中不足”，并非说贾宝玉不喜欢宝钗，而只是说他与宝钗的婚姻尽管“美”，但失去了林黛玉，毕竟是人生憾事。宝钗不能取代黛玉，黛玉也不能够取代宝钗，这是因为，贾宝玉对她们的爱，其心理基础是不一样的。对宝钗的欣赏首先基于人类的生存需要：人要生存，就必须“贤”，必须按照文化规定来做人，否则就会被逐出正常的生活秩序；对黛玉的欣赏则主要基于人类的进化需要：完全遵守传统的文化规定，人便丧失了创造性与活力，因此，某些不合乎传统文化规范的言行，可能正是新的更健全的规范的萌芽。此外，“环肥燕瘦”，薛宝钗与林黛玉的风格相异的美，也是她们相互不能取

① 俞平伯：《作者的态度》，见俞平伯《红楼梦辨》中卷，亚东图书馆1929年版，第16页。

代的原因。

曹雪芹兼重钗、黛，这一主观意向曾由脂砚斋明确道出，比如庚辰本第四十二回回前批语：

钗、玉名虽二个，人只一身，此幻笔也。今书至三十八回时已过三分之一有余，故写是回，使二人合而为一。请看黛玉逝后宝钗之文字，便知余言不谬矣。

第四十二回是钗、黛关系极为融洽的开始，此后《红楼梦》还反复渲染过她们姊妹般的倾肝沥胆的信任。比如第五十八回：

贾母又千叮咛万嘱咐托他（薛姨妈）照管黛玉，自己（薛姨妈）素性也最怜爱他，今既巧遇这事，便挪至潇湘馆和黛玉同房，一应药饵饮食，十分经心。黛玉感激不尽，以后便亦如宝钗之称呼——连宝钗前亦直以“姐姐”呼之，宝琴前直以“妹妹”呼之：俨似同胞共出，较诸人更似亲切。

这类文字既写出了黛玉的纯真，也见得宝钗的确厚道温柔，不仅贾母、王夫人喜欢她，周围下人敬重她，连黛玉也真心地爱戴她。毫无疑问：在曹雪芹的构思中，钗、黛二人不是对立的，而是互补的。“合一论”符合儒家的中庸原则，也符合曹雪芹的原意。

二　扬黛抑钗倾向何以始终占据主导地位

然而，扬黛抑钗倾向在《红楼梦》评论中却始终居于主导地位。

程高本续改《红楼梦》，就已通过部分情节，暗示宝钗的心地不是那么善良，并让读者感到有个邪恶的“钗党”存在。犀脊山樵《红楼梦补序》：“余在京师时，尝见过《红楼梦》元本，止于八十回，叙至金玉联姻，黛玉谢世而止。今世所传一百二十回之文，不知谁何伧父续成者也。原书金玉联姻，非出自贾母、王夫人之意，盖奉元妃之命，宝玉无可奈何而就之，黛玉因此抑郁而死，亦未有以钗冒黛之说，不知伧父何故强为此如鬼如蜮之事，此真别具肺肠，令人见之欲呕。”他称“续成者”为“谁何伧父”，自是不妥；但他指出续书才有“以钗冒黛”的情节，也许并非捏造。在程高本问世以后，抨击宝钗而同情黛玉的议论更是连篇累牍。凡此种种，不必引述。

扬黛抑钗倾向的形成，与程高本对《红楼梦》的续改是有联系的，但追根溯源，包括程高本在内，都反映了一种共同的社会文化心理。它由相互联系的三个方面融会而成。

首先，这是憎恶文化规范的一种表示。人类社会一向存在着对文化的不满。人是文化的存在。人并非凭本能生活，而必须遵守特别的生存习惯，亦即按照文化规定来生活。尽管地球上曾经出现过多种不同类型的文化，但它们却一致地向人提出要求：人成为人，成为从非自然产生的东西。我们必须不断克服自己，以达到文化所标示的高度，我们必须努力进取，以满足我们自己或他人对我们的期望。文化不停地向我们发号施令，压制我们，逼我们上进，使我们越活越累。作为被压制的一方，人的内心深处潜伏着反抗文化的倾向。人类希望减轻自己的负担，活得快活些。因此，在历史上，每隔一段时间，几乎都有思想家挺身而出，呼吁大家放弃文化，回到一任本性行动的状态。尽管人必须是文化的存在，放弃文化等于放弃人自己，但是，许多人仍然欢迎这类放弃文化、反对文化的宣言，他们愿意得到宽慰，并热衷于把文化提出的要求鄙薄为“世俗之见”。远在先秦，《庄子》杂篇《盗跖》就扬言：

今吾告子以人之情：目欲视色，耳欲听声，口欲察味，志气欲盈。人上寿百岁，中寿八十，下寿六十，除病瘐死丧忧患，其中开口而笑者，一月之中不过四五日而已矣。天与地无穷，人死者有时，操有时之具而托于无穷之间，忽然无异骐骥之驰过隙也。不能说其志意，养其寿命者，皆非通道者也。

自然，林黛玉的人生内容并非追逐本能的畅适，但她没有那种世俗的希冀宝玉宦达的念头，却是事实；贾宝玉所谓“天地灵淑之气只钟于女子”，就因在他看来，女子较少被文化斫伤，较少受到文化的压制——林黛玉正比较典型地体现出这种自然的风貌。而宝钗则一再劝宝玉留意于仕途经济，做一个“正经”人，即做一个合乎文化规定的人。许多《红楼梦》评论者因此厌恶宝钗而青睐黛玉，比如涂瀛《红楼梦论赞》：“世俗之见，往往以经济文章为真宝玉，而以风花雪月为假宝玉，岂知经济文章，不本于性情，由此便生出许多不可问不可耐之事，转不若风花雪月，任其本色，犹得保其不雕不凿之天。”许叶芬《红楼梦辨》：“人固不可无高人之行，然高人之行，人非之。人固不可有随俗之见，然随俗之见，人好之。黛玉、宝钗，殆其人乎？”其中隐含的正是对文化的抱怨，希望从人应该履行的（或曰按照文化规定应该履行的）行为准则中解脱出来。

其二，扬黛抑钗倾向是不满于传统的一种表示。

人类是理性的存在。但被限定的某种对理性的解释亦即传统并不具有永恒的合理性，而失去合理性的传统却顽强地压抑着人的个性的舒展。传统一向被看作是神圣的、不可侵犯的，必须一代一代地往下传。共同的传统塑造了我们，后来者的独创性由于传统的挤压而被限制住了。这当然是不合理的。正如不存在文化的永恒理想模式，也不存在人类的永恒理想模式。既然人曾规定过行为模式，那么，人也能再规定行为模式。所以，我们有必要与传统保持距离，以便肯定或否定传统。在它不再有充足的存在理由时，我们可以改造它，或者放弃它。狂飙突进运动时期的一些浪漫主义作家甚至认为，意识和理性是我们的不幸，它窒息了我们的天性的深沉，并封锁了我们最深的能量之流。它引导我们走向不可挽回的迷途，永远不能刺穿并越过表层，它所带来的总是人为的。受大体相近的想法驱使，中国的一部分思想家亦极力推崇摆脱传统拘束的“狂”的人格。魏晋和明末，都曾涌现出大量的逸出常规的“狂生”。周作人《陶庵梦忆·序》以为：“明朝人即使别无足取，他的狂至少总是值得佩服的，这一种狂到现今就一点儿都不存留了……专以苛细精干见长，那种豪放的气象已全然消失，那种走遍天涯找寻《水浒传》脚色的气魄已没有人能够了解，更不必说去实行了。”摆脱了依循于传统的“苛细精干”，人生就能展开更为淳朴浑厚的境界。据此，若干《红楼梦》评论者断定，率性而行的“无肠”的黛玉，其人生境界高于“外静而内明，平素服冷香丸，觉其人亦冷而香”的处处照规矩行事的宝钗。朱作霖《红楼文库》说：“虽得妇如钗，实无遗憾，然如钗者人得而妻之，如黛者人固不得而妻之也。不得而妻，而黛玉于是远矣。”又涂瀛《红楼梦论赞》卷三：“或问：‘子之处宝钗也如何？’曰：‘妻之。’……‘处黛玉也将如何？’曰：

‘仙之。’”许叶芬《红楼梦辨》：“黛玉近于薄，薄也而实厚；宝钗似乎厚，厚也而实薄。”他们的看法是一致的：摆脱了病态的理性束缚，生命可以臻于超世拔俗的高度。

其三，历代权势人物借文化规定为自身谋利益的行径导致了尤其广泛、强烈而持久的对文化的不满。

文化与人的本能的矛盾在生活中常常呈现为言与行的不一致，或者心灵与言行的不一致。远在文化的核心内容之一即“礼”产生时就已先天地具有这种品格。荀子《礼论》指出：“礼起于何也？曰：人生而有欲，欲而不得，则不能无求，求而无度量分界，则不能不争。争而乱，乱则穷。先王恶其乱也，故制礼义以分之，以养人之欲，给人之求。使欲必不穷于物，物必不屈于欲，两者相持而长，是礼之所起也。”所以，人之守礼，不是人的本性，而自始至终是在一种强制的状态下。其“伪”是在情理之中的。荀子《性恶》因此毫不讳饰地承认：人之性恶，其善者伪也。“今人之性，生而有好利焉。顺是，故争夺生而辞让亡焉；生而有疾恶焉，顺是，故残贼生而忠信亡焉；生而有耳目之欲，有好声色焉，顺是，故淫乱生而礼义文理亡焉。然则从人之性，顺人之情，必出于争夺，合于犯分乱理而归于暴。故必将有师法之化，礼义之道，然后出于辞让，合于文理，而归于治。用此观之，然则人之性恶明矣，其善者伪也。”“凡礼义者，是生于圣人之伪，非故生于人之性也。”“伪”即“人为”；即文化的规定，是人塑造自己的模型。它不是依靠自然，而是依靠习俗。它产生于主观善良的信仰，所认为的必然和应该。一句话，人为了完善自己而创造了知识的传统、世界观、道德风尚和社会秩序。“伪”的历史作用是伟大的，没有“伪”，人类可能永远停留在野蛮的近似动物的状态。

但是，文化规定的后果并不全是美妙的。“窃钩者诛，窃国者为诸侯；诸侯之门，而仁义存焉。”（《庄子·胠箧》）文化规定在许多情况下并不是自主的，而只是强大的现实阶层的特别表现，或者至少从它获得了方向和内容。换句话说，文化规定的目的不是要使整个人类升华，而只是为了保护部分统治者的利益。季新《红楼梦新评》指出：

> 秦汉以来，所谓礼者，其精神全在于拥护专制，章章如此矣。抑非独秦汉以来为然，即古先王之制礼，其意亦未尝不在于是；考之《礼经》，不可掩也，特未如秦汉以来之甚耳。

“成则王侯败则贼”，统治者可以使文化规定服务于自己，这样，文化就演变为部分人牟取私利的工具，而有些倡导并谨守文化规定的“圣贤”，其目的也正是想从强权者手中得到一丝半粟的好处。因此，《庄子·盗跖》不无道理地认为，历史上的商汤、周武，均属“乱人之徒”，而孔子等“圣人”则是靠迎合这些“乱人”以分取余润，比起盗跖来，他们是更为险恶的强盗。盗跖指斥孔子说：“今子修文武之道，掌天下之辩，以教后世；缝衣浅带，矫言伪行，以迷惑天下之主，而欲求富贵焉，盗莫大于子。天下何故不谓子为盗丘，而乃谓我为盗跖。”盗跖的意思是很明白的：我跖是坦率地做强盗，而你孔丘却是以“文武之道”（文化规定）为工具来窃取富贵，外仁而内盗，真是太卑鄙了！太狡猾了！

在《红楼梦》评论中，我们发现，对于薛宝钗的指责，最严厉的一种，正是骂她“伪善”以图厚利，是外仁内盗的阴谋家。冯家眚《红楼小品》言辞激烈地抨击道：“宝钗其奸雄之毒者乎！其于颦卿，则教之怜之，推情格外，以团结之。诚知与贾母之亲则不若黛玉，与宝玉之密又不若黛玉，唯故作雍容和厚之度，以邀时誉，而后之谋成志遂，使颦卿死而不恨，吁，可畏哉!”许叶芬《红楼梦辨》亦云：“宝玉论婚，读《红楼梦》者，佥归咎于凤姐之赞成，王夫人之偏爱，而不知实贾母力主之，宝钗自致之也。黛玉非无家者，贾母接之于如海生时，爱之与宝玉等，此中原有深意。宝钗后至，虽有母而不能自媒，计唯有极力自炫，浸使贾母爱黛玉之心移之于己，斯不患锦标飞去矣，故处处力反黛玉之所为。黛玉尖颖，宝钗则浑厚；黛玉清高，宝钗则和同；黛玉多病善愁，宝钗则长乐永康。匪直此也，宝钗之于贾府，不过亲戚往来已耳，而曲曲折折，仰体俯窥，虽属寄居，俨如作妇。金钏死，宝钗情愿以己新制衣服为殓，此探春姊妹所不能者，而宝钗能之。配药需用人参，此尤氏、凤姐所不能者，而宝钗能之。原书称宝钗于日间于贾母、王夫人处，承色陪坐，王夫人以事外出，会凤姐病，宝钗昼则理事，夜则巡园，此并宝玉所不能者，而宝钗亦能之。书中又称宝钗于女工常至夜半，此两府妇女所均不能者，而宝钗独能之。人家择妇，德言容工而已，宝钗所为，全乎否耶？观于贾母之言曰：‘最好是宝丫头。’绝非当面奉承姨妈，千真万真，盖已心许久矣。熙凤之赞成，更是仰体圣意耳。”经过这样的解释，宝钗就不仅不是一个人格高尚的姑娘，而且比那些公然做坏事的家伙更坏，因为她的所有善行背后，都隐藏着不可告人的动机。文化规定先天带来的“伪”的品格使部分读者过分敏感，他们不相信竟有真心诚意追求道德完善的人。

三　简短的结论

《红楼梦》评论中的扬黛抑钗倾向，就其与曹雪芹原意不符而言，它是不合理的；但作为一种社会文化心理的反映，却值得我们重视。明清的几部著名的古典小说中，作者所真心塑造的道德楷模如宋江、刘备，都有被骂作伪君子的记录，把他们和薛宝钗放在一起考察，也许能得到更多的启示。

（原载《红楼梦学刊》1994 年第 1 期，文化艺术出版社 2007 年版《名家图说薛宝钗》全文收入。收入本书时略有修改）

《红楼梦》对人情小说传统的扬弃与超越

对《红楼梦》的解读，必须以对人情小说的了解为前提。

粗略划分，人情小说包括三种基本路数或基本类型，即世情书、艳情小说和才子佳人小说。《红楼梦》与这三种类型作品的关系，可从扬弃与超越两个层面加以考察。

一　《红楼梦》对世情书的扬弃

世情书的代表作是《金瓶梅》。“一冷一暖，谓之世情”，因此人物命运的盛衰之变以及人情冷暖的与时俱迁便成为小说描写的主要内容。以《金瓶梅》为例，西门庆的暴发与骤衰以及伴随盛衰之变的世态炎凉正是小说的核心层面所在。《红楼梦》继承了《金瓶梅》关于盛衰变化的总体设计。小说第一回写甄士隐由盛而衰，贾雨村由衰而盛：英莲被拐，小姐沦为丫头，丫头娇杏却因嫁给雨村而成为夫人。这样的情节放在《红楼梦》开端，起着笼罩全局的点题作用。而甄士隐的《好了歌注》，对盛衰无常的主旨作了进一步的发挥：《好了歌注》中，或叹由盛而衰，如“陋室”四句，“金满箱”二句；或叹由衰而盛，如“蛛丝儿”一句，“昨怜”一句。总之是盛衰无常，“你方唱罢我登场”。在盛衰的双向演变中，《红楼梦》侧重展示贾府的由盛而衰，曾经声势煊赫的贾府，后来却一败涂地：小说的诸多情节都是围绕这一设计展开的。曹雪芹用“假语村言”来代称《金瓶梅》这类作品，并精心设计了“贾雨村”这一人物，表明作者清醒地意识到这一传统的存在，同时致力于对这一传统的扬弃。

贾雨村在《红楼梦》第一回便正式登场，即所谓“贾雨村风尘怀闺秀”；在最后一回仍由他向读者谢幕，即所谓“贾雨村归结红楼梦”。《红楼梦》不仅借贾雨村在生活之流中不断沉浮的履历点出盛衰无常之旨，与《好了歌注》相呼应，还经由这一形象写出了世态炎凉：贾府得势时，他如蝇逐膻；贾府失势时，他落井下石。

《红楼梦》经由对贾雨村这一形象的描述，概括地表达了《金瓶梅》的两大主旨：展示盛衰无常和世态炎凉。这里出现了一组对比：《金瓶梅》以整部小说来演绎盛衰无常的人生背景，并在这一背景下不厌其详地描写种种世态炎凉，显然含有骂世的意味。而《红楼梦》将世态炎凉浓缩于贾雨村这一形象，并明确地称之为“假语村言”，表明这一形象不过是对传统世情书的戏拟，并无骂世的意味。旨在骂世，故《金瓶梅》多发苦言，文辞峻急；无意骂世，故《红楼梦》涕泣悲歌，缠绵悱恻。怨而不怒，《红楼梦》的这种风格，明显地高于《金瓶梅》。

二 《红楼梦》对才子佳人小说的扬弃

曹雪芹创作《红楼梦》，他所面对的第二个传统是才子佳人小说。作者对才子佳人小说是异常熟悉的。开卷第一回即批评

“才子佳人等书”“开口‘文君’，满篇‘子建’，千部一腔，千人一面，且终不能不涉淫滥”。第五十四回又由贾母具体剖析了才子佳人小说的不近情理之处。

曹雪芹一方面从理论分析的角度批评才子佳人小说，另一方面又在情节设计上有意戏拟才子佳人小说。第一回“贾雨村风尘怀闺秀”，让俗不可耐的贾雨村扮演才子，让甄士隐家的丫鬟娇杏扮演佳人，至少包含了三重调侃：雨村视娇杏为“巨眼英豪，风尘中之知己”，只是自作多情；雨村人格卑下，却当仁不让以才子自居；“佳人”娇杏，其人生际遇纯属“侥幸”。“才子佳人”成为调侃对象，这是《红楼梦》解构传统才子佳人小说的入手之处。

才子佳人小说经常以小巧玩物作为才子佳人遇合的纽带，《红楼梦》也设置了一系列类似情节。宝玉“落草时衔下来的宝玉”，上有八字：“莫失莫忘，仙寿恒昌”；宝钗的金锁“是个癞头和尚送的”，上亦有八字：“不离不弃，芳龄永继”，由此演绎出金玉良缘之说（第八回）。宝玉有金麒麟，湘云亦有金麒麟（第三十一回）。但曹雪芹在设计这类情节时，却有意颠覆才子佳人小说的情节套路。才子佳人小说往往由小巧玩物导向“风流佳事”，而在《红楼梦》中，恰好是有着小巧玩物的宝钗、湘云，并非贾宝玉认可的知己。他所认可的知己黛玉偏偏并没有小巧玩物。而且，贾宝玉对与生俱来的小巧玩物（落草时衔下来的宝玉）一直耿耿于怀。

自然，《红楼梦》也有仿效才子佳人小说之处，贾宝玉本人即曾模仿才子“私相传递”信物的做法。“原来宝玉自幼生成来的一种下流痴病，况从幼时和黛玉耳鬓厮磨，心情相对，如今稍知些事，又看了些邪书僻传，凡远亲近友之家所见的那些闺英闱秀，皆未有稍及黛玉者。所以早存一段心事，只不好说出来。”

（第二十九回）第三十四回，“情中情因情感妹妹”，宝玉叫晴雯将“半新不旧的两条绢子”送给黛玉，即旨在以一种特殊的方式表达对黛玉的感情。但正是在这儿，《红楼梦》显示了与才子佳人小说的一个重要区别：才子佳人小说中交换过信物的才子佳人通常都能成为眷属，而《红楼梦》中交换过信物的宝、黛却终于“心事终虚话”。才子佳人小说的大团圆结局为悲剧所取代。

三 《红楼梦》对艳情小说的扬弃

曹雪芹创作《红楼梦》，他所面对的第三个传统是艳情小说。艳情小说的特征是兴高采烈地展示如春宫画一般的床上“镜头”，以色情来吸引读者。根据我们的考察，男女之间的关系可从三个层面加以透视：情；色；欲。艳情小说的真正主角是“欲”，《红楼梦》的真正主角是“情”，二者之间是格格不入的。如戚序本第六十六回总评所说：

> 余叹世人不识情字，常把淫字当作情字，殊不知淫里无情，情里无淫，淫必伤情，情必戒淫，情断处淫生，淫断处情生。三姐项下一横是绝情，乃是正情；湘莲万根皆削是无情，乃是至情。生为情人，死为情鬼，故结句曰：“来自情天，去自情地”，岂非一篇情文字。再看他书，则全是淫，不是情了。

所谓“全是淫，不是情”的“他书”，即艳情小说是也。

从《红楼梦》的布局来看，大观园内是一个“情”的世界，大观园外则常有“淫”的泛滥。《红楼梦》写淫人的淫行，与艳情小说存在一个重要区别：笔墨异常干净。值得关注的有下述事例：一、秦可卿事件；二、秦钟事件；三、贾瑞事件；四、尤三姐事件。

秦可卿之死，见于《红楼梦》第十三回，文字相当恍惚暧昧。这回的回目原作“秦可卿淫丧天香楼”，回目之下，庚辰“四阅”本中有题诗一首：“一步行来错，回头已百年。古今风月鉴，多少泣黄泉！”以秦可卿的“淫丧”为“风月鉴”，可见曹雪芹的命意。《红楼梦十二曲·好事终》亦道：“擅风情，秉月貌，便是败家的根本。”为了加强“宝鉴”的意味，曹雪芹原来为她设计的结局是自缢而死，脂本第五回画册上说得明白：“画着高楼大厦，有一美人悬梁自尽。其判云：情天情海幻情身，情既相逢必主淫。漫言不肖皆荣出，造衅开端实在宁。”秦可卿之“淫”，因其乱伦而令人触目惊心。秦氏死后，贾珍如丧考妣，备办丧礼极尽隆重奢华之能事，而贾蓉反倒像与己不相干似的，暗示出秦氏与贾珍之间必有隐秘情事。

秦氏与贾珍乱伦私通，曹雪芹用笔何以如此隐微曲折？主要的目的是避免笔墨污秽。秦钟事件、贾瑞事件的处理亦可作如是观。

尤三姐事件的处理属于另一种情形，但避免污秽的宗旨则是相同的。从现存的庚辰钞本可以看出，最初的尤三姐形象，是一个使别人“丧伦败行”的“淫奔女”，她与尤二姐一样，同贾珍、贾琏等胡来，多“淫态风情”，往往主动“放出手眼来”，卖弄其色相，被作者骂为“无耻老辣”。后来才终于“改行”，与柳湘莲相恋，因名声不好被柳湘莲抛弃，自杀身死。她因早年的失足而落得这样的结局，给世人提供了一面“宝鉴”。这样一个人物，从正面加以描写是不能“不涉淫滥”的。在《红楼梦》

中，曹雪芹对相关情节作了重大改动，赋予她出污泥而不染的情操，令人肃然起敬。作这样的改动，效果可能是多重的，但小说因此而以缠绵悱恻动人却无疑是主要的效果之一。

《红楼梦》经由对秦可卿事件、秦钟事件、贾瑞事件、尤三姐事件的别开生面的处理，成功地在《红楼梦》与艳情小说之间划出了一道鸿沟。他并不回避淫滥题材。“淫滥”本是现实生活的层面之一，作家不能回避，只能以艺术化的处理来淡化对读者的消极影响。曹雪芹对艳情小说的扬弃树立了一个处理淫滥题材的典范。

四 《红楼梦》的神秘氛围、诗意与写实

曹雪芹卓越地扬弃了人情小说的三种路数，为《红楼梦》登上人情小说的顶峰扫清了巨大障碍。而《红楼梦》的正面建树进一步表明：曹雪芹不只是“破”旧传统的好手，也是“立”新传统的行家。关于《红楼梦》的伟大建树，人们已经说了很多，而在我们看来，有一个关键的层面被忽略了，即《红楼梦》是如何成功地将诗意与写实融洽无间地组织在一部作品中的？我们试着来回答这一问题。

《红楼梦》之前的人情小说，从审美规范来看，基本呈现为两种倾向：以《金瓶梅》为代表的写实和才子佳人小说对诗意的追求（艳情小说在审美方面较少考察价值）。写实与诗意自成系统，大有“鸡犬之声相闻，老死不相往来”的味道：《金瓶梅》的风格和市井生活打成一片，但庞杂却不丰富（丰富指内容层次），厚重却不深沉（深沉指风格的含蓄邈远），在这个世界中，只能容纳平凡粗俗、琐细卑微的人物，而不能容纳具有非

凡人格的凝聚着民族文化精髓的超世拔俗的形象，才子佳人小说的玫瑰色的诗意却又靠牺牲写实而得来，付出的代价更大。

写实与诗意的相互背离，给人情小说带来了显而易见的缺憾。诗意，这在中华民族的文明史中，往往不只是一种点缀，而是实实在在地显示了一部分杰出人物对陈腐的规范，对芸芸俗众，对所谓谦谦君子者流的抗争或超越。《金瓶梅》抛弃了诗意，正是抛弃了这些熠熠生辉的东西：其作者专注于尘垢，专注于人性中的低层次，难怪读来令人沉闷了。而从小说史的角度来考察，我们对才子佳人小说作家抛弃写实的行为，会提出更为严厉的指责。因为，写实不仅是技巧进步的必由之路，更是小说作品获得生命力的要素之一。似乎可以断言，没有写实，就没有小说。大量的才子佳人小说基本上是失败的记录。

曹雪芹处于《金瓶梅》和才子佳人小说之后，他面临的挑战是严峻的：他必须将《金瓶梅》的写实和才子佳人小说对诗意的追求升华到一个新的高度，并努力使二者融洽无间，只有这样，才能开拓出真正属于他自己的领地。他如何做到这一点呢？这可以从三个层面来加以考察。

第一个层面：《红楼梦》的神秘氛围。

读《红楼梦》，我们时常感到处于一种神秘氛围中，如天际来烟，如脚下生云，缥缈惝恍，把握不定。这给小说带来宇宙一般的深邃感。正是这种深邃感，使作品有可能容纳整个大千世界，从贾宝玉到薛蟠，从妙玉到多姑娘，从贾元春到刘姥姥，从林黛玉到王熙凤，它包容了《金瓶梅》和才子佳人小说写过的所有内容而又成为一个更高层次的有机体。

曹雪芹是善于渲染神秘氛围的。小说中安排了不少无法问其究竟的场景、人物和情节。这些因素如网络一般编织在作品中，显得扑朔迷离，不可探测。就人物言，贾宝玉自身就不乏神秘色彩。他生下来口里便衔着一块玉，而且，这块玉对于他的人生有着不可思议的影响。这是什么原因？谁也说不明白。其他人物，如癞和尚、跛道士，也都不可以常情推断。比如癞和尚，他在小说第一回首次出场便神秘莫测，士隐“意欲问他来历”而并无下文，足见其不同寻常。此后，给宝玉治病的是他：“宝玉病重，他来了，将那玉持诵了一番，宝玉便好了”；送“不离不弃，芳龄永继”八个字给宝钗的是他（因此造成金玉良缘之说）；将宝玉带走的也是他。这是个主宰并嘲弄世俗人生的莫名其妙的先知形象。

就情节和场景而言，太虚幻境也是“无法问其究竟”的。而尤其富有神秘意味的是，太虚幻境仿佛是大观园，但大观园与太虚幻境的诸多局部又绝不相似。像，而又不完全像，这更增加了神秘感。

第二个层面：写实与诗意的融合。

清初的才子佳人小说（包括才子佳人戏曲）曾热衷于追求诗意，追求不含写实意味的诗意，一时得到许多士大夫文人的欣赏。而曹雪芹却在《红楼梦》第五十四回借贾母之口指出才子佳人故事“就是一个套子，左不过是些佳人才子，最没趣儿”。所以没趣，原因在于：一、“把人家女儿说的这么坏，还说是‘佳人’！编的连影儿也没有了。”二、不合情理。“奶妈子丫头服侍小姐的人也不少，怎么这些书上，凡有这样的事，就只小姐和紧跟的一个丫头知道？那些人都是管做什么的？”

针对才子佳人小说的这两点不足，曹雪芹在设计人物、构造情节时相应地特别注意：一、人物具有内在的诗意或韵味。林黛玉的幽香如兰的气质和作为其衬托的凤尾森森、龙吟细细的潇湘馆，史湘云的魏晋风流，晴雯的光风雾月的胸襟，妙玉的如槛外之梅的孤高……曹雪芹写她们，从来不过分夸耀其才、学，而是突出他们特有的诗人一般的感受生活的方式。甚至对贾母、贾政等人，曹雪芹也在适当场合写其性格中的诗意。例如第五十四回，大家要贾母点戏。贾母点了一出［寻梦］，一出［下书］，吩咐只用箫和笙管，余者一概不用；第七十六回，写贾母中秋赏月，都体现出清雅脱俗的审美情趣。二、在展开富有诗意的情节时，力求合情合理，具有鲜明的写实特征。在整体的格局上，雅俗相间，以雅衬俗，以俗衬雅，符合生活和艺术的辩证法；具体展开情节时，细腻熨帖，力求写得像生活本身一样，即使是那些从古典诗词中汲取来的情趣意境，也写得十分自然。如第二十三回："那日正当三月中浣。早饭后，宝玉携了一套《会真记》，走到沁芳闸桥那边桃花底下一块石上坐着，展开《会真记》，从头细看。正看到'落红成阵'，只见一阵风过，树上桃花吹下一大斗来，落得满身满书皆是花片。宝玉要抖将下来，恐怕脚步践踏了，只得兜了那花瓣儿，来至池边，抖在池内。那花瓣儿浮在水面，飘飘荡荡，竟流出沁芳闸去了。"这是诗的意境，却也是生活的画面。

写实与诗意在《红楼梦》中的融合，使作品形成了一种新的格调：既继承了中国古典诗词（如李商隐、李贺、姜夔的作品）、戏曲（如《牡丹亭》、《桃花扇》）的感伤、凄丽，又包含了白话小说（如《金瓶梅》、《三言》、《二拍》）的泼辣、直白。中国古典小说的面貌至此焕然一新。

第三个层面：写实与神秘氛围的融合。

《红楼梦》的神秘氛围既不将读者引向神魔的天地，同时又不显得空疏寥落。这是因为，不仅神秘因素与写实因素交融在一起，而且，神秘氛围本身的展开也层次清晰，笔致工细，借鉴了写实的笔法。像金玉良缘之说的产生，小说第一回一僧一道对于《红楼梦》情节的神奇预告等，都是著例，不必赘述。

写实与神秘氛围的融洽无间赋予了作品以多层次的审美蕴涵。一方面，读者注视着现实生活的世界，从中看到人生的真谛；另一方面，读者进一步超越现实生活的世界，思索作品的象征意蕴。这使《红楼梦》具有双重审美功能：作为生活写实的功能和作为象征文本的功能。

《红楼梦》的写实、诗意与神秘氛围的融合以中国古典文学积淀的诸多审美因素为基础，集其大成，因而成为小说史上难以逾越的高峰。

（本篇系与余来明合撰。原载《红楼梦学刊》2003年第3期）

从后花园到大观园：两种恋爱空间、恋爱形态之比较

就现有的研究状况来看，关于后花园、大观园的文章颇多，如余英时的《红楼梦的两个世界》（上海社会科学院出版社 2002 年版）、舒芜的《红楼梦故事环境的安排》（《光明日报》1995 年 2 月 6 日）等。这些文章要么讨论后花园，要么考察大观园，各自封闭自足，将两者联系起来并从恋爱形态角度作比较分析的成果殊为少见。本文的核心是：揭示大观园与后花园作为恋爱空间的异同以及大观园恋爱形态与后花园恋爱形态的联系、区别，并从恋爱形态角度阐释《红楼梦》的伟大之处。

一 《平山冷燕》：才子佳人小说中的“后花园”标本

恋爱是男女双方相互了解相互选择的长期过程，从相遇初识，到相处试探，到相守抉择，都离不开具体的恋爱地点或场合。六朝笔记小说中黄昏时分的水边舟中，唐传奇中游学途中的寺院、京城的秦楼楚馆，宋话本中热闹的街市茶坊等，其恋爱空间各具特色。才子佳人小说中占主导地位的恋爱空间是后花园。

兹以清初《平山冷燕》为例对其特征加以说明，所据版本为人民文学出版社 1983 年版，冯伟民校点。

1. 山黛小姐的“玉尺楼”。“将防御书的四个大字镶成匾额，悬在上面。又自书‘玉尺楼’一匾，挂在前楹。又打造一个朱红龙架，将玉尺、金如意供在高头。周围都是书橱书架、牙签锦轴，琳琳琅琅；四壁挂的都是名人古画墨迹。山黛每日梳妆问安毕，便坐在楼上，拈弄笔墨，以为娱乐。”（见 27 页）

2. 冷绛雪所居“浣花园”。“山铺清影，水涨绿波。密柳垂黄鹂之阴，杂花分绣户之色。曲径逶迤，三三不已；穿廊曲折，九九还多。高阁留云，瞒过白云重坐月；疏帘卷燕，放归紫燕忽闻莺。清松石上，棋敌而琴清；红雨花前，茶香而酒美。小圃行游，虽不敌辋川名胜；一丘自足，亦何殊金谷风流……园中风景清幽，位置全无俗韵。”（见 67 页）

3. 山黛所居“皇庄”。“上下尽甃璧瓦，周遭都是红墙。雕甍画栋吐红光，凤阁斜张朱网。娇鸟枝头百啭，名花栏内群芳。风流富贵不寻常，大有侯王气象……园内气象虽然阔大，然溪径布置，却甚逶迤有秩……由着曲径回廊，直走到一间阁下。阶下几树梅花，开得甚盛。”

皇庄正屋虽只一所，园亭倒有五六处，有桃园、李园、柳园、竹园，这却叫梅园。那一座阁，叫做先春阁。”（见 169 页）

尽管后花园的布局与现实生活中的私家园林不乏相似之处，但青年女子可以随时徜徉其间的设计却表明这仍是罗曼蒂克意义上的环境而非写实意义上的环境。现实生活中，私家园林的主角从来都是文人墨客，园林是他们或寄情山水、或豪奢竞乐、或标举风神的场所。金谷园中，“携众贤昼夜游宴”（石崇《金谷诗叙》）的是石崇；辋川别墅，“独坐幽篁里”的是王维。女性只是偶尔允许入园，如中秋园中赏月、七七园中乞巧、阳春时节众女眷园中荡秋千等。才子佳人小说中的后花园是作者为才女（佳人）假设的一个自由空间，包含着作者对某种理想的期待和期许。

后花园介于室外与室内之间，社会（室外）和家庭（室内）的约束在这里暂时消失。两两相对的伦常关系如君臣、父子、夫妻、兄弟、朋友亦可暂告阙如。在明媚灵秀的后花园中徜徉，倾听来自自然的声响和来自心底的呼唤，个人情感得以从容彰显，许多玫瑰色的梦也由此浮现。室内外收敛起来的闲情逸绪在后花园有了释放的可能，才子佳人缠绵悱恻的幽期密约依次上演。后花园遵循理想主义的情感原则而非理性主义的生活原则。

后花园为青春女子提供了一个足以舒展自我的恋爱空间。后花园中没有家长、没有女诫，有的是百花竞放、百鸟啼鸣。园中只有春情女儿和痴情才子的试探接触、相互爱慕。后花园中的男女之爱不是现实的理性的恋爱，而是虚构的遵循理想主义情感逻辑的恋爱，即所谓“理之所必无，情之所必有”。其中的恋爱生活可从三个层面加以描述。

1. 男女主角特征

男主角的特征有二。（1）容貌清秀，气质俊逸。《平山冷燕》第七回写平如衡：“生得面如美玉，体若兼金。”“少年书生，俊俏风流。”第九回写燕白颔：“亭亭如阶前玉树，矫矫如云际孤鸿。”用“玉”形容男子容貌，在被奉为“名士教科书”

的《世说新语》中多有先例。如《容止》篇第九条："潘安仁、夏侯湛并有美容，喜同行，时人称其连璧。"从"珠圆玉润"、"玉洁冰清"这样一些成语，可以想见"玉"的美好。（2）有才情，性痴绝。才子佳人小说中的才子不仅才情卓越，而且在情感方面禀赋过人，通常一见佳人，即进入痴情状态，可以放弃一切，就是不能放弃那份深情。

女主角的特征有三。（1）身份高贵，要么是高门之后，要么是显宦之女，同时也是父母的掌上明珠。（2）貌美，有才学。相当一部分才子佳人小说作者是带着"知己"情结来写小说的，他们设计的佳人无不才高貌美，超群逸伦，足以成为衡量男子价值的尺度；只有才高八斗、学富五车的青年才俊才能得到她们的青睐。（3）热爱自然，渴望爱情。她们在后花园中实现自我蜕变，由茧化蝶。后花园是一段玫瑰色的恋爱得以完成的不可缺少的空间。

2. 恋爱过程

初次相遇，一见钟情。才子佳人的恋爱几乎无一例外为一见钟情。平如衡闵子庙遇冷绛雪，"回目一视"，"惊喜得如痴如狂，心魂俱把捉不定"。"一霎时心中就有千思万虑，肠回九转，直坐到傍黑，方才挣归客店。真个是捣枕捶床，一夜不曾合眼。捱到天明，浑身发热如火，就在客店中直病了半月方好。"① 冷绛雪亦是十分惆怅，"终日踌躇"。

一见钟情的恋爱发生方式虽不高明，却有其现实依据：传统社会的女性（青楼女子除外），其活动范围差不多囿于房间与庭院，未婚女性，更是深居闺中、足不出户。即使男子登门拜访也只能由父母接见，未婚女性不许露面。在这种背景下，

① 天花藏主人：《平山冷燕》，人民文学出版社1983年版，第90页。

未婚男女很难有接触交往的机会，好容易见上一面，这种机遇是小说作者不能放过的，否则他将难以再次创造恋爱契机。

才子佳人的恋爱通常以两种方式推进。一种为私订终身后花园，诗词酬答、幽期密约，所有环节都在花红柳绿的后花园里完成。佳人思春心切，才子风情万种，而紧跟小姐的贴身丫鬟则为知情者和协助者。其情节逻辑是非现实的，正如《红楼梦》第五十四回史太君所说："开口都是乡绅门第，父亲不是尚书，就是宰相。一个小姐，必是爱如珍宝。……既说是世宦书香，大家子的小姐……自然奶妈子丫头服侍小姐的人也不少，怎么这些书上，凡有这样的事，就只小姐和紧跟的一个丫头知道。"曹雪芹对才子佳人小说的底细是了如指掌的。

另一种推进情节的方式是，才子与佳人因相互倾慕而相互追寻，在追寻过程中往往有小人拨乱其间。这种追寻与性无关，男女双方相互吸引的核心因素为才学，而容貌过人则是一个不必强调的基本前提。《平山冷燕》又名《四才子书》，山黛、冷绛雪是佳人，而同时又被视为才子。山黛的《白燕诗》令皇帝及百官叹服，参见皇帝时镇定大气，被皇上赐称"弘文才女"。玉尺楼上与六儒生比试才学，诗书古文俱拔头筹。冷绛雪同样聪慧而有气度，曾主动请缨与宋信赛诗，往宰相府讲才论礼。二女子才学胆识不凡，且誓择才子为婿，但其走向目标的道路并不平坦：男女主角一见倾心，旋即匆匆而别，杳无音信，从此双方满怀深情地寻找擦肩而过的情缘。找寻的依据是彼此都有天下无双的才学，找寻的方式是女才子园中设坛，比诗招亲。小人的捣乱增加了找寻的艰难曲折。双方很少正面交流情感，更不存在身体接触，而是一种纯精神的怀想恋慕，在屡次失望中备受煎熬。整个过程的重头戏是后花园比试才学，其炫耀才学的倾向由此可见。正如《红楼梦》第一回所说："至若佳人才子等书，则又开口文君，满篇子建，千部一腔，千人一面……在作者不过要写出自己的两首情诗艳赋来，故假捏出男女二人名姓，又必旁添一小人拨乱其间。"这种程式化的情节在清代中叶备受调侃。

3. 恋爱结果

无论是私订终身后花园式还是比试才学后花园式，恋爱结果都是：才子中状元，一对有情人获得美满结局。这种大团圆结局早已引起广泛关注和批评，而本文要补充说明的是：两种恋爱方式虽然结局相同，但深层的内涵却有较大区别。私订终身后花园式的团圆结局旨在使情有所归。其女主角是受到自然启发的青春女子，她们追求恋爱具有自我觉醒的意义，寄托着作者肯定爱情与青春的情怀。而比试才学后花园式的团圆结局主要是文人补偿心理使然。其恋爱过程侧重于展示男女主角的才学，爱情并不是故事的重点。小说中的女主角其实就是女性的才子。在《平山冷燕》中，如果撇开山黛和冷绛雪的女性容貌，她们差不多能与燕白颔、平如衡对调，甚至在才学和气度上有过之而无不及。故事以男性本位的叙述方式展开，旨在获得心理补偿。"唯真正才子，屈于不知，苦于无路，满腹经纶，一腔之才，抑郁多时，无人过问，欲笑不可，欲哭不能，故不得已而借纸上黄粱吐胸中浩气。"[①] 才学是传统文人的核心标志，高中状元表明才学获得社会认可，娶得才女表明才学获得异性认可。这类才子佳人小说的作者多为失意文人，他们只有在小说中才能扬眉吐气。

---

① 天花藏主人：《平山冷燕》卷首，人民文学出版社 1983 年版，第 9 页。

二 大观园:《红楼梦》的恋爱空间

《红楼梦》中的大观园格局宏阔，而作者的描写也分外细致，比才子佳人小说中有关后花园的文字要丰富得多。兹选取较为集中描写大观园的几回，摘录其中相关内容，以见一斑。所选文本详细信息为：《红楼梦》，曹雪芹、高鹗著，俞平伯校、启功注，人民文学出版社 2000 年版。该书以程乙本为底本。

第十七回：大观园试才题对额 荣国府归省庆元宵

> 大观园正门：“正门五间，上面筒瓦泥鳅脊；那门栏窗槅，皆是细雕新花样，并无朱粉涂饰；一色水磨群墙，下面白石台阶，凿成西番草花样；左右一望皆雪白粉墙，下面虎皮石随势砌去，果然不落富丽俗套……”（见 169 页）
>
> 门内翠嶂：“开门只见迎面一带翠嶂挡在前面……往前一望，见白石崚嶒，或如鬼怪，或如猛兽，纵横拱立，上面苔藓成斑，藤萝掩映；其中微露羊肠小径。”（见 169 页）
>
> 园中主脉：“佳木茏葱，奇花闪烁，一带清流，从花木深处曲折泻于石隙之下。再进数步，渐向北边，平坦宽豁。两边飞楼插空，雕甍绣栏皆隐于山坳树杪之间。俯而视之，则清溪泻雪，石磴穿云。白石为栏，环抱池沿。石桥三港，兽面衔吐。”（见 170 页）
>
> 潇湘馆：“入门便是曲折游廊，阶下石子漫成甬道。上面小小两三间房舍，一明两暗，里面都是合着地步打就的床几椅案。从里间房内，又得一小门出去，则是后院，有大株

梨花兼着芭蕉。又有两间小小退步。后院墙下忽开一隙，得泉一派，开沟仅尺许，灌入墙内，绕阶缘房，至前院盘旋竹下而出。”（见171页）

稻香村：“倏尔青山斜阻。转过山怀中，隐隐露出一带黄泥筑就矮墙，墙头皆用稻茎掩护。有几百株杏花，如喷火蒸霞一般。里面数楹茅屋。外面却是桑、榆、槿、柘，各色树稚新条，随其曲折，编就两溜青篱。篱外山坡之下有一土井，旁有桔槔辘轳之属。下面分畦列亩，佳蔬菜花，漫然无际。”（见173页）

蘅芜苑：“忽迎面突出插天的大玲珑山石来，四面群绕各式石块，竟把里面所有房间悉皆遮住。而且一株花木皆无，只见许多异草，或有牵藤的，或有引蔓的，或垂山巅，或穿石隙，甚至垂檐绕柱，萦砌盘阶，或如翠带飘飖，或如金绳盘曲，或实若丹砂，或花如金桂，味芬气馥，非花香之可比。”（见176页）

园中散景：“一路行来，或清堂茅舍，或堆石为垣，或编花为牖，或山下得幽尼佛寺，或林中藏女道丹房，或长廊曲洞，或方厦圆亭。”（见177页）

怡红院：“一径引人绕着碧桃花，穿过一层竹篱花障编就的月洞门。俄见粉墙环护，绿柳周垂……一入门，两边都是游廊相接。院中点缀几块山石，一边种着几本芭蕉；那一边乃是一棵西府海棠，其势若伞，丝垂翠缕，葩吐丹砂……这几间房内收拾得与别处不同，竟分不出间隔来的。原来四面皆是雕空玲珑木板，或流云百蝠，或岁寒三友，或山水人物，或翎毛花卉，或集锦，或博古。皆是名手雕镂，五彩销金嵌玉的。一槅一槅，或有贮书处，或有设鼎处，或安置笔砚处，或供花设瓶、安放盆景处。其槅各式各样，或天圆地方，或葵花蕉叶，或连环半壁。真是花团锦簇，剔透玲珑。倏尔五色纱糊，竟系小窗；倏尔彩绫轻覆，竟系幽户。且满墙满壁，皆系随依古董玩器之形，抠成的槽子。诸如琴、剑、悬瓶、桌屏之类，虽悬于壁，却都是与壁相平的。”(见177页)

第四十回：史太君两宴大观园　金鸳鸯三宣牙牌令

潇湘馆：“……窗下案上设着笔砚……书架上磊着满满的书……窗上纱的颜色旧了。”(见425页)

秋爽斋：“探春素喜阔朗，这三间屋子并不曾隔断；当地放着一张花梨大理石大案，上磊着各种名人法帖并数十方宝砚，各色笔筒笔海内插的笔如树林一般；那一边设着斗大的一个汝窑花囊，插着满满的一囊水晶球的白菊。西墙上当中挂着一幅米襄阳烟云图，左右挂着一副对联，乃是颜鲁公墨迹，其词云：烟霞闲骨格，泉石野生涯。案上设着大鼎。左边紫檀架上放着一个大官窑的大盘，盘内盛着数十个娇黄玲珑大佛手。右边洋漆架上，悬着一个白玉比目磬，旁边挂着小锤。”(见431页)

蘅芜苑：“只觉异香扑鼻。那些奇草仙藤，愈冷愈苍翠，都结了实，似珊瑚豆子一般，累垂可爱。及进了房屋，雪洞一般，一色玩器全无，案上只有一个土定瓶中供着数枝菊花，并两部书，茶奁、茶杯而已。床上只吊着青纱帐幔，衾褥也十分朴素。”(见433页)

作为恋爱空间的大观园仍属于后花园系列，具有后花园的三大特征：以私家园林为参照；是青春女子的乐园；是爱的发源地。同时，大观园又是后花园系列中的最高形态，具有其他后花园所没有的诸多特征。“雪芹所记大观园，恍然一五柳先生所记之桃花源也。其中林壑田池，于荣府中别一天地，自宝玉率群钗来此，怡然自乐，直欲与外人间隔矣。此中人呓语云，除却怡红公子，雅不愿有人来问津也。”（二知道人《红楼梦说梦》）“诸钗所居之处，若稻香村、潇湘馆、怡红院、秋爽斋、蘅芜苑等，都相隔不远，究竟只在一隅。然处置得巧妙，使人见其千丘万壑，恍然不知所穷，所谓会心处不在乎远。大抵一山一水，一木一石，全在人之穿插布置耳。”（《红楼梦》己卯脂砚斋评本、《红楼梦》庚辰脂砚斋评本）①

大观园中的景致不是单纯的自然景象，而是园中人物性情的外化。园中各庭院的院馆建构、花木配置及室内陈设都打上了入住主人气质性情的印迹。林黛玉入住的潇湘馆，“千百竿翠竹遮映”，粉垣修舍，梨花芭蕉。格局小巧，布置别致，一缕幽香从碧纱窗中飘出。这是潇湘馆特有的风神，也是林黛玉超逸品格的写照。贾宝玉入住的怡红院，有“竹篱花障编就的月洞门”，有“院中满架蔷薇”，有“其势如伞，丝垂翠缕，葩吐丹砂”的西府海棠，俗名“女儿棠”。这正符合宝玉关注女孩、好研花弄粉的性格。室内陈设精美，与别处不同，反衬出宝玉的娇贵身份。薛宝钗入住的蘅芜苑，陈设简朴，卧室如同“雪洞一般，一色玩器全无，案上只有一个土定瓶中供着数枝菊花，并两部书，茶奁、茶杯而已”。折射出薛宝钗简朴素雅、守拙安分的性情。

大观园是众女儿的桃花源，她们在园中过着与大观园外格

① 陈文新、王炜辑评：《红楼梦》（百家汇评本），长江文艺出版社 2005 年版，第 100—101 页。

调迥异的诗意生活。这从书中部分回目即可见大略：“西厢记妙词通戏语，牡丹亭艳曲警芳心”；“秋爽斋偶结海棠社，蘅芜苑夜拟菊花题”；“林潇湘魁夺菊花诗，薛蘅芜讽和螃蟹咏”；“史太君两宴大观园，金鸳鸯三宣牙牌令”；“琉璃世界白雪红梅，脂粉香娃割膻啖腥”；“芦雪庵争联即景诗，暖香坞雅制春灯谜”；“憨湘云醉眠芍药裀，呆香菱情解石榴裙”。她们经常聚会，每逢重大节日如除夕、元宵、中秋，园中少不了宴饮、听戏、制灯谜、行酒令。闺中女子的节令，如芒种、端阳，更是热闹非凡。第二十七回，芒种时节饯花神，“那些女孩子们，或用花瓣柳枝编成轿马的，或用绫锦纱罗叠成干旄旌幢的，都用彩线系了，每一棵树，每一枝花都系了这些事物。满园绣带飘摇，花枝招展；更兼这些人打扮得桃羞李让，燕妒莺惭，一时也道不尽。”好不喜庆喧闹。第三十回，端阳节前一日，梨香院唱戏的女孩子们入怡红院玩耍，“大家把沟堵住了水积在院内，把些绿头鸭、彩鸳鸯，捉的捉，赶的赶，缝了翅膀，放在院内玩耍”。嬉笑玩闹，开心之极。大观园中花木繁盛，四时常新，春有花、夏有阴、秋有月、冬有雪。宝玉和众姐妹随着园中景致变化，结社吟咏。其中芦雪庵开社咏初雪当得起“是真名士自风流”的赞誉：湘云领头烤食鹿肉，割膻啖腥与锦心绣口奇妙融合，一派率性豪放之态，令人倾慕。

大观园是男性不能轻易进入的空间。除贾宝玉是园中的长住男性外，其他男性要么只是偶尔涉足园中，要么从未踏进半步。这一设计成功地限制了大观园中的恋爱规模。除了贾宝玉与林黛玉外，大观园中被提及的另有两对恋人：贾芸与小红；贾蔷与龄官。他们的恋爱故事并不完整，但一鳞半爪，仍各具风貌。就贾芸与小红而言，颇有模拟才子佳人小说的意味。比如二人初见，小红就“下死眼把贾芸盯了两眼”，一见钟情，互相有意；日后，二人通过坠儿交换手帕，互传信物。但两人的恋爱又与才子佳人小说有很大区别。首先，在男女主角身份方面，才子佳人小说中的才子多为尚未发迹的书生，女子多为小姐；而《红楼梦》中的贾芸为贾家主子，小红为家生仆人。其次，小红口齿伶俐、颇有心机，接近贾芸是她人生奋斗的步骤，而不仅仅是谈一场风光旖旎的恋爱。就贾蔷与龄官而言，龄官是贾府买进园中的小戏子，她个性倔犟，心性极高，努力维护自己的人格尊严。元妃归省时，要她唱"游园"、"惊梦"，她认为非本角之戏，执意唱"相约"、"相骂"。贾蔷与龄官虽然身份悬殊，但两人间的感情超越了这些外在因素，达到了感人至深的痴情境界。《红楼梦》第三十六回宝玉见证了他们的深情。龄官病了，贾蔷花大价钱买来小雀逗其开心，不想引起了龄官的误会和伤感。书中一连用了好几个"忙"字，描述出贾蔷紧张道歉和安慰龄官的情状。贾蔷将整颗心都扑在了龄官身上，为她忧而忧、为她乐而乐。龄官对贾蔷亦然。贾蔷和龄官用情之深，以致宝玉从中悟得"人生情缘，各有分定"。

宝黛爱情是大观园恋爱形态的标本，也是我们关注的重心。其恋爱生活可从三个层面加以描述。

1. 男女主角特征

贾宝玉至少有四个引人注目的特征。（1）贾宝玉拥有女性化的美好容貌。"面若中秋之月，色如春晓之花，鬓若刀裁，眉如墨画，脸似桃瓣，睛若秋波。""面如敷粉，唇若施脂，转盼多情，语言常笑。天然一段风骚，全在眉梢；平生万种情思，悉堆眼角。"让宝玉长得像女孩子，是《红楼梦》的匠心所在。（2）贾宝玉生有异禀，乐于与女孩子为伍。宝玉爱红，常吃女孩子嘴上的胭脂，曾用湘云洗过脸的剩水洗脸。宝玉对女孩子的化妆打扮也颇有讲究，第四十四回，宝玉服侍平儿，施的是茉莉研磨而成的花粉，擦的是配了花露蒸成的纯净胭脂，插的是刚剪下来的并蒂秋蕙花，程序井然且搭配适当。宝玉还不止一次为麝月篦头。他认为“天地间灵秀之气只钟于女子”，她们是美与情的化身，是葆有本真童心、未被污染的人。宝玉意识到以男人为主体的主流社会（或者说大观园以外的世界）的丑陋，从而拒绝参与，持边缘化人生态度。（3）贾宝玉是艺术家，长于经营艺术化的日常生活。陈文新在《论〈隋唐演义〉的基本品格及其小说史意义》中指出：贾宝玉的谱系归属是“生于公侯将相之家”的“情痴情种”，与陈后主、唐明皇、宋徽宗同类。贾宝玉与他的前辈陈后主、唐明皇、宋徽宗一样，堪称艺术家，长于经营充满闲情逸致的艺术化的生活。第二十三回写“宝玉自进园来，心满意足，再无别项可生贪求之心。每日只是和姊妹丫头们一处，或读书，或写字，或弹琴下棋，作画吟诗，以至描鸾刺凤，斗草簪花，低吟悄唱，拆字猜枚，无所不至，倒也十分快乐”。“竟有人来寻诗觅字，倩画求题。”第十八回写他论自然与人工之别，在蘅芜苑应用《离骚》、《文选》等辞章之学辨认香草，可见其腹笥之丰。好自然、读《离骚》，是名士风度的重要标志，是艺术人格的具体化。（4）贾宝玉最突出的特征是拥有过人的感受能力，是情痴情种。贾宝玉生活中最重要的事情不是功名富贵，不是家国责任，而是大观园中的花开花落，是园中女孩的喜怒哀乐。他不愿意结交贾雨村这样知仕途经济的人物，不愿意读与四书五经相关的科举文章。不留心于家族事务，将之视作与己无关的俗事。贾宝玉在世道中显得迂阔怪诞，而在闺阁中则堪称良友。他关心爱护大观园中的众女儿，只有他能充分感受和体谅女儿们的委屈、悲伤，并给予她们情感慰藉。龄官画蔷痴及局外、喜出望外平儿理妆、呆香菱情解石榴裙……他对众女儿的“同情之了解”，对黛玉惺惺相惜的缠绵深情，正体现在这些意味深长的章节中。

林黛玉的特征也可概括为四个方面。（1）体弱多病，少孤而寄居外祖母家。林黛玉五岁丧母，没过几年父亲病故。黛玉从小身体不好，打从会吃饭起就吃药。“两湾似蹙非蹙笼烟眉，一双似喜非喜含情目。态生两靥之愁，娇袭一身之病。泪光点点，娇喘微微。闲静时如娇花照水，行动处似弱柳扶风。心比比干多一窍，病如西子胜三分。”林黛玉的柔弱与孤苦无依的身世，增强了其形象的悲剧意味。（2）聪慧，悟性高。第四十回，刘姥姥来到潇湘馆，只见“窗下案上设着笔砚，书架上磊着满满的书”，可见林黛玉日常生活之一斑。事实上，黛玉不仅读书多，而且悟性和天资极高。每次作诗，黛玉总是落笔即成，气度超拔。大观园落成，元妃入园省亲，命宝玉和众姊妹作诗题咏，黛玉拔得头筹，替宝玉代作之诗也出类拔萃。大观园结诗社，林黛玉夺魁菊花诗。那首催人泪下的《葬花吟》，更是道尽了美好事物转瞬即逝的人生悲凉。（3）敏感、善妒，有小性儿。第七回，周瑞家送宫花到黛玉处，得知是众姊妹人各两枝，黛玉道：“我就知道人家不挑剩的也不给我。”林黛玉的敏感和小性儿在这一细节中显露无遗。值得注意的是，林黛玉斗气和使小性儿常是冲着宝玉来，或与她对金玉良缘的敏感有关，目的是证实宝玉之爱的真实程度和宝玉对她的敬重程度，这样一种敏感不能说是健康的，却是可以理解的。（4）林黛玉拥有诗人般敏锐的感受能力。她常常忧虑自己的命运和归属，将宝玉视作人生的唯一知己，整个心为着这份感情起起落落。第二十三回，黛玉与宝玉沁芳闸上共读《西厢记》，为其中真切的言辞所感动，听到梨香院传出《牡丹亭》曲文，更产生无限联想和伤感。黛玉葬花是其最具个性的行为。黛玉将落花视作有情之物，推想它们也不愿意被践踏被玷污，成全它们，葬入花冢，“质本洁来还洁去”。黛玉由花的命运想到自己的处境，自己的命运，吟唱出催人泪下的《葬花吟》。这样的做派，是不可能与大观园中的其他女孩连在一起的。它是而且只是黛玉的性格标志。

2. 恋爱过程

宝玉和黛玉的恋爱过程可以分为三个阶段。

(1) 情投意合，两小无猜。《红楼梦》将宝、黛爱情设定为“木石姻缘”，仿佛前世就已注定：第一回，小说交代，宝玉为赤霞宫的神瑛侍者，黛玉为三生石畔的绛珠草，神瑛侍者对绛珠草有灌溉之恩。第三回，宝黛初次相见，两人就有似曾相识的感觉。但是，宝黛爱情并没有像后花园恋爱形态那样，一见面就轰轰烈烈至死不渝。宝黛初见，彼此都是十岁上下的孩子，也断然没有一见钟情的道理。宝黛爱情建立在二人性情相投的基础之上，是在朝夕相处中确立和深化的。

黛玉进贾府以后，有好几年一直和宝玉同住贾母处，“一床睡，一桌吃”。搬进大观园后，宝玉住怡红院，黛玉住潇湘馆，两处毗邻。宝黛二人形影相随，这为二人关系的推进提供了有利的客观条件。而他们共同的人生观和感受生活的方式，则使木石姻缘在精神上牢不可摧。第二十三回，宝玉在沁芳闸上偷读《会真记》，黛玉心领神会，要宝玉拿出书来一起分享。偷看“邪书”，只有黛玉才会不加掩饰地予以认可。黛玉葬花，也只有宝玉认为这是有意义的事情。第三十二回，湘云劝宝玉多出去应酬，结交一些官员，为“仕途经济”做准备，宝玉旋即与湘云翻脸。他还理直气壮地为黛玉辩护：“林姑娘从来说过这些混账话不曾？若他也说过这些混账话，我早和他生分了。”这是宝黛性情相投的明证，他们只认可情感生活，只认可非功利的艺术人生。

（2）黛玉不断试探，宝玉不断表白心迹，两人三天恼了两天好了。宝黛爱情的推进方式不同于后花园恋爱形态，既不涉及性，也不以才学为重心，彼此反复斟酌的是对方的心，是对方的人生观和感受生活的方式，是彼此在对方心中的地位。黛玉进贾府不久，宝钗一家入住梨香院。宝钗戴着錾有吉谶的金锁，正好与宝玉的通灵宝玉相配，即所谓“金玉良缘”。黛玉因此大为不安，时常拿金玉良缘之说试探宝玉。第八回，宝钗有恙，宝黛二人前去探望，黛玉含沙射影地揶揄宝玉听宝钗话。第九回，宝玉入家塾上学，向黛玉辞别，黛玉又讥笑他别忘了去辞宝姐姐。入住大观园后，宝黛感情渐笃，也更加频繁地为金玉良缘之说争吵。第二十八回，黛玉借故提起金玉之事，急得宝玉矢口否认：“除了别人说什么金什么玉，我心里要有这个想头，天诛地灭，万世不得人身。”第二十九回，黛玉又说起金锁、好姻缘之类的话，宝玉心下怄气，觉得黛玉太辜负他了，赌气砸玉，闹得不可开交，连老祖宗贾母也被惊动。黛玉屡屡试探，宝玉只好一次次表白心迹。“我心里的事也难对你说，日后自然明白。除了老太太、老爷、太太这三个人，第四个就是妹妹了。要有第五个，我也说个誓。”“你放心……好妹妹，我的这心事，从来也不敢说，今儿我大胆说出来，死也甘心。我为你也弄了一身的病在这里，又不敢告诉人，只好掩着。只等你的病好了，只怕我的病才得好，睡里梦里也忘不了你。”这种试探，直到第三十六回“绣鸳鸯梦兆绛芸轩”，黛玉确信宝玉拒绝金玉良缘而心向木石姻缘才告结束。

3. 恋爱结果

宝黛爱情是不折不扣的悲剧。在贾府长辈心中宝钗是宝玉媳妇的最佳人选。元妃派送礼物，只有宝钗与宝玉所得相同。贾母曾当众赞赏宝钗最出众："提起姊妹，不是我当着姨太太的面奉承，千真万确，从我们家四个女孩儿算起，全不如宝丫头。"宝钗的才貌不输黛玉，而性情温顺，善于藏拙，涵养极好，这些正是婚姻关系中备受推崇的淑女品格。

在宝玉与宝钗成婚之际，黛玉焚稿含恨而亡。这样的悲剧结局在传统小说中仅此一例。"古语云：读《出师表》而不流涕者，非忠臣；读《陈情表》而不流涕者，非孝子。仆谓读此回而不流涕者，非人情也。昔杜默下第，至项王庙中痛哭，泥神为之下泪。夫下第之怨，何至于此？若此回焚绢子，焚诗稿，虽铁石心肠，亦应断绝矣。屈子吟骚，江郎赋恨。其为沉痛，庶几近之。虽然，世人皆为黛玉哭耳，仆所哭者，尤在宝玉焉。断痴情之痛，不若成大礼之痛为更深。夫自古皆有死，为黛玉哭，恨可言也；民无信不立，为宝玉哭，恨不可言也。天下古今第一有情人，偏生屈作负心人，此段奇冤诉于人，人不知白；诉于天，天不能言，岂不痛哉！世之读《红楼梦》者，莫不深爱宝玉。或有莽汉，不爱黛玉，然即不爱黛玉，吾知必不忍见其如此死；深爱宝玉，亦不忍见其如此生。"（陈其泰《桐花凤阁评〈红楼梦〉》）[①] 大观园恋爱形态的丰富内涵，是后花园恋爱形态望尘莫及的。

三　结语

后花园本为私家园林，是文人墨客或寄情山水、或豪奢竞

① 陈文新、王炜辑评：《红楼梦》（百家汇评本），长江文艺出版社2005年版，第690—691页。

乐、或标举风神的场所。在才子佳人小说中，后花园则是青春女子感受生命和爱的乐园，是类型化的假托恋爱环境。后花园恋爱形态虽然展示了以男女双方个人意志为指向的恋爱情形，具有几分罗曼蒂克色彩，但对恋爱生活人为地作了简单化处理：用男子中状元、皇帝赐婚等不寻常事件，来调和消解恋爱过程中的深层矛盾，只能视为一相情愿的牧歌情调。

大观园是《红楼梦》中宝黛爱情的发生空间，这一形态仍属于后花园序列，却由于其经典性而超越了这一序列的其他作品。大观园是后花园序列中的最高形态。其原型仍是私家园林，但明显有康乾时代私家园林的特色。“北京园林的发达，至康熙乾隆间而极盛。这个时期，北方苑囿系统的园林，大部分被庭园系统的因素浸润了。《红楼梦》大观园的规模就是在这个历史的根据之下而产生的，它是融合苑囿与庭园两种系统而成的一个私家园林。”（藏云《大观园源流辨》）① 而就其小说功能而言，大观园也远非才子佳人小说中的后花园可比。大观园不仅是某个特定青春女子的乐园，还是众女儿的世外桃源；大观园是有情的世界，不仅包含宝黛的爱情，还包括众女儿之间的闺阁之情；大观园中还生活着一个拥有超常感受能力的人物——贾宝玉，他既是恋爱中的男主角，又是护花使者、有情教主。宝黛恋爱突破了一见钟情、私订终身、小人拨乱、高中状元等情节套路，从两小无猜，到爱情渐深，直至被现实的利益原则所拆散，这个悲剧具有超常的震撼力。宝黛爱情是短暂的，也是永恒的。它永恒地活在一代又一代读者心中。

从后花园到大观园，明清小说的恋爱形态经历了由清澈见

① 中国艺术研究院红楼梦研究所、人民文学出版社编辑部：《红楼梦研究稀见资料汇编》，人民文学出版社 2001 年版，第 590 页。

底的罗曼蒂克套路到深入挖掘恋爱中的人生哲理内涵的转变过程。宝黛作为两个不识时务的异类，他们的爱情被生活的现实原则所摧毁，不仅是个体的爱情悲剧，也是人类生存困境的展现。即使只就恋爱形态而言，《红楼梦》的深刻伟大也是有目共睹的。

《红楼梦》关于甄宝玉和贾宝玉的设计，其深意可以从这一角度加以认识。人类最伟大的成就通常是在热情洋溢的状态下创造出来的，一味地深谋远虑只会造成思想和感情的沉闷。如果表达得周全些，不妨这样说：没有热情洋溢的成分，生活是没有趣味的；一味地热情洋溢，生活则是危险的。深谋远虑和热情洋溢是我们人类所面对的两种难以统一的选择。在大多数情况下，人们宁愿选择深谋远虑，因为危险与趣味相比，对危险的恐惧毕竟容易压倒对趣味的热衷。人之所以为人，一个基本的标志是他遵循理性生活。为了未来的快乐而忍受眼前的痛苦，这是合乎理性的；为了眼前的快乐而造成未来的痛苦，这是不合理性的。《红楼梦》写了甄宝玉，说明作者并非不明了深谋远虑的重要性。然而小说自始至终以贾宝玉为中心，则表明作者更倾向于摆脱深谋远虑。曹雪芹的卓越感受能力和表达感受的能力，使《红楼梦》成为一部诗与热情所结合成的经典：贾宝玉因为热情洋溢而承受了种种悲剧，然而所有深谋远虑者在他面前反倒显得猥琐平庸。贾宝玉的难以理解之处在于：他推崇并坚持过一种热情洋溢的生活，他爱黛玉，正是这一人生观的核心标志；他同情并理解所有的深谋远虑者，他对宝钗、袭人等的悲悯情怀，正建立在这一信念之上。脂砚斋给他的定位是“情不情”，表明贾宝玉的确是一个难以解读的人物。这也同时造成了《红楼梦》的难以解读。我们指出这一事实，意在提示读者：从后花园到大观园，不仅是恋爱空间的变化，也不仅是恋爱形态的变化。在这种新的恋爱空间和恋爱形态背后，是《红楼梦》不同于才子佳人小说的人生理念，是《红楼梦》不同于才子佳人小说的艺术理念。大观园是伟大的人生理念和伟大的艺术理念的结晶。

（本文系与杨春艳合撰。原载《黑龙江社会科学》2008年第1期，人大复印资料《中国古代近代文学研究》2008年第6期全文收入）

论贾宝玉的悲剧诗人品格

所谓悲剧诗人，包含两重含义。它既指创作悲剧的诗人，又指其人生充满悲剧意味的诗人。贾宝玉作为《红楼梦》这部经典小说的主人公，正是双重意义上的悲剧诗人。

作为悲剧诗人，贾宝玉有哪些特别值得关注之处？回答这一问题正是本文的重心所在。

一　诗人与“诗意地栖居”

中国的古典诗歌，其要点之一是诗人经由文字表现一种意义、思想、境界。我们通常说“诗言志”，即诗所表达的是一种严肃、庄重的社会化的感情。明末的许学夷认为，“古诗以汉魏为正，太康、元嘉、永明为变，至梁陈而古体尽亡，律诗以初、盛唐为正，大历、元和、开成为变，至唐末而律诗尽敝”（《诗源辨体》）。许学夷关于正、变、亡的划分，其依据首先在于，诗表达了一种什么类型的生活或情感。汉魏古诗和盛唐律诗以社会生活为主体，晋宋古诗和中唐律诗以山水题材为主体，梁陈宫体和晚唐律诗以女性题材为主体，由社会人生而山水而闺闱，这种题材的迁移，在古典诗的发展史上被视为由正而变而亡的过程，可见这首先不是一个技术性的问题，而是一个价值判断的问题：在古典诗中，女性题材是一个敏感区域。

中国古典诗对女性题材的态度不能一概而论。《诗经》中不乏写女性的作品，《离骚》亦以美人香草为表现对象，但《诗经》在成为儒家经典的过程中，其女性题材已被赋予凝重的社会、政治蕴涵，《离骚》中的美人香草在主流阐释中也向来被视为社会、政治生活的象征。所以，在象征的意义上，女性题材是诗可以接纳的；如果作品没有象征的意义，女性题材则被认为趣味不高，仅仅适合于由词来写。许学夷《诗源辨体》以鄙薄的口吻说温庭筠、韩偓的诗"皆诗余之调"，甚至已由"诗余变为曲调"，除了指其表达上不合诗的惯例之外，更与其题材集中于闺闱有关。概括说来，以内容丰富的社会生活为题材，所体现的是入世精神，在中国文学批评史上被视为最高的一级，一个人要成为大家，这是必备的前提；以带有隐逸情调的山水为题材，所体现的是出世精神，在中国文学批评史上被视为第二等级，一个人的诗如果集中于山水，再好也只能成为名家。汉魏古诗和盛唐律诗之所以是"正"，晋宋古诗和中唐律诗之所以是"变"，依据在此。不能忽略，山水题材虽屈居社会生活题材之下，但毕竟还为主流诗学所容纳。主流诗学所不能容纳的是女性题材，所以梁陈宫体诗和晚唐韩偓等人的香奁体等，一再遭到鄙薄，并被明确地以"亡"来加以描述。

人们普遍认为，中国诗歌的高峰是盛唐，而盛唐又以李白、杜甫为成就最高的诗人。杜甫尤其受到称颂。其中的原因，除了杜诗的艺术成就外，更重要的是，杜诗的内容恰好体现了中国诗学的基本原则：他的诗大体以社会生活为题材，而很少旁逸斜出。杜甫是典型的"言志"诗人，而非表达"个人化情感"的诗人。

贾宝玉作为一个悲剧诗人，与历史上的主流诗人们截然不同。首先，“这个人”就不同寻常。《红楼梦》第二回借贾雨村之口指出，贾宝玉身上同时禀赋有灵秀之气与乖僻之气。而贾雨村所举出的历史上同类型的人都是极富浪子才情和名士风度的。贾宝玉的诗歌创作观点也与主流诗学不同。他认为“古人中也有杜撰的，也有失误之处，拘较不得许多”，他创作时，“每见一题，不拘难易，他便毫无费力之处，就如世上流嘴滑舌之人，无风作有，信着伶口俐舌，长篇大论，胡扳乱扯，敷演出一篇话来”。单就这方面而论，贾宝玉一类诗人在古典诗歌史上就只能归为另类。这类诗人关注自己的个人感受，也关注他人的个人感受，他们的感受能力是超常的。换句话说，诗人的视界（horizon）和诗人的存在是同一的。在贾宝玉的视界里，特别吸引他的注意力的，无疑是作为美的化身的女孩们。表达对女孩们的敬慕和珍惜之情是他写诗的最动人之处。在这点上，他很像《春江花月夜》的作者张若虚。

但是，我们所说的真正意义上的诗人，并非仅指他能写以文字记载的诗，更重要的是，他的存在、他的生命历程是富有诗意的。他是“诗意地栖居”的（荷尔德林语）。“人之栖居能为诗，能具诗意否？仅有那些规避现实，不屑正视人类社会历史生活（即社会学家称为群体生活者）之现状之人，方会倾慕此种栖居。”宝玉正是这样的人。《红楼梦》一再借别人之口指出宝玉的行为方式不合当时社会常规。黛玉在家时听她的母亲说，“宝玉衔玉而诞，顽劣异常，极恶读书，最喜在内帏厮混”（第三回）。第十九回袭人眼中的宝玉，第三十五回两个婆子眼中的宝玉，第六十六回兴儿眼中的宝玉，是极为乖劣邪僻的。贾宝玉初出场时，小说为他写的两首定场词正是以世人的眼光对贾宝玉作出的非常准确的评价：

无故寻愁觅恨，有时似傻如狂。纵然生得好皮囊，腹内原来草莽。潦倒不通庶务，愚顽怕读文章。行为偏僻性乖张，那管世人诽谤！

富贵不知乐业，贫穷难耐凄凉。可怜辜负好时光，于国于家无望。天下无能第一，古今不肖无双。寄言纨绔与膏粱，莫效此儿形状！

贾宝玉的生活环境是大观园和生活在大观园中的一群女孩，这就大违社会常规。而贾宝玉不但和一群女孩生活在一起，他在大观园中的作为也只是每日“和姊妹丫头们一处，或读书，或写字，或弹琴下棋，作画吟诗，以至描鸾刺凤，斗草簪花，低吟悄唱，拆字猜枚，无所不至”。他否定传统的价值观。儒家所规划的理想的人生目标是内圣外王，其途径是：“正心、诚意、修身、齐家、治国、平天下。”自从科举制创立以来，学优而仕成了社会设计的共同路径。但贾宝玉却对之冷嘲热讽。他给“读书上进”的人起名为“禄蠹”。一旦湘云、宝钗以仕途经济之事劝他，他立刻冷言相对。他还否定传统的伦理道德。传统伦理道德由基于血缘亲情的孝引发出对君王的忠，并且，作为一种价值取向，忠往往凌驾于孝之上。贾宝玉否定了这种意义上的忠。“要知道那朝廷是受命于天，若非圣人，那天也断断不把这万几重任交代，可知那些死的，都是沽名钓誉，并不知君臣的大义。”（第三十六回）贾宝玉洞若观火地看清了历史的真实状况：人的功利动机而非道德动机，历史本身的血腥而非伦理的光环才是真实发生的事。

了解了世界的真实状况后，人可以选择：或融入这个世界，或游离于这个世界之外。贾宝玉选择了后者。《红楼梦》所创造的大观园就是他的避难所。只有与社会保持一定的距离，才能以“诗”的方式生存。因为融入现实社会后，人就会在纷纭的、转瞬即逝的日常生活中失去“诗”的本真。所谓“诗意地”生活，正是指不处于日常的时间中。诗人注意的首先不是日常的事物。宝玉“时常没人在跟前，就自哭自笑的；看见燕子，就和燕子说话；河里看见了鱼，就和鱼说话；见了星星月亮，不是长吁短叹，就是咕咕哝哝的”（第三十五回）。对于诗人来说，“鸟啼花落，皆与神通”（袁枚）。因为这些事物中蕴涵着永恒和绝对。他关于女儿和男子的著名议论正表达了他对绝对的美的追求。在他看来，只有女儿才是“钟灵毓秀”的宇宙的精华，才葆有未经斫伤的纯真的心灵。

这里有个严肃的问题，即贾宝玉为何会同时关注许多女孩？虽然在后来，他对林黛玉情有独钟，但仍不免时时痴念宝钗、湘云之美。提这样的问题似乎很荒诞，怎能以现代的眼光考察古人？况且即使在现代社会，也有许多人没有做到用情专一。而在中国古代，社会对这种行为是认可的，甚至还将之作为娥皇、女英（正统的）或浪子风流（非正统的）加以赞赏。然而，我认为这个问题恰好体现了诗人极重要的特征。诗人对一个人的爱，可以分为两个层次。首先，他所爱的是她本身所具有的吸引他的因素，正如“存在”通过“此在”显现，绝对的、完全的“美”也是通过具体的人来显现的。但作为一个具体的人，所体现的只能是作为整体的“美”的一部分。我们无法洞察“美”的全部，只能经由具体的个人“遭遇”到“美”并想象那作为“一”的“美”。因而，以追求完全的美为职志的诗人，其心灵不会只被一个人占据，他会爱许多人，通过许多人接近完全的“美”。宝玉曾作《庄子·外篇·胠箧》续篇，赞美“宝钗之仙姿”、“黛玉之灵窍”；看到宝钗的酥臂，想着要长到黛玉身上就好了。他对诸多女孩的爱，其实是对诸多部分的“美”的爱。这是一种升华了的感受。

《红楼梦》写贾宝玉的爱情，与历史上的所谓爱情不同。那些作品，大半只是“风月故事，不过偷香窃玉，暗约私奔而已，并不曾将儿女真情发泄一二”。在《红楼梦》里，女性成为钟灵毓秀之人。贾宝玉说：“女儿是水作的骨肉，男人是泥作的骨肉。我见了女儿便清爽，见了男子便觉浊臭逼人！”这样一种崇拜心理，来自贾宝玉的心灵深处，表达了人类男性对女性的无以复加的尊重。

贾宝玉的爱情纯粹是一种精神的恋爱。本来，现实的爱情不可能没有情欲的成分，而诗人却要将之剔除。《红楼梦》借警幻仙姑之口表明，宝玉“天分中生成一段痴情，吾辈推之为‘意淫’……在闺阁中虽可为良友，却于世道中未免迂阔怪诞，百口嘲谤，万目睚眦”（第五回）。纯粹的精神的倾慕正是诗人独有的柏拉图式的爱。

二　时间中的悲剧

除了绝对，诗人还追求永恒。但永恒对于人类来说，只是一个梦，一个在心灵中才能期望的对象。怀着极度敏感的心，贾宝玉能发现的，只能是时间中的悲剧。

绝对、永恒是存在于时间之外的，而人是存在于时间之中的。人的生命是在时间中展开的。时间是这样一种维度：它在一种存在状态与另一种存在状态之间建立关系。它使我们发生变化，这是在时间中的人的幸福；但它使一切都发生变化，这又是我们的不幸。人类之不幸，最根本的莫过于他是时间的存在物。

贾宝玉、林黛玉都深深体会到了时间所带来的悲剧性，贾宝玉尤以诗人的敏感一次次伤心地感受着宇宙意义的悲哀：人的存在从根本上讲是一种悲剧。

在《红楼梦》之前，已有许多文学作品揭示了时间的悲剧意味。最常见的是通过不同时间中事物的对比来传达悲剧意蕴。很早的如《诗经·小雅·采薇》，就有“昔我往矣，杨柳依依，今我来思，雨雪霏霏”的名句。不过，这种悲剧感虽然也是在时间中产生的，却不是直接由时间导致的。时间只是一个舞台，真正的导演乃是人事的变迁。这种悲剧感是可以消解的，如大团圆结局就具备这种功能。然而，时间直接作用于人而产生的悲剧感则是无法消解的。时间直接作用于人，首先引起的是“人生苦短”或“人生漫长”的哀叹。哀叹人生短暂者，乃因他感觉人生可珍惜的东西太多。《古诗十九首》中的不少诗都是抒发这种感慨的：“所遇无故物，焉得不速老？盛衰各有时，立身苦不早。人生非金石，岂能长寿考？奄忽随物化，荣名以为宝。”雄才大略如曹操也不免感叹：“对酒当歌，人生几何？譬如朝露，去日苦多。”而张若虚《春江花月夜》、刘希夷《代悲白头翁》等诗更集中地表达了人在时间中的这种痛苦感受。对当下的人生有所追求，而由于时间的流逝造成了“死”这一事件，人生便有了缺憾。人生的缺憾和人的不满足乃是其悲剧性产生的极重要原因。这种悲剧感是与人的存在同在的。时间还引起“人生漫长”的哀叹。与“人生苦短”的哀叹有别，它不是由于现世的追求或对满足感的期望而产生的，而恰是因为现世中令他无法承受的痛苦。人承受苦难的能力是有限的，一旦加于肉体的、精神的痛苦超过他的承受限度，他就会发出这样的哀叹。也许有必要指出，这种痛苦虽然是伴随着人的存在的，但它却不是由时间直接引起的。如果现世的人生是幸福甜美的，这种“人生漫长”

的悲剧感就会被消解。时间的长短在人生的体验中是相对的、主体化的。

下面让我们看看贾宝玉体验到的时间中的悲剧吧。

从某种角度讲，当贾宝玉还是石头时就是一个悲剧性的角色。小说交代，女娲补天时，炼了三万六千五百零一块大石，她只用了三万六千五百块，单单剩下一块未用。“此石自经锻炼之后，灵性已通，能大能小，因见众石俱得补天，独自己无才，不得入选，遂自怨自叹，日夜悲号惭愧”（第一回）。这块石头即是贾宝玉的前身。无才补天，而遭遗弃，此一悲也。若只是寻常石头，无知无识倒也罢了，它偏又“灵性已通”，此二悲也。有意识、有感受能力是悲剧感产生的一个必要条件。皮浪曾在狂风巨浪颠簸的小船上手指船中的一只猪对惊恐的众人说：它是最快乐的。但真正意义上的悲剧性只有人间才有。杜鹃啼血，猿猱哀鸣，只是听者的移情。因此，要分析贾宝玉的悲剧性体验，就必须考察他在人世的历程。

先从他的“生”说起。《红楼梦》开篇叙一僧一道见到此石，便将之携到“昌明隆盛之邦，诗礼簪缨之族，花柳繁华地，温柔富贵乡去安身乐业”（第一回）。而贾宝玉“一落胎胞，嘴里便衔下一块五彩晶莹的玉来。上面还有许多字迹，就取名宝玉”。以旁观者的身份，读者明白，虽然那石头听说要到凡尘走一遭，便“喜不能禁”，但他的诞生实乃悲剧之始。更有甚者，他的存在方式早已命中注定。宿命对我们每个人来说都有其吸引力。它是一个悖论。人们会感慨：我要是知道我的未来该多好啊！对未来的不确定感会使人产生对人生的畏惧情绪，从而期望结束这个状态。然而人们也会有另一种感慨：知道未来多没意思。全知的上帝肯定没有任何新奇感。事实上，人无论如何也是无法洞察未来的。对贾宝玉来说，他口中的玉就象征着他的命运，他和薛宝钗的“金玉良缘”就其无可逃避而言也可以说是命中注定的。玉所象征的贾宝玉的命运与他的存在是同一的。他只要活在世间，就必然受到制约。

人的成长是不可避免的事实。只是，人当真心甘情愿地成长吗？生活中有许多人确实并不如此。我们平常就听到不少成长过程中的少年说他不愿长大，甚至一些成人也有此想法。一般说来，人的成长、成熟意味着他逐渐成为某个社会角色，有某种权利并要承担一定责任。为了逃避责任当然期望不长大。在现代社会，拒绝长大还有更深一层意义，即对现实社会的否定。如果认为现实的社会是对人的本真状态的压抑，那么，拒绝长大就是拒绝接受这个现实。的确，人的诞生乃人生悲剧之始，而人的悲剧性的真正展开则始于人的成长。儿童阶段是无忧无虑的，青少年时期则开始觉醒。当代心理学对人的青春期的研究在这里提及并不荒谬，而是较为真切地印证了贾宝玉的心路历程。《红楼梦》这样描写贾宝玉的觉醒：“谁想静中生动，忽一日，不自在起来，这也不好，那也不好，出来进去，只是发闷。园中那些女孩子，正是混沌世界天真烂漫之时，坐卧不避，嬉笑无心，那里知宝玉此时的心事？”（第二十三回）心灵的苏醒是令人眩晕的。似乎什么都没有变，但似乎什么都变了。其实未变的是外界，变了的是宝玉的内心。成长对一个人来说是件烦恼的事，对于贾宝玉来说更是悲剧。因为宿命正一步步走近他，他将迫不得已地窥见时间中令人伤心的境况。

第二十二回，宝玉由“赤条条来去无牵挂”悟到：“无我原非你，从他不解伊。肆行无碍凭来去。茫茫着甚悲愁喜？纷纷说甚亲疏密？从前碌碌却因何？到如今，回头试想真无趣！”但这只是宝玉一时的感受，他自己并不当真。他“想了一想，‘原来他们比我的知觉在先，尚未解悟，我如今何必自寻苦恼。’”

到第二十八回，宝玉的体验就深刻了许多。当他听到林黛玉的葬花诗，“听到‘侬今葬花人笑痴，他年葬侬知是谁？……一朝春尽红颜老，花落人亡两不知’等句，不觉恸倒山坡上，怀里兜的落花撒了一地。试想林黛玉的花颜月貌，将来亦到无可寻觅之时，宁不心碎肠断，既黛玉终归无可寻觅之时，推之于他人，如宝钗、香菱、袭人等，亦可以到无可寻觅之时矣。宝钗等终归无可寻觅之时，则自己又安在呢？且自身尚不知何在何往，将来斯处、斯园、斯花、斯柳，又不知当属谁姓？——因此一而二，二而三，反复推求了去，真不知此时此际，如何解释这段悲伤！”这就是时间造成的最根本的悲剧。“天若有情天亦老”。时间是无情的，无论什么，最终都将在它的冲刷中了无痕迹。英雄豪杰与寻常人物，在其终点没有丝毫区别，因为他们都将成为“无”。《红楼梦》那首《好了歌》正真切地道出时间对人生意义的消解。

死在人生中是件极其重大的事。从对待死的不同态度可区分人们对人生的不同体悟。贾宝玉一再谈到他的死。他希望自己在大观园中的女孩们活着时死去，“再能够你们哭我的眼泪流成大河，把我的尸首漂起来，送到那鸦雀不到的幽僻之处，随风化了，自此再不托生为人”（第三十六回）。这还不算，他在另一处还说他死了要“化成飞灰——飞灰还不好，灰还有形有迹，还有知识——等我化成一股轻烟，风一吹便散”。连死都那么无形无迹。贾宝玉知道，时间会使一切变成“无”。

但宝玉对“死”的体验还不止这些。他最初期望在自己死后，大家都来哭他。然而龄官画蔷一事却使他更深一层地领悟到人生的悲剧性。初见龄官在地上连写几十个“蔷”字时，他心想：“这女孩子一定有什么说不出的心事，才这么个样儿。外面他既是这个样儿，心里还不知怎么熬煎呢！看他的模样儿，这么单薄，心里那里还搁的住熬煎呢？——可恨我不能替你分些过来。”（第三十回）后来他发觉，龄官思念不已的是贾蔷。宝玉对龄官不乏爱意，而龄官思念的却不是他。他由此深有感触地说：“昨夜说：你们的眼泪单葬我，这就错了。看来我竟不能全得。从此后，只好各人得各人的眼泪罢了。”（第三十六回）“死”这一极其重要的事件只对死者的亲友产生影响，而其他人依旧熙来攘往，欢乐的依旧欢乐。一个人的死亡对庞大的社会和陌生的人来说几乎是毫无声息的。这一悟击破了贾宝玉的幻梦，使他进一步体验到了人生的虚无，“自此深悟人生情缘，各有分定，只是每每暗伤，‘不知将来葬我洒泪者为谁’？”

这里可以提到宝黛爱情了。贾宝玉对林黛玉的爱情，一方面是对林黛玉身上所体现的“美”的爱，另一方面也是寻求生存意义的努力，是他对抗现实世界的精神支点。由于他已悟出“人生情缘，各有分定”，因而格外珍视会为他洒泪的林黛玉的那份深情。他对金玉良缘的抗拒也只有从这一个角度才能获得理解。毫无疑问，作为妻子，宝钗是第一流的、无可挑剔的。然而，尽管娶了这样一个标准的贤妻，宝玉依然对人生充满了遗憾。《红楼梦曲》第二支《终身误》以宝玉的口气唱道：“都道是金玉良缘，俺只念木石前盟。空对着，山中高士晶莹雪；终不忘，世外仙姝寂寞林。叹人间，美中不足今方信，纵然是齐眉举案，到底意难平。”这里说的“齐眉举案”，讲的是汉代梁鸿与孟光夫妇相敬如宾的事，在《红楼梦》里是指宝钗与宝玉相互敬重，夫妻关系很好。所谓“美中不足”，并非说宝玉不尊重宝钗，而是说他和宝钗的婚姻尽管美满，但失去了黛玉，毕竟是人生中最大的憾事。其中并不包含对宝钗的贬抑，只是表达了一种不能舍弃黛玉的铭心刻骨的伤感。何以如此？原因在于，婚姻关系主要是一种社会关系，夫妻组成家庭意味着他们将受到相关社会伦理的约束，承担起社会伦理所赋予的责任，同时也享有社会伦理所赋予的权利。丈夫的身份是与社会责任联系在一起的，而责任正是宝玉所拒绝的东西。从《红楼梦》不难看出，宝钗与宝玉交往，她的一个习惯性的特点就是“教育”宝玉要有责任感，要“上进”，结婚以后，她的这一习惯性的特点只会加强，不会削弱。与宝钗不同，黛玉从未“教育”过宝玉，她与宝玉之间心心相印，亲密无间，是宝玉感情世界的知音。

从本性上说，每个人都渴望摆脱孤独状态，他总在寻觅着他的知音。中国古典文学中有大量以“寻找知音”为内在结构的作品。贾宝玉之所以爱林黛玉，就因为他们是知音，是同一类人。当湘云劝宝玉留意仕途经济时，他直言不讳地说：“林姑娘从来说过这些混账话吗？要是他也说过这些混账话，我早和他生分了。”（第三十二回）贾宝玉和林黛玉都拒绝进入这个现实的世界。他们从对方身上得到力量和勇气，以坚守自己的立场。

林黛玉是会为宝玉之死洒泪的，然而这个人已先他而去，宝玉又如何能不感伤？茫茫宇宙间，哪里还有第二个黛玉？如雅兴《红楼梦研究》所说：“贾宝玉是天生的哲学家，生下来就有他自己的人生观，一般不了解他的人，以为他是糊涂没目的，无事忙。其实他的人生观就是‘爱’。得到了爱，就是幸福，得不到爱，就是苦痛，基于这种人生观，宝玉因此对于人生的富贵贫贱，尊卑际遇，毫不在意；而于心所爱的，即为之牺牲一切，亦所情愿。然而宝玉的爱，是纯洁的，不是污浊的；是天真的，不是矫揉的；是精神的，不是肉体的；是怡情的，不是泄欲的。他象征着人类中‘情种’的典型。”①

---

① 陈文新、王炜辑评：《红楼梦》（百家汇评本），长江文艺出版社 2005 年版，第 433 页。

三　论宝玉的出家

生命的开端是人无法选择的，我们不由自主地被抛进了这个世界。但对于生命的结束人是可以选择的，贾宝玉的归宿是出家。

促使他出家的原因是多种多样的：对时间无情的感悟，对人生虚无的体验，对命运、世界抗争的失败。在贾宝玉否定了现实的世界后，在他的视界内，本来还留有一种寄托，即对永恒者和绝对者的爱与追求。而最终，他发现根本就没有永恒者、绝对者，只有“无”和无意义。他可以选择自杀。这是近代以来诗人们经常采用的解脱方式。但贾宝玉没有这样做。自杀是对无意义的最后一次冲击，事实上也是徒劳的一击。洞察了这一点，是否自杀就不再是问题。并且，自杀乃是人与现实世界冲突的最高点，是张力的最强处。中国传统文化往往致力于消解这种张力。因而中国古代少有因了悟世界之虚无和无意义而自杀的诗人。传统庄禅一路的思想就具有此种消解功能。这里需要指出：道家思想与佛家思想是有区别的。道家齐物我，一死生，亲近自然，使主体最终臻于无知无识的境界。不管是“无情”还是“有情而应物不累”，终归是不割断人与自然的联系，应物而化，作逍遥之游。典型的道家型解脱方式是苏轼《前赤壁赋》中所描写的情景。当苏轼和友人泛舟江上，在悲凉的箫声中心有所动时，他们谈论的是这样一个话题：“月明星稀，乌鹊南飞”，这不是曹操的诗吗？想当年，他破荆州，下江陵，顺流而东，舳舻千里，旌旗蔽空，酾酒临江，横槊赋诗，何等英雄！如今他在何处呢？“大江东去，浪淘尽，千古风流人物。”他早已消失在无穷无尽的岁月之流中了。连曹操这样的伟人尚且抗拒不了人生无常的悲剧，何况我们这样的“渔樵于江渚之上，侣鱼虾而友麋鹿”的寻常人呢？短促有如蜉蝣寄生于天地之间，渺小有如粟米依存于大海之中，人是多么的卑微。但接下来，苏轼提出了另一种衡量人生的尺度。“客亦知夫水与月乎？”水虽然流去，水还是水；月亮虽然时圆时缺，月亮还是月亮。从变动的一面看，天地间的万事万物没有一刻工夫能保持原样；从不变的一面看，则外物与我都不会消失。人以自然的方式对待自然，就能最终融入自然，成为宇宙的一部分。苏轼所设计的，实际上就是一种小品式的人生态度：悠然从容，冲淡旷达，“清风明月不用一钱买”，而又永远取之不尽，“耳得之而为声，目遇之而成色”，这是何等惬意。的确，人生的最高境界并不在于功成名就，而在于悠然品味流逝的或正在流逝的人生片断。“今将一副寒蓑笠，来与渔翁作往还。”陶然于清风明月之间，这是人类走向永恒的途径。与道家以审美的方式得到解脱不同，佛家则不但否定现实的世界，而且更趋向极端。它割断与人世的一切联系，慧剑斩情丝，进入涅槃之域。既然人生的悲剧与人的存在是同体的，那么要消解这一存在的悲剧，就只能抛弃这个世界。按照中国传统文化的阐释，一个人出家后就不再是社会的一分子了。“沙门不敬王者”之论既展示了佛教中国化的一个侧面，也在一定程度上显示出出家人脱离社会的状态。

宝玉选择了出家。但是，一个人只要和这个世界发生关系，就不可能没有任何作为就出家。他先要了结他的“尘缘”。《红楼梦》中的甄士隐，受一僧一道点化，早早便悟了道，但在小说最后，他也还要了结“一段俗缘”，即接引其女英莲。

贾宝玉是这样结束他的社会角色的：

那天宝玉去参加科举考试。他向王夫人辞行，“走过来给王夫人跪下，满眼流泪，磕了三个头，说道：‘母亲生我一世，我也无可答报。只有这一入场，用心作了文章，好好的中个举人出来，那时太太喜欢喜欢，便是儿子一辈子的事也完了，一辈子的不好，也都遮过去了。’”又走到薛宝钗跟前，“深深的作了一个揖”。最后他仰面大笑道：“走了，走了！不用胡闹了！完了事了！”（第一百十九回）参加完考试，宝玉没有再回贾府，却又特意在毘陵驿见了贾政一面，倒身四拜。直到此时，那一僧一道才“夹住宝玉道：‘俗缘已毕，还不快走？’说着，三个人飘然登岸而去。”

宝玉的选择真的如此“飘然”吗？

事实上，一个诗人不可能以慧剑斩断一切尘丝。只要他处在社会关系中，那么他的离去必然会影响到关心他的人。至少，宝玉的出家对于薛宝钗来说是一个悲剧。而且，这个悲剧正是宝玉造成的。解脱悲剧的行为却造成新的悲剧。从历史、现实的角度看，僧侣仍是社会的一分子，他们同样是人，只不过是一群特殊的试图借离家修炼来摆脱轮回的人。如此说来，佛家的人生之路，终点依然在这个“世界中”（in—the—world）。

具体到贾宝玉来说，出家是他肉体生命的行为，他的归宿是返回石头原身。只有成为石头，才能真正做到不动心。“我所居兮，青埂之峰；我所游兮，鸿蒙太空。谁与我逝兮，吾谁与从？渺渺茫茫兮，归彼大荒！”（第一百二十回）但此情此景中的宝玉却必须面对这样的质询：他为什么要有一番入世经历？

我们可以回头看看小说开头那个“作者”。他感慨万端地告诉我们：“今风尘碌碌，一事无成，忽念及当日所有之女子，一一细考较去，觉其行止见识皆出我之上，我堂堂须眉，诚不若彼裙钗。我实愧则有余，悔又无益，大无可如何之日也！当此日，欲将以往所赖天恩祖德，锦衣纨绔之时，饫甘餍肥之日，背父兄教育之恩，负师友规训之德，以致今日一技无成，半生潦倒之罪，编述一集，以告天下，知我之负罪固多，然闺阁中历历有人，万不可因我之不肖，自护己短，一并使其泯灭也。”这个“作者”，在某种意义上，就是那个“曾历过一番梦幻之后”的宝玉。他“飘然”吗？他斩断了一切尘丝吗？非也。在他深深怀念的“所有之女子”中，有林黛玉，有晴雯，也有薛宝钗和袭人，还有史湘云、贾探春、妙玉……这里特别要提到宝钗。宝玉的确离开了她，而回头怅望，他又多么牵挂宝钗：一个如此贤惠的妻子，竟落得如此结局吗？

回归青埂峰的灵石记载了宝玉的人间经历，“又有一首偈云：无才可去补苍天，枉入红尘若许年；此系身前身后事，倩谁记去作奇传？”值得注意的是，最初石头上什么也没有，只是在经历一番人世的悲欢离合后，石头上才有如许记载。这表明，对人生的领悟不能在人生之外完成。只有先进入人生，才谈得上得到人生的解脱。贾宝玉是进入了人生的。这也正是贾宝玉和林黛玉的不同之处。根据小说的描写，林黛玉的前身是西方灵河岸上三生石畔的一株绛珠草，她下世为人，只是要将一生的眼泪偿还给神瑛侍者的化身——贾宝玉，以报答他的甘露之惠。可以这样说，与宝玉的爱情就是林黛玉生活的全部。因而，一旦爱情的幻梦破灭，林黛玉就失去了生活的依据，就只有死去。贾宝玉则不但生活于大观园中，他在现世的身份还使他与外界发生种种联系。他的视野中，除了女儿和爱情，还有其他诸多方面的社会内容。他陪父亲和宾客游览、吟诗；他见到各色人等。而且，作为荣国府的继承人，不管他愿意与否，社会必然将一种责任交付给他，即光宗耀祖。接受是一回事，承认又是一回事。从小说情节可以看出，贾宝玉对传统文化的理解是极为深刻的。唯其洞见隐微，才能真正体悟。黛玉病故不是宝玉出家的唯一原因，无力解决重大的人生问题才是宝玉的痛苦所在。面对感情与责任，宝玉束手无策，徒唤奈何，他只能在想象中“飘然”而去。

彻底的石头是不该留下任何文字的，甚至不该有灵性。但《红楼梦》中的石头，那上面不仅写着字，还要问一句“倩谁记去作奇传”。这表明石头还未彻底地不动心，它还未“破执”。无论道家还是佛家，归根结底都旨在破去这个执著。执著倒是中国传统儒家的一个特色。“知其不可为而为之”，始终执著于自己的理想。执著是一种生存状态，也是造成人生悲剧的重要原因之一。若与物而化，应物不累，人生的痛苦必然因之减轻。贾宝玉的“石头—人—石头”的历程，表明他一直在探索新的人生道路，尽管探索的结果还是没有出路。他偏爱庄禅，但依然保持了“上下求索”的精神。

人生问题的真正解决只能是在现实的世界中，将它变形或抛弃是无济于事的。走出大观园的贾宝玉未能真正解决人生问题，最终只是伤心地发问：“倩谁记去作奇传？”由此我们能得到什么启示呢？

（本文系与丁三东合撰。原载《红楼梦学刊》1998 年第 3 期，收入本书时略有修改）

《阅微草堂笔记》：一个经典文本和一种小说类型

《阅微草堂笔记》的现代命运是一个不乏戏剧性的个案。鲁迅的《中国小说史略》虽然在总体的叙述构架上接受了进化论的思路，但在具体评价《酉阳杂俎》、《阅微草堂笔记》等作品时，仍充分尊重传统的评价，并不一概绳之以“小说概论”。20 世纪 30 年代以降，随着“中国文学史”这一类著作的日趋定型，现代“小说概论”的理念对中国小说史研究逐渐产生了支配性的影响，《酉阳杂俎》、《阅微草堂笔记》这一类作品不仅因此被视为“不入流”，而且被习惯性地当作批评对象，尤其是《阅微草堂笔记》，在需要突出《聊斋志异》的卓越成就时，它常常扮演卑微的陪衬角色。20 世纪 90 年代以降，这一局面开始缓慢地改变，而机缘在于学术界的自我反省：套用西方理路观照中国古代文学，是否存在不够吻合之处？本文的写作，也是这一机缘的产物，虽仅区区一万余字，其思考却长达 20 年之久。期待学界同人予以适当关注。

一 明以前"小说"的归属问题

明以前，关于目录学意义上的"小说"的归属问题，主要存在子部说和史部说的分歧。东汉班固《汉书·艺文志》把"小说"附于诸子"九家"（法、名、儒、墨、道、阴阳、纵横、杂、农）的骥尾，是由于它禀赋有与诸子相同的素质，即"以议论为宗"。《隋书·经籍志·小说家》也说："儒、道、小说，圣人之教也，而有所偏"，"合而叙之"，"谓之子部"。[①]

与子部的特征形成对照，史部的标志在于"以叙事为宗"。但唐代的刘知几已注意到一个事实：子书与史书并没有逾越不了的界限。其《史通·杂述》云："子之将史，本为二说，然如《吕氏》、《淮南》、《玄》、《晏》、《抱朴》，凡此诸子，多以叙事为宗，举而论之，抑亦史之杂也。"[②] 其实，不只是上述几部书注重叙事，庄子、孟子等在论道说理时，也一再借事托喻，用历史故事或动物故事来表明劝喻或讽刺意义，许多著名的寓言如"庖丁解牛"、"揠苗助长"、"郑人买履"，早已脍炙人口。所以，叙事对于诸子也异常重要，《韩非子·说林》等几乎就是故事的结集。诸子之一的"小说"也不例外地带有浓郁的叙事色彩，先秦"小说"《伊尹说》就乐于娓娓动听地讲述故事。魏晋南北朝时期的几部"小说"，如《郭子》、《语林》、《世说》、《小说》等，可以毫不牵强地断言：叙事（包括对话与生活细

---

① 魏征等：《隋书》卷三四，中华书局 1973 年版，第 1051 页。

② 刘知几著，浦起龙释：《史通通释》，上海书店出版社 1988 年版，第 83 页。以下凡引《史通》，均出于这一版本，不另出注。

节）是其成立的基本前提。正是鉴于上述情形，刘知几在《史通·杂述》中明确地将“偏记小说”视作“史氏流别”，并具体区分为十类：“一曰偏纪，二曰小录，三曰逸事，四曰琐言，五曰郡书，六曰家史，七曰别传，八曰杂记，九曰地理书，十曰都邑簿。”其中的“琐言”即我们所说的轶事小说，“杂记”则相当于我们所说的志怪小说。

将“小说”划入子部或史部，都有一定的事实依据。但“子部说”与“史部说”的对峙并存，却导致了学术思想的混乱。以宋、元、明三代为例，在鉴定一部作品是否属于“小说”时，学者们可能两方面迁就，结果，一些“以叙事为宗”的书进入了“小说”领地，另一些根本没有故事性，而以传授学说或知识为主的书，也堂而皇之地列入“小说”，前者以“史部说”为据，后者则以“子部说”为准。这种混乱状况延续了相当长的时间，兹以明代胡应麟为例略作说明。胡应麟是明代首屈一指的文言小说理论家。但他也在“子部说”与“史部说”之间徘徊不定，无所适从。其《少室山房笔丛》卷二九《九流绪论下》云：“小说，子书流也。然谈说理道或近于经，又有类注疏者；纪述事迹或通于史，又有类志传者。”[①]《九流绪论下》据此分“小说”为六类：志怪、传奇、杂录、丛谈、辨订、箴规，顺理成章，前三类属于“史”，后三类属于“子”。两部交响曲并奏造成的嘈杂状况，亟待改变。

作为四库全书的总纂官，纪昀无法回避这一挑战。因为“小说”也是四部中的一员，他必须为之安排一个合适的位置，并使“小说”的各成员之间关系协调。纪昀选择了“子部说”。

---

① 胡应麟：《少室山房笔丛》，中华书局1958年版，第283页。以下凡引《少室山房笔丛》，均出于这一版本，不另出注。

但这已不是原生态的“子部”理论，而是吸取了“史部说”的合理内核，并尊重“小说”创作的实际情形，以叙述性作为“小说”的基石。因此，他关于“小说”的分类就比胡应麟整洁：“其一叙述杂事，其一记录异闻，其一缀辑琐语。”这三类，“校以胡应麟之所分，实止两类，前一即杂录，后二即志怪，第析叙事有条贯者为异闻，钞录细碎者为琐语而已。传奇不著录；丛谈辨订箴规三类则多改隶于杂家，小说范围，至是乃稍整洁矣。”①

既以叙述性作为“小说”的基石，又将“小说”归入“子部”，两者结合，才能说明纪昀的小说观念。而《阅微草堂笔记》的意义在于，其成就不仅足以使它成为经典文本，也使它成为子部小说这样一种文类的标本。一个经典文本和一种小说类型，在这里得到了圆满的统一。

我们试就此展开讨论。

二 子部小说与史家纪传和集部叙事作品相对而言

中国传统的四部以经、史、子、集为类别单元，撇开经不论，史、子、集在其发生、发展的过程中，形成了各自独立的叙事传统。一个严格意义上的史家，其著述宗旨是经由对事实的记叙揭示出历史发展的规律，即司马迁所说“究天人之际，通古今之变，成一家之言”。从这一宗旨出发，史家所记之人、所叙之事必须“有关系”，即必须与历史发展的进程有关，日常生活

① 鲁迅：《中国小说史略》，上海古籍出版社1998年版，第5页。

题材如风怀之类通常不在其视野之内，非社会性的自然景观同样不为史家所关注。从属于宏大叙事的需要，正史仅仅采用第三人称全知叙事，第一人称限知叙事和第三人称限知叙事不在选用范围之内。对虚构的排斥也是史家必须坚守的立场。子部书的关注焦点是思想和知识。它可以记人，可以叙事，在特殊情况下甚至可以描写自然景观，但都立足于一个基点，即阐发思想和知识。就叙述原则而言，它与史部书都注重简约，史书旨在以精简的语言叙述复杂的事实和典章制度，子书旨在以精简的叙述表达深刻的思想和有价值的知识；但二者之间有一条巨大的鸿沟，即子部书被赋予了虚构的权利，子部书所传达的思想常常不合儒家的旨趣。集部的叙事传统主要建立在赋和长篇叙事诗的基础之上，其突出特点是在题材选择上偏爱女性生活和自然景观，偏爱虚构情节，并大量采用第一人称限知叙事和第三人称限知叙事。在史、子、集三种叙事传统中，纪昀的《阅微草堂笔记》明确地以子部为归属。由此切入，解读《阅微草堂笔记》的叙事品格，当有助于加深对子部小说叙事形态的了解，有助于完善中国古典小说研究的理论架构。

子部小说主要是相对史家纪传和集部叙事作品而言的，纪昀也正是着眼于相互之间的区别来把握子部小说的特点。就与史家纪传的差异而言，《阅微草堂笔记》不仅从形式上常用限知叙事而不用第三人称全知叙事，而且从内在气质上表现了叙述者的局限性，自觉使用存疑语气；以“理所宜有”作为子部书的取材原则，以“事所实有”作为史部书的取材原则，适度地拓展了子部小说的虚构空间；还注意到子部小说在描写对象和叙述详略等方面的特殊性，大量志怪，不避琐屑。

先看《阅微草堂笔记》卷一的一则：

旧仆庄寿言：昔事某官，见一官侵晨至，又一官续至，皆契交也，其状若密递消息者。俄皆去，主人亦命驾递出。至黄昏乃归，车殆马烦，不胜困惫。俄前二官又至，灯下或附耳，或点首，或摇手，或蹙眉，或拊掌，不知所议何事。漏下二鼓，我遥闻北窗外吃吃有笑声，室中弗闻也。方疑惑间，忽又闻长叹一声曰："何必如此！"始宾主皆惊，开窗急视，新雨后泥平如掌，绝无人踪。共疑为我呓语。我时因戒勿窃听，避立南荣外花架下，实未尝睡，亦未尝言，究不知其何故也。

此则采用第一人称限知叙事，它与正史纪传的区别，不仅在于从形式上采用限知叙事而不用第三人称全知叙事，而且在于从精神实质上表现了叙述者的局限性，"旧仆庄寿"对所叙述的事实缺少确切的了解，因而使用了存疑的语气。这样一种存疑的叙事态度与史家是大为不同的。盖子部小说家承认一己见闻之局限，而史家并不具有纯粹的个人身份，从理论上说是不能有局限的。尽管正史中事实上多有"传闻之误"的情形，但史家从来不在理论上赋予"传闻之误"以合理性。子部小说家纪昀则在理论上确认：一定程度的"传闻之误"在子部小说中有其存在空间。《阅微草堂笔记》最后一则提示读者：子部小说在理论上承认"所见异词，所闻异词，所传闻异词"是一个普遍的现象。"鲁史且然，况稗官小说"是一种对比表述，意谓：正史中其实也存在相似情形，只是史家在理论上不予认可；子部小说从理论上认可这一事实，遂在材料的取舍上获得了较大的回旋余地。换句话说，在正史中，"所见异词，所闻异词，所传闻异词"是错误，因为这违反了史家的理论原则，而在子部小说中，却不是错误，因为这并不违反子部的叙事原则，所以纪昀可以坦然承认其叙述与事实之间不完全吻合。

由此延伸，纪昀指出：子部小说具有适度的虚构权利。“事所实有”是史部书的取材原则，“理所宜有”是子部书的取材原则。纪昀对此反复地予以强调。如《阅微草堂笔记》卷十六“武强张公令誉”则：“然紫陌看花，动多迷路。其造作是语，固亦不为无因耳”。卷十八“莫雪崖言”则：“此当是其寓言，未必真有。然庄生、列子，半属寓言，义足劝惩，固不必刻舟求剑尔。”

与史家纪传相比，子部小说在描写对象和叙述方式上也存在特殊性。史家传记必须符合两个条件：不能虚构；题材必须重大。而稗官小说中的传记则是可以虚构的，甚至不妨以文为戏，传主不必是重要人物。《阅微草堂笔记》卷二二附录吴钟侨之《如愿小传》就属于寓言滑稽、以文为戏一类作品。纪昀特意指出：“此钟侨弄笔狡狯之文，偶一为之，以资惩劝，亦无所不可；如累牍连篇，动成卷帙，则非著书之体矣。”在他看来，这类“稗官小说之传记”虽然并非与子部小说水火不容，但不是子部小说的正宗。子部小说的一个重要使命是传达思想和知识，尤其是传达关于各种事物的知识。《四库全书总目》卷一四〇子部小说家类总序论及子部小说的功能是：“寓劝戒，广见闻，资考证。”所谓“寓劝戒”，与子部书表达思想的宗旨衔接；所谓“广见闻，资考证”，与子部书传达知识的宗旨衔接。志怪题材小说的功能首先是“广见闻”，《阅微草堂笔记》同时又赋予了它“资考证”的功能，这样，其传达知识的宗旨就更为显著了。

这里我们要强调的是，《阅微草堂笔记》用大量篇幅“测鬼神之情状”乃是纪昀小说宗旨的体现。在子部小说家看来，这也是传统知识体系的一个部分。胡应麟《少室山房笔丛》卷三九《华阳博议下》云：“两汉以迄六朝所称博洽之士，于术数、方技靡不淹通，如东方、中垒、平子、景纯、崔敏、崔浩、刘焯、刘炫之属，凡三辰七曜、四气五行、九章六律皆穷极奥眇，彼以为学问中一事也。”卷三八《华阳博议引》亦云：“古今称博识者，公孙大夫、东方待诏、刘中垒、张司空之流尚矣，彼皆书穷八索，业擅三冬，而世率诧其异闻，标其僻事。”胡应麟所列举的“博洽之士”中，郭璞（字景纯）、张华（曾任司空一职）正是大名鼎鼎的子部小说家。由此一例，可见在胡应麟看来，“博”于“物”的子部小说家，特征之一是“淹通”各种“方技、术数”；“测鬼神之情状”亦是“博物”的内容之一。纪昀创作《阅微草堂笔记》，将“测鬼神之情状”视为学问的组成部分是无疑的。

鬼是中国古代志怪小说中的主角之一。魏晋南北朝的干宝、刘义庆等人对之有精彩的描绘。在他们笔下，鬼有几桩引人注目的能耐，比如能前知（事先知道）；可移动重物，等等。表现第一点的如《幽明录·王彪之》：王彪之母能前知，帮助儿子避免了“奇厄”；表现第二点的如《幽明录·新鬼》：新鬼可干推磨之类的重体力活。纪昀觉得，这一类故事颇有不合情理之处。《阅微草堂笔记》卷十三记有同窗窦光鼐（曾任浙江学政）讲的一个故事：

> 前任浙江学政时，署中一小儿，恒往来供给使。以为役夫之子弟，不为怪也。后遣移一物，对曰：“不能。”异而询之，始自言为前学使之僮，殁而魂留于是也。

纪昀以为窦光鼐讲的这个故事才“于事理为近”，“盖有形无质，故能传语而不能举物”。但使纪昀疑惑不解的是：“古书所载，鬼所能为，与生人无异者，又何说欤？”这其实是对魏晋南北朝志怪提出质疑。他的言外之意是：鬼是不能干重体力活的。这一结论由故事引出，故事的讲述是服务于思想和知识的表达的。

子部小说与史家纪传对于志怪题材的处理，在详略方面存在值得关注的区别，而这一区别根源于其体裁宗旨的不同。《阅微草堂笔记》卷九载：

> 晋杀秦谍，六日而苏，或由缢杀杖杀，故能复活；但不识未苏以前，作何情状。诂经有体，不能如小说琐记也。佃户张天锡，尝死七日，其母闻棺中击触声，开视，已复生。问其死后何所见，曰："无所见，亦不知经七日，但倏如睡去，倏如梦觉耳。"时有老儒馆余家，闻之，拊髀雀跃曰："程朱圣人哉！鬼神之事，孔孟犹未敢断其无，惟二先生敢断之。今死者复生，果如所论，非圣人能之哉！"余谓天锡自以气结尸厥，瞀不知人，其家误以为死耳，非真死也。虢太子事，载于《史记》，此翁未见耶？

纪昀自题《阅微草堂笔记》诗云："前因后果验无差，琐记搜罗鬼一车。传语洛闽门弟子，稗官原不入儒家。"这里，纪昀含蓄地表达了他的写作宗旨：子部小说不是从儒家的门庭中发展起来的。它在儒家的殿堂里没有地位，也不受儒家种种规范的限制。比如，"子不语怪、力、乱、神"，但子部小说却不妨以"测鬼神之情状"作为重心。而我们从纪昀的表白出发，还可以展开进一步的讨论，即史家纪传与子部小说在处理志怪题材时，在详略方面存在什么差异？何以会存在差异？

现代史学理论不会认可一个笔涉怪异的史家，但在中国古代，一个史家如果从展示社会重大事变的立场出发记怪述异，他不会受到太多挑剔。赵翼《廿二史札记》卷八《晋书所记怪异》条云："采异闻入史传，惟《晋书》及《南、北史》最多，而《晋书》中僭伪诸国为尤甚。……此数事尤可骇异，而皆书于刘、石之乱，其实事耶？抑传闻耶？刘、石之凶暴本非常，故有非常之变异以应之，理或然也。"[①] 赵翼是中国古代有影响的史学理论家之一，他在评议《晋书》大量志怪的现象时，尽管并未予以赞许，但"理或然也"的措辞，表明他大体上是能接受的。只是史家志异与子部小说志异，仍有一个出发点的不同。史家志异，旨在表明社会生活处于异常状态；子部小说志异，却是为了传达关于怪异事物的知识。服务于展示历史事实，正如"诂经有体"，不能像子部小说那样琐琐道来。可以说，以琐琐道来的方式志怪，这是子部小说表达上的一个重要特征，具有体裁的合法性。《阅微草堂笔记》大量志怪，不避琐屑，正是子部小说体裁宗旨的表现。而这种体裁宗旨，其主要比照对象正是史家纪传。

三 《阅微草堂笔记》与传奇小说的差异

《阅微草堂笔记》与集部叙事传统的差异，主要表现为与传奇小说的差异。在我们看来，传奇小说的基本特征即传、记的辞章化。所谓辞章，即集部作品，包括诗、赋、骈文等。传奇小说就其本性而言是以集部的修辞方式改造史家传记的产物，集部的

① 赵翼著，王树民校证：《廿二史札记校证》，中华书局 1984 年版，第 161—162 页。

叙事传统在传奇小说中表现得较为充分。①

关于子部小说与传奇小说写作立场的差异，盛时彦《阅微草堂笔记序》作了强烈暗示："河间先生以学问文章负天下众望，而天性孤直，不喜以心性空谈，标榜门户；亦不喜才人放诞，诗社酒社，夸名士风流。是以退食之余，惟耽怀典籍，老而懒于考索，乃采掇异闻，时作笔记，以寄所欲言，《滦阳消夏录》等五书，俶诡奇谲，无所不载；洸洋恣肆，无所不言。而大旨要归于醇正，欲使人知所劝惩。故诲淫导欲之书，以佳人才子相矜者，虽纸贵一时，终渐归湮没。而先生之书，则梨枣屡镌，久而不厌，是则华实不同之明验矣。"盛时彦所说的"诲淫导欲之书，以佳人才子相矜者"，其主体即自中唐开始兴盛的传奇小说。

唐人传奇是在德宗至宪宗朝发展到鼎盛阶段的，其基本特征之一便是"才子佳人"题材的作品骤然勃兴。在唐人传奇之后，宋、明传奇小说，包括清代的《聊斋志异》，也一以贯之地以"风流"故事为主体。如何解读传奇小说中的才子佳人题材作品，见仁见智，大概很难统一。作为学者的纪昀，他对传奇小说的解读深入准确，在某些层面上甚至为现当代学术界所不及。比如《阅微草堂笔记》卷九载：

> 林塘知其异人，因问以神仙感遇之事。僧曰："古来传记所载，有寓言者，有托名者，有借抒恩怨者，有喜谈诙诡以诧异闻者，有点缀风流以为佳话，有本无所取而寄情绮语，如诗人之拟艳词者；大都伪者十八九，真者十一二。此

① 参见拙文《传记辞章化：对唐人传奇文体属性的一种描述》，见陈文新《传统小说与小说传统》，武汉大学出版社2005年版，第67—95页。

一二真者，又大都皆才鬼灵狐，花妖木魅，而无一神仙。其称神仙必诡词。夫神正直而聪明，仙冲虚而清静，岂有名列丹台，身依紫府，复有荡姬佚女，参杂其间，动入桑中之会哉?”林塘叹其精识，为古所未闻。

中国古代的神仙感遇故事，先是存在于辞赋中，如宋玉《神女赋》、曹植《洛神赋》，接着出现于志怪小说中，如《搜神记》卷一的《董永》、《杜兰香》、《弦超》，然后在唐人传奇中蔚为大观，如《玄怪录·崔书生》、《传奇·裴航》等。这些感遇故事，“伪者十八九”，占去了绝大部分。

纪昀在《阅微草堂笔记》里比较全面地表达了他关于神仙感遇故事的理念。如卷二二的“太原申铁蟾”：

> 太原申铁蟾，好以香奁艳体寓不遇之感。尝谒某公未见，戏为无题诗曰：“垩粉围墙罨画楼，隔窗闻拔（拨）钿箜篌；分（去声）无信使通青鸟，枉遣游人驻紫骝。月姊定应随顾兔，星娥可止待牵牛?垂杨疏处雕栊近，只恨珠帘不上钩。”殊有玉溪生风致。王近光曰：“似不应疑及织女，诬蔑仙灵。”余曰：“‘已矣哉，织女别黄姑，一年一度一相见，彼此隔河何事无?’元微之诗也。‘海客乘槎上紫氛，星娥罢织一相闻。只应不惮牵牛妒，故把支机石赠君。’李义山诗也。微之之意，在于双文；义山之意，在于令狐。文士掉弄笔墨，借为比喻，初与织女无涉。铁蟾此语，亦犹元、李之志云尔，未为污蔑仙灵也。至于纯构虚词，宛如实事；指其时地，撰以姓名，《灵怪集》所载郭翰遇织女事，（《灵怪集》今佚。此条见《太平广记》六十八）则悖妄之甚矣。夫词人引用，渔猎百家，原不能一一核实；然过于诬

罔，亦不可不知。盖自庄、列寓言，借以抒意，战国诸子，杂说弥多，谶纬稗官，递相祖述，遂有肆无忌惮之时。如李冘《独异志》诬伏羲兄妹为夫妇，已属丧心；张华《博物志》更诬及尼山，尤为狂吠。（按：张华不应悖妄至此，殆后人依托）如是者不一而足。今尚流传，可为痛恨。……”

这一则所包括的核心内容可分两层。第一层内容是：词人借艳遇故事来寓托某种社会性的感情，这样做具有一定程度的体裁的合法性，即所谓“文士掉弄笔墨，借为比喻，初与织女无涉。铁蟾此语，亦犹元、李之志云尔，未为污蔑仙灵也”。但这里有一条底线，即不可“过于诬罔”。事实上，在纪昀看来，“好以香奁艳体寓不遇之感”，虽然具有体裁的合法性，但不应受到鼓励，因为这类题材可能对社会造成负面影响。

这一则所包含的第二层核心内容是：对于“纯构虚词，宛如实事；指其时地，撰以姓名”，如“《灵怪集》所载郭翰遇织女事”一类传奇志怪作品，纪昀深恶痛绝，严加指斥。纪昀之所以痛恨这类作品，主要是由于其描写太像真事，就社会影响而言，有可能造成显著的负面后果。他点名批评的《郭翰》见收于《太平广记》卷六八，写织女与郭翰的婚外恋，是《灵怪集》现存作品中最长的一篇。牛郎织女一向以感情的坚贞不渝著称，所以北宋秦观《鹊桥仙》感叹：“金风玉露一相逢，便胜却人间无数。”张荐却将织女设想成一个轻佻的女子，因“佳期阻旷，幽态盈怀”而背弃牛郎，下凡另寻新欢。在纪昀看来，这真算得“肆无忌惮”、“过于诬罔”了。他认为，诸如此类作品是造成风俗败坏的原因之一。

“太原申铁蟾”一则所包含的第二层核心内容不仅是针对唐人传奇的，也包括宋明传奇小说和清代蒲松龄的《聊斋志异》

等作品。《聊斋志异》是备受纪昀关注的一部小说集。《阅微草堂笔记》附有纪昀之子纪汝佶的六则小说作品，纪昀的题记说："亡儿汝佶，以乾隆甲子生。幼颇聪慧，读书未多，即能作八比。乙酉举于乡，始稍稍治诗，古文尚未识门径也。会余从军西域，乃自从诗社才士游，遂误从公安、竟陵两派入。后依朱子颖于泰安，见《聊斋志异》抄本，（时是书尚未刻）又误堕其窠臼，竟沉沦不返，以讫于亡。"这一事实增强了纪昀对《聊斋志异》的戒备心理。

从表达知己之感的角度看，蒲松龄的才子佳人题材小说有一个显著特点，即在《聊斋志异》中，纯真美丽的女性是衡量男子价值的重要尺度，只有"绝慧"、"工诗"而又怀才不遇的"狂生"才有可能得到少女们的青睐。这样的情节安排，显然意在对作家自我的才情在虚构的故事中予以认可，以补偿他在现实生活中失去的一切。对《聊斋志异》这类旨在"寄怀"的作品，如同对于唐人传奇中的"神仙感遇"之作一样，纪昀一方面注意到其"寓言"意味，小说的存在具有学理上的合理性，另一方面，他更注意一部分读者可能误读，其结果是将"寓言""见诸实事"。《阅微草堂笔记》中的若干作品便是针对"《聊斋志异》贻误读者"这一事实而写的，如卷十三的一则：

> 董秋原言：东昌一书生，夜行郊外。忽见甲第甚宏壮，私念此某氏墓，安有是宅，殆狐魅所化欤？稔闻《聊斋志异》青凤、水仙诸事，冀有所遇，踯躅不行。俄有车马从西来，服饰甚华，一中年妇揭帏指生曰："此郎即大佳，可延入。"生视车后一幼女，妙丽如神仙，大喜过望。既入门，即有二婢出邀。生既审为狐，不问氏族，随之入。亦不见主人出，但供张甚盛，饮馔丰美而已。生候合卺，心摇摇

如悬旌。至夕，箫鼓喧闻，一老翁搴帘揖曰："新婿入赘，已到门。先生文士，定习婚仪，敢屈为傧相，三党有光。"生大失望，然原未议婚，无可复语；又饫其酒食，难以遽辞。草草为成礼，不别而归。家人以失生一昼夜，方四出觅访。生愤愤道所遇，闻者莫不拊掌曰："非狐戏君，乃君自戏也。"

与"东昌一书生"相辅相成的故事在《阅微草堂笔记》中还有几则。如卷十六："闻有少年随塾师读书山寺。相传寺楼有魅，时出媚人。私念狐女必绝艳，每夕诣楼外，祷以媟词，冀有所遇。"结果遭到狐的陷害。卷十七："狐魅，人之所畏也，而有罗生者，读小说杂记，稔闻狐女之姣丽，恨不一遇。近郊古冢，人云有狐，又云时或有人与狎昵。乃诣其窟穴，具赀币牲醴，投书求婚姻，且云或香闺娇女，并已乘龙，或鄙弃樗材，不堪倚玉，则乞赐一艳婢，用充贵媵，衔感亦均。"结果为狐所蛊惑，"家为之凋，体亦为之敝"。某"少年"、罗生和"东昌一书生"，他们与毕怡庵（《聊斋志异·狐梦》）一样，都沉溺在对艳遇的渴望中。不过结局迥然相异：毕怡庵如愿以偿，"东昌书生"大失所望，某"少年"和罗生食的却是苦果。纪昀反仿《青凤》、《狐梦》一类作品，旨在调侃《聊斋志异》对艳遇故事的热衷，并借以消解其负面的社会影响。这体现了子部小说家注重"淑世"的写作立场。

在叙事准则的选择上，纪昀也一以贯之地保持了与传奇小说的距离和差异。他所关注的叙事准则，包括虚构限度、叙述手段和叙事风度等方面。

关于虚构限度，纪昀认为，传奇小说中存在大量"欲神其说，不必实有是事"的虚构。这类虚构在传奇小说中具有体裁的合理性，但就虚构逻辑而言，却属于不合情理的过度虚构。例如唐代李公佐的传奇小说《谢小娥传》，写谢小娥之父与夫往来江湖做买卖，被强盗杀害。小娥访得凶手，受雇为役，伺机杀死了两个仇人，并报官府尽收其余党。在小说中，作者有意留下虚构的痕迹，比如谢小娥的父亲和丈夫被申春、申兰劫杀，他们向谢小娥托梦，理当直接点出申春、申兰的名字，可是他们偏不，而用"田中走，一日夫"隐申春，以"车中猴，东门草"隐申兰，以至于小娥好些年也弄不清仇人是谁。这显然不合情理。纪昀批评李公佐所设计的谢小娥之梦，是因为在他看来，李公佐未免好奇过甚。纪昀创作《阅微草堂笔记》，即格外注意把握虚构限度。《阅微草堂笔记》卷七提出一个观点："余尝谓小说载异物能文翰者，惟鬼与狐差可信，鬼本人，狐近于人也。其他草木鸟兽，何自知声病。至于浑家门客并苍蝇草帚亦俱能诗，即属寓言，亦不应荒诞至此。"

关于叙述手段的选择，我们的意思是：无论是子部小说还是传奇小说，它们都离不开叙述，但子部小说的叙述服务于"论"，而传奇小说的叙述旨在创造引人入胜的故事、情境或氛围。这种体裁宗旨的不同有可能影响叙述者对叙述手段的选择。比如，以《阅微草堂笔记》和传奇小说相比，传奇小说无疑更注重诱发读者的悬念，而《阅微草堂笔记》往往依次道来，平铺直叙，纪昀的目的不是讲述一个扣人心弦的故事，他更关注对哲理、知识的说明。

《阅微草堂笔记》卷十载：

> 至危至急之地，或忽出奇焉；无理无情之事，或别有故焉。破格而为之，不能胶柱而断之也。吾乡一媪，无故率媪姬数十人，突至邻村一家，排闼强劫其女去。以为寻衅，则

素不往来；以为夺婚，则媪又无子。乡党骇异，莫解其由。女家讼于官，官出牒拘摄，媪已携女先逃，不能踪迹；同行婢妪，亦四散逋亡。累绁多人，辗转推鞫，始有一人吐实，曰："媪一子，病瘵垂殁，媪抚之恸曰：'汝死自命，惜哉不留一孙，使祖父竟为馁鬼也。'子呻吟曰：'孙不可必得，然有望焉。'吾与某氏女私昵，孕八月矣，但恐产必见杀耳。"子殁后，媪咄咄独语十余日，突有此举，殆劫女以全其胎耶？"官怃然曰："然则是不必缉，过两三月自返耳。"届期果抱孙自首，官无如之何，仅断以不应重律，拟杖纳赎而已。此事如兔起鹘落，少纵即逝。此媪亦捷疾若神矣。安静涵言：其携女宵遁时，以三车载婢妪，与己分四路行，故莫测所在。又不遵官路，横斜曲折，歧复有歧，故莫知所向。且晓行夜宿，不淹留一日，俟分娩乃税宅，故莫迹所居停。其心计尤周密也。女归，为父母所弃，遂偕媪抚孤，竟不再嫁。以其初涉溱洧，故旌典不及，今亦不著其氏族焉。

就实质而言，这是一个公案故事，涉及作案和破案等程序。公案故事通常伴随着悬念迭出的情节，这一则也不例外。但纪昀所采用的叙述方式却提示读者：他更关注的是故事所体现的哲理而不是故事本身的传奇性。其叙述方式有这样几点值得注意：以"论"带"叙"，"论"构成作品的第一重心；采用全知叙事，以加快信息的释放。可以这样认为："至危至急之地，或忽出奇焉；无理无情之事，或别有故焉"的见解本身需要有"至危至急之地"、"无理无情之事"与之呼应，否则，论点就缺乏必要的论据。论点的特殊性决定了论据的特殊性。所以，纪昀虽然不能消除故事本身所具有的传奇性，却在力所能及的范围内淡化而不是强化这种传奇性。如果因为这则故事而误以为纪昀对悬念情有所钟，其把握文本的能力是会受到质疑的。

关于叙述风度，纪昀《阅微草堂笔记》卷十八描述过“才子之笔，务殚心巧；飞仙之笔，妙出天然”的境界。在他看来，所谓“天然”，即“如春云出岫，疏疏密密，意态自然，无杈枒怒张之状”，“如空江秋净，烟水渺然，老鹤长唳，清飙远引，亦消尽纵横之气”。卷二四又特别倡导“无笔墨之痕”而反对“努力出棱，有心作态”。《聊斋志异》正是纪昀所谓“才子之笔”，因此“纵横之气”、“务殚心巧”、“努力出棱，有心作态”，可以视为他对传奇小说的批评；而“妙出天然”、“意态自然”、“无笔墨之痕”则可看做纪昀理想的子部小说风范。如果不把纪昀的意见当成价值判断，我们确实可以由此出发，去理解传奇小说与子部小说叙事风度的区别。

冯镇峦《读聊斋杂说》曾就《聊斋》与《阅微》作过一番比较，其论述涉及“著书者之笔”与“才子之笔”叙述风度的差异：“《聊斋》以传记体叙小说之事，仿《史》、《汉》遗法，一书兼二体，弊实有之，然非此精神不出，所以通人爱之，俗人亦爱之，竟传矣。虽有乖体例可也。纪公《阅微草堂四种》，颇无二者之病。然文字力量精神，别是一种，其生趣不逮也。”“文有设身处地法。昔赵松雪好画马，晚更入妙，每欲构思，便于密室解衣踞地，先学为马，然后命笔。一日管夫人来，见赵宛然马也。又苏诗《题画雁》云：野雁见人时，未起意先改。君从何处看，得此无人态？此文家运思入微之妙，即所谓设身处地法也。聊斋处处以此会之。”冯镇峦所揭示的是两种艺术精神的差异。传奇小说家在时间和空间上强调现场感，而子部小说家则强调非现场感。强调现场感，故作者设身处地去体验描写对象并将体验形之笔墨；强调非现场感，故常用转述和回忆的口吻，用笔不能太细，因为他假定读者会提出下述质询：你是如何知道的？这种现场感和非现场感的区别，与子部小说和传奇小说的旨趣不同有关。子部小说和传奇小说虽然都不免采用叙述手段，但子部小说的宗旨是阐发思想和知识，一切多余的辞藻都用不上；传奇小说在注重藻饰方面近乎集部的辞章，色彩斑斓的想象需要色彩斑斓的描绘与之匹配。

综上所述，《阅微草堂笔记》在题旨上注重事理的揭示，在叙事准则上反对过度虚构，风格简淡，回避现场感，其文类特征是鲜明而系统的。这一事实表明，纪昀在写作《阅微草堂笔记》时，既注意与史家纪传划清界限，也注意与传奇小说划清界限，而致力于建立和完善子部小说的叙事规范。换句话说，《阅微草堂笔记》是一部渊源于子部叙事传统的经典，在中国叙事文学发展史上，其重要性可与《史记》（史部叙事经典）、《聊斋志异》（偏重集部叙事传统的经典）等相提并论。现代学者在面对《阅微草堂笔记》时，应当采用子部小说的原理来阐发文本，否则，牛头不对马嘴，议论越多，误解越深——不仅是对《阅微草堂笔记》的误解，也是对中国叙事传统的误解。

（原载《上海师范大学学报》（人文科学版）2011 年第 2 期，《高等学校文科学术文摘》2011 年第 3 期摘要转载约 4000 字，《长江学术》2011 年第 2 期摘要转载）

后　记

这是一本论文集。这些论文，最早的几篇发表于20世纪80年代后期，最晚的几篇发表于2011年，收入本书时大体保持原貌，少数几篇有所增删，但核心的观点没有改变。每篇都注明了首发刊物的名称和刊发时间，借以留存雪泥鸿爪，借以表达对当年那些刊物和编辑们的感谢之情。

论文集的重心是梳理中国古代小说的谱系并揭示中国古代小说的文体形态。多年来，我一直坚持并倡导“辨体研究”，做过“从辨体角度看中国古代小说”的专题讲座，写过《辨体视野下的古代诗文》等论文，在小说研究中尤其注意将“辨体”作为一种方法来使用。关于“辨体研究”的具体内涵，这里就不多说了，但期待读者留心这一特点。

论文中有几篇是与门下一起完成的，期待读者留意他们的姓名以及他们在这些论文之外的学术成就或其他成就。

作者

2011年12月10日

于武汉大学